FICHES BAC

1re générale

BAC 2022

L'intégrale

DU TRONC COMMUN

Français

Hélène Bernard • Denise Maréchal • Bérangère
• Sophie Saulnier • Swann Spies

Histoire-Géographie

Christophe Clavel • Grégoire Gueilhers • Florence Holstein
• Jean-Philippe Renaud • Nathalie Renault • Matthieu de Sauvage

Enseignement scientifique

Isabelle Bednarek-Maitrepierre • Guillaume Ehret • Laurent Le Floch
• Alain Le Grand • Arnaud Mamique • Bruno Semelin

Anglais

Sophie Béthery-Dostes • Élisabeth Cascalès-Miquel
• Sylvie Collard-Rebeyrolle • Martine Guigue • Michèle Malavieille

Hatier

SOMMAIRE GÉNÉRAL

Pour trouver une fiche précise dans une matière, reportez-vous au sommaire de chaque partie.

FRANÇAIS

HISTOIRE-GÉOGRAPHIE

ENSEIGNEMENT SCIENTIFIQUE

ANGLAIS

+ DANS LES RABATS DE COUVERTURE

FRANÇAIS
Les œuvres au programme

HISTOIRE
Une frise chronologique avec les dates clés

GÉOGRAPHIE
Une carte de synthèse

ANGLAIS
L'alphabet phonétique international

© Hatier, Paris, 2021 – ISBN 978-2-401-07813-0

FRANÇAIS

SOMMAIRE

Quand vous avez révisé une fiche, cochez la case ☐ correspondante !

OBJETS D'ÉTUDE ET ŒUVRES AU PROGRAMME 2021-2022

La poésie, du XIXe au XXIe siècle

La littérature d'idées, du XVIe au XVIIIe siècle

Le roman et le récit, du Moyen Âge au XXIe siècle

Le théâtre, du XVIIe siècle au XXIe siècle

SE PRÉPARER AU NOUVEAU BAC FRANÇAIS

Maîtriser les outils d'analyse grammaticale et littéraire

Améliorer ses écrits

Être à l'aise à l'oral

Réussir les épreuves du bac français

Le genre poétique

1

OK

La poésie est avant tout un travail sur les mots, sur le langage : est poète celui qui réinvente la langue. Ce faisant, la poésie réinvente le monde : elle nous le donne à voir autrement.

I Réinventer la langue

1 L'usage courant de la langue

- Un mot a une face matérielle, le signifiant (ensemble de sons et de lettres), et une face immatérielle qui est dotée d'un sens : le signifié.
- Signifié et signifiant sont indissociables l'un de l'autre et renvoient à un objet du monde (le référent), qu'il soit concret « la table » ou abstrait « le bien ». Qu'on le nomme « table » ou *tavola*, l'objet table ne change pas. On dit que le mot est arbitraire ou immotivé : il n'y a pas de lien direct entre le mot et l'objet qu'il désigne.

2 L'usage poétique de la langue

- Le poète Stéphane Mallarmé regrette que les mots de la langue soient si mal assortis à ce qu'ils désignent (leur référent). Ainsi, il considère que les sonorités des mots « jour » et « nuit » ne correspondent pas à la réalité qu'ils désignent : alors que le mot « nuit » a un timbre clair, le mot « jour » a un timbre sombre.
- C'est alors à la poésie de « rémunérer le défaut des langues » : chercher à ce que les mots arrivent à être plus près des choses. Dans l'usage poétique de la langue, le poète cherche à faire correspondre forme et sens, à remotiver les mots.
- « Manier savamment une langue, c'est pratiquer une espèce de *sorcellerie évocatoire.* » Comme l'écrit Baudelaire, c'est donc bien le travail sur la langue qui permet de créer un monde. C'est ce que fait la poésie.

À noter

Le mot « **poésie** » vient du verbe grec *poiein* qui signifie « faire, créer ». Le poète est celui qui, à l'aide de la matière des mots, crée un monde.

3 Le poète, un être à part ?

- Le poète est souvent pensé comme un être à part, qui a accès à une autre vérité, au-delà du langage de tous les jours.

- Le poète « **pareil aux prophètes** [...] voit, quand les peuples végètent ! », c'est ainsi que Victor Hugo le définit dans un poème intitulé « Fonction du poète » (1829). Plus tard, en 1871, Arthur Rimbaud écrit que « Le Poète se fait **voyant** par un long, immense et raisonné dérèglement de tous les sens ».

II L'apport des contraintes

On pourrait penser que les nombreuses contraintes de la versification brident l'imagination. Or, comme l'écrit Baudelaire à propos du sonnet « parce que la forme est contraignante, l'idée jaillit plus intense ». On peut, à partir de là, donner quelques caractéristiques de la poésie. ▶ FICHE 4

- L'**intensité**. Les formes sont souvent brèves, l'idée doit se mouler dans le mètre du vers. Cela oblige à chercher l'intensité plutôt que la longueur, ce que permet la métonymie : « la pâle mort » = la mort qui rend pâle.

- La **suggestion**. La poésie n'est pas explicative, elle montre, elle suggère. Pour cela, elle se sert d'images. Toutes les figures de l'analogie sont privilégiées : comparaison, métaphore, allégorie, personnification.

- Les **rapprochements**. Les mots mis à la rime ont du poids, ils sont mis en relation, et cette relation peut créer du sens. Ainsi, il n'est pas anodin de mettre à la rime « tyrannique » et « république » (La Fontaine).

- Les **mises en relief**. Anaphores, parallélisme, chiasmes se jouent des structures du vers. L'alexandrin et sa césure à l'hémistiche peuvent renforcer le poids d'une antithèse : « Qui produit la richesse/en créant la misère. » (Victor Hugo)

À noter

On qualifie d'**art poétique** un poème dans lequel le poète expose sa conception de la poésie et la met en pratique (ex. : Verlaine, « Art poétique »).

L'ESSENTIEL

Le genre poétique

- **Usage poétique de la langue**
  - remotiver les mots ; faire correspondre forme et sens
- **Apport des contraintes de la versification**
  - intensité
  - suggestion
  - rapprochements
  - mises en relief

La poésie au XIXe siècle

2

☐ OK

Le XIXe siècle révolutionne la poésie de l'âge classique, tant dans son contenu que dans ses formes.

I Trois influences

1 Le romantisme

- Le courant romantique, qui marque l'histoire des idées au cours de la première partie du XIXe siècle, trouve dans la poésie un genre particulièrement adapté à **l'expression des sentiments.**
- Les *Méditations poétiques* d'Alphonse de Lamartine, parues en 1820, sonnent le début de la poésie romantique marquée par le **lyrisme** : l'amour, la fuite du temps, la nature en sont les principaux thèmes.
- Après l'échec des révolutions de 1830 et de 1848, certains poètes se tournent vers une **écriture repliée sur le « je » et ses souffrances**. Ainsi Alfred de Musset écrit : « Faire une perle d'une larme, / Du poète ici-bas voilà la passion ». D'autres prolongent leur **action politique** dans la poésie, comme Victor Hugo avec son recueil *Les Châtiments* (1852).

2 Le Parnasse

Lassés du lyrisme romantique, ainsi que du réalisme et du naturalisme, certains poètes (Théophile Gautier, Leconte de Lisle, José-Maria de Hérédia, Banville, Villiers de l'Isle-Adam) revendiquent une **poésie qui cherche le Beau et non l'utile**. Ils prônent une poésie impersonnelle. La beauté de la forme l'emporte sur le sens. C'est **l'Art pour l'Art**.

3 Le symbolisme

- D'accord avec le Parnasse pour se positionner **contre le naturalisme** qui prétend expliquer mécaniquement l'homme, le symbolisme s'en démarque néanmoins.
- Le sens n'est pas donné d'emblée : il est suggéré par des images, le symbole, mystère à déchiffrer dont le poète peut donner les clés ; c'est ce que fait Charles Baudelaire dans les « Correspondances ». D'autres, comme Stéphane Mallarmé s'engagent dans une poésie plus hermétique.

> **À noter**
>
> Il est souvent difficile de réduire un poète à un seul mouvement littéraire ; ainsi, le recueil *Les Fleurs du mal* de Baudelaire relève aussi bien du romantisme, du réalisme que du symbolisme.

- La recherche des **harmonies musicales** (Paul Verlaine) et d'un langage inédit, derrière lequel le « je » s'efface pour **laisser parler le monde** (Arthur Rimbaud), en est aussi une caractéristique.

II L'exploration des formes

1 Reprise de formes anciennes

- Les poètes empruntent à la poésie médiévale et à celle du XVIe siècle **l'ode et la ballade**. Ils sont aussi séduits par la musicalité de la **chanson**. Victor Hugo fait paraître *Odes et ballades* en 1822, Laforgue reprend les rythmes des chansons populaires dans ses *Complaintes*.
- Les poètes n'oublient pas **le sonnet** mais le font évoluer.

2 La libération du vers

- Victor Hugo, chef de file du romantisme, prône la libération du vers : il s'agit de casser la monotone cadence de l'alexandrin par l'utilisation du trimètre romantique et des enjambements.
- **L'alexandrin n'est plus la règle** ; bien souvent les poètes lui préfèrent l'octosyllabe, ou même des vers de trois ou quatre syllabes. Paul Verlaine revendique le **vers impair** : « De la musique avant toute chose, / Et pour cela préfère l'Impair ».
- Aloysius Bertrand (*Gaspard de la nuit*, 1842), innove avec le **poème en prose**. Charles Baudelaire (*Le Spleen de Paris*, 1869) et Arthur Rimbaud (*Illuminations*, 1872-1875) s'y essayent également. Gérard de Nerval (*Les Filles du feu*, 1854) mêle **prose poétique** et poèmes en vers.

Mot clé

Le **trimètre romantique** refuse la césure à l'hémistiche (6//6) :
Je suis banni !/
je suis proscrit !/
je suis funeste ! (Hugo)

L'ESSENTIEL

La poésie au XIXe siècle

Influences
- romantisme (Lamartine, Musset, Hugo)
- Parnasse (Gautier, Villiers de L'Isle-Adam)
- symbolisme (Baudelaire, Mallarmé, Verlaine)

Exploration des formes
- reprise de formes anciennes (Hugo, Laforgue)
- libération du vers (Hugo, Rimbaud, Nerval)

La poésie aux XXe et XXIe siècles

3

☐ OK

Aux XXe et XXIe siècles, les poètes explorent les voies ouvertes par la poésie de la fin du XIXe siècle et multiplient expériences et expérimentations.

I La première moitié du XXe siècle

1 L'esprit nouveau

- Guillaume Apollinaire (*Alcools*, 1912) et Blaise Cendrars (*Du monde entier*, 1912-1924) conservent les grands thèmes de la poésie lyrique, mais introduisent des éléments de la **modernité** : la ville, la « rue industrielle », le quotidien prosaïque.
- Ils recherchent aussi une **écriture nouvelle**, suppriment toute ponctuation, utilisent le vers libre, travaillent les calligrammes. Ils sont fortement **influencés par la peinture** qui connaît elle aussi de grandes évolutions avec les débuts du cubisme. C'est la surprise qui, pour Apollinaire, est le « ressort de la poésie nouvelle ».

2 Le surréalisme

- La poésie est le genre littéraire privilégié du surréalisme. L'amour et l'éloge de la femme sont les thèmes principaux.
- L'acte poétique est conçu comme un **acte révolutionnaire**. Les procédés du **rêve** (association d'idées, images, contradictions, images saugrenues…) sont pris comme modèle de l'écriture.
- La Seconde Guerre mondiale et la Résistance sont propices à la **poésie engagée**. Paul Éluard écrit « Liberté », lancé sous forme de tract par l'aviation britannique. C'est « L'honneur des poètes » (anthologie publiée clandestinement en 1943) que de résister avec leurs armes : les mots. Les poètes Robert Desnos, René Char, s'engagent dans la Résistance.

3 La diversité

La poésie de cette période ne se réduit pas au courant surréaliste, d'autant que de nombreux poètes, comme Louis Aragon (*Les Yeux d'Elsa,* 1942), quittent ce mouvement.

- Valéry et Claudel redonnent un **souffle lyrique** au monde dans de grandes odes ou de longs poèmes. Paul Claudel adopte la forme du verset.
- Jacques Prévert, dans *Paroles* (1945) adopte un **ton plus léger** et une **langue plus populaire** qui se rapproche parfois de la chanson.

II De l'après-guerre à aujourd'hui

1 Expérimentations du langage

- L'OuLiPo retrouve la **joie de la forme et des contraintes**. Raymond Queneau publie *Cent mille milliards de poèmes,* 12 sonnets dont les 14 vers découpés peuvent se combiner entre eux.
- Dans la lignée de Guillaume Apollinaire, les poètes travaillent sur l'**aspect visuel**, suppriment la ponctuation, jouent à confondre prose et poésie et adoptent le **poème en prose**.

Mot clé

L'**OuLiPo** (Ouvroir de Littérature Potentielle), né en 1960, explore les potentialités de la littérature par le jeu des contraintes et la recherche de formes nouvelles.

2 Expérimentations du monde et expérimentations intérieures

- Les descriptions attentives des **objets du quotidien**, de l'anodin, sont en même temps un **retour aux réalités du monde** et une réflexion sur ce que peut en dire la poésie (Francis Ponge, *Le Parti pris des choses,* 1942 ; Yves Bonnefoy, *Les Planches courbes,* 2001).
- Aimé Césaire et Léopold Sédar Senghor, hommes politiques et poètes, créent une **poésie de la « négritude »** qui dit l'identité africaine et les malheurs dus à la colonisation.
- Les poètes se livrent aussi à des **explorations intérieures** : Henri Michaux, poète, voyageur et peintre, mêle écriture et dessin sous l'influence de la mescaline ; Bernard Noël mêle expérience intérieure, expérience du corps et prise de position politique dans une écriture dénuée de tout lyrisme.

L'ESSENTIEL

La poésie de la première moitié du XXe siècle →
- modernité (Apollinaire, Cendrars)
- surréalisme (Éluard)
- diversité : lyrisme (Valéry, Claudel), langue populaire (Prévert)

La poésie, de l'après-guerre à aujourd'hui →
- expérimentations du langage : OuLiPo (Queneau)
- expérimentations du monde : (Ponge, Césaire, Senghor)
- expérimentations intérieures : (Michaux)

La versification

4

☐ OK

FRANÇAIS

HISTOIRE-GÉOGRAPHIE

ENSEIGNEMENT SCIENTIFIQUE

ANGLAIS

S'il faut toujours lier analyse du sens et analyse de la forme, c'est encore plus vrai en poésie.

I Formes fixes et formes libres

1 Les formes fixes

- Les poèmes à forme fixe reposent sur une division en vers et en strophes.

• Le vers est reconnaissable graphiquement (retour à la ligne) et auditivement par le retour de la rime qui délimite un mètre, défini par le nombre de syllabes du vers. Les plus courants sont l'octosyllabe, le décasyllabe et l'alexandrin.

> **À noter**
>
> Le [ə] n'est prononcé ni en fin de vers, ni devant une voyelle. Il est prononcé (et compté) quand il précède une consonne ou un *h* aspiré : [muvəmã].

• Les vers sont regroupés en strophes : les plus fréquentes sont le distique (2 vers), le tercet (3 vers) et le quatrain (4 vers).

- Les formes fixes les plus utilisées jusqu'au XIXe siècle sont :

• la ballade, composée de trois strophes et un envoi (une demi-strophe) ;

• l'ode, poème lyrique, chanté à l'origine, et alternant trois strophes correspondant à un mouvement de danse ;

• le sonnet, constitué de deux quatrains et deux tercets.

2 Les formes libres

À partir du milieu du XIXe siècle, les poètes s'affranchissent des contraintes formelles. Se développent ainsi :

• le poème en prose, qui joue sur les sonorités, les rythmes et les images sans s'astreindre aux contraintes du vers ;

• le calligramme, dont la disposition des lettres tente de représenter sur l'espace de la page l'objet même qui en est le thème.

II Les jeux sur les sonorités

- Dans les poèmes à forme fixe, les vers sont associés deux à deux par des rimes. Celles-ci peuvent être plates ou suivies (aabb), embrassées (abba), ou croisées (abab). La rime est dite pauvre si un seul phonème est répété, suffisante (2 phonèmes), ou riche (3 et plus).

- Pour qualifier la répétition d'un son ailleurs qu'à la rime, on parle d'**allitération** (sons consonantiques) ou d'**assonance** (sons vocaliques).
- Selon le mètre, les sons [j], [je], [jœ], [jɛ]… peuvent se prononcer en une seule syllabe (**synérèse** -ion-, -ier-…) ou en deux syllabes (**diérèse** -i-on-, -i-er- …).

III Le rythme des vers

- La **césure** (//) est la coupe principale du vers. Dans un alexandrin, la césure 6//6 est dite « à l'hémistiche ».
- Les **coupes** (/) sont des rythmes secondaires.

> Dieux d'argent/qui tenaient//des saphirs/dans leurs mains. (Éluard)

3/3//3/3 : il s'agit d'un tétramètre régulier.

- Il arrive que la syntaxe ne s'assujettisse pas au moule du vers, créant un effet de discordance. On distingue trois cas :

• l'**enjambement** : la phrase court sur deux vers :

> Les vibrantes douleurs dans ton cœur plein d'effroi
> Se planteront bientôt comme dans une cible. (Baudelaire)

• le **rejet** : une partie du groupe syntaxique est rejeté dans le vers suivant :

> Trois mille six cent fois par heure, la Seconde
> Chuchote : souviens-toi !-[…] (Baudelaire)

• le **contre-rejet** : la partie brève est en fin de vers et la suite du groupe syntaxique est dans le vers suivant :

> Les minutes, mortel folâtre, sont des gangues
> Qu'il ne faut pas lâcher sans en extraire l'or ! (Baudelaire)

L'ESSENTIEL

La versification

Formes
- fixes : ballade, ode, sonnet…
- libres : poème en prose, calligramme…

Jeux sur les sonorités
- rimes plates, embrassées, croisées
- allitération, assonance

Rythme des vers
- césure, coupes
- discordance : enjambement, rejet, contre-rejet

Analyser un poème

5

OK

Un poème est une forme souvent brève et parfois déroutante. Comment procéder pour l'appréhender ?

I Identifier les caractéristiques du poème

Même si l'analyse d'un poème ne peut se réduire à l'étude de sa forme, il est nécessaire de commencer par repérer les caractéristiques formelles.

- Comment s'inscrit le **poème sur le blanc de la page** ? A-t-il une forme ramassée, allongée ? Est-ce en relation avec son sens ? Veut-il mimer le thème dont il parle, comme un calligramme par exemple ?
- Quel est le **système de strophes** ? Peut-on reconnaître une forme fixe ? Si oui, le poète respecte-il les règles ou les retravaille-t-il à sa manière ?
- Quel est le **type de rimes** (plates, embrassées, croisées) ? Y a-t-il une alternance dans le choix des rimes ? Au contraire, le poème est-il tout en rimes suivies, par exemple ?
- Quel est le **mètre employé** (octosyllabes, décasyllabes, alexandrins…) ?

> **Conseil**
> Pour analyser un **sonnet**, rappelez-vous que les quatrains ont un contenu plus abstrait que les tercets, dont le rôle est illustratif. Le dernier vers (la chute) peut donner la clé du poème.

Toutes ces caractéristiques vous permettent-elles de reconnaître l'**influence d'un courant littéraire** auquel le poète appartiendrait ou duquel il se démarquerait ? Faites appel à vos connaissances et aux informations données par le paratexte.

II Cerner le propos du poète

1 L'énonciation et les thématiques

Le poème est-il à la première personne ? Est-il **adressé à quelqu'un** (la femme aimée, le lecteur, une allégorie…) ? Est-il situé dans le temps et dans l'espace ?

On retrouve, à travers l'histoire de la poésie, des **grandes thématiques** comme l'amour (rencontre amoureuse, coup de foudre), le passage du temps, le deuil, la beauté, la poésie elle-même. Mais n'oubliez pas que tout est permis à l'écriture poétique, il n'y a pas de thème interdit : laissez parler le texte et laissez-vous surprendre.

2 Les tonalités

- La poésie est généralement associée au lyrisme, qu'il soit expression du bonheur ou du malheur (dans ce cas on parle de lyrisme élégiaque). Mais il peut être aussi épique, didactique, satirique, burlesque. ▶ FICHE 37

> **À noter**
> Si le **poème lyrique** célèbre la beauté de la nature, il peut aussi célébrer la beauté de la ville, son mouvement, son bruit, ses couleurs (ex. : « Zone » d'Apollinaire).

- Le poème défend-il une cause, une opinion ? S'inscrit-il dans un débat d'idées ? Incite-t-il à l'action comme les poèmes de la Résistance, par exemple ? On parle alors de poésie engagée.

III Affiner la lecture

1 Musicalité

- Une fois repéré le type de rimes, on doit regarder quels mots elles servent à mettre en écho. Cet écho provoque-t-il la surprise ?
- Il faut être attentif à tous les jeux d'allitérations et d'assonances qui tendent à mimer ce dont le poème parle. ▶ FICHE 4
- Pour l'analyse des poèmes en prose, il faut mettre en évidence les rimes internes, les alexandrins cachés, etc., tout ce qui relève de la musicalité poétique.

> **À noter**
> Le **vers libre** est un vers libéré de la régularité du mètre, des césures et des coupes. Il remplace souvent les rimes par des assonances.

2 Images et jeux sur le sens

- En tant qu'art du langage, la poésie en utilise toutes les possibilités. Il est nécessaire d'analyser les images, métaphores, analogies, comparaisons et d'en exploiter le sens, voire la multiplicité des sens.
- Les images peuvent aussi être suggérées par le jeu des connotations, par la description d'une atmosphère : le lecteur semble percevoir ce que décrit le poème.
- Un poème possède souvent plusieurs sens : soyez particulièrement attentif à la polysémie des mots pour comprendre toutes les dimensions du poème.

> Nos pieds glissaient d'un pur et large mouvement. (Verlaine)

[« pied » renvoie à la fois à la partie du corps et à l'ancienne unité de mesure du mètre poétique : ce qui semblait le récit d'une anecdote devient ainsi un poème sur la poésie]

Hugo, *Les Contemplations*, livres I à IV

Parcours : « Les Mémoires d'une âme »

6

☐ OK

FRANÇAIS

HISTOIRE-GÉOGRAPHIE

ENSEIGNEMENT SCIENTIFIQUE

ANGLAIS

L'autobiographie se définit comme un récit rétrospectif en prose qu'une personne réelle fait de sa propre existence. Pourtant, c'est dans un recueil de poèmes que Hugo rappelle les souvenirs et les impressions de sa destinée.

I Connaître l'œuvre

1 L'auteur et le contexte

- Victor Hugo (1802-1885) a traversé les nombreux **bouleversements** de l'histoire de son siècle. Comme les **romantiques**, il est marqué par la chute de Napoléon Ier, il s'engage dans l'action politique et finit par s'opposer à Napoléon III, ce qui le conduit à l'exil.
- Il est l'auteur d'œuvres variées – romans (*Les Misérables*), pièces de théâtre (*Ruy Blas*) et recueils poétiques (*Les Contemplations*) – qui apportent un souffle nouveau à la littérature de son époque.

2 Composition et tonalité du recueil

- *Les Contemplations* (1856) sont composées de **deux volumes** : ***Autrefois* et *Aujourd'hui***. Hugo écrit qu'« un abîme les sépare, le tombeau ». En effet, si *Autrefois* couvre les années 1830-1843, *Aujourd'hui* s'ouvre le 4 septembre 1843, date de la **mort de sa fille Léopoldine**.
- Les deux volumes sont composés chacun de trois parties dont les titres suivent l'**itinéraire intellectuel** du poète : I. Aurore, II. L'âme en fleur, III. Les luttes et les rêves, IV. *Pauca meae* (« quelques mots pour ma fille »), V. En marche, VI. Au bord de l'infini.
- La plupart des poèmes sont écrits entre 1841 et 1856, ce qui donne aux quatre premiers livres une **tonalité nostalgique** marquée par les souvenirs des jours heureux, et assombrie par le deuil.

II Comprendre le parcours

1 Une temporalité subjective et éclatée

- Si Hugo revendique le **caractère autobiographique** des *Contemplations*, le sous-titre « Mémoires d'une âme » suggère qu'il s'agit non pas de la narration des événements d'une vie mais d'une âme qui se souvient de ses **états intérieurs**.

- Bien que datés, les poèmes ne se présentent pas toujours dans l'ordre chronologique. En outre, les dates sont souvent fictives. Le recueil suit donc plutôt **l'ordre des sentiments** que l'ordre du temps de l'écriture ou des événements.
- Ce trouble dans la linéarité temporelle est accentué par le choix de la poésie qui conduit au **discontinu** : chaque pièce vaut pour elle-même et a sa propre thématique. Le recueil devient un **kaléidoscope** des reflets des états d'âme du poète.

2 Un miroir tendu au lecteur : « Ah, insensé, qui crois que je ne suis pas toi. »

- Si Rousseau, dans ses *Confessions*, justifie son projet autobiographique en clamant sa différence, le projet de Hugo est tout autre : *Homo sum*, écrit-il, « je suis un homme » comme les autres. Tout homme pourra ainsi contempler sa propre destinée dans celle de Hugo.
- Au seuil des *Fleurs du mal*, **Charles Baudelaire** apostrophe son lecteur « Hypocrite lecteur, – mon semblable –, mon frère ! ». « Je est un autre » écrira **Rimbaud** un peu plus tard. Pour Hugo, le « je » lyrique est semblable et différent car le « poète écoute en lui-même une lyre » (*Contemplations* I, 2) : le poète est seul capable de **parler le langage de l'âme**.

> **Citation**
>
> « Je veux montrer à mes semblables un homme dans toute la vérité de la nature ; et cet homme, ce sera moi. Moi seul. [...] Je ne suis fait comme aucun de ceux que j'ai vus ; j'ose croire n'être fait comme aucun de ceux qui existent. »
> (Rousseau, *Les Confessions*)

L'ESSENTIEL

Les Contemplations, I à IV, Hugo (1856)

- **Mouvement :** romantisme
- **Structure :** deux volumes « Autrefois » et « Aujourd'hui », composés chacun de trois livres
- **Thèmes :** la jeunesse, l'amour, la misère du monde, le deuil, la nature, le poète et la poésie, la vie simple

Baudelaire, *Les Fleurs du mal*

Parcours : Alchimie poétique : la boue et l'or

7

☐ OK

Baudelaire se réclame de l'alchimiste dont le rêve est de transmuter le fer en or. Comment la poésie lui permet-elle de réussir là où la chimie échoue ?

I Connaître l'œuvre

1 L'auteur et le contexte

- Charles Baudelaire (1821-1867), orphelin de père, refuse de suivre la carrière diplomatique qui lui est proposée, et n'a qu'un désir : être écrivain. Il fait figure de poète maudit par la vie qu'il mène et par son recueil poétique, *Les Fleurs du mal,* qui lui valent un procès à leur parution en 1857.
- Il est aussi l'auteur de poèmes en prose : *Le Spleen de Paris* (1869). Ses *Curiosités esthétiques* (1860) font de lui un critique d'art et le premier théoricien de la Modernité. Traducteur de Poe, il trouve en lui un « destin jumeau ».
- Baudelaire est au croisement de plusieurs mouvements littéraires : s'il dédicace son poème « Le Cygne » au poète romantique Hugo, c'est au Parnassien Théophile Gautier, qu'il dédie son recueil. Certains de ses poèmes relèvent d'une veine réaliste, tandis que « Correspondances » le pose comme précurseur du symbolisme.

2 Composition du recueil

- *Les Fleurs du mal* rassemble 136 poèmes, répartis dans six sections : « Spleen et idéal » (85 poèmes), « Tableaux parisiens » (18), « Le Vin » (5), « Fleurs du mal » (9), « Révolte » (3), « La Mort » (6).
- La composition du recueil a été longuement mûrie. Entre l'édition de 1857 et celle de 1861, l'ordre des sections change, mais « Spleen et Idéal » reste en ouverture et « La Mort » en clôture. On peut y voir l'histoire d'un itinéraire.
- Une autre manière d'étudier la composition du recueil est d'observer l'alternance du Spleen et de l'Idéal, ou d'y retrouver des cycles correspondant aux femmes qui ont marqué sa vie (Jeanne Duval, Mme Sabatier, Marie Daubrun).

À noter

Les poèmes du **Spleen** expriment le désespoir et la sensation d'écrasement, tandis que ceux de l'Idéal expriment le bonheur et la sensation d'élévation.

II Comprendre le parcours

1 La poésie comme alchimie

- L'alchimie est au principe de tout langage qui **transforme la matière en mots et en sons**. Ce pouvoir est démultiplié par la poésie. C'est ainsi que Baudelaire peut écrire dans *L'Art romantique* :

> Manier savamment une langue, c'est pratiquer une espèce de sorcellerie évocatoire. Baudelaire, *L'Art romantique*, 1868.

- Penser la poésie comme alchimie ne se réduit pas à dire qu'elle permet de rendre le réel plus poétique ; elle le transfigure dans un jeu d'**images** qui induisent des **correspondances** et jouent avec les **symboles**.
- C'est en ce sens que Rimbaud, dans son poème en prose, « Alchimie du verbe », affirme que le poète doit « **inventer un verbe poétique accessible**, un jour ou l'autre, **à tous les sens** », au risque de l'hallucination et de la folie.

2 La boue et l'or, l'alliance des contraires

> Ô vous, soyez témoins que j'ai fait mon devoir
> Comme un parfait chimiste et comme une âme sainte.
> Car j'ai de chaque chose extrait la quintessence,
> Tu m'as donné ta boue et j'en ai fait de l'or.
>
> Baudelaire, « Ébauche d'un épilogue pour la 2e édition des *Fleurs du mal* ».

- Baudelaire dépasse le romantisme de Musset qui prétend « faire d'une larme une perle ». Il ne s'agit pas seulement de bien manier la rime, « ce bijou d'un sou / Qui sonne creux et faux sous la lime » (Verlaine, « Art poétique »).
- La poésie de Baudelaire est **violente** : pour transformer la boue en or, il faut la dire dans toute son horreur, et chanter la beauté du laid. Comme le titre du recueil l'annonce, un des secrets de l'alchimie poétique est l'**alliance des contraires**.

L'ESSENTIEL

***Les Fleurs du mal*, Baudelaire (1857)**

- **Mouvement :** romantisme, symbolisme
- **Structure :** six sections
- **Thèmes :** le Spleen, l'Idéal, la beauté, la mort, le temps, les villes, les femmes, le vin, le voyage, la révolte, la débauche

Apollinaire, *Alcools*

Parcours : Modernité poétique ?

8

☐ OK

Au début du XXe siècle, la poésie, comme la peinture, connaissent de profonds bouleversements. Guillaume Apollinaire s'enthousiasme pour les peintres cubistes et cherche dans sa poésie à effectuer la même révolution.

I Connaître l'œuvre

1 L'auteur et le contexte

- Guillaume Apollinaire se trouve au cœur de la **vie intellectuelle et artistique** du début du XXe siècle. Il est surtout connu pour son recueil, *Alcools* (1913), pour ses *Calligrammes* (1918) et pour ses *Poèmes à Lou* écrits depuis le front pendant la Première Guerre mondiale.
- Proche des peintres **cubistes**, il a également publié *Méditations esthétiques* (1913), manifeste pour la peinture cubiste.
- En 1917, il crée le néologisme « **surréalisme** » pour signifier que créer n'est pas imiter la nature.
- Il est, un moment, proche du « futurisme », mouvement pictural italien qui prône la vitesse. Enfin, dans *L'Esprit nouveau et les Poètes* (1917), il explicite sa conception d'une poésie nouvelle, dont **le ressort est la surprise**.

> J'ai pensé qu'il fallait revenir à la nature même, mais sans l'imiter à la manière des photographes. Quand l'homme a voulu imiter la marche, il a créé la roue qui ne ressemble pas à une jambe. Il a fait ainsi du surréalisme sans le savoir.
>
> Apollinaire, *Les Mamelles de Tirésias*, préface.

2 Composition et thèmes du recueil

- *Alcools* rassemble une **cinquantaine de poèmes**, écrits entre 1898 et 1913. L'ordre n'est **ni chronologique, ni thématique**. Le poète privilégie un **système d'échos** (le premier et le dernier poème se répondent) et d'**alternance** entre pièces longues et pièces courtes (le monostiche « Chantre », suit « Palais », composé de onze quatrains).
- Le poème d'ouverture, « Zone », écrit en 1913, a fonction de **manifeste** par le choix du vers libre, la forme longue, narrative, la coexistence du présent et du passé.
- Apollinaire affirme que chaque poème renvoie à des éléments de sa vie, à des événements tristes ou gais, alternant **mélancolie** et **fantaisie**.

II La modernité poétique

1 Entre tradition et modernité

- Le passage entre le XIXe et le XXe siècle est une période d'**innovations technologiques** : électricité, automobile, tour Eiffel, métro, etc. Les éléments du monde moderne deviennent des **objets poétiques**.

- Pour dire ces réalités nouvelles, Apollinaire, comme Cendrars, travaillent sur la forme : **absence de ponctuation**, **vers libres**, **poésie visuelle** qui tient compte de l'espace de la page et qui trouvera son aboutissement dans les *Calligrammes.*

- Mais la modernité ne signifie pas le rejet du passé et des formes anciennes. Au contraire, le vers libre **côtoie** des formes plus classiques. De même, les thématiques **mêlent** références antiques ou bibliques aux tramways et aux rails.

> **Citation**
> « Mais nos pieds ne se détachent qu'en vain du sol qui contient les morts. » (Apollinaire, *Les Méditations esthétiques.)*

2 Un nouveau lyrisme

- Apollinaire se dit « en quête d'un **lyrisme neuf** et humaniste en même temps » (Lettre à Toussaint-Luca, 1908). Dans *L'Esprit nouveau et les Poètes*, il affirme que « les poètes modernes sont [...] des créateurs, des inventeurs et des prophètes. »

- Ce nouveau lyrisme est souvent celui d'un « je » **composite**, à la manière des portraits cubistes qui donnent à voir plusieurs facettes d'un personnage en même temps. Il est aussi **polyphonique**, comme dans « Cortège » dans lequel le poète à la recherche de lui-même « connaî[t] les autres » et nous fait entendre leurs voix.

L'ESSENTIEL

Alcools, Apollinaire (1913)

- **Mouvement :** « l'esprit nouveau »
- **Structure :** système d'échos thématiques, alternance de poèmes longs et de poèmes courts
- **Thèmes :** la fuite du temps, l'amour (malheureux), l'automne, la ville industrielle, la modernité, la religion, les exilés, la mythologie et les légendes

Qu'est-ce que la littérature d'idées ?

9

☐ OK

La littérature d'idées se définit comme l'ensemble des textes qui ne relèvent ni de la poésie, ni de la fiction narrative ou dramatique. Plus largement, la littérature d'idées désigne tout écrit dans lequel les ressources de la littérature sont au service de l'argumentation.

I L'argumentation directe

L'auteur défend en son nom un point de vue.

1 Les textes à visée philosophique

- L'essai : il se présente comme un texte hybride, sans ordre apparent, embrassant avec subjectivité divers sujets. Ex. : *Essais* de Montaigne.
- Le traité : réflexion sur un sujet circonscrit, il vise l'exhaustivité.
- Le discours : mise en forme écrite de la pensée, il traite une question de manière ordonnée, suivant les règles de l'art oratoire. Ex. : *Discours sur l'origine et les fondements de l'inégalité parmi les hommes* de Rousseau.
- Le dialogue : hérité de Platon, il permet la confrontation des points de vue sous la forme d'une conversation. Ex. : *Le Neveu de Rameau* de Diderot.
- La maxime : énoncé bref, elle exprime une pensée de manière incisive. Ex. : *Maximes et réflexions diverses* de La Rochefoucauld.

> **À noter**
>
> L'**art oratoire**, né dans l'Antiquité, impose de distinguer l'invention (recherche des arguments), la disposition (agencement de ces arguments), l'élocution (mise en forme stylistique).

2 Les textes à dimension polémique

- Le pamphlet : sous-genre qui relève du discours épidictique, il verse couramment dans le blâme ou la satire.
- Le portrait : lié à l'esthétique de la conversation, il fait l'éloge ou le blâme d'une personne à travers une prose travaillée. Il se déploie aussi dans les oraisons funèbres et les mémoires.
- La lettre ouverte : écrit public, elle se prête à l'expression d'un débat et appelle parfois une réponse. Ex. : « J'accuse » de Zola.

3 Les textes à ambition esthétique

- Le **manifeste littéraire** : il constitue une déclaration par laquelle une personne ou un groupe présente ses conceptions esthétiques.
- La **correspondance d'écrivains** : destinée ou non à être publiée, elle offre un témoignage vivant sur la conception de la littérature des épistoliers.

II L'argumentation indirecte

1 L'apologue

> **À noter**
> Du grec *apologos*, « récit détaillé », le mot **apologue** désigne un court récit allégorique qui renferme un enseignement.

- La **fable** : ce court récit de fiction illustre une morale par l'intermédiaire d'animaux ou d'humains.
- Le **conte** : merveilleux ou philosophique, il raconte une histoire qui illustre un précepte de sagesse.
- L'**utopie** : elle décrit une société idéale dont l'organisation est une critique indirecte de la société contemporaine de l'auteur.

2 Dans les genres narratif, dramatique et lyrique

- Le **roman** : « à thèse » ou non, on peut considérer que derrière la fiction qu'il élabore, il est porteur d'idées sur le monde réel. Les paroles rapportées des personnages, leur portrait ou les commentaires du narrateur peuvent avoir une dimension argumentative.
- Le **théâtre** : le dialogue constitue un lieu possible d'affrontement de points de vue ; le monologue, lorsqu'il se fait délibératif, peut offrir l'occasion d'une mise en balance d'arguments.
- La **poésie** : engagée ou lyrique, elle voit le sujet de l'énonciation prendre position, répondre aux attaques, dénoncer les torts.

L'ESSENTIEL

L'argumentation directe →
- visée philosophique : essai, traité, discours, dialogue, maxime
- dimension polémique : pamphlet, portrait, lettre ouverte
- ambition esthétique : manifeste littéraire, correspondance d'écrivain

L'argumentation indirecte →
- apologue : fable, conte, utopie
- genres narratif, dramatique, lyrique

La littérature d'idées aux XVIe et XVIIe siècles

10

☐ OK

FRANÇAIS

HISTOIRE-GÉOGRAPHIE

ENSEIGNEMENT SCIENTIFIQUE

ANGLAIS

À la fin du Moyen Âge, l'humanisme voit s'épanouir une littérature d'idées en prise avec son époque. Au XVIIe siècle, l'instauration de l'absolutisme, sous le règne de Louis XIV, accompagne la fondation de nouvelles normes morales et littéraires incarnées par le classicisme.

I L'humanisme : l'homme au cœur de la littérature d'idées

1 Montaigne : l'invention de l'essai

- Les *Essais* de Montaigne paraissent entre 1580 et 1595. Cette œuvre mêlant autobiographie et réflexions diverses, et composée de trois livres grossis par des ajouts successifs, fait entendre une voix singulière : celle d'un moi qui se prend comme matière de ses écrits, celle d'une conscience qui s'étudie elle-même, celle d'un humaniste qui voit en chaque individu un représentant de « l'humaine condition ».
- L'essayiste met à l'épreuve ses jugements loin de toute certitude. En effet, l'optimisme confiant des débuts de l'humanisme, mis à mal par la conquête coloniale et les conflits religieux, a laissé place au scepticisme.

2 Rabelais : la pensée humaniste en acte

- Dans *Gargantua* et *Pantagruel*, Rabelais met en scène la vie de deux géants. L'accent est mis sur leur formation, occasion pour le romancier de livrer un exposé aussi comique que polémique sur les principes et valeurs de l'humanisme.
- Derrière le rire né du grotesque des personnages et des situations, le lecteur est initié à une forme de sagesse.

Mot clé

L'**humanisme** est un mouvement culturel né en Italie, qui s'épanouit au XVIe siècle et fait de l'homme le centre de ses réflexions.

3 La naissance d'une littérature engagée

- Les guerres de Religion qui ravagent la France voient naître des textes dans lesquels les écrivains s'engagent et prennent parti pour leur camp.
- Ronsard, poète de la Pléiade, se fait le champion du parti catholique dans ses *Discours*. Du côté protestant, Agrippa d'Aubigné livre avec *Les Tragiques* une peinture pathétique et violente du royaume divisé.

II Le classicisme : le triomphe des moralistes

1 Les genres mondains

- Les **mémoires** sont écrits par ceux qui ont participé aux affaires du monde. La Rochefoucauld, le cardinal de Retz, Saint-Simon témoignent ainsi de leur expérience du pouvoir.
- Le genre du **portrait** se voit doté d'une grandeur particulière par La Bruyère et ses *Caractères* : il décrit des types et non des individus, et fait du portrait une peinture des mœurs.
- Nouvelle forme esthétique, le fragment accède à une véritable dignité littéraire. Les *Pensées* de Pascal ou les *Maximes* de La Rochefoucauld constituent des séries d'énoncés indépendants et lapidaires.
- Les **correspondances** accomplissent l'ambition classique d'une élégance sans artifice, d'une beauté non fabriquée. Au premier rang, les *Lettres* de Madame de Sévigné ont rapidement constitué un modèle du genre.

À noter

À côté des formes courtes persistent celles plus développées et continues, héritières de la rhétorique antique, dont le *Discours de la Méthode* de Descartes est l'illustration.

2 Instruire et plaire

- Le **théâtre comique** s'emploie lui aussi indirectement à **critiquer les mœurs**, comme chez Molière qui épingle les vices et défauts humains de son siècle. Le paratexte des pièces devient une tribune pour le dramaturge.
- La Fontaine préfère la **fable** et le **détour par la fiction allégorique** : derrière son monde d'animaux et de végétaux, c'est la société humaine et ses égoïsmes qui se voient mis en cause.

L'ESSENTIEL

L'humanisme →
- essai (Montaigne)
- roman (Rabelais)
- poésie engagée (Ronsard, Agrippa d'Aubigné)

Le classicisme →
- mémoires (Saint-Simon)
- portrait (La Bruyère)
- correspondances (Madame de Sévigné)
- théâtre comique (Molière)
- fable (La Fontaine)

La littérature d'idées au XVIIIe siècle

11

☐ OK

Les écrivains philosophes du XVIIIe siècle œuvrent pour lutter contre l'obscurantisme et faire de la raison la lumière qui guide le peuple.

I Un contexte culturel propice

- Supports essentiels de la diffusion du savoir, les **livres** voient leur nombre multiplié par trois entre 1700 et 1779. La majorité des ouvrages restent cependant des textes de littérature populaire et religieuse.
- La **diffusion des idées des Lumières** est assurée autant par des écrits que par des lieux où les écrivains se rencontrent : des **salons** regroupent auteurs, savants et artistes autour de valeurs communes ; les **cafés** sont le théâtre de vives discussions politiques ou philosophiques ; les **académies** se multiplient en province.

II Les idées des Lumières

1 La question religieuse

- Au plan religieux, les philosophes des Lumières s'interrogent sur le **rapport de l'homme à Dieu** et à l'Église.
- Certains font le choix du **déisme**, comme Montesquieu et Voltaire, et affirment la croyance en un dieu créateur du monde tout en refusant de se soumettre à une institution en matière de culte.
- D'autres professent un véritable **athéisme** : ainsi, Diderot pense que la matière se transforme et s'organise sans intervention divine.

2 L'organisation politique

- Les penseurs du XVIIIe siècle sont unanimes dans leur **condamnation de l'absolutisme** : leurs écrits préfigurent la Révolution française.
- Certains, Montesquieu en tête, se prononcent en faveur de la **monarchie tempérée** où le pouvoir du roi se trouve limité par celui de la noblesse et des parlements.
- D'autres (Voltaire, Diderot), soutiennent le principe du **despotisme éclairé**.
- Plus minoritaire, un courant défend l'**idée de démocratie** (Rousseau).

Œuvre clé

Œuvre majeure des Lumières, l'***Encyclopédie*** travaille à la destruction des préjugés pour éclairer l'opinion.

III L'apparition de genres argumentatifs nouveaux

Le siècle des Lumières reprend des formes anciennes, comme en témoignent les titres de certaines œuvres : *Discours sur l'origine et les fondements de l'inégalité parmi les hommes* (Rousseau, 1755) ou *Lettres philosophiques* (Voltaire, 1734). Il en réinvente aussi certains.

1 Le conte philosophique

- Sous l'impulsion de Voltaire, le **conte philosophique** devient une arme essentielle des Lumières. Merveilleux et imagé, il met à portée du plus grand nombre des théories scientifiques et philosophiques jusque-là réservées aux lettrés.
- Sa **forme allégorique** et ses formules souvent ironiques atténuent les atteintes portées aux institutions et au pouvoir, **déjouant** ainsi **la censure**.

2 Les écrits à dimension biographique

- Rousseau donne avec ***Les Confessions*** le **premier exemple d'autobiographie**. À travers le récit de sa vie, il entreprend aussi de se justifier aux yeux de ses détracteurs.
- En dynamisant les règles du genre, Diderot propose des dialogues qui donnent à voir les **multiples facettes du moi** (*Le Neveu de Rameau*, 1891).

L'ESSENTIEL

La littérature d'idées au XVIIIe siècle

Contexte
diffusion des savoirs (livres) et des idées des Lumières (écrits, salons, etc.)

Idées des Lumières
- question religieuse : rapport de l'Homme à Dieu (déisme, athéisme)
- question politique : condamnation de l'absolutisme

Nouveaux genres argumentatifs
- conte philosophique (Voltaire)
- écrits à dimension biographique (Rousseau, Diderot)

Les stratégies argumentatives

12

☐ OK

La littérature d'idées rassemble des textes dans lesquels un auteur expose et défend son point de vue. Dans tous les cas, une stratégie argumentative est mise en place par l'auteur qui vise à emporter l'adhésion du lecteur par la raison ou les sentiments.

I Les éléments de l'écriture argumentative

Directe ou indirecte, l'argumentation met en jeu les éléments suivants :

- Le thème est le sujet du débat, de l'argumentation.
- La thèse est la proposition ou position que défend le locuteur.
- L'argument est une proposition reconnue ou donnée comme vraie, qui sert à prouver la thèse soutenue ou à réfuter la thèse rejetée (contre-argument).
- L'exemple vient à l'appui de l'argumentation logique et abstraite comme illustration concrète ; il permet ainsi d'adosser les arguments sur des faits. L'exemple est qualifié d'argumentatif lorsqu'il présente un cas si représentatif qu'il suffit à établir une proposition générale.

À noter

Dans la fable, le récit a valeur d'**exemple argumentatif** car il permet d'aboutir à la moralité.

II Les voies de l'argumentation

1 Le choix de la raison

- Convaincre consiste à amener le destinataire à reconnaître rationnellement que l'opinion défendue est vraie.
- Les textes qui cherchent à emporter la conviction se reconnaissent à la présence d'arguments et d'exemples, organisés de manière logique.
  - Le raisonnement inductif se fonde sur des faits particuliers pour s'élever à la loi générale.
  - Le raisonnement déductif, à l'inverse, prouve un fait particulier à partir d'un énoncé général.

Mot clé

Cas particulier de la déduction, le **syllogisme** propose une conclusion en apparence irréfutable à partir d'affirmations données comme vraies.

- Le **raisonnement concessif** permet de rendre raison en partie à l'adversaire avant de réfuter l'essentiel de son argumentation.
- Le **raisonnement par l'absurde** feint d'adopter la thèse adverse pour en tirer par déduction des conséquences illogiques.

L'**argument d'autorité**, par lequel un auteur cite les propos d'une personnalité à la légitimité incontestée, peut achever de convaincre l'interlocuteur.

2 Le biais des sentiments

Persuader consiste à amener le destinataire à admettre la thèse en faisant appel à ses émotions et non seulement à la raison.

L'auteur manifeste sa **subjectivité** grâce à divers procédés : écriture à la première personne, verbes d'opinion, recours à la modalisation et aux connotations. Il cherche à **impliquer l'interlocuteur**, à travers des apostrophes, des questions rhétoriques, des figures de style visant à susciter une émotion.

La persuasion passe également par **l'implicite** qui prend la forme du **sous-entendu** (dont l'interprétation dépend entièrement de la situation d'énonciation), du **présupposé** (qui suppose une déduction à la charge du destinataire) et de l'**ironie** (qui suppose que le lecteur inverse la valeur de l'énoncé pour en comprendre le sens réel).

Les **arguments de mauvaise foi** trouvent parfois leur place dans une stratégie persuasive : le **prétexte** invente de fausses raisons ; la **tautologie** redouble l'affirmation d'une évidence et l'**argument *ad hominem*** discrédite la personne de l'adversaire plus que ses arguments.

L'ESSENTIEL

Les éléments de l'écriture argumentative →
- thème
- thèse
- argument
- exemple

Les voies de l'argumentation →
- convaincre par la raison (arguments, exemples)
- persuader par les sentiments (implication de l'interlocuteur)

Analyser un texte d'idées

13

☐ OK

L'analyse d'un texte d'idées suppose qu'on ait préalablement identifié le type d'argumentation, directe ou indirecte, dont il relève. Dans tous les cas, il convient de porter une attention particulière aux marqueurs logiques, énonciatifs et stylistiques.

I Identifier le schéma argumentatif

1 Repérer les articulations logiques

- Relevez les connecteurs qui marquent les articulations de la pensée ; identifiez la valeur éventuelle de la ponctuation (les deux-points révèlent par exemple un rapport de cause à conséquence).
- Prêtez attention aux adverbes qui marquent la progression du discours (*d'abord, ainsi, finalement*…).
- Dans le cas de l'argumentation indirecte, cherchez à dégager la part narrative de la part discursive, qui transparaît dans les commentaires et l'énoncé éventuel d'une leçon par l'auteur.

2 Dégager la thèse défendue

- Si la thèse est explicite, il faut situer précisément dans le texte le passage où elle apparaît et la reformuler de manière à montrer qu'on l'a bien comprise.
- Si la thèse est implicite, il s'agit de la formuler avec ses propres mots à partir des arguments donnés dans le corps du texte.

3 Identifier la stratégie argumentative

- Le repérage des types d'arguments mobilisés permet de préciser l'angle d'attaque privilégié par le locuteur :

- La **démarche** d'ensemble peut choisir de privilégier l'adhésion du destinataire par la raison ou les sentiments ou l'inviter à mettre en balance plusieurs points de vue.
- Formes subjectives, l'**éloge** et le **blâme** doivent conduire à construire une image du locuteur et des valeurs auxquelles il adhère autant que de la personne visée.

II Étudier la situation d'énonciation

1 Du côté du locuteur

- Il faut observer comment se manifeste celui qui soutient sa thèse. Cela revient à étudier les **marques de présence de la première personne**, à travers les pronoms et les déterminants possessifs.
- Il convient également de chercher la présence de la **modalité exclamative**, des **marques de jugement**, des termes **modalisateurs**.

2 Du côté du destinataire

- On peut déterminer l'**identité** et le **rôle de l'interlocuteur** (simple auditeur ou lecteur, adversaire, complice) et porter attention à la manière dont il est présenté, interpelé, cité.
- Demandez-vous si et comment le lecteur est présent dans le texte.

III Étudier le lexique et les procédés stylistiques

1 Le lexique

- Observez les **champs lexicaux** et les liens qui les unissent.
- Identifiez les **connotations** (lexique évaluatif, appréciatif).
- Déterminez la **tonalité du texte** (comique, satirique, lyrique...) et les **procédés d'expression** qui la soutiennent.

> **Conseil**
> Soyez également attentif à la **typographie** qui signale l'importance d'un mot avec les lettres capitales ou l'italique, l'ironie avec des guillemets.

2 Les procédés stylistiques

- Répertoriez les **figures de style** et cherchez à interpréter leur **rôle dans l'argumentation** :
  • figures d'insistance (répétition, parallélisme, énumération, gradation, prétérition) ;
  • figures d'exagération (hyperbole) ;
  • images (comparaison, métaphore).
- Détectez la présence possible d'**ironie** et étudiez-en les effets.

Rabelais, *Gargantua*

Parcours : Rire et savoir

14

☐ OK

Gargantua narre les aventures d'un géant doté d'un formidable appétit de bonne chère et de savoir. À travers ce récit plein de verve et de fantaisie verbale, Rabelais livre un plaidoyer pour une culture humaniste.

I Connaître l'œuvre

1 L'auteur et le contexte

- **Érudit de la Renaissance**, François Rabelais a probablement vécu de 1483 à 1553. Il prend l'habit de moine puis devient médecin. Sa vocation littéraire s'affirme tardivement : son premier roman, *Pantagruel*, paraît en 1532, suivi en 1534 par *Gargantua*, qui fait l'objet d'une deuxième édition en 1542.
- Rabelais a acquis une très vaste culture en étudiant notamment les langues et les textes de l'Antiquité ainsi que le corps humain. L'écrivain illustre donc l'**idéal humaniste** qu'il préconise dans son œuvre.

À noter

C'est sous le **pseudonyme** d'Alcofribas Nasier (anagramme de ses prénom et nom) que François Rabelais signe *Gargantua*.

2 La structure de l'œuvre

- À l'instar de *Pantagruel*, *Gargantua* est construit comme une parodie d'épopée. Cependant, ce deuxième roman apparaît davantage marqué par l'**esprit satirique** : Rabelais raille la culture médiévale et promeut les idéaux de l'humanisme.
- *Gargantua* est découpé en **quatre ensembles** distincts (l'enfance, l'éducation, la guerre et l'abbaye de Thélème) : cette partition correspond à la composition des **romans de chevalerie** où étaient abordées successivement la formation, les prouesses et l'entrée en religion des héros.

II Comprendre le parcours

1 « Rire est le propre de l'homme »

- Dès l'« Avis aux lecteurs », Rabelais justifie son **parti pris comique** en se fondant sur une maxime empruntée au traité *Les Parties des animaux* d'Aristote. Mécanisme caractéristique de l'humain, le rire apparaît à l'auteur de *Gargantua* comme une panacée, c'est-à-dire un remède universel à la douleur et au chagrin auxquels l'homme est en proie au cours de sa vie.

- Le rire rabelaisien s'abreuve à de multiples sources : il emprunte à la farce avec des effets de décalage ; puise dans le lexique populaire, voire grossier ; joue du gigantisme des personnages ; se fait parodie quand il imite le discours des doctes ; recourt aussi à l'ironie pour rendre le texte ambivalent.

> **Conseil**
> L'**ironie** appelle les lecteurs rabelaisiens à réfléchir : il faut parfois mettre en doute la parole même qui se déploie dans le roman et évaluer la valeur de vérité des énoncés.

- Le comique n'est pas une fin en soi sous la plume de Rabelais. Il se comprend dans le cadre d'une pensée chrétienne et cherche à contrebalancer la faiblesse humaine en incitant au discernement.

2 Le « gai savoir »

- Le « Prologue » de *Gargantua* se place sous l'autorité de Socrate, figure du sage antique dissimulé sous les traits d'un bon vivant : derrière l'apparence comique se cache un « divin savoir ». Rabelais, comme Socrate, amène son lecteur à devenir plus instruit et à se connaître soi-même.
- Chez Rabelais, le rire s'attaque aux vices des institutions comme des individus : il met en cause et libère ; il corrige et invite à la délibération. La satire se met au service de la pédagogie : elle véhicule les idées humanistes.
- Pour le lecteur, il s'agit moins d'être bon public qu'« entommeur » (briseur) de la « substantifique moelle », à l'image d'un chien de chasse qui ronge l'os jusqu'à en atteindre le meilleur morceau. Les aventures romanesques de Gargantua se lisent ainsi comme une chasse de vérité, un récit allégorique à décrypter.

L'ESSENTIEL

Gargantua, Rabelais (1534-1542)

- **Mouvement :** humanisme
- **Thème :** l'éducation et les aventures burlesques d'un géant
- **Visées :** susciter une pensée critique par le rire, promouvoir les idées humanistes

La Bruyère, *Les Caractères* (livres V à X)

Parcours : La comédie sociale

15

☐ OK

Dans *Les Caractères*, La Bruyère donne à voir les ridicules de ses contemporains et dénonce la société du paraître qui triomphe à la Cour ou dans les salons.

I Connaître l'œuvre

1 L'auteur et le contexte

- Issu de la bourgeoisie, Jean de La Bruyère (1645-1696) acquiert une charge de trésorier après des études de droit. En 1684, sa carrière connaît une ascension notable : il devient précepteur du duc Louis de Bourbon, petit-fils du Grand Condé.
- La Bruyère entre à l'Académie française en 1693 et prend le parti des « Anciens », admirateurs et imitateurs de l'Antiquité, dans la « querelle » qui les oppose aux « Modernes », soucieux de renouveler les formes artistiques.

2 La structure de l'œuvre

- Inspirée des *Caractères* du Grec Théophraste (372-287 av. J.-C.), l'œuvre de La Bruyère se présente comme une traduction de l'auteur antique, sorte de caution morale et littéraire. Au fil des éditions (1688-1696), La Bruyère y ajoute un mélange original de descriptions, remarques et aphorismes dans le goût de l'époque classique, qui rejoint l'esthétique de la conversation mondaine.
- Au-delà du désordre apparent de l'œuvre, certains regroupements apparaissent : les livres I à IV dépeignent la psychologie de l'homme (son esprit, son mérite, son cœur) ; les livres V à X proposent une peinture de la société et du pouvoir ; les livres XI à XVI étudient l'homme dans une perspective morale et religieuse.

II Comprendre le parcours

1 Un miroir de la société

- La Bruyère fait autant œuvre d'historien, à la manière de Saint-Simon, que de moraliste à l'instar de La Rochefoucauld.

Mot-clé

Un **moraliste** observe et décrit le comportement de ses semblables afin d'instruire le lecteur.

- La société dépeinte dans *Les Caractères* n'est plus régie par l'ordre ancien : les « **Grands** » n'ont plus que les « dehors » de l'aristocratie et la **bourgeoisie** se hisse au rang de cette dernière par l'argent et les intrigues.

- Toutes les **conditions** – de l'artisan au souverain – et tous les **profils** psychologiques – de la coquette au distrait – sont décrits. Cet examen détaillé oppose ceux qui sont utiles au fonctionnement de la société à ceux dont le comportement n'est fondé que sur le paraître et sur l'artifice, et qui la dénaturent.

2 Divertir en corrigeant les mœurs

- La Bruyère excelle dans l'art du portrait. Les caricatures qu'il dresse de ses contemporains visent à créer des « **types** » humains. La façon dont il met en scène les travers et les manies des hommes suscite le rire et fait écho, de manière efficace, au thème du *theatrum mundi* (théâtre du monde). Au-delà du traité rhétorique, l'œuvre s'apparente souvent à une comédie aux accents baroques.

> **Mot-clé**
>
> La notion de ***theatrum mundi*** est un héritage baroque. Au sein de la société, chacun joue un rôle, consciemment ou malgré lui, sur la grande scène du monde.

- Le style de l'auteur s'attache à mettre au jour les défauts des êtres et les tares de la société : la **précision** des formules fouille les replis de l'âme humaine ; l'**exagération** et le goût de l'anecdote emportent le rire.

- Le comique devient ainsi un instrument puissant au service de la **critique des institutions et des préjugés** dont se souviendront les philosophes du siècle des Lumières.

L'ESSENTIEL

Les Caractères, livres V à X
La Bruyère
(1688-1696)

- **Mouvement :** classicisme
- **Thème :** l'étude des mœurs dans une société fondée sur le paraître
- **Visées :** dévoiler l'envers du « Grand Siècle », mettre au jour les ressorts de la nature humaine

O. de Gouges, *Déclaration des droits de la femme et de la citoyenne*

Parcours : Écrire et combattre pour l'égalité

16

☐ OK

Dans sa *Déclaration des droits de la femme et de la citoyenne*, Olympe de Gouges revendique pour les femmes des droits égaux à ceux des hommes, au nom de la nature et de la raison. Femme engagée dans le débat politique, elle met sa plume au service du combat pour l'égalité des sexes et des citoyens.

I Connaître l'œuvre

1 L'auteur et le contexte

- Marie Gouze naît en 1748 dans une famille de la bourgeoisie provinciale. Jeune veuve, elle gagne Paris au début des années 1770, où elle prend le nom d'Olympe de Gouges. Grâce à son instruction, elle se fait une place dans les salons du temps.
- Pendant la Révolution, Olympe de Gouges multiplie les écrits pour promouvoir les droits des opprimés. Sa position en faveur de la monarchie constitutionnelle et son hostilité au régime de la Terreur lui valent d'être guillotinée en 1793.

À noter

La Terreur désigne une période de la Révolution française située entre 1793 et 1794. Elle se caractérise notamment par une justice expéditive à l'égard des personnes suspectées de mettre en danger la République.

2 La structure de l'œuvre

- Adressée à la reine Marie-Antoinette, la *Déclaration des droits de la femme et de la citoyenne* constitue un pastiche critique de la *Déclaration des droits de l'homme et du citoyen*, présentée au roi Louis XVI et votée le 26 août 1789.
- L'œuvre d'Olympe de Gouges imite la forme juridique de la *Déclaration* de 1789 : comme le texte original, elle comporte un préambule (exposé d'intentions) et dix-sept articles de loi. L'auteure ajoute un postambule dans lequel elle appelle directement les femmes à s'emparer de leurs droits.

II Comprendre le parcours

1 L'écriture au service de l'égalité des sexes

- La *Déclaration* rédigée par Olympe de Gouges apparaît d'abord comme le pendant absent de celle de 1789, qui semble ne concerner que les individus de sexe masculin. En effet, les femmes de l'époque ne pouvaient ni voter ni exercer de fonctions politiques.

- Pourtant, le texte ne saurait se réduire à un simple contre-projet : c'est un plaidoyer en faveur de l'égalité des droits qui vise à faire reconnaître un **statut juridique, politique et social** aux femmes et à établir la concordance entre les sexes au sein de la nation.

- Le projet est demeuré sans valeur légale, mais il a marqué une étape dans l'histoire de la **pensée féministe**, qui le relie, un siècle plus tôt, au traité de Poullain de La Barre, *De l'égalité des deux sexes* (1673), et à l'époque contemporaine, à l'essai de Simone de Beauvoir, *Le Deuxième Sexe* (1949).

Citation

« La femme a le droit de monter sur l'échafaud ; elle doit avoir également celui de monter à la tribune [...] » (article X de la *Déclaration des droits de la femme et de la citoyenne*).

2 Une femme engagée

- À l'instar des écrivains des Lumières, Olympe de Gouges tente de détruire les préjugés. Son discours emprunte aux **ressources de l'art oratoire** : judiciaire, il prend en charge les faits passés en dénonçant les injustices faites aux femmes ; épidictique, il blâme les hommes pour leurs comportements quotidiens ; délibératif, il propose pour l'avenir un nouveau modèle de société égalitaire.

- De nombreux écrits (pièces de théâtre, brochures...) témoignent des **positions avant-gardistes** de l'auteure sur des sujets variés. Elle réclame ainsi l'égalité des droits pour tous, sans distinction de sexe, de couleur ni de revenu, et s'insurge particulièrement contre la traite des esclaves dans les colonies. Elle a également défendu avec énergie les enfants nés hors mariage et privés de droits.

L'ESSENTIEL

Déclaration des droits de la femme et de la citoyenne, Olympe de Gouges (1791)

- **Mouvement :** les Lumières
- **Thème :** la revendication de l'égalité entre hommes et femmes
- **Visées :** dénoncer les injustices, défendre les droits des femmes

Les écritures narratives

17

☐ OK

FRANÇAIS

HISTOIRE-GÉOGRAPHIE

ENSEIGNEMENT SCIENTIFIQUE

ANGLAIS

Le terme *récit* englobe plusieurs genres qui correspondent à des formes d'écriture narrative différentes et qui dépendent étroitement du contexte historique et littéraire.

I Les genres du récit

Il existe un grand nombre de genres et sous-genres du récit. On peut les répartir en quatre grandes catégories :

- le récit de fiction dans lequel le narrateur (à ne pas confondre avec l'auteur) raconte une histoire fictive à la première ou à la troisième personne. Ce type de récit peut se présenter sous forme longue (roman) ou courte (nouvelle) ;
- les écritures narratives à la première personne, dans lesquelles le « je » qui raconte est en même temps le narrateur, l'auteur et le personnage principal (autobiographie, journal intime) ou témoin prenant une part importante à l'histoire (mémoires) ;
- la littérature de voyage, qui relate un voyage réellement effectué par l'auteur ;
- les chroniques, qui rapportent chronologiquement des événements du réel.

II Les caractéristiques de l'écriture narrative

1 La structure

Tout récit développe une intrigue qui a un début et une fin et se construit sur une succession de péripéties.

Le récit de fiction respecte généralement les cinq étapes du schéma narratif : la situation initiale ; l'élément perturbateur ; les péripéties ; le dénouement ; la situation finale.

Mot clé

L'**enchâssement** de récits secondaires peut venir complexifier la structure du récit principal.

Dans un roman, l'incipit introduit l'action, dresse le décor, donne le ton. Dans un récit non fictif, l'auteur crée un pacte de lecture, en énonçant plus ou moins clairement ses intentions (dire la vérité, relater des événements vécus, témoigner). Dans les deux cas, il s'agit d'instaurer une relation privilégiée avec le lecteur.

2 Les personnages

Le récit ne peut se passer de personnages, qu'ils soient fictifs ou réels.

- Dans un récit, les personnages tissent un réseau de relations. Le **schéma actantiel** en rend compte : le héros, ou sujet, cherche à atteindre un but, l'objet. Dans cette quête, il rencontre des aides, les adjuvants, et des obstacles, les opposants. La quête est commanditée par un émetteur, le destinateur, au bénéfice d'un destinataire qui juge de sa réussite ou de son échec.
- On peut aussi étudier les personnages selon un **système de valeurs**.

> **À noter**
> Certains personnages sont tellement associés à la **valeur** qu'ils représentent que leur nom devient un nom commun. Ex. : *C'est un vrai rastignac.* (= un arriviste, du nom du héros de Balzac).

III L'importance du contexte

- Les récits diffèrent en fonction de la **réalité historique** qui les voit naître. Mais ils ne donnent pas seulement à voir la réalité d'une époque, ils en proposent une **interprétation**.
- Ainsi, le voyageur dans la Lune de Cyrano de Bergerac, auteur français du XVIIe siècle, et les voyageurs interstellaires de Bradbury, auteur américain du XXe siècle, entreprennent un voyage bien différent : ils s'inscrivent dans des esthétiques distinctes et révèlent des interrogations humaines propres à leur époque respective.

L'ESSENTIEL

Les écritures narratives

Genres
- récit de fiction (roman, nouvelle)
- écriture narrative à la 1re personne (autobiographie, journal intime, mémoire)
- littérature de voyage, chroniques

Caractéristiques
- schéma narratif :
  1. situation initiale
  2. élément perturbateur
  3. péripéties
  4. dénouement
  5. situation finale
- schéma actanciel : sujet, objet, quête, adjuvants, opposants

Le récit, du Moyen Âge au XVIIIe siècle

18

☐ OK

FRANÇAIS

Durant cette période, le récit connaît une grande évolution, de la chanson de geste au roman libertin, de la naissance du roman à l'anti-roman.

I Du Moyen Âge au XVIe siècle

1 Le Moyen Âge et la naissance du roman

- Le terme « roman » naît au XIIe siècle pour désigner un récit écrit en langue romane, et non plus en latin : il s'agit de chansons de geste, récits des aventures d'un chevalier.
- Chrétien de Troyes s'inspire de la légende du Graal et du cycle arthurien pour écrire cinq romans en vers, dont *Perceval ou le Conte du Graal* qui raconte la quête spirituelle du chevalier Perceval.

2 Le XVIe siècle : le récit au service de l'humanisme

L'esprit de la Renaissance et de l'humanisme s'exprime dans les trois grands romans de Rabelais, *Pantagruel*, *Gargantua* et *Le Tiers Livre*. Derrière le burlesque et les aventures extraordinaires de deux géants, le lecteur est amené à réfléchir sur la guerre, la religion, l'accès au savoir…

II Au XVIIe siècle

- Le roman pastoral (*L'Astrée* d'Honoré d'Urfé, 1607-1628) met en scène des bergers et des bergères dont les conversations reprennent celles des salons précieux.
- Le roman héroïque et précieux montre des héros idéalisés impliqués dans des épopées et intrigues complexes. *Artamène ou le Grand Cyrus* (1649-1653) de Georges et Madeleine de Scudéry en est l'illustration.

> **Mot clé**
> La **préciosité** se caractérise par un raffinement extrême du comportement et du langage.

- Le roman baroque foisonne d'exubérance et de rebondissements. On peut citer *L'Autre Monde ou les États et Empires de la Lune et du Soleil* (1657) de Cyrano de Bergerac, qui narre un voyage fantaisiste et philosophique dans la Lune et le Soleil.
- Le roman réaliste et satirique dresse le tableau des mœurs de l'époque. Il en va ainsi du *Roman comique* (1651-1657) de Paul Scarron.

- Le **roman d'analyse** décrit les variations de la passion et relève d'une esthétique classique, à l'image de *La Princesse de Clèves* (1678), récit bref qui oppose passion et raison à la cour du roi Henri II vers 1550. L'analyse psychologique du personnage en fait un roman moderne.

III Au XVIIIe siècle

1 Le récit à la première personne

- Le **roman picaresque**, hérité d'un genre né en Espagne au XVIe siècle, raconte les aventures d'un *picaro* (personne en marge de la société). Lesage écrit *Les Aventures de Gil Blas de Santillane* (1715) dont le héros voyageur part à la recherche d'aventures plus ou moins honnêtes.
- Le **roman-mémoires** donne la parole à des personnages de fiction qui racontent, à la première personne, les étapes de leur vie, et notamment leur ascension sociale (Marivaux, *Le Paysan parvenu,* 1735, et *La Vie de Marianne,* 1731-1741) ou leur déchéance (l'abbé Prévost, *L'Histoire de Des Grieux et de Manon Lescaut,* 1731).
- Le **roman épistolaire** croise la correspondance de plusieurs épistoliers fictifs : deux voyageurs persans dans les *Lettres persanes* de Montesquieu (1721), un couple de libertins et leurs « victimes » dans *Les Liaisons dangereuses* de Laclos (1782). L'absence de narrateur donne au récit une apparence d'objectivité.

2 L'anti-roman

Certains auteurs, tel Diderot dans *Jacques le fataliste* (1796), interrogent le genre romanesque pour le contester : on parle d'**anti-roman**. Le dialogue de Jacques et de son maître, sans cesse entrecoupé par des apostrophes au lecteur, rappelle l'illusion de la convention romanesque et empêche toute adhésion au récit.

L'ESSENTIEL

Du Moyen-Âge au XVIe siècle	Émergence du genre romanesque
XVIIe siècle	Préciosité, baroque et classicisme
XVIIIe siècle	Les écritures du « je » et l'esprit de provocation

Le récit au XIXe siècle

19

☐ OK

Romantique, réaliste ou naturaliste, le XIXe siècle est le siècle du roman.

I Les grands courants littéraires

1 Le temps du romantisme

- Le récit romantique met souvent en scène **un héros en conflit avec la société**, qui s'en exclut par l'exil, (*René*, Chateaubriand, 1801) ou par un caractère hors du commun (*Corinne*, Madame de Staël, 1807).
- Le héros romantique est le plus souvent un **être passionné** chez qui domine une souffrance intime qui s'exprime dans l'affirmation d'un **« je » omniprésent.**
- Le romantisme peut **s'inspirer de l'Histoire** : les troubles de 1789, les campagnes de Napoléon, le retour de la monarchie et ses épisodes révolutionnaires, fournissent une riche matière. *Les Misérables* (1862) de Victor Hugo lui donnent une **dimension sociale**.

2 Une réaction : le réalisme

- À la subjectivité du « je » romantique, le réalisme oppose la volonté d'observer et représenter le réel avec **objectivité**, scrutant la société et ses travers.
- Dans *La Comédie humaine* (1830-1856), **Balzac** dresse un panorama de la société de son temps en créant des personnages représentatifs de tous les milieux. Ceux de **Stendhal** sont pris dans l'histoire contemporaine (*Le Rouge et le Noir* est sous-titré *Chronique de 1830*). Ceux de **Flaubert** appartiennent à la bourgeoisie provinciale (*Madame Bovary*, 1857) ou parisienne (*L'Éducation sentimentale*, 1869).
- Les romans réalistes sont souvent **romans d'apprentissage**. Ils retracent des **destins individuels** de héros dans une société cruelle qui les refuse (Julien Sorel chez Stendhal), dont ils profitent (Bel-Ami chez Maupassant), ou dont ils ne comprennent pas le fonctionnement (Frédéric Moreau chez Flaubert).

> **Citation**
>
> « Un roman est un miroir qui se promène sur une grande route. Tantôt il reflète à vos yeux l'azur des cieux, tantôt la fange des bourbiers… » (Stendhal)

3 Une prolongation : le naturalisme

- Dans le prolongement du réalisme, le récit naturaliste, qui a pour chef de file **Émile Zola**, se veut le **compte-rendu méthodique et documenté** de la réalité sociale de la fin du siècle.
- Le romancier pose un **œil scientifique** sur son personnage qui devient le cobaye d'une expérimentation montrant que l'homme est déterminé par son contexte et son hérédité (*Le Roman expérimental*, Zola, 1893).

II Des influences transversales

1 Le rôle du progrès

Dès 1836, les journaux conquièrent un lectorat plus grand grâce à des **romans-feuilletons** (Dumas, Sue, Balzac, Zola). Industrialisation et découvertes **scientifiques** fournissent de la matière aussi bien aux **récits d'anticipation** de Jules Verne qu'aux romans naturalistes de Zola.

2 L'attrait pour le voyage

- Que ce soit pour découvrir un monde premier (Chateaubriand, *Atala*, 1801), un pays proche (Stendhal, *Chroniques italiennes*, 1855), ou un ailleurs exotique (Flaubert, *Salammbô*, 1862), les romans du XIXe siècle font voyager les lecteurs.
- Les écrivains publient leurs **carnets et récits de voyage** : *L'Itinéraire de Paris à Jérusalem* (Chateaubriand, 1811), *Voyage en Orient* (Nerval, 1851)…

3 Le goût du fantastique

Le goût du fantastique traverse le siècle : aussi bien dans la période romantique (romantisme noir), que dans le réalisme (Balzac, Maupassant, Gautier, Mérimée). Il s'incarne souvent dans le format de la **nouvelle**.

L'ESSENTIEL

Le récit au XIXe siècle

Les grands courants
- romantisme (Mme de Staël, Hugo)
- réalisme (Balzac, Flaubert, Maupassant)
- naturalisme (Zola)

Les influences transversales
- le progrès (Dumas, Sue, Zola, Verne)
- le voyage (Stendhal, Nerval)
- le fantastique (Gautier, Mérimée, Maupassant)

Le récit depuis le XXe siècle

20

☐ OK

Le XXe siècle remet en question les fondements et les codes du roman : le traitement de l'intrigue et du personnage romanesque est renouvelé.

I Un renouveau

1 Repenser le roman

- La vision subjective et le monologue intérieur renouvellent la forme du récit. Dans *À la Recherche du temps perdu* (1913-1927) de Proust, le personnage et son destin cèdent la place à un **« je » intériorisé**.
- Certains auteurs interrogent la forme même du roman. Ainsi, dans *Les Faux-monnayeurs* (1925), André Gide **met en abyme** le travail de l'écrivain par une construction complexe faite d'emboîtements d'intrigues et d'une multiplicité de points de vue.

2 Interroger le sens de l'existence

- Les romans prenant pour thème les **deux Guerres mondiales** révèlent un homme englué dans des événements qu'il ne maîtrise pas : c'est le cas de Bardamu chez Céline (*Voyage au bout de la nuit,* 1932).
- L'homme dans toute sa détresse et le **héros démythifié** se rejoignent dans les personnages clochardisés de Beckett (*Molloy*, 1951), incapables d'action dans un **monde dénué de sens**.
- Si les romans de Camus (*L'Étranger*, 1942), et de Sartre (*La Nausée*, 1938), sont porteurs du **sentiment de l'absurde**, d'autres s'interrogent sur la portée de l'**engagement** de l'homme dans le monde, comme *La Condition humaine* (Malraux, 1933) ou *La Peste* (Camus, 1947).

II Des expérimentations

1 Le Nouveau Roman

Dans les années 1950-1970, le Nouveau Roman **remet en cause les codes du roman**.

- **Sarraute** (*L'Ère du soupçon*, 1956) **refuse l'effet « trompe-l'œil »**, qui, sous prétexte de vouloir rendre le réel, détourne le lecteur de la « vérité profonde » de l'être.
- **Robbe-Grillet** (*Pour un nouveau roman*, 1963) refuse le personnage traditionnel et toute utilisation du réel comme support d'une intrigue.

- **Michel Butor** (*L'Emploi du temps*, 1956) se joue de la chronologie par de constants allers et retours entre le passé et le présent.

2 L'influence du surréalisme et de l'Oulipo

La vision surréaliste et le jeu avec les contraintes de l'Oulipo vivifient la création romanesque. André Breton (*Nadja*, 1928), Queneau (*Zazie dans le métro,* 1959), Boris Vian (*L'Écume des jours,* 1947), **poétisent le réel et se jouent des mots et de la langue.** Perec écrit un récit de 300 pages (*La Disparition*, 1969) sans utiliser la lettre *e*.

III Le mélange de genres

- L'**écriture autobiographique** reparaît mais dans des formes renouvelées : Nathalie Sarraute (*Enfance,* 1983) l'écrit sous forme de dialogue avec elle-même ; Georges Perec, (*W ou le souvenir d'enfance*, 1975) alterne une fiction écrite lors de son adolescence et le récit de son enfance écrit au présent.
- L'**autofiction,** hybride de roman et d'autobiographie, utilise la fiction pour accéder à la connaissance de soi. De nombreux auteurs s'y essaient, parmi lesquels Modiano avec *Dora Bruder* (1997).
- La **« non-fiction narrative »** tient à la fois du reportage, du documentaire et du récit romancé. *L'Adversaire* (1993), d'Emmanuel Carrère, récit d'un sinistre fait divers et du parcours de l'écrivain pour comprendre le criminel, en est un bon exemple.

Citation

« Depuis dix ans, on ne cesse de m'interroger sur la part de fiction qui entre dans mes livres. Or cette part de fiction, elle est nulle. » (Emmanuel Carrère)

L'ESSENTIEL

Le récit depuis le XIXe siècle

Renouveau
- interroger la forme du roman (Proust, Gide)
- interroger le sens de l'existence (Céline, Camus, Sartre)

Expérimentation
- Nouveau Roman (Sarraute, Butor)
- surréalisme, OuLiPo (Breton, Queneau, Vian)

Mélange des genres
- renouveau de l'autobiographie (Sarraute, Perec)
- autofiction (Modiano)
- « non-fiction narrative » (Carrère)

Analyser un extrait de récit

21

☐ OK

Après une première lecture, quelles sont les questions à se poser pour mieux comprendre un extrait de récit et dégager des axes d'analyse ?

I Situer et caractériser l'extrait

1 Quelle est la tonalité de l'extrait ?

Reconnaissez-vous une tonalité dominante (lyrique, comique, dramatique…) et des procédés d'écriture (choix du vocabulaire, syntaxe…) qui pourraient inscrire l'extrait dans un courant littéraire ou dans une époque ? Aidez-vous aussi des informations données par le paratexte.

2 Quelle est la fonction de l'extrait ?

- Déterminez le rôle de l'extrait dans l'intrigue : s'agit-il de faire avancer l'action (scène de rencontre, dialogue…) ou de donner des informations sur le cadre ou les personnages (flashback, description…) ?
- S'il s'agit du début du récit (incipit), vous devrez en tenir compte dans votre étude. Celui-ci joue en effet un rôle spécifique : il installe un cadre spatio-temporel, suggère une action à venir, ou présente un personnage.

Conseil

Essayez de **résumer l'extrait** en une phrase pour faire ressortir l'enjeu principal.

II Étudier la narration

1 Qui raconte ?

Le narrateur est celui qui raconte : il peut être intérieur ou extérieur au récit.

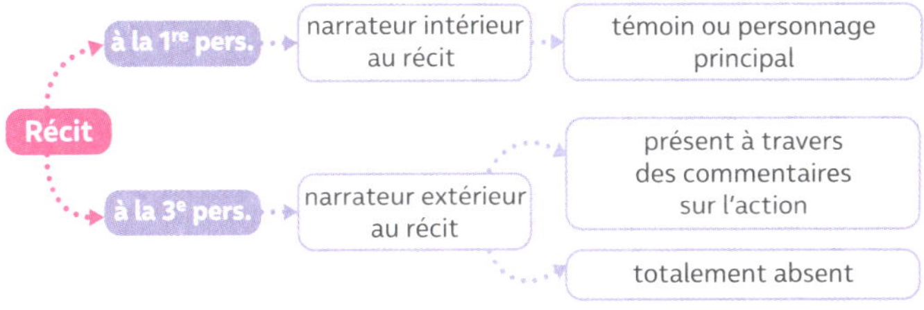

2 Quel est le point de vue du narrateur ?

Pour raconter l'histoire, le narrateur adopte un point de vue ou focalisation.

Focalisation externe	Le narrateur semble découvrir le personnage en même temps que le lecteur.
Focalisation zéro	Le narrateur est omniscient ; il connaît tout du personnage : son passé, son futur, ses pensées…
Focalisation interne	Le lecteur voit à travers le regard du personnage. Le narrateur s'efface pour laisser son personnage décrire, raconter…

III Analyser le traitement du temps

- Déterminez le moment de la narration par rapport au moment des faits. Le récit est souvent rétrospectif : les événements sont racontés au passé. Ils peuvent aussi être racontés au présent, au fur et à mesure de leur déroulement. Ils sont rarement racontés par anticipation avant leur déroulement effectif.

- Demandez-vous également si l'ordre chronologique est respecté ou s'il est perturbé par des analepses (retours en arrière) ou des prolepses (anticipation).

- Étudiez enfin le rythme du récit en comparant la durée des faits (F) et la durée de la narration (N). On distingue plusieurs cas de figures :
  - N = F (scène) ;
  - N > F (pause) ;
  - N < F (sommaire) ;
  - N = 0 (ellipse).

Exemple

Un dialogue constitue une **scène**, tandis qu'une description constitue une **pause**. Une indication comme « Trois années s'écoulèrent » est une **ellipse** et « Elle voyagea pendant plusieurs mois » un **sommaire**.

IV Analyser les personnages et le cadre

- Analysez les personnages et la manière dont ils sont présentés. Leur nom donne-t-il des informations (caractère, origine sociale, époque) ? Quels types de relations entretiennent-ils ? S'il s'agit d'un portrait, est-il physique et/ou moral, élogieux ou dépréciatif ?

- Les éléments du décor apportent-ils une information sur le personnage, sur celui qui décrit ? La description des lieux a-t-elle une valeur symbolique ou réaliste ?

Mme de Lafayette, *La Princesse de Clèves*

Parcours : Individu, morale et société

22

☐ OK

La Princesse de Clèves, nouvelle historique centrée sur une crise amoureuse dans un univers mondain, s'est imposée comme un chef-d'œuvre du récit d'analyse.

I Connaître l'œuvre

1 L'auteur et le contexte

- Au XVIIe siècle, Mme de Lafayette renouvelle le genre du récit à travers l'esthétique de la nouvelle historique, toute de retenue et de sobriété.
- Mme de Lafayette publie dans l'anonymat. Très appréciées, ses œuvres soulèvent des débats éthiques sur la vertu et la passion, comme *La Princesse de Montpensier* (1662) et *La Princesse de Clèves* (1678).
- Familière des salons précieux et de la cour, Mme de Lafayette fait des milieux aristocratiques le cadre de ses récits, qui étudient la passion amoureuse.

Mot clé

La **préciosité** est un courant culturel et artistique du XVIIe siècle, qui régule la séduction et exprime les transports amoureux à travers une langue raffinée et métaphorique.

2 Résumé de l'œuvre

- À la cour des Valois, au XVIe siècle, l'aristocratie mène une vie fastueuse et divertissante. Mme de Chartres marie sa fille, belle et vertueuse, à M. de Clèves, qui en est éperdument amoureux et se désole de sa retenue. Lors d'un bal, la princesse et le duc de Nemours tombent amoureux ; mais elle cherche à fuir sa cour assidue.
- Tiraillée entre la passion et la vertu, la princesse avoue ses sentiments à son mari qui, jaloux, conçoit de faux soupçons ; il en meurt. Mme de Clèves, désormais libre, refuse cependant d'épouser Nemours et trouve son repos loin des dangers de la cour.

II Comprendre le parcours

1 La cour : un univers mondain et dangereux

- Derrière le raffinement et les divertissements, la cour est un univers dangereux qui impose ses exigences de modération, de galanterie, d'élégance. La façade mondaine cache bien des intrigues et des luttes d'influence. Il s'agit, comme pour le duc de Nemours, de dissimuler ce qui trahit les pensées, et de faire bonne figure.

- **La vertu des femmes est mise à l'épreuve** ; leurs écarts de conduite sont plus sévèrement punis que ceux des hommes.
- Dans la même veine, **l'hypocrisie de la bourgeoisie provinciale** étouffe Thérèse Desqueyroux (Mauriac, 1927), qui pour y échapper empoisonne son mari.

2 Passion et vertu

- La princesse de Clèves se démarque par l'éducation qu'elle a reçue et par ses dispositions singulières à la modestie et à la sincérité. Madame de Lafayette donne à voir une intériorité soumise à la pression du **regard public**. La société mondaine l'oblige à s'inscrire dans le cadre des convenances : ainsi, la princesse doit dissimuler sa passion pour le duc de Nemours.

> **À noter**
> Au XVIIe siècle, le **mariage aristocratique** n'est en rien fondé sur les sentiments : c'est une institution qui privilégie les alliances politiques ou patrimoniales.

- Au fil du récit, la princesse dépasse la contradiction, qui la déchire, entre amour incontrôlé et devoir, passion et vertu : elle choisit la **quiétude de la retraite**. Au contraire, dans *La Princesse de Montpensier* (1662), l'héroïne cède à sa passion pour le duc de Guise, qui finit pourtant par l'abandonner : elle meurt de chagrin, **punie d'avoir transgressé la vertu**.
- Le récit montre la difficulté des **choix moraux** dans un milieu qui menace l'individu, exposé aux dangers des passions.

> Les passions peuvent me conduire ; elles ne sauraient m'aveugler.
> *La Princesse de Clèves*, Quatrième partie

L'ESSENTIEL

La Princesse de Clèves, Mme de Lafayette (1678)

- **Genre :** nouvelle historique
- **Mouvement :** classicisme
- **Buts :** décrire le fonctionnement de l'amour, étudier la lutte entre vertu et passion

Stendhal, *Le Rouge et le Noir*

Parcours : Le personnage de roman, esthétiques et valeurs

23

☐ OK

Au XIXe siècle, le roman, en plein essor, s'impose comme le genre le mieux à même de dépeindre la complexité du monde et de l'individu. Incompris en son temps, *Le Rouge et le Noir* fustige la société de la Restauration et nous mène sur les pas d'un héros ambigu.

I Connaître l'œuvre

1 L'auteur et le contexte

- Stendhal naît dans une famille bourgeoise et royaliste. Il amorce une carrière militaire avant de se tourner vers l'écriture.
- Essayiste et romancier, il connaît des débuts difficiles, entre réalisme et romantisme. *Le Rouge et le Noir* est son premier grand roman, entre roman d'apprentissage, roman d'analyse et roman historique.

2 Résumé de l'œuvre

> **Mot clé**
> La **Restauration** (1814-1830) correspond au retour de la monarchie française, après la chute de l'Empire napoléonien.

- L'intrigue se déroule sous la Restauration. Julien Sorel, fils de charpentier, se destine à une carrière ecclésiastique. Devenu précepteur des enfants de M. de Rênal, il séduit bientôt sa femme. Leur liaison éventée, Julien doit quitter la ville.
- Il rentre au séminaire de Besançon, où il découvre la médiocrité des religieux. La protection de l'abbé Pirard lui permet d'être engagé à Paris comme secrétaire du marquis de la Mole : il découvre alors la haute société et amorce une relation secrète avec Mathilde, fille du marquis.
- Alors qu'il touche aux plus hautes fonctions, Mme de Rênal dénonce Julien : elle le décrit comme un ambitieux, dangereux et hypocrite. Julien la blesse au pistolet ; emprisonné, il s'aperçoit qu'il aime toujours cette femme. Il meurt guillotiné.

II Comprendre le parcours

1 Représenter la société telle qu'elle est

- Sous-titré « Chronique de 1830 » et inspiré de faits divers, *Le Rouge et le Noir* s'inscrit dans les débuts du mouvement réaliste.

> Un roman est un miroir qui se promène sur une grande route. Tantôt il reflète à vos yeux l'azur des cieux, tantôt la fange des bourbiers de la route.
>
> Stendhal, *Le Rouge et le Noir*, II, 19

- *Le Rouge et le Noir* condamne la **société mesquine** de la Restauration. Le narrateur raille l'« asphyxie morale » de cette société à travers des **portraits moqueurs** et des **pointes ironiques**. Le recours au point de vue interne donne à voir le monde à travers la conscience des personnages.

2 Un roman d'apprentissage : de la charpente à l'échafaud

- Apprécié au XIXe siècle, le **roman d'apprentissage** présente le parcours d'un personnage jeune et naïf qui découvre le monde, souvent au prix de désillusions qui le font mûrir. Julien Sorel est confronté aux ressorts secrets de la politique. Dans *Le Père Goriot* de Balzac, Rastignac apprend comment réussir à Paris.
- Julien souffre d'un écart entre sa place dans la société et sa force d'âme.
- Calculateur et orgueilleux, Julien cache aussi une **âme passionnée et sensible** qui touche le lecteur. Emprisonné au seuil de son triomphe, il devient un autre homme en comprenant que sa « noire ambition » l'a égaré : c'est dans l'amour pour Mme de Rênal qu'il aurait pu s'accomplir.
- Julien est décrit comme « **l'homme malheureux en guerre contre toute la société** ». Dans *Bel-Ami* (1885) de Maupassant, Georges Duroy, parti de rien, triomphe. Étienne Lantier, héros du *Germinal* (1885) de Zola, organise la lutte des mineurs pour obtenir un avenir meilleur.

L'ESSENTIEL

Le Rouge et le Noir, Stendhal (1830)

- **Genre :** roman d'initiation
- **Mouvement :** entre romantisme et réalisme
- **Thèmes :** l'ascension et la chute de Julien Sorel sous la Restauration
- **Buts :** décrire avec férocité la société de l'époque

Yourcenar, *Mémoires d'Hadrien*

24

☐ OK

Parcours : Soi-même comme un autre

Dans ces mémoires fictifs, Marguerite Yourcenar convoque la figure historique d'Hadrien. Elle y fait le portrait d'un empereur romain antique et livre les méditations métaphysiques d'un vieil homme au seuil de la mort.

I Connaître l'œuvre

1 L'auteur et le contexte

- Marguerite Yourcenar (1903-1987), femme de lettres et de voyages, publie romans et nouvelles dès les années 1930. En 1939, elle s'installe aux États-Unis.
- Érudite et passionnée par les civilisations antiques, elle publie en 1951 un roman historique très documenté, *Mémoires d'Hadrien*, qui obtient un succès international.
- En 1980, elle est la première femme élue membre de l'Académie française.

> **Mot clé**
> Les **Mémoires** sont le récit qu'un personnage fait de sa propre vie, en mettant l'accent sur ses liens avec le contexte historique.

2 Résumé de l'œuvre

- Le roman se présente sous la forme d'une longue lettre écrite par l'empereur Hadrien après vingt ans de règne, au début du IIe siècle de notre ère. Il s'adresse à son petit-fils adoptif, Marc Aurèle, âgé de 17 ans, lui-même futur empereur romain.
- Hadrien, conscient de l'imminence de sa mort, souhaite mieux se connaître à travers le récit de sa propre vie.
- Il raconte ses années d'études et de formation entre l'Espagne, Rome et Athènes, puis son engagement militaire dans l'armée du Danube. Après avoir succédé à Trajan, il s'efforce de ramener la paix au sein de l'Empire romain.
- La répression de la révolte en Judée affaiblit l'empereur vieillissant. Après avoir choisi pour successeur Lucius, qui meurt soudainement, il se replie sur le vertueux Antonin. Malade, Hadrien envisage le suicide, avant d'y renoncer : il attend désormais patiemment la mort.

II Comprendre le parcours

1 Se raconter soi-même

- Le narrateur peut recourir à la première personne pour raconter sa propre vie.
- Dans ces **mémoires fictifs**, il pose un regard lucide sur **ses réussites et ses échecs**. Hadrien vante ainsi les villes qu'il a fondées et la sagesse de ses lois, tout en reconnaissant certaines erreurs de jugement. Sous la plume de Prévost, le chevalier des Grieux raconte les **tourments de sa passion** pour Manon (*Manon Lescaut*, 1731).
- En tant qu'empereur romain, Hadrien est aussi un **témoin privilégié de son époque**. Dans *La mort est mon métier* (1952), Robert Merle imagine les mémoires du commandant du camp d'Auschwitz afin de montrer l'horreur du génocide à travers le regard d'un criminel nazi.

2 La difficile connaissance de soi-même

- Hadrien éprouve la **difficulté de se connaître soi-même**, qui nécessite les mouvements contradictoires d'une « descente en soi » et d'une « sortie hors de soi-même ».
- Trouver la **vérité de son être** n'est pas chose aisée. Hadrien renonce à trouver une **unique vérité** : l'homme, « étrange amas de bien et de mal », est un être insaisissable, toujours **pétri de contradictions**. Il est « *Varius multiplex multiformis* » : « varié, complexe, changeant ».

> **Citation**
> « J'emploie ce que j'ai d'intelligence à voir de loin et de plus haut ma vie, qui devient alors la vie d'un autre. » (*Mémoires d'Hadrien*)

L'ESSENTIEL

Mémoires d'Hadrien, Yourcenar (1951)

- **Genre :** roman historique, mémoires fictifs
- **Mouvement :** tradition romanesque classique, humanisme moderne
- **Thème :** le récit de la vie de l'empereur Hadrien

Le genre théâtral

25

☐ OK

Étymologiquement, le mot *théâtre* renvoie à l'action de regarder. Dès l'Antiquité, il est conçu comme un spectacle qui requiert des acteurs pour endosser les rôles écrits par le dramaturge.

I Le texte de théâtre

Le texte de théâtre est principalement composé des paroles des personnages effectivement prononcées sur scène (les répliques). Il comprend également les indications silencieuses (les didascalies, souvent signalées par une typographie particulière).

1 Une situation d'énonciation particulière

- On parle de double énonciation car :
  - l'auteur et le personnage qui parle sont simultanément énonciateurs ;
  - le personnage s'adresse aux autres personnages comme aux spectateurs.
- L'illusion théâtrale repose sur l'acceptation par le public de conventions dramatiques : il accepte de croire à ce qui se passe sur scène même s'il sait que tout est faux (personnages, décors, intrigue…).

2 Les différents types de répliques

Analyser le type de répliques permet notamment de caractériser les relations entre les personnages.

- Brève, la réplique prend le nom de répartie. La tirade, elle, se singularise par sa longueur et affiche souvent une dimension argumentative.
- La stichomythie institue un dialogue où les personnages se répondent vers par vers et met en valeur débats d'idées et conflits affectifs.
- Le monologue met en scène un personnage seul, délibérant avec lui-même.
- L'aparté, constitué de propos que le personnage tient pour lui-même à l'insu des autres, peut prendre la forme d'une adresse au public.

3 La structure d'une pièce

- Une pièce est traditionnellement découpée en actes ; ceux-ci sont divisés en scènes, rythmées par les entrées et sorties des personnages.

- Trois temps forts s'enchaînent en général :
  - l'**exposition**, qui permet de présenter l'action et ses protagonistes ;
  - le **nœud**, où le conflit initial, nourri de péripéties, a pris sa pleine mesure ;
  - le **dénouement**, au dernier acte a pour fonction de liquider le conflit.

Mot clé

Les **péripéties** désignent les épisodes de l'action. Brutales, elles prennent le nom de coups de théâtre ; si elles viennent relancer l'action, on les appelle rebondissements.

II Du texte à la représentation

Écrit par le dramaturge, le texte de théâtre est co-créé par les artistes qui permettent sa représentation sur scène.

1 La mise en scène

- Elle est l'œuvre du **metteur en scène** qui dirige la transformation du texte en spectacle. Cette fonction, qui n'a pas toujours existé, est aujourd'hui jugée cardinale.
- C'est la mise en scène, en effet, qui apporte à la pièce sa dimension visuelle que les didascalies du texte — si abondantes soient-elles — ne peuvent suffire à suggérer. Par ses choix, le metteur en scène nous livre **sa lecture de la pièce**.

2 L'incarnation des personnages

- Les **comédiens** sont chargés d'incarner les êtres de fiction que sont les personnages définis, dans la pièce, par leurs paroles.
- **L'interprétation** qu'ils donnent de leur personnage — et qui se traduit par un ton, une gestuelle, des mouvements — est essentielle dans la perception du sens de la pièce par le spectateur.

L'ESSENTIEL

Le texte de théâtre

- **Situation d'énonciation**
  - double énonciation
  - illusion théâtrale
- **Type de répliques**
  répartie, tirade, stichomythie, monologue, aparté…
- **Structure**
  - actes, scènes
  - exposition → nœud, péripéties → dénouement

Le théâtre au XVIIe siècle

26

☐ OK

Au milieu du XVIIe siècle, l'esthétique classique consacre la tragédie et la comédie en les ramenant aux règles strictes de la dramaturgie antique.

I Le théâtre baroque

Le théâtre baroque affirme une grande liberté et promeut des **formes nouvelles**.

- La **tragi-comédie** convie à un spectacle que ne contraint nul précepte formel : les actions nombreuses et surprenantes se soucient peu de vraisemblance, comme c'est le cas dans *Le Cid* de Corneille.
- La **pastorale** plonge le spectateur dans le monde idyllique des amours chastes.
- La **tragédie** prend le nom de « poème dramatique » en référence aux longues tirades qui s'y enchaînent.

II Le théâtre classique

1 L'esthétique classique

Une pièce classique est traditionnellement découpée en actes, interrompus par des entractes et divisés en scènes que rythment les entrées et les sorties des personnages. En cours dès 1640, l'esthétique classique repose sur différents codes et règles inspirés de la *Poétique* d'Aristote.

- La **règle des trois unités** impose :
  - l'unité de temps : l'action de la pièce doit se dérouler dans la limite de vingt-quatre heures ;
  - l'unité de lieu : l'action doit se déployer dans un lieu unique (antichambre d'un palais, salon d'une demeure…) ;
  - l'unité d'action : l'action doit se concentrer autour d'une intrigue principale à laquelle peuvent se soumettre des intrigues secondaires.
- La **bienséance** désigne un ensemble de règles qui garantissent le respect de la sensibilité esthétique et morale du public ; le sang ni la mort ne peuvent se représenter sur scène.
- La **vraisemblance** renvoie à la crédibilité de l'action : les évènements et les situations doivent paraître possibles dans la réalité.

2 La tragédie

Aristote définit la tragédie comme imitation d'actions propres **à inspirer terreur et pitié au spectateur**. Elle se caractérise par :

- des personnages de haut rang ;
- un sujet noble, emprunté à la mythologie ou à l'Histoire ;
- un dénouement généralement malheureux ou funeste avec la mort du héros ;
- ses fonctions : plaire, émouvoir et provoquer la catharsis.

Mot clé

La **catharsis** désigne chez Aristote la purgation des passions. Elle prévient *l'hybris* définie comme la démesure dont se rend coupable celui qui outrepasse sa condition d'humain.

Corneille et Racine sont les éminents représentants du théâtre tragique au XVIIe siècle : le premier fait incarner à ses personnages des valeurs héroïques tel Auguste dans *Cinna* ; le second s'intéresse davantage à la faiblesse humaine et aux passions rendues sensibles par la pureté du style comme dans *Phèdre*.

3 La comédie

La comédie est l'**imitation du ridicule des hommes**. Elle se caractérise par :

- des personnages issus de la bourgeoisie ou de catégories plus modestes ;
- des sujets empruntés au quotidien ;
- un dénouement heureux qui prend souvent la forme d'un mariage ;
- ses fonctions : faire rire le spectateur pour le corriger de ses travers.

Molière incarne à lui seul le théâtre comique au XVIIe siècle : de la farce avec *Les Fourberies de Scapin* à la grande comédie telle *Le Misanthrope*, qui fustige l'hypocrisie des rapports sociaux, en passant par la comédie de caractère comme *Le Malade imaginaire*, qui donne le spectacle de l'hypocondrie d'Argan.

L'ESSENTIEL

Le théâtre baroque →	tragi-comédie pastorale tragédie
Le théâtre classique →	tragédie (Corneille, Racine) comédie (Molière)

Le théâtre aux XVIIIe et XIXe siècles

27

☐ OK

Pour dépasser l'opposition entre la tragédie et la comédie, les dramaturges ont, dès le XVIIIe siècle, inventé un troisième genre, celui du drame. Il devient, au début du XIXe siècle, l'une des expressions de la révolution romantique.

I Le siècle des Lumières : un théâtre en transition

1 Entre permanence...

- Au XVIIIe siècle, le théâtre s'écrit en référence au classicisme : la tragédie reste l'étalon. Cependant, les auteurs comme Voltaire adaptent ce genre ancien aux combats philosophiques de leur temps.
- La comédie, de son côté, creuse le sillon dessiné par Molière : Marivaux, dans *Les Fausses Confidences*, reprend le personnage du valet rusé et, dans *L'Île des esclaves*, s'inspire de la *commedia dell'arte* pour affiner le comique moliéresque.

Mot clé

La ***commedia dell'arte*** désigne un genre de théâtre comique né en Italie au XVIe siècle, où des acteurs improvisent, masqués, à partir de canevas déterminés et de rôles définis.

2 ... et renouveau

- Face à la lassitude des spectateurs, un nouveau modèle dramatique apparaît, sous l'impulsion de Beaumarchais avec *Le Mariage de Figaro* et de Diderot dans *Le Fils naturel*, qui prend le nom de « comédie sérieuse » ou « drame bourgeois ».
- Dans ce type de pièce, les personnages sont contemporains du public et se définissent avant tout par le statut qu'ils occupent à la fois dans la société et au sein de la famille.
- S'éloignant des intrigues historiques et politiques des tragédies, le théâtre entre dans l'intimité familiale et plante ses décors dans des intérieurs bourgeois.
- Le registre verse dans le pathétique : l'auteur cherche à susciter la compassion et à enseigner la vertu au spectateur.

Mot clé

Pièce en prose, le **drame bourgeois** se donne comme un intermédiaire entre la comédie et la tragédie. Elle donne le primat au vrai sur le vraisemblable et vise à instruire le spectateur en suscitant son émotion.

II Le XIXe siècle : révolutions théâtrales

1 Le drame romantique

- Le drame romantique remet en question la définition stricte des genres issue du classicisme. En 1830, ***Hernani* de Victor Hugo**, donne ainsi lieu à une véritable bataille entre les partisans du théâtre classique et ceux du théâtre romantique.

- Le drame romantique se caractérise par :
  - sa **liberté de création** qui s'affranchit des règles de temps et de lieu ;
  - sa volonté de **mélanger les genres** et les registres en proposant une alliance de « grotesque » et de « sublime », en miroir de la vie humaine ;
  - son souci d'**ancrer la scène dans la temporalité historique** en évoquant des détails caractéristiques d'une « couleur locale » ;
  - le choix de **héros passionnés**, persévérants en dépit de la fatalité.

2 L'après-romantisme

- À la fin du XIXe siècle, le drame symboliste se distingue de ceux, bourgeois ou romantique, qui l'ont précédé : il se fonde sur une certaine **indétermination temporelle**, privilégie les **atmosphères mystérieuses** et se rapproche, par son art de la suggestion, de la poésie.

- Sur la même période, un **théâtre « de boulevard »** voit le jour sous la plume de **Labiche et Feydeau** : des comédies satiriques, anciennement appelées vaudevilles, mêlent quiproquos bouffons, situations grivoises et parfois chansons pour le seul plaisir des spectateurs.

- L'**avant-garde provocatrice** incarnée par **Alfred Jarry** et son *Ubu Roi* (1896) renverse les codes du théâtre, préfigurant les grands bouleversements du XXe siècle. *Ubu Roi* raconte en effet, sur un mode outrancier, les tribulations d'un dictateur grotesque qui impose à ses sujets un régime qui s'apparente aux totalitarismes à venir.

L'ESSENTIEL

XVIIIe siècle	**Un théâtre en transition** ▸ tragédie et comédie ▸ drame bourgeois
XIXe siècle	**Des révolutions théâtrales** ▸ drame romantique ▸ théâtre de boulevard, avant-garde

Le théâtre aux XXᵉ et XXIᵉ siècles 28

☐ OK

FRANÇAIS HISTOIRE-GÉOGRAPHIE ENSEIGNEMENT SCIENTIFIQUE ANGLAIS

En tournant le dos à la tradition, la dramaturgie contemporaine s'interroge sur son propre fonctionnement et s'attache à rendre compte des désordres de l'Histoire.

I Le théâtre à l'épreuve des deux Guerres mondiales

1 La réécriture des mythes antiques

Les **mythes antiques** sont **revisités** par les dramaturges à la lumière des épisodes marquants du siècle : Cocteau avec *La Machine infernale* (1934), Giraudoux avec *Electre* (1937) et Anouilh avec *Antigone* (1944) livrent, sur un mode humoristique et anachronique, une **méditation sur la condition humaine.**

2 Les dramaturges engagés

- Philosophe existentialiste, **Jean-Paul Sartre** incarne dans ses pièces les concepts clés de sa pensée : le rapport à l'Autre et la **responsabilité de chacun** vis-à-vis de ses propres actes se trouvent littéralement dramatisés dans *Huis clos* (1944), par exemple.
- Fondateur de la philosophie de l'Absurde, qui procède du sentiment d'une existence injustifiée, **Albert Camus** réfléchit par la voix de ses personnages au drame de l'individu et leur fait jouer la **révolte**, seule issue à l'épreuve du non-sens, comme dans *Les Justes* (1949).

3 Le théâtre de l'Absurde

- À partir des années 1950, le sentiment de l'Absurde gagne non seulement les thèmes du théâtre mais également ses formes. Entérinant une crise majeure des valeurs issues du rationalisme et de l'humanisme, le Nouveau Théâtre met en scène le problème de **l'incommunicabilité** entre les êtres et de la cruauté des rapports humains.
- L'action se réduit alors à la seule expression, soutenue par la **mise en scène**. Dans *Pour un oui ou pour un non* de N. Sarraute, l'action se nourrit de tout ce que ne dit pas le dialogue, de tous les sous-entendus de la parole, de toutes les tensions cachées sous les mots.

À noter

L'expression **« Nouveau Théâtre »** est une référence au mouvement du Nouveau Roman qui proposait de renouveler les codes de l'écriture romanesque en rupture avec le réalisme. ▶ FICHE 20

- Le langage des corps se substitue souvent à la parole, qui apparaît comme vaine. Ainsi, dans *Rhinocéros* de Ionesco, la transformation progressive des personnages en pachydermes manifeste l'échec du discours rationnel.

- Le décor, les objets, l'inscription physique des comédiens dans l'espace, et plus largement la scénographie, prennent une place décisive en raison même de la mise en question de la parole et du sens. Chez Beckett, les didascalies prescrivent les moindres gestes, déplacements, mimiques, qui pourraient s'apparenter à des notes de mise en scène.

II Le théâtre au XXIe siècle

- Au XXIe siècle, le théâtre poursuit ses réflexions métaphysiques sur le langage et les rapports humains en proposant de nombreuses mises en scènes de B.-M. Koltès (*La Solitude dans les champs de coton*, 1987) ou encore de J.-L. Lagarce (*Juste la fin du monde*, 1990). Il affirme aussi sa dimension spectaculaire, comme en témoignent les mises en scène que W. Mouawad a données de son œuvre (*Incendies*, 2003).

- Échappant aux dramaturges, le théâtre devient l'affaire des metteurs en scène qui puisent dans le répertoire légué par les siècles passés et le revisitent : Ariane Mnouchkine et sa troupe proposent ainsi depuis plus de quarante ans une nouvelle forme de création dramatique au Théâtre du Soleil, inspirée des formes antiques et nourrie d'influences étrangères.

L'ESSENTIEL

Le théâtre à l'épreuve des deux guerres mondiales →

Réécriture et engagement
- réécriture des mythes antiques (Cocteau, Giraudoux, Anouilh)
- dramaturges engagés (Sartre, Camus)
- théâtre de l'Absurde (Sarraute, Ionesco, Beckett)

Le théâtre au XXIe siècle →

Une scénographie renouvelée
- poursuite des réflexions métaphysiques (Koltès, Lagarce)
- dimension spectaculaire (Mouawad)
- nouvelles formes de création (Théâtre du Soleil)

Analyser un extrait de théâtre

29

☐ OK

Après une première lecture, quelles sont les questions à se poser pour mieux comprendre une scène de théâtre et dégager des axes d'analyse ?

I Caractériser l'extrait

1 Quelle est la fonction de la scène ?

- Appuyez-vous sur le paratexte ou les didascalies pour situer le passage dans l'économie générale de la pièce : se trouve-t-on dans l'exposition ? au cœur de l'intrigue ? au dénouement ?

Mot clé

L'économie d'une œuvre désigne sa structure et l'organisation interne de ses parties.

- Identifiez l'enjeu de la scène sur le plan dramatique : est-elle collective ? Fait-elle avancer l'action ? Apporte-t-elle un éclairage psychologique nouveau sur un personnage ? Est-elle le lieu d'un affrontement, d'une méprise ?
- S'il s'agit d'un monologue, déterminez sa fonction : informatif ou lyrique, il marque une pause dans l'action ; délibératif, il crée une tension dramatique.

2 Quelle est la forme de la scène ?

- Le texte est-il en vers ou en prose ? Combien de personnages parlent ? Quel est le type de répliques utilisé ?
- Dans le cas d'un dialogue, pensez à analyser :
  - son organisation (répartition de la parole) ;
  - son contenu (conflit, débat, déclaration amoureuse...) ;
  - l'enchaînement des répliques (rapide, laborieux, fluide, illogique)...

II Analyser la scène selon son genre

1 S'il s'agit d'une scène de tragédie

- Thèmes récurrents :
  - la fatalité, force supérieure face à laquelle le héros ne peut rien ;
  - les passions et leurs conséquences destructrices qui anéantissent la volonté humaine et se traduisent pas une souffrance tant morale que physique.

- Visée : **inspirer de la crainte** et de **la pitié** au spectateur ; susciter de la compassion pour le sort des personnages (tonalité pathétique).

2 S'il s'agit d'une scène de comédie

- Éléments récurrents :
  - **situations du quotidien** (tromperie, fâcherie, travestissement, mariage…) ;
  - **personnages-types** : ingénue, servante rusée, valet entremetteur, vieux barbon…
- Ressorts comiques : comique de **situation**, de **caractère**, de **gestes**, de **mots**.
- Visée : **faire rire**, tourner en dérision les défauts des personnages ou les vices de la société pour amener le public à les désapprouver et à se corriger.

3 S'il s'agit d'une scène du théâtre de l'Absurde

- Thèmes récurrents :
  - l'**absence de progression de l'action** : absence d'exposition, de nœud et de dénouement, impression d'éternelle répétition ;
  - la **contestation de la notion de personnage** : protagonistes sans consistance, interchangeables et parfois anonymes, dénués de psychologie cohérente.
- Visée : **donner à réfléchir** et susciter la pitié du spectateur devant l'impossible communication et la déchéance humaine.

III Étudier les personnages

- Prenez appui sur les didascalies pour **déterminer la posture des personnages** : costumes, gestuelles, mimiques, tons…
- Interrogez-vous sur le **rôle des personnages dans l'action** : quelle place occupent-ils dans l'intrigue ? Sont-ils adjuvants ou opposants ?
- **Étudiez leur parole** : que révèle-t-elle de leur personnalité ? de leur groupe social ? Dans quelle mesure véhicule-t-elle la pensée du dramaturge ?

IV Imaginer la mise en scène

- Appuyez-vous sur les **indications scéniques**. Déduisez du dialogue théâtral les gestes et les déplacements des personnages, leur manière d'être et de parler, leur attitude par rapport aux autres, leur caractère.
- Anticipez les **réactions du public** (le metteur en scène peut s'y conformer ou, au contraire, les déjouer).

Molière, *Le Malade imaginaire*

Parcours : Spectacle et comédie

Dans cette comédie-ballet, Molière nous fait rire d'Argan, qui se croit toujours malade, comme des médecins.

I Connaître l'œuvre

1 L'auteur et le contexte

- Né en 1622 à Paris dans une famille bourgeoise, le jeune Jean-Baptiste Poquelin participe à la fondation de l'Illustre Théâtre en 1643. Au sein de cette troupe, il écrit et joue farces et comédies sous le pseudonyme de Molière. En 1658, il entre sous la protection de la famille royale.
- Il s'illustre dans le nouveau genre de la comédie-ballet en 1670 grâce au *Bourgeois gentilhomme*, puis en 1673 avec *Le Malade imaginaire*, destiné aux fêtes célébrant les victoires militaires de Louis XIV, et dont la musique est composée par Charpentier. C'est pendant l'une des représentations de cette pièce que Molière est pris du malaise qui lui sera fatal.

2 La composition et les enjeux

- La pièce se compose de trois actes ponctués d'intermèdes dansés et chantés, précédés d'un prologue précisant la volonté de « délasser [le roi] de ses nobles travaux ».
- Argan est un hypocondriaque, soumis à son médecin et à son apothicaire. Aussi veut-il contraindre sa fille Angélique à épouser un médecin, mais sa famille réussira finalement à lui ouvrir les yeux.

> **Mot clé**
> Les **intermèdes** sont, au XVIIe siècle, de courts divertissements chorégraphiques qui interviennent entre les actes d'une comédie.

- Comique farcesque, quiproquos, travestissements rythment une pièce qui invite à recouvrer sa lucidité face aux abus d'une médecine moquée à travers des personnages grotesques.

II Comprendre le parcours

1 La comédie : un genre conçu pour le spectacle

- Plus que tout autre genre théâtral, la comédie trouve dans la mise en scène son aboutissement. Le lecteur de la pièce rit en imaginant Toinette se déguiser en médecin pour asséner à Argan un diagnostic burlesque, mais moins que le spectateur qui la voit à l'œuvre sur scène.

C'est particulièrement vrai des comédies proches de la farce : on peut citer la scène des *Fourberies de Scapin*, où le valet rusé enferme son maître dans un sac et le bastonne, évidemment beaucoup plus savoureuse quand elle est représentée.

- Avant tout spectacle, la comédie utilise pleinement le principe de la double énonciation. Ainsi en est-il quand les personnages – pour parvenir à leurs fins – jouent la comédie, **sous l'œil complice du public**. Dans le *Malade imaginaire*, Béline feint son affection conjugale, puis Argan simule la mort, pour le plus grand plaisir du spectateur qui voit clair dans le jeu de chacun.

Citation

La **double énonciation** est une caractéristique essentielle du théâtre : les répliques d'un personnage sont destinées aux autres personnages, mais aussi au spectateur.

2 La comédie : un spectacle complet et varié

- La comédie peut **associer d'autres arts** pour se transformer en un spectacle complet. Ainsi Molière, dans ses comédies-ballets, ajoute des parties chantées et dansées, qui offrent au public un divertissement réjouissant. Deux ans après la première représentation du *Mariage de Figaro* de Beaumarchais (1784), Mozart adapte la pièce en opéra, créant un **spectacle dramatique et lyrique** d'une grande puissance.

- Genre plastique, la comédie peut réunir une **grande variété de registres**. La satire de la médecine atteint ainsi son apogée lors de la « cérémonie burlesque d'un homme qu'on fait médecin » qui clôt *Le Malade imaginaire*. Dans *Art* (2000), Yasmina Reza propose une réflexion incisive et pleine d'humour sur les affres de l'art contemporain, à partir d'un déconcertant tableau blanc.

L'ESSENTIEL

***Le Malade imaginaire*, Molière (1673)**

- **Genre :** comédie-ballet
- **Mouvement :** théâtre classique
- **Thème :** les extravagances d'un hypocondriaque
- **Visée :** faire rire de ceux qui se prétendent malades comme des médecins qui prétendent les soigner

Marivaux, *Les Fausses Confidences*

Parcours : Théâtre et stratagème

31

☐ OK

Dans *Les Fausses Confidences*, Dubois est un valet rompu à l'art du stratagème, qu'il met au service d'un ancien maître amoureux. Le spectateur devient complice de la machination qui se déploie sous ses yeux.

I Connaître l'œuvre

1 L'auteur et le contexte

- Journaliste fasciné par les mœurs de son époque, Marivaux se tourne rapidement vers le théâtre. S'inspirant de la *commedia dell'arte*, il connaît le succès avec *Arlequin poli par l'amour* en 1720.

Mot clé

La ***commedia dell'arte***, genre théâtral d'origine italienne, se fonde sur des types comiques (comme Arlequin) et sur l'improvisation.

- Dramaturge prolifique, il collabore de manière fructueuse avec la troupe des Comédiens-Italiens : il leur fait notamment jouer *Le Jeu de l'amour et du hasard* en 1730 et *Les Fausses Confidences* en 1737.

2 La composition et les enjeux

- L'intrigue se fonde sur l'amour que ressent Dorante, jeune homme ruiné, pour la jeune et belle veuve Araminte, dont il devient l'intendant.
- L'astucieux Dubois, ancien valet de Dorante désormais au service d'Araminte, multiplie les menées afin de servir son ancien maître sous le manteau. Ses « fausses confidences » produisent l'effet escompté : Araminte accepte finalement l'amour sincère de Dorante.
- L'œuvre interroge l'authenticité des sentiments, à travers un langage raffiné propre à exprimer les subtilités de la naissance de l'amour : c'est le marivaudage.

II Comprendre le parcours

1 Des stratagèmes pour faire triompher l'amour

- Dans la comédie classique, le stratagème vient au secours de l'amour sincère. Ainsi, dans *L'Avare* de Molière (1668), Valère multiplie les ruses afin de conquérir Élise contre l'avis de son père. Dans *Le Barbier de Séville* (1775), Beaumarchais fait de Figaro l'adjuvant des amours du Comte et de Rosine face à Bartholo, véritable tyran domestique.

- Chez Marivaux, le stratagème **permet aux cœurs de se révéler** : c'est le cas dans *Les Fausses Confidences* comme dans *Le Jeu de l'amour et du hasard* (1730), où le travestissement réciproque des maîtres et des valets conduit les personnages à s'avouer leurs vrais sentiments.
- La plupart des stratagèmes ont une **issue heureuse**. Ils peuvent cependant se retourner contre ceux qui les mettent en œuvre. Madame Argante, qui machine le mariage d'Araminte avec le Comte, subit avec colère la décision finale de sa fille.

2 L'art du stratagème

- Dans la comédie classique, le stratagème est en général mis en œuvre par un **domestique rusé**. Dubois, meneur de jeu hors pair dans *Les Fausses Confidences*, est ainsi l'héritier d'une longue tradition de valets et de servantes qui, par leur habileté et leurs ruses, peuvent prétendre rivaliser avec leurs maîtres.

> **Citation**
>
> « Plus de raisonnement : laissez-vous conduire », lance Dubois à Dorante (acte III, scène 1). Le valet se veut le maître de la machination.

- Pour arriver à leurs fins, ces personnages **se travestissent et jouent la comédie** : ainsi Toinette se déguise en médecin dans *Le Malade imaginaire* (1673) afin de faire entendre raison à Argan ; dans *Les Fourberies de Scapin* (1671), le valet contrefait plusieurs accents afin de bastonner librement son maître.
- Chez Marivaux, les **détours du langage** tout autant que le travestissement jouent un rôle clé : le spectateur complice prend plaisir à voir prendre corps le stratagème à travers un jeu de demi-mensonges et de « fausses confidences ».

L'ESSENTIEL

Les Fausses Confidences, Marivaux (1737)

- **Genre :** comédie
- **Mouvement :** théâtre des Lumières
- **Thèmes :** les stratagèmes d'un valet pour favoriser un mariage, la naissance de l'amour, le pouvoir de l'argent
- **Visée :** montrer comment l'amour peut surprendre un cœur et triompher des règles de l'univers social

J.-L. Lagarce, *Juste la fin du monde*

32

Parcours : Crise personnelle, crise familiale

☐ OK

La pièce met en scène les retrouvailles impossibles d'un personnage avec sa famille ; elle cherche à explorer l'intimité familiale à travers les méandres du langage. Depuis l'Antiquité, les dramaturges se servent des histoires de famille pour interroger la complexité des rapports humains.

I | Connaître l'œuvre

1 L'auteur et le contexte

- D'abord étudiant en philosophie, Jean-Luc Lagarce fonde le théâtre de la Roulotte à la fin des années 1970. Il met en scène des pièces contemporaines déjà reconnues (comme celles de Beckett ou Ionesco), puis ses propres créations.
- S'inspirant en partie de sa vie, il publie *Derniers Remords avant l'oubli* en 1987 puis *Juste la fin du monde* en 1990, alors qu'il se sait déjà atteint du sida et condamné par la maladie. Il meurt en 1995, à 38 ans.

2 La composition et les enjeux

- Ténue, l'intrigue se résume au retour de Louis auprès des siens après des années d'absence : celui-ci essaye d'annoncer sa mort prochaine – sans jamais y parvenir.
- Chaque membre de la famille s'exprime tour à tour dans des interventions qui tournent au monologue. La tension atteint son paroxysme au cours du face-à-face final entre Louis et son frère cadet Antoine.
- L'écriture en versets, quasiment poétique, accentue la fragmentation du langage et souligne l'indicibilité des sentiments. En écho au prologue, l'épilogue clôt la pièce ; comme surgie d'outre-tombe, la voix de Louis regrette son éternel mutisme.

> **Mot clé**
>
> Le **prologue** est la partie située au début de la pièce où l'on expose le sujet ; l'**épilogue** permet au contraire de clore l'intrigue dramatique.

II | Comprendre le parcours

1 Soi-même face aux autres

- *Juste la fin du monde* exhibe la solitude de personnages en décalage avec leur famille. Dans le théâtre antique déjà, c'est contre son oncle Créon qu'Antigone se dresse au nom de ses valeurs.

- La famille **enferme l'individu dans un rôle** dont il est difficile de s'affranchir. Louis est un avatar dégradé du « fils prodigue » de la Bible : il croit à tort pouvoir renouer avec les siens et se faire pardonner son absence. Héros du *Voyageur sans bagage* d'Anouilh (1937), Gaston est un amnésique solitaire qui doit retrouver sa famille, mais choisit d'en intégrer une autre afin d'échapper à un passé qui l'écœure.

- **Chacun reste largement insondable** pour les autres comme pour lui-même. Louis repart sans avoir pu confier sa mort imminente. Gaston, héros du *Voyageur sans bagage*, devenu amnésique à 18 ans, cherche à reconstituer son passé et à retrouver sa famille, découvrant peu à peu l'être méprisable qu'il était.

> **Citation**
>
> Dans sa *Poétique*, Aristote recommandait déjà de représenter des familles « dans lesquelles il s'est passé ou fait des choses terribles. »

2 Une communication difficile

- « Rien ici ne se dit facilement, » déclare Antoine. Chacun **peine à trouver les mots justes** et scrute les failles de sa parole. Dans *Assoiffés* de Mouawad (2007), Murdoch, un adolescent tourmenté, se heurte au silence de parents incapables de lui accorder de l'attention.

- D'obscurs monologues témoignent des **confusions de l'histoire familiale** ; Louis subit les reproches de sa sœur et l'ironie de son frère. Dans *Le Retour au désert* (1988), Koltès donne également à voir la confrontation d'un frère et d'une sœur en proie au poids de leur passé.

- Les mots se heurtent à l'**hostilité** de qui les recueille : Antoine est convaincu que Louis l'inonde « d'histoires ». Dans *Papa doit manger* (2003), Marie NDiaye met en scène les mensonges misérables d'un père qui, après dix ans d'absence, cherche à reprendre sa place dans une famille qui s'est reconstruite sans lui.

L'ESSENTIEL

Juste la fin du monde, Lagarce (1990)

- **Genre :** drame
- **Mouvement :** théâtre contemporain
- **Thème :** les retrouvailles impossibles d'un personnage avec sa famille
- **Visée :** montrer la complexité des relations familiales, explorer les failles du langage

Analyser le lexique

33

☐ OK

La connaissance d'un lexique adapté est nécessaire tant pour la compréhension et l'analyse des textes que pour la précision de l'expression écrite et orale.

I Champ lexical et réseau lexical

Les mots du langage désignent des réalités du monde, qu'elles soient concrètes ou abstraites (les idées).

- On appelle **champ lexical** l'ensemble des termes désignant une même réalité : *guerre, arme*. Les termes peuvent être reliés entre eux par dérivation, *guerre, guerrier.* Attention, il ne suffit pas de relever un champ lexical, il faut l'analyser pour mettre à jour les sous-thèmes et les relations de sens.

- Le **réseau lexical** est un champ lexical étendu aux autres termes qui, par leur connotation ou leur emploi en contexte, relèvent de la même thématique. Ainsi *guerrier, armes, munition, fusil* font partie du champ lexical de la guerre et *mutilation, hôpital, panique* font partie de son réseau lexical.

Mot clé

Connotation : charge affective et subjective ajoutée à la dénotation d'un terme (la définition du dictionnaire) en fonction de la culture personnelle du lecteur.

II Polysémie, synonymie, antonymie

- Un même terme peut avoir plusieurs sens, il est dit **polysémique.** La polysémie permet de jouer sur différents niveaux de sens.

> ... formaient une harmonie telle qu'il n'y eut jamais en enfer (Voltaire)

Voltaire utilise le double sens d'harmonie, « formation musicale » et « entente, paix », pour faire réfléchir le lecteur.

- Des termes différents peuvent recouvrir une même réalité, ils sont dits **synonymes**. Cependant, il y a toujours une nuance de sens entre les synonymes. Dans une énumération ou une gradation, on doit être attentif à l'apport de chacun des termes.

> Je vois partout [...] la force, la brutalité, la cruauté, le sadisme (Césaire)

Chaque terme de la gradation ajoute une nuance au précédent.

- Des termes peuvent avoir des relations de sens opposé, ils sont dits **antonymes** (*généreux, avare*). Ils sont employés dans les antithèses et les oxymores.

  Cette obscure clarté qui tombe des étoiles (Corneille)

  La juxtaposition des mots « obscure » et « clarté » constitue un oxymore.

III Les types de lexique

Les mots d'une langue sont multiples et il existe de nombreuses manières de les classer. Il faut savoir reconnaître et utiliser au moins **quatre types de lexique**.

- Le **lexique appréciatif** permet d'exprimer une appréciation :
  • si elle est positive, on parle de lexique mélioratif (*admirable, magnifique*) ;
  • si elle est négative, on parle de lexique péjoratif (*fade, néfaste, borné*).
- Le **lexique évaluatif** permet d'exprimer un jugement de valeur sur une échelle graduée (*grand/petit, chaud/froid*) dans divers domaines : esthétique (*beau*), moral (*bon*), etc.
- Le **lexique affectif** permet d'exprimer la manière dont on est affecté par quelque chose. C'est le lexique des sentiments et des émotions (*admiration, souffrance, pitié, pitoyable*...).
- Le **lexique abstrait** est le lexique des opérations de la pensée (*réfléchir, méditer, notion, concept, réflexion*...), du jugement (*apprécier, concéder, réfuter, rejeter*...), de la morale ou de la philosophie (*liberté, conscience, être, déterminisme, vertu, devoir*...), des catégories artistiques (*baroque, classique*...), du sentiment esthétique (*beau, sublime*), etc.

L'ESSENTIEL

Analyser le lexique

- **champ lexical** : ensemble de termes désignant une même réalité
- **réseau lexical** : champ lexical étendu aux termes qui relèvent de la même thématique

- **terme polysémique** : qui peut avoir plusieurs sens
- **synonymes** : termes différents qui peuvent recouvrir la même réalité

- **types de lexique** : appréciatif, évaluatif, affectif, abstrait

Analyser les phrases

34

☐ OK

La phrase est une unité complète et autonome.
Pour l'analyser, il faut étudier sa syntaxe,
sa modalité et son rythme.

I Syntaxe de la phrase

- Une phrase peut comporter une ou plusieurs proposition(s) :
  - une phrase constituée d'une seule proposition est une **phrase simple** ;
  - une phrase constituée de plusieurs propositions est une **phrase complexe.**
- Les propositions d'une phrase complexe peuvent être des propositions indépendantes :
  - **coordonnées** par une conjonction de coordination (*Je sors car il fait beau*) ou un adverbe (*Il neige, alors je prends les skis*) ;
  - ou **juxtaposées** à l'aide d'un signe de ponctuation (*Il la voit, il en tombe amoureux, il lui déclare sa flamme*).
- Les propositions peuvent aussi être liées par une relation de **subordination** (subordonnée conjonctive ou relative) : *Je dors quand je le peux./ J'aime le livre que je lis.*

II Modalités de la phrase

1 Les quatre types de phrase

On distingue quatre types de phrases :

- La **phrase déclarative** (ou assertive). On affirme quelque chose.
- La **phrase interrogative**. On pose une question. Elle est marquée par un point d'interrogation et, en principe, par l'inversion du sujet et l'utilisation d'un terme interrogatif.
- La **phrase impérative**. On donne un ordre (injonction). Elle est marquée par l'impératif et l'absence de sujet.
- La **phrase exclamative**. Le locuteur exprime son sentiment. Elle est marquée par la présence d'un point d'exclamation.

À noter

Les quatre **types de phrase** peuvent être affectés par la **négation**, la transformation à la forme passive et l'emphase.

2 Les phrases atypiques

- La **phrase à présentatif** : *Nous voici. Voilà quelqu'un. C'est Pierre qui arrive. Il y a un loup dans les bois. Il était une fois...*
- La **phrase nominale** : phrase sans verbe. Elle peut être déclarative (*Fin de la piste*), interrogative (*La sortie ?*), exclamative (*Génial, ce film !*).
- Les **incises** : elles sont courtes, comportent un verbe de parole ou de pensée, le sujet est inversé ; on la trouve dans le discours direct, insérée au milieu ou en fin de phrase : *Jeanne n'a pas voulu le prendre, criait-elle à tue-tête.* (Camus)

III Étude du rythme

Le rythme d'une phrase est fonction de sa longueur et de sa construction, généralement indiquée par la ponctuation.

- Le **rythme binaire** consiste à grouper les propositions par deux segments égaux : *Tu viens et je suis heureux.* Le **rythme ternaire** les regroupe par trois : *Le loriot siffle, l'hirondelle gazouille, le ramier gémit.* (Chateaubriand)

À noter

Si l'on étudie toujours **le rythme** dans la poésie, il ne faut pas oublier de l'étudier aussi pour un texte en prose. Si celui-ci présente beaucoup d'effets rythmiques, on pourra parler de **prose poétique** ou de **récit poétique**.

- Au-delà d'un regroupement de trois éléments, on parle d'**accumulation** ou de **rythme accumulatif**.

L'ESSENTIEL

Analyser les phrases

Syntaxe
- phrase simple : 1 proposition
- phrase complexe : plusieurs propositions

Modalités
- phrase déclarative, interrogative, impérative ou exclamative
- phrases atypiques : à présentatif, nominale ou incises

Rythme
- binaire - ternaire - accumulatif

Étudier l'énonciation

35

☐ OK

L'énonciation est l'acte individuel de production d'un énoncé par un locuteur. On peut chercher à analyser les textes en fonction de leur type d'énonciation.

I La situation d'énonciation

Tout énoncé s'inscrit dans une situation d'énonciation. Un locuteur produit un énoncé, dans un lieu et temps donné, adressé à quelqu'un (l'allocutaire ou destinataire).

On peut définir **deux types d'énonciation**.

- Quand il est nécessaire de connaître les conditions de l'énonciation pour comprendre l'énoncé, on parle d'**énoncé ancré dans la situation d'énonciation**. Pour comprendre l'énoncé *je suis ici*, l'allocutaire doit savoir qui est le « je » et où il se trouve, c'est-à-dire la situation dans laquelle l'énoncé a été produit.
- Quand il n'est pas nécessaire de connaître les conditions de l'énonciation, on parle d'**énoncé coupé ou d'énonciation historique**. Pour comprendre l'énoncé *Louis XIV est mort en 1715,* il n'est pas nécessaire de connaître les conditions de l'énonciation.

II L'énoncé ancré dans la situation d'énonciation

On le reconnaît à la présence des éléments suivants :

- Le **système de la 1re et de la 2e personne** : pronoms personnels (*je, me, tu, te, nous, vous*), déterminants et pronoms possessifs (*mon, ma, mes, notre, nos, le mien… ; ton, ta, tes, vos, votre, le tien…*).
- Les déictiques : termes qui ne se comprennent que s'ils sont accompagnés d'un geste. Ainsi l'injonction *Prends ce livre* ne se comprend que si le locuteur désigne du doigt le livre en question. Les déterminants et les pronoms démonstratifs (*ce, cet, cette, ces, celui-là*) et les adverbes de lieu (*ici*), et de temps (*maintenant*) sont typiquement des déictiques.

À noter

Certaines grammaires regroupent sous l'appellation « **déictiques** » tous les termes qui ne se comprennent qu'à l'intérieur d'une situation d'énonciation.

- Les temps verbaux :
  - le **présent d'énonciation** correspond au moment de l'énonciation ;
  - le **passé composé** est utilisé pour évoquer un moment du passé.
- Les **modalisateurs** : ils indiquent le degré d'adhésion de l'énonciateur à son énoncé : *il pleuvra sans doute, peut-être, certainement...* Les modalisateurs peuvent être des adverbes (*probablement, certainement...*), des locutions adverbiales (*peut-être, sans doute...*), des auxiliaires de mode (*devoir, pouvoir, vouloir...*), certains adjectifs qualificatifs (*possible, certain, probable...*). Le conditionnel peut aussi indiquer une distance de l'énonciateur à son énoncé : *On pourrait dire qu'il a raison, mais...*
- Les **marques de la subjectivité** : utilisation d'un lexique appréciatif, évaluatif, affectif. ▶ FICHE 33
- Les **marques du jugement** : verbes de jugement (*je pense, je crois...*).

III L'énoncé coupé de la situation d'énonciation

Il s'oppose point par point à l'énoncé ancré dans la situation d'énonciation. On le reconnaît à la présence des éléments suivants :

- Le **système de la 3e personne** : pronoms personnels (*il, ils*), déterminants possessifs (*son, sa, sien ; leurs*).
- Les temps verbaux : le **présent de narration** et le **passé simple.**
- Des indices spatio-temporels : dates et lieux précis qui permettent un **repérage absolu** dans le temps et dans l'espace.
- L'absence de modalisateurs et de marques de la subjectivité et du jugement.

Conseil

Dans un texte apparemment objectif, il faut être attentif à la présence de modalisateurs qui révèlent une prise de position de l'auteur, du narrateur, ou du locuteur.

L'ESSENTIEL

Reconnaître un énoncé ancré dans la situation d'énonciation
- 1re et 2e personne
- déictiques
- présent d'énonciation, passé composé
- modalisateurs
- marque de la subjectivité et du jugement

Reconnaître un énoncé coupé de la situation d'énonciation
- 3e personne
- présent de narration, passé simple
- indices spatiaux-temporels à valeur absolue

Reconnaître les figures de style

36

☐ OK

Identifier les figures de style aide à mieux commenter un texte si on les met en relation avec l'analyse du sens.

I Les figures de sens

1 Les figures d'analogie

- La **comparaison**. Deux éléments, comparé et comparant, sont mis en relation par un outil explicite. Celui-ci peut être une préposition (*comme*), une conjonction (*de même que, ainsi que*...), un verbe (*ressembler*...), un adjectif (*semblable*...).

> Laissent piteusement leurs grandes ailes blanches
> Comme des avirons traîner à côté d'eux. (Baudelaire)

- La **métaphore** est une comparaison sans outil explicite. Elle est filée quand elle se prolonge sur plusieurs vers ou phrases.

> Bergère ô tour Eiffel le troupeau des ponts bêle ce matin
> (Apollinaire)

- La **personnification** consiste à donner à des objets les caractéristiques d'êtres humains .
- L'**allégorie** permet de représenter sous une forme concrète une idée abstraite.

> [...] et l'Angoisse atroce, despotique,
> Sur mon crâne incliné plante son drapeau noir. (Baudelaire)

2 Les figures de substitution

- La **métonymie**. Elle rapproche deux mots ayant un rapport de contiguïté ou un rapport logique : *boire un verre, croiser le fer, une fine lame*.
- La **périphrase** consiste à substituer au nom d'une personne, d'un objet ou d'une abstraction, une expression complexe : *l'oiseau de Jupiter* = l'aigle.

3 Les figures d'atténuation et d'exagération

- L'**euphémisme** est une évocation détournée d'un fait pour en atténuer la violence : *il est parti* au lieu de *il est mort*.
- La **litote** permet de dire peu pour dire beaucoup.

> Va, je ne te hais point (= *Je t'aime*) Corneille, *Le Cid*

- L'**hyperbole** fait employer des termes exagérés par rapport à la réalité qu'ils désignent : *souffrir mille morts*.

4 Les figures d'opposition

- L'**antithèse** : deux termes de sens contraire s'opposent au niveau de la phrase ou d'un ensemble de phrases.

> Songe aux cris des vainqueurs, songe aux cris des mourants
> (Racine)

- L'**oxymore** : deux termes s'opposent par le sens au sein d'un groupe syntaxique : « Le soleil noir de la mélancolie » (Nerval).
- L'**antiphrase**, figure de l'ironie, fait comprendre le contraire de ce que l'on semble dire : *Quel beau temps*, alors qu'il pleut.

II Les figures de construction

- L'**anaphore** consiste à répéter en début de vers (ou de phrase) un même mot ou groupe syntaxique.

> Voilà comme Pyrrhus vint s'offrir à ma vue ;
> Voilà par quels exploits il sut se couronner ;
> Enfin voilà l'époux que tu me veux donner.
> Racine, *Andromaque*

- La **gradation** est une énumération ordonnée suivant un ordre croissant ou décroissant ; le dernier terme est souvent hyperbolique.

> C'est un roc !... C'est un pic !... C'est un cap ! Que dis-je, c'est un cap ? C'est une péninsule ! (Rostand, *Cyrano de Bergerac*)

- Le **chiasme** consiste, à partir d'un parallélisme de construction, à croiser la fonction syntaxique de termes qui peuvent s'opposer par le sens.

> Mon berceau a de ma tombe, ma tombe a de mon berceau.
> (Chateaubriand)

L'ESSENTIEL

Les figures d'analogie	Créer des images en mettant en évidence des points communs
Les figures de substitution	Substituer un mot à un autre, selon des rapports plus ou moins proches
Les figures d'atténuation et d'exagération	Atténuer ou amplifier le sens
Les figures d'opposition	Mettre en relation des termes ou des idées qui s'opposent par le sens

Identifier la tonalité d'un texte

37

☐ OK

Tout texte fait ressentir un type d'émotion au lecteur. Analyser la tonalité, c'est chercher à identifier la nature de cette émotion et comprendre ce qui, dans le texte, la provoque.

I Émouvoir

- **Tonalité lyrique.** Expression forte des sentiments sur des thèmes comme l'amour, la mort la nature. Le texte est à la première personne. Le lyrisme peut être déploration (lyrisme élégiaque) ou hymne joyeux.

> **À noter**
> Le **lyrisme** est emblématique de la poésie, mais tous les poèmes ne sont pas lyriques et on peut trouver du lyrisme dans tous les autres genres.

- **Tonalité pathétique.** Caractérise un texte qui cherche à faire ressentir au lecteur le sentiment de la pitié et de la compassion. On le reconnaît à l'expression de la souffrance physique ou morale, à des images violentes, à des invocations. Il joue sur la capacité d'identification du lecteur.
- **Tonalité tragique**. Le héros tragique est en prise au destin ou à des forces qui le dépassent. Le lexique, noble et solennel, fait référence aux dieux, au destin, à une fatalité. Il est évidemment à l'œuvre dans les tragédies. On parle d'ironie tragique, quand le héros, cherchant à trouver une issue favorable, prend des décisions qui vont se retourner contre lui et le mènent là où le destin l'attend.
- **Tonalité épique**. En relation avec l'épopée, c'est une narration d'épisodes guerriers, qui tend à magnifier les combats et les exploits des héros jusqu'à les diviniser. L'exemple typique est l'*Iliade*, d'Homère. On emploie volontiers l'hyperbole et les procédés de l'amplification.

II Faire rire

- **Tonalité comique.** La visée est le rire. Il joue sur le décalage entre ce qui est attendu et ce qui est produit. On le reconnaît précisément à trois types de comique : le comique de mots (jeux de mots, inventions langagières, répétitions), de gestes (gesticulations, poursuites, chutes…) et de situation (situations incongrues, quiproquos…). On le trouve dans les comédies, mais pas seulement.
- **Tonalité satirique.** La visée est la critique. On se moque d'une catégorie professionnelle ou sociale, en la mettant en situation. Ainsi, Molière fait la satire des médecins dès qu'il en a l'occasion.

Tonalité ironique. L'ironie fait entendre le contraire de ce qui est énoncé. Jeu sur le second degré, elle suppose la complicité de l'interlocuteur qui accepte de décrypter le sens. L'ironie se définit par l'antiphrase. L'ironie peut servir une visée critique. Voltaire l'utilise beaucoup.

III Convaincre

Tonalité didactique. Sa visée est l'enseignement, la pédagogie. On le reconnaît à une argumentation claire qui cherche à guider le lecteur dans sa compréhension. On peut trouver des impératifs et tous les modes d'expression du conseil.

Tonalité polémique. Le mot vient du grec *polémos* qui veut dire « guerre ». Il caractérise un débat conflictuel, une argumentation menée de manière violente. Les mots servent d'armes. On cherche l'implication du destinataire.

IV Déstabiliser

Le fantastique. Irruption d'éléments surnaturels dans le réel. On ne sait pas si ces événements sont explicables rationnellement ou non. L'angoisse ressentie est due au doute qui est maintenu jusqu'à la fin du récit. Le lexique de l'étrangeté et de la peur est employé. Le texte est souvent à la première personne ou en focalisation interne, et le lecteur suit le narrateur dans ses doutes et ses peurs.

Le merveilleux. C'est le monde des contes de fées. Dans le monde merveilleux, il est naturel que les humains côtoient fées, ogres et animaux qui parlent… Contrairement au fantastique, le surnaturel ne provoque pas l'angoisse.

L'ESSENTIEL

Identifier la tonalité d'un texte

Émouvoir
- tonalité lyrique
- tonalité pathétique
- tonalité tragique
- tonalité épique

Faire rire
- tonalité comique
- tonalité satirique
- tonalité ironique

Convaincre
- tonalité didactique
- tonalité polémique

Déstabiliser
- le fantastique
- le merveilleux

Faire des phrases courtes et bien construites

38

☐ OK

Une phrase bien construite est une phrase qui respecte les règles de la syntaxe et dans laquelle on ne perd pas son lecteur.

I Faire des phrases courtes

1 Bien ponctuer

- La ponctuation sert à marquer des pauses et à isoler des groupes syntaxiques. Elle aide donc à comprendre le sens de la phrase : son absence peut rendre la phrase ambiguë ou incompréhensible.
- Attention, le sujet ne doit jamais être séparé par une virgule du verbe qu'il régit.

> ✗ Hugo dans *Les Misérables*, dénonce les conditions de vie des bagnards.
> ✗ Hugo dans *Les Misérables* dénonce les conditions de vie des bagnards.
> ✓ Hugo, dans *Les Misérables*, dénonce les conditions de vie des bagnards.

Conseil

Si vous avez un doute sur la **place des virgules**, relisez-vous à haute voix : vous les placerez alors naturellement en fonction du sens de votre phrase.

- Le point virgule a la même valeur qu'un point, mais permet la continuité de l'idée exprimée. Il ne doit pas être utilisé à la place d'une virgule.

> Victor Hugo dénonce les conditions de vie des bagnards ; c'est particulièrement le cas dans *Les Misérables*.

- Les deux points permettent d'introduire une énumération ou d'établir un rapport de causalité. ▶ FICHE 39

2 Éliminer parenthèses et tirets

- De manière générale, évitez l'usage des parenthèses et des tirets énumératifs en dissertation et en commentaire. Les parenthèses ne doivent jamais être utilisées pour donner une information complémentaire.

> ✗ Victor Hugo (poète, dramaturge et romancier) est une grande figure littéraire du XIXe siècle.
> ✓ Victor Hugo est une grande figure littéraire du XIXe siècle. Il était tout à la fois poète, dramaturge et romancier.

3 Simplifier les phrases

- N'accumulez pas les relatives.

  ✗ Victor Hugo a pris position contre Napoléon III, ce qui l'a conduit à un exil qui a duré de longues années.

  ✓ Les prises de position de Victor Hugo contre Napoléon III l'ont conduit à un long exil.

- Lorsque c'est possible, remplacez les relatives par un adjectif.

  ✗ Un poète qui est adepte du lyrisme préfère le vers à la prose.

  ✓ Un poète lyrique préfère le vers à la prose.

II Faire des phrases bien construites

- Pour intégrer une interrogation dans une phrase déclarative, on utilise une **subordonnée interrogative indirecte**. Elle est introduite par un verbe de parole ; il n'y a ni inversion du sujet ni point d'interrogation

  ✗ On se demandera si le héros est-il toujours moral ?

  ✓ On se demandera si le héros est toujours moral.

- La **conjonction « et »** ne peut coordonner que deux groupes syntaxiques équivalents.

  ✗ La comédie permet le divertissement [GN] et d'instruire le public [GV].

  ✓ La comédie permet de divertir [GV] **et** d'instruire le public [GV].

- Soyez vigilant sur l'usage du gérondif ou du **participe présent** : le sujet du verbe conjugué doit être le même que le sujet implicite du participe présent.

  ✗ En pensant à sa fille, le poème s'écrivit facilement.

  ✓ En pensant à sa fille, Hugo écrivit facilement son poème.

L'ESSENTIEL

Faire des phrases courtes et bien construites

Bien ponctuer
- terminer chaque phrase par un point
- marquer des pauses grâce à des virgules

Bien construire les subordonnées
- choisir le bon pronom relatif
- savoir identifier une interrogative indirecte

Exprimer des relations logiques

39

☐ OK

Pour énoncer et défendre ses idées, pour convaincre son interlocuteur, il est nécessaire de connaître et de maîtriser les outils dont la langue dispose pour mettre en relation les idées et construire une pensée.

I L'expression de la cause et de la conséquence

1 Quelle différence entre *parce que* et *puisque* ?

Il ne faut pas confondre *parce que* et *puisque* :
- *parce que* explicite la cause ;
- *puisque* (*dès lors que, du moment que, comme…*) énonce un constat.

✓ Le texte est injonctif parce que tous les verbes sont à l'impératif.

[On énonce un résultat, puis on le justifie.]

✓ Puisque tous les verbes sont à l'impératif, on peut dire que le texte est injonctif.

[*Puisque* introduit la cause connue de l'interlocuteur (on est d'accord pour dire que les verbes sont à l'impératif), avant d'énoncer le résultat.]

Conseil

N'écrivez jamais *car en effet* ou *et car*. Choisissez l'un ou l'autre !

2 Quelles différences entre *en raison de, à cause de, dû à* ?

Dû à n'est pas une locution prépositive (comme *en raison de, à cause de…*) mais le participe passé du verbe *devoir* qui se construit avec la préposition *à* (*devoir quelque chose à quelqu'un*).

✗ Le texte est injonctif dû à la présence des impératifs.
✓ Le texte est injonctif en raison de / à cause de la présence des impératifs.
✓ Si le texte est injonctif, cela est dû à la présence des impératifs

3 Penser à la ponctuation

Les deux points peuvent avantageusement remplacer un connecteur de cause.

✓ Rimbaud était un poète précoce. Il a en effet publié ses premiers poèmes à 17 ans.
✓ Rimbaud était un poète précoce : il a publié ses premiers poèmes à 17 ans.

II L'expression de l'opposition et de la concession

1 Les connecteurs exprimant l'opposition

Les connecteurs d'opposition sont nombreux et ne posent pas de problème d'emploi : *mais, cependant, en revanche, alors que, tandis que, au lieu de, loin de...*

2 Les connecteurs exprimant la concession

- Attention à l'emploi de ***malgré*** et ***bien que***. *Malgré* est une préposition, elle est donc toujours suivie d'un GN : *malgré que* est à bannir. Pour introduire une subordonnée, utilisez *bien que* + subjonctif.

> ✓ Malgré son goût pour la médecine, Rabelais préféra la littérature.
> ✓ Bien que André Breton soit mort, son influence se fait toujours sentir.

- On peut aussi employer ***quoique*** et ***quel(le) que soit*** (attention à l'accord !).

> ✓ Quoique grand poète, Soupault est peu connu aujourd'hui.
> ✓ Quels que soient les arguments opposés, ils ne pourront nous convaincre.

À noter

Ne confondez pas la conjonction **quoique** (= *bien que*) et le relatif **quoi que** (= *quel que soit ce que*).

L'ESSENTIEL

Faire progresser une argumentation

- **Ajouter une idée :** de plus, en outre, par ailleurs, voire...
- **Mettre en parallèle deux idées :** soit... soit, d'une part... d'autre part...
- **Introduire un exemple :** ainsi, comme, par exemple, notamment...

Éviter les répétitions

40

OK

Dans vos différents types d'écrits, il faut éviter les répétitions qui alourdissent vos phrases et appauvrissent votre pensée. Comment les éviter ?

I Traquer les répétitions et les redondances

- Veillez à ne pas surcharger votre texte d'informations inutiles :
  - informations que avez déjà données :

> Écrire un article sur le blog de la classe est une bonne idée. Cela permet d'approfondir sa propre réflexion. Cependant, ~~sur le blog de la classe~~, il faudra être attentif à l'orthographe.

  - informations évidentes :

> La marquise de Merteuil, l'une des protagonistes du roman épistolaire de Laclos, réside à Paris et écrit à Valmont qui ~~n'~~est ~~pas à Paris, mais~~ à la campagne auprès de Madame de Tourvel.

[Il va de soi que si Valmont est à la campagne, il n'est pas à Paris.]

- Traquez également les pléonasmes qu'on peut écrire sans s'en rendre compte, par exemple :

> Le dramaturge met en scène des muets ~~qui ne peuvent pas parler~~.

[muet = personne qui ne peut pas parler : la précision est donc inutile]

Mot clé

Un **pléonasme** est la répétition dans un même énoncé de mots ayant le même sens (*monter en haut, descendre en bas…*).

II Utiliser des pronoms de reprise

- Les pronoms sont des équivalents de groupes syntaxiques (groupe nominal, groupe verbal, groupe prépositionnel). Ils leur servent de substitut et sont utiles pour éviter les répétitions.
- Un pronom de reprise reprend théoriquement le nom le plus proche : attention à ne pas créer d'ambiguïté.

> ? L'acteur a rencontré le metteur en scène. Il lui a parlé de la pièce.

[Qui a parlé ?]

> ✓ L'acteur a rencontré le metteur en scène et lui a parlé de la pièce.
> ✓ L'acteur a rencontré le metteur en scène. Ce dernier lui a parlé de la pièce.

- Leur emploi est rarement possible après un nom collectif.

> Nous avons pu discuter avec la troupe à l'issue du spectacle.
> ✗ Ils étaient tous très intéressants.

[Grammaticalement, ils ne renvoie à rien.]

> ✓Tous les comédiens étaient très intéressants.

III Chercher des synonymes et enrichir le sens

- Toute langue dispose de plusieurs synonymes pour désigner une même réalité ou une même notion. Pensez à utiliser un lexique varié pour enrichir vos écrits.

> Victor Hugo a écrit de nombreux livres ; dans son dernier ~~livre~~ ouvrage, il évoque les ~~livres~~ œuvres qu'il a rédigées dans sa jeunesse.

Conseil

Au cours de l'année, et selon vos lectures, pensez à vous faire des listes de synonymes.

- Sachant que tout synonyme n'est jamais l'exact équivalent d'un mot, on peut chercher une reformulation qui **enrichisse le sens** en apportant un supplément d'information.

> Harpagon est connu pour son avarice. Cette manie le conduit à vouloir marier sa fille à un homme riche mais âgé.

Dans cette phrase, *manie* n'est pas un synonyme d'*avarice*. Le mot signifie *folie* et sert à caractériser le type d'avarice dont Harpagon est victime.

L'ESSENTIEL

Éviter les répétitions

Utiliser des pronoms
- vérifier que l'antécédent n'est pas ambigu
- ne pas oublier d'accorder le pronom avec le mot qu'il remplace

Utiliser un vocabulaire varié
- éviter les verbes passe-partout
- utiliser des synonymes

Écrire sans fautes

41

☐ OK

Écrire sans fautes peut sembler un objectif difficile à atteindre, mais il suffit souvent de se relire attentivement pour éviter un grand nombre d'erreurs.

I Les fautes courantes

1 L'orthographe grammaticale

- Les **fautes d'accord** sont faciles à éviter si l'on connaît les règles clés :
  - le verbe s'accorde avec son sujet ;
  - les adjectifs et les déterminants s'accordent avec le nom auquel ils se rapportent ;
  - le participe passé s'accorde avec le sujet lorsqu'il est employé avec l'auxiliaire *être* ; avec le COD lorsqu'il est employé avec l'auxiliaire *avoir* et que le COD est placé avant le verbe.
- Notez également que lorsque **deux verbes se suivent**, le second est à l'infinitif sauf si le premier verbe est un auxiliaire (*être* ou *avoir*).

Conseil

Pendant l'année, notez les fautes que vous faites régulièrement pour y prêter une attention particulière le jour J.

2 L'orthographe lexicale

- On fait moins de fautes quand on comprend la raison d'être de l'orthographe.
  - Les **accents circonflexes** remplacent un *s* présent dans la langue ancienne :

    hospital → hôpital ; *chastel* → château
  - **L'adverbe** se construit sur le féminin de l'adjectif :

    essentiel [masc.] → essentielle [fém.] → essentiellement [adv.]
  - La **consonne finale du participe passé** est utile pour construire la forme féminine. Cherchez la forme féminine du participe passé et vous saurez si le participe passé se termine par une consonne muette : *mise* → *mis*.
- N'oubliez pas les **accents** : une erreur ou un oubli d'accent est une faute.
- Attention également aux **homophones** : *a* [verbe *avoir*] ≠ *à* [préposition], *ou* [conjonction] ≠ *où* [pronom], *et* [conjonction] ≠ *est* [verbe *être*], *ces* [démonstratif] ≠ *ses* [possessifs], *sensé* [qui a du bon sens] ≠ *censé* + verbe [qui est supposé faire quelque chose].

II Des casse-têtes

1 Faut-il le pluriel ou le singulier ?

- Après une **préposition** exprimant l'absence :

  un héros **sans cœur** [il ne peut avoir qu'un seul cœur]
  un héros **sans principes** [en général, on a plus d'un principe]
  un héros **sans aucun principe** [après *aucun*, *aucune*, il ne peut y avoir le pluriel]

- Après un **nom collectif** :

  un recueil **de poèmes** [il y a plusieurs poèmes]
  un recueil **de poésie** [le recueil contient de la poésie]
  Le groupe des poètes **a signé** un manifeste. [ils l'ont signé au nom du groupe]
  Une série de ruptures **ont marqué** la fin du mouvement. [chaque rupture a contribué à la fin du mouvement]

2 Comment former le pluriel des noms composés ?

Le principe est de **marquer le pluriel sur les mots qui l'acceptent** (noms, adjectifs) et de ne pas le marquer sur les autres (adverbes, prépositions, verbes).

- des coffres-fort**s**, des sourd**s**-muet**s**
- des chef**s**-d'œuvre [pièces maîtresses d'une œuvre]
- des tragi-comédie**s**, des arrière-pensée**s**, des poètes avant-gardiste**s**

L'ESSENTIEL

Se relire

1. Vérifier que les phrases sont **complètes** (au moins un verbe conjugué, pas de mot oublié).
2. Vérifier les **accords** :
   - sujet/verbe
   - adjectifs/noms
   - déterminants/noms
3. Vérifier l'orthographe des **homophones grammaticaux.**

Se présenter devant un public

42

☐ OK

Avec de l'entraînement, vous pouvez apprendre à bien gérer votre corps et votre attitude de manière à ne pas trahir votre stress.

I Gérer son stress

1 Comprendre le mécanisme à l'origine du stress

- Le stress est une réaction normale qui manifeste l'importance que revêt l'examen à vos yeux. Lors d'une épreuve orale, ce sentiment est renforcé par la peur d'être jugé(e).
- Votre cerveau interprète la situation comme un danger : il libère de l'adrénaline pour mettre le corps en alerte. Le rythme cardiaque et la respiration s'accélèrent, les muscles se contractent... Nos ancêtres étaient alors prêts à fuir ou à combattre !
- Votre objectif est de faire comprendre à votre cerveau que vous n'êtes pas réellement en danger. Pour cela, concentrez-vous sur votre respiration : respirer profondément revient à envoyer au cerveau un message de fin d'alerte. La libération d'adrénaline prend fin et les manifestations extérieures du stress disparaissent progressivement.
- Il ne faut pas, pour autant, chercher à supprimer totalement le stress : il permet de maintenir une pression qui vous aide à vous surpasser.

2 Se préparer efficacement

- Un oral se prépare comme une performance physique, à force d'entraînement. N'hésitez pas à répéter votre prestation devant une caméra ou un miroir en travaillant les postures, les gestes et la voix.
- Prenez la parole aussi souvent que possible en public : cela vous permettra de prendre confiance en vous et d'apprendre progressivement à maîtriser votre stress.
- Avant l'oral, isolez-vous et visualisez le déroulement de l'épreuve comme un film avec de nombreux détails. Ne vous laissez pas envahir par les pensées négatives.

Conseil

Pour éviter tout stress, arrivez en avance, prenez le temps de vous installer et n'oubliez pas de prendre une montre pour gérer votre temps.

- **Ne révisez pas à la dernière minute** et ne doutez pas de votre prestation dans les derniers instants. **Détendez-vous,** sortez vous aérer, faites du sport, écoutez de la musique…

II Adopter la bonne attitude

1 Si vous devez rester debout

- **Centrez-vous** par rapport à votre public et posez vos notes à proximité. **Ancrez bien vos pieds au sol**, de manière à avoir une assise stable.
- Placez dès le départ **vos mains à hauteur de votre ventre**, sans les laisser pendre le long du corps. Vous pouvez les croiser devant vous et les dénouer lorsqu'il sera nécessaire d'appuyer le propos.
- **Évitez de vous balancer** de droite à gauche ou d'avant en arrière, de croiser et décroiser les jambes, etc.

2 Si vous devez vous asseoir

- Attendez un signe de votre interlocuteur avant de vous asseoir. Prenez le temps de **positionner votre siège droit**, en face de la ou des personne(s) à qui vous vous adressez.
- **Posez vos notes et vos mains visibles sur la table** afin d'avoir les mains libres pour appuyer votre discours par des gestes.
- **Tenez-vous droit·e**, légèrement penché·e en avant, plutôt qu'en arrière, afin de faciliter les échanges. Au cours des différentes phases de votre intervention, **surveillez vos changements de position**, notamment ceux qui trahissent un relâchement de l'attention (placement des mains sous la table, appui sur le dossier…).

> **Conseil**
> Avoir un stylo dans les mains peut vous donner une contenance, à condition bien sûr de ne pas jouer avec le bouchon ni de le faire tourner.

L'ESSENTIEL

Se présenter devant un public

- **Gérer son stress**
  - prendre le temps de s'installer confortablement
  - respirer profondément
- **Adopter la bonne attitude**
  - adopter une posture dynamique
  - regarder régulièrement l'examinateur
  - se montrer réactif et de bonne volonté lorsqu'on vous interroge

Capter l'attention de l'auditoire

43

☐ OK

Une fois installé·e, il ne suffit pas de maîtriser son stress et son sujet, il faut aussi être efficace et convaincre le jury. Le visage et ses expressions, ainsi que la gestuelle, sont alors essentiels pour renforcer le propos.

I Établir le contact

- Le premier contact est essentiel. Dès l'entrée dans la salle, donnez l'impression d'être ouvert à l'échange, avenant, sans être trop familier.
- Le sourire est l'atout indispensable pour détendre l'atmosphère et gagner la sympathie du jury. Il ne s'agit pas de rire faussement ou de sourire en permanence mais d'afficher une attitude aimable.
- La politesse est de mise, même si parfois le stress fait oublier les fondamentaux de la courtoisie : saluer vos interlocuteurs, remercier, attendre d'être invité à s'asseoir ou à partir avant de le faire.
- Montrez-vous à l'écoute des attentes du jury sans foncer tête baissée dans vos explications. Laissez à vos examinateurs le temps de s'installer et prenez le temps de disposer les documents dont vous aurez besoin.

II Communiquer efficacement

1 Regarder l'examinateur

- Se trouver face à face avec un ou des examinateur·s peut être impressionnant. Ne vous laissez pas déstabiliser par les regards portés sur vous : tentez d'en faire abstraction en imaginant que ce sont des professeurs que vous connaissez.
- Ne rédigez pas vos fiches pour ne pas être tenté·e de les lire et détachez-vous au maximum de vos notes, au moins dans les moments cruciaux de votre intervention.
- Regardez chacun de vos interlocuteurs. Ne les fixez pas, mais accordez-leur des regards réguliers, afin de capter leur attention.
- Évitez de regarder ailleurs, ce qui donnera l'impression d'être fuyant. Inutile donc de fixer vos pieds, le plafond, ou encore le mur au fond de la salle.

Conseil

Entraînez-vous avec des amis à faire une présentation. Invitez-les à se placer dans des endroits différents d'une salle et demandez-leur de lever la main dès qu'ils se sentent regardés pendant votre prise de parole. Vous vous apercevrez rapidement que vous avez tendance à regarder toujours les mêmes personnes.

2 Soigner la gestuelle

- **Évitez de rester trop statique** pendant votre intervention mais ne surchargez pas non plus votre intervention par des gestes répétitifs ou sans lien avec le propos.
- Vos gestes doivent intervenir à des moments essentiels de votre prise de parole afin d'**appuyer ce que vous dites**. Ils doivent donc coïncider avec ce que vous cherchez à exprimer : enthousiasme, opposition, implication personnelle…

3 Éviter la monotonie

- **Variez les intonations** pour donner de la vivacité à ce que vous dites et ne pas ennuyer votre jury.
- **Insistez** sur les aspects essentiels en appuyant sur certains segments de phrases ; marquez les interrogations ou les exclamations par une **intonation expressive**.
- **Ayez l'air convaincu·e** de ce que vous affirmez en adoptant une voix claire et en apparaissant sûr·e de vous.

L'ESSENTIEL

Capter l'attention de l'auditoire

Établir le contact
- être ouvert à l'échange
- être souriant et poli
- se montrer à l'écoute

Communiquer efficacement
- regarder l'examinateur
- appuyer son propos par des gestes signifiants
- varier les intonations

Se faire comprendre

44

OK

Si une grande partie de la communication repose sur l'attitude non verbale, il ne faut évidemment pas négliger l'aspect verbal de l'échange.

I Soigner son élocution

- **Parlez distinctement** en articulant pour être bien compris. Faites particulièrement attention à ne pas « avaler » les fins de phrases et les fins de mots.
- **Adaptez le volume de votre voix** en fonction de la proximité avec votre auditoire. Ni trop fort, ni pas assez, vous devez trouver le juste équilibre. N'hésitez pas à demander si vous parlez suffisamment fort.
- Parler face à un public ne s'improvise pas et, pour éviter de bafouiller, il est nécessaire d'exercer sa voix et de **s'entraîner**.

II S'exprimer correctement

1 Choisir ses mots

- Vous êtes jugé sur la **qualité de votre expression**, d'où l'importance de bien choisir vos mots. Il est parfois difficile de trouver la bonne formulation : prenez le temps de chercher les **termes** les plus **appropriés**.
- **Évitez les contractions** (« j'sais pas », « j'pense ») et prononcez correctement les négations incluant un « ne » audible. Si un terme familier vous échappe, reformulez dans un registre plus soutenu.

2 Bannir les tics de langage

Variables d'une époque à une autre, ces petits marqueurs de la communication sont à proscrire le jour de votre oral.

- Commencez par **repérer ceux que vous employez le plus souvent** et **entraînez-vous à vous en débarrasser** dans vos conversations courantes ou lors de vos prises de parole en classe. Il peut s'agir :
  - d'expressions en vogue (« genre », « carrément », « trop », « j'avoue »...) ;
  - de mots de liaison (« donc », « alors », « et voilà », « en fait »...) ;
  - d'onomatopées (« euh », « ben », « bah... »).
- Bannissez également la mise systématique entre guillemets (geste à l'appui) qui vous sert à justifier que vous n'avez pas trouvé le mot juste pour vous exprimer.

3 Répondre adroitement

- Prenez le temps de vous assurer que vous avez bien compris la question posée et vérifiez que vous n'avez pas juste saisi un mot à partir duquel vous allez construire votre raisonnement.
- Vous pouvez, ponctuellement, **reformuler la question posée** pour vous assurer de votre compréhension : « vous me demandez si », « vous voulez savoir comment ».
- **Évitez les modalisateurs qui expriment le doute** : « je crois que », « peut-être », « éventuellement ». Ne commencez pas votre réponse par un segment de phrase qui vous fait perdre toute crédibilité : « Je ne sais pas, mais… », « Je ne suis pas sûr, mais… ».

III Adopter le bon rythme

- Ne parlez **ni trop lentement**, pour avoir le temps de tout dire, **ni trop vite**, pour laisser au jury la possibilité d'intégrer ce que vous dites et de prendre des notes.
- **Trouvez le juste équilibre** en accélérant ou en ralentissant le débit :
  - accélérez au moment des exemples, des énumérations, des citations ;
  - ralentissez lorsque vous présentez le plan, lorsque vous abordez un aspect essentiel, lorsque vous voulez particulièrement retenir l'attention.
- N'hésitez pas à **reformuler** plusieurs fois un aspect important de votre intervention et à faire des pauses entre deux idées ou avant d'enchaîner sur un point important. On a souvent peur des silences à l'oral et pourtant, ils sont nécessaires.

L'ESSENTIEL

Soigner son élocution →
- trouver le bon volume
- parler distinctement en articulant
- surveiller son débit de parole
- faire des pauses pour marquer les moment clés

Soigner son expression →
- utiliser un niveau de langue courant ou soutenu
- chasser les tics de langage
- éviter les contactions (« j'pense »)
- éviter les expressions négatives (« je ne sais pas, mais… »)

Rédiger un commentaire de texte

45

☐ OK

Le commentaire littéraire consiste à proposer une interprétation d'un texte de manière argumentée. Le texte proposé au bac relève de l'un des objets d'étude abordés pendant l'année, mais n'appartient pas à une œuvre au programme.

I Lire et comprendre le texte

- Lisez une première fois le texte, sans oublier le paratexte et les notes : cela vous permet d'établir la « carte d'identité » du texte.

- Notez vos impressions de lecture : qu'avez-vous compris ? quel effet le texte produit-il sur vous ?
- Relisez plusieurs fois le texte en l'annotant : identifiez sa structure et repérez les procédés littéraires qui vous semblent signifiants. Notez toutes vos remarques en vrac au brouillon.

II Organiser ses idées

- Essayez de résumer la spécificité du texte en une phrase afin de trouver votre problématique : quel est l'enjeu principal du texte ? Qu'est-ce qui le rend intéressant, selon vous ?
- Identifiez ensuite deux ou trois pistes de réponse (ou axes de lecture) qui structureront votre analyse. Attention, un procédé littéraire ne constitue pas un axe de lecture !

✓I. Une description réaliste

[Ce titre de partie constitue bien une piste d'interprétation du texte : vous allez montrer qu'il s'agit d'une description réaliste.]

À noter

Dans les séries technologiques, le sujet comporte un **parcours de lecture**, qui vous donne les deux grandes parties de votre commentaire.

~~I. Le champ lexical de la nature~~

[Il s'agit ici d'un simple procédé littéraire, qui n'a d'intérêt qu'au sein d'une analyse.]

- Classez les éléments relevés de manière à constituer des parties et des sous-parties équilibrées. Votre plan doit aller **du plus simple au plus complexe**.
- Chaque sous-partie doit comporter :

une **idée clé** —justifiée par→ des **procédés littéraires** —illustrés par→ des **citations du texte**

III Rédiger le commentaire

- Rédigez d'abord votre **introduction** au brouillon. Elle doit comporter :
  - une phrase d'amorce ;
  - une courte présentation du texte (utilisez la carte d'identité élaborée) ;
  - votre problématique, de préférence sous forme de question ;
  - l'annonce de votre plan.
- Rédigez ensuite votre **développement** en suivant le plan établi au brouillon. Retenez que :

un paragraphe = une sous-partie

Ménagez des transitions entre vos grandes parties.

- Rédigez enfin une **conclusion** qui synthétise votre démonstration et répond à la problématique. Vous pouvez terminer en ouvrant sur d'autres textes partageant les mêmes enjeux, mais évitez les ouvertures artificielles.

Conseil

Gardez au moins 10 min. pour vous relire : la qualité de la langue fait partie des critères d'évaluation !

L'ESSENTIEL

Bien gérer son temps le jour J

❶ Je choisis mon sujet	15 minutes
❷ Je travaille au brouillon (lecture et analyse du texte, élaboration de la problématique et du plan détaillé)	2 heures
❸ Je rédige mon devoir au propre	1 heure 30
❹ Je me relis attentivement	15 minutes

Rédiger une dissertation sur une œuvre

46

☐ OK

Le jour du bac, vous avez le choix entre trois sujets de dissertation sur un même objet d'étude, selon l'œuvre et le parcours que vous avez étudiés en classe. Vous devez montrer que vous en avez compris les principaux enjeux.

I Analyser le sujet et trouver des idées

- Le sujet se présente le plus souvent soit sous la forme d'une question, soit sous la forme d'une citation suivie d'une question. Une phrase de consigne délimite ensuite le champ de votre réflexion (l'œuvre seule ou l'ensemble des textes pouvant s'inscrire dans le parcours concerné).

- Lisez attentivement le sujet et identifiez les mots clés. Reformulez la citation et/ou la question de différentes manières pour vous l'approprier et en dégager les éventuels présupposés.

- Notez en vrac toutes les idées et les questions qui vous viennent à l'esprit : à ce stade, il n'y a pas de mauvaise idée.

> **Mot clé**
>
> Un **présupposé** est un énoncé dont la validité est admise (souvent implicitement) dans le sujet : « Dans quelle mesure cette œuvre est-elle réaliste ? » présuppose que l'œuvre est réaliste par certains aspects.

- Listez au brouillon les œuvres et les textes que vous avez lus dans le cadre du parcours concerné : ils pourront vous fournir de précieux exemples. Quel éclairage apportent-ils sur le sujet ?

II Construire le plan

- La formulation du sujet peut vous indiquer le type de plan à privilégier.

• Si le sujet vous invite à discuter une affirmation, choisissez un plan dialectique : vous devez d'abord expliciter l'affirmation (I), puis la nuancer, (II) avant de la reformuler pour dépasser la contradiction (III).

• Si le sujet vous demande de prouver la validité d'une thèse, privilégiez le plan thématique : présentez successivement différents arguments en faveur de la thèse proposée.

- Reprenez vos notes et organisez vos idées : vous devez avoir, pour chaque partie, au moins deux **arguments**, illustrés par un ou plusieurs **exemples** chacun. Chaque argument correspond à une sous-partie.
- Vous devez mettre vos connaissances **au service de votre argumentation** : il ne s'agit pas de « recaser » des citations ou des éléments d'analyse appris par cœur, mais de sélectionner les exemples les plus pertinents et de montrer comment ils illustrent votre idée.

III Rédiger la dissertation

- Rédigez d'abord votre **introduction** au brouillon. Elle doit comporter :
  - une phrase d'amorce ;
  - la citation qui sert de support au sujet (le cas échéant) ;
  - une reformulation de la problématique ;
  - l'annonce de votre plan.
- Rédigez ensuite votre **développement** en suivant le plan établi au brouillon (une sous-partie = un paragraphe).
- Rédigez enfin une **conclusion** qui synthétise votre point de vue et répond à la problématique posée par le sujet. Vous pouvez terminer en élargissant le débat (autre époque, autres arts…).
- **Relisez** attentivement l'ensemble de votre devoir : que vous soyez à l'aise ou non en orthographe, on fait souvent des fautes lorsque l'on est pris dans le fil d'une réflexion. L'important est de réussir à les corriger !

Conseil

Ménagez des transitions entre vos grandes parties et utilisez des connecteurs logiques pour aider le correcteur à comprendre la logique de votre argumentation.

L'ESSENTIEL

Choisir le plan de ma dissertation

Je dois **discuter** une affirmation →	Plan **dialectique** (I. thèse ; II. antithèse ; III. synthèse)
Je dois **prouver** la validité d'une thèse →	Plan **thématique** (I. argument 1 ; II. argument 2 ; etc.)

Réussir l'épreuve orale

47

☐ OK

L'épreuve orale dure 20 minutes et vous disposez de 30 minutes de préparation. L'évaluation porte à la fois sur vos connaissances et sur votre capacité à vous exprimer à l'oral.

I Comprendre l'épreuve

1re partie : exposé (12 min. • 12 points)
• lecture du texte • explication linéaire • question de grammaire
2e partie : entretien (8 min. • 8 points)
• présentation d'une œuvre intégrale • échange avec l'examinateur

II Bien gérer le temps de préparation

1 Préparer l'explication

- Commencez par **délimiter le passage à expliquer** : il ne correspond pas forcément à la totalité de l'extrait étudié en classe.
- **Lisez** une première fois le texte pour vous le remettre en mémoire, puis **relisez-le** en l'annotant au fil de votre lecture.
- Notez au brouillon les **idées importantes**, **dans l'ordre du texte**, en utilisant **un code couleur clair** qui vous permette de vous repérer facilement.
- Contrairement au commentaire écrit, l'explication doit être linéaire, c'est-à-dire **suivre le fil du texte**. Vous pouvez la structurer en reprenant les mouvements du texte, mais il ne s'agit pas de construire un plan autour d'axes de lecture.

> **Conseil**
> N'essayez pas de rédiger l'intégralité de votre explication : face à l'examinateur, vous devez être naturel et spontané.

2 Garder du temps pour les autres parties de l'oral

Prévoyez environ 5 minutes pour répondre à la question de grammaire, et 5 minutes pour préparer la 2e partie de l'oral, en notant les idées clés de votre présentation.

II Réussir la première partie de l'oral

- Présentez brièvement le texte (auteur, œuvre, époque, parcours dans lequel il s'inscrit), puis **lisez-le** à haute voix.
- Expliquez ensuite le texte **sans le paraphraser** : il ne s'agit pas de reformuler le propos de l'auteur, mais de proposer une interprétation du texte. Vous devez donc toujours **analyser** les procédés que vous relevez.
- **Concluez** votre explication en synthétisant vos observations : quels sont les principaux enjeux du texte ? Ouvrez éventuellement en évoquant d'autres textes du parcours.
- Répondez enfin à la question de grammaire :
  - **citez** la phrase ou le passage concerné ;
  - **décrivez**-en la structure en utilisant un vocabulaire adapté.

III Réussir la deuxième partie de l'oral

- Dans un premier temps, l'examinateur vous invite à présenter l'œuvre que vous avez choisie. Soyez **concis mais efficaces** :
  - résumez brièvement l'œuvre et ses principaux enjeux ;
  - expliquez pourquoi vous avez choisi de la présenter.
- L'examinateur prendra appui sur votre présentation pour vous poser des questions. C'est surtout votre **aptitude à dialoguer** qui est évaluée : efforcez-vous de développer vos réponses et de réagir aux propositions de l'examinateur.

L'ESSENTIEL

Quelques conseils pour être à l'aise à l'oral

Pendant l'année	Jour J
▸ prendre la parole en public dès que possible ▸ repérer les tics de langage et les gestes nerveux et s'entraîner à les éliminer	▸ prendre le temps de s'installer confortablement ▸ ne pas parler trop vite ni trop bas ▸ respirer profondément

HISTOIRE GÉOGRAPHIE

SOMMAIRE

Quand vous avez révisé une fiche, cochez la case ☐ correspondante !

HISTOIRE

L'Europe face aux révolutions (1789-1848)

La France dans l'Europe des nationalités : politique et société (1848-1871)

La IIIe République avant 1914 : un régime politique et un empire colonial

La Première Guerre mondiale : le « suicide de l'Europe » et la fin des empires européens

GÉOGRAPHIE

La métropolisation : un processus mondial différencié

Une diversification des espaces et acteurs de la production

Les espaces ruraux, une multifonctionnalité de plus en plus marquée

La Chine : des recompositions spatiales multiples

1789, la fin de l'Ancien Régime

1

☐ OK

La Révolution française est marquée par des changements politiques, économiques, sociaux et juridiques majeurs. Les bouleversements de 1789 marquent la fin de l'Ancien Régime et inaugurent une décennie révolutionnaire.

I Le début d'une décennie révolutionnaire

1 La souveraineté nationale s'impose contre le roi

- Les États généraux s'ouvrent le 5 mai 1789 à Versailles. Les députés du tiers état se proclament Assemblée nationale, le 17 juin. Rejoints par des membres du clergé, ils jurent le 20 juin dans la salle du Jeu de paume de ne pas se séparer avant d'avoir rédigé une constitution.
- Le roi cède et ordonne, le 27 juin, aux députés de rejoindre l'Assemblée nationale, qui se déclare Assemblée constituante. La souveraineté passe du roi aux représentants de la nation.

Mot clé

La **souveraineté nationale** fait de la nation et de ses représentants les détenteurs du pouvoir politique.

2 Le peuple, accélérateur de la Révolution politique

- Louis XVI veut reprendre le contrôle de la situation. Il masse des troupes aux portes de Paris et renvoie Necker, favorable aux réformes.
- Révoltés, les Parisiens créent alors une municipalité et une garde nationale (milice de citoyens armés) pour maintenir l'ordre. À la recherche d'armes, le 14 juillet, ils prennent d'assaut la prison de la Bastille, symbole de l'arbitraire royal. Le peuple a fait irruption de manière violente dans le processus révolutionnaire et le roi reconnaît son action.
- Le reste de la France connaît aussi une forte agitation populaire et municipale. La noblesse commence à émigrer.

3 La fin de la société d'ordres

- Dans les campagnes, à partir du 20 juillet, des rumeurs se répandent. Les seigneurs auraient armé des brigands pour lutter contre la Révolution. En réaction, des paysans attaquent des châteaux, c'est la Grande Peur.
- Pour mettre fin à ces troubles, les députés de la Constituante abolissent, au cours de la nuit du 4 août, les privilèges, les droits seigneuriaux et la dîme.

La proclamation de la **Déclaration des droits de l'homme et du citoyen (DDHC)**, le 26 août 1789, confirme la fin de la société d'Ancien Régime.

II De nouveaux principes

1 Une nation souveraine et libre

En 1789, les sujets du roi deviennent des citoyens et les pouvoirs sont séparés. La nation est souveraine. C'est une réponse aux attentes des **philosophes des Lumières**.

Mot clé

La **nation** est la communauté unie, vivant sur le même territoire et affirmant sa volonté de vivre ensemble.

La DDHC est un des **textes fondateurs de la démocratie moderne**. Elle instaure une démocratie libérale, basée sur l'exercice des libertés individuelles et l'État de droit. L'article I garantit l'égalité et la liberté : « Les hommes naissent et demeurent libres et égaux en droit. »

2 La proclamation de l'égalité juridique

L'été 1789 marque la **fin de la société d'ordres et de privilèges**. La mobilité sociale profite surtout à la bourgeoisie, qui obtient le partage du pouvoir politique et l'égalité juridique. Les femmes et les esclaves sont les oubliés de la DDHC. Quant aux sans-culottes (petit peuple), ils veulent poursuivre la révolution.

Les femmes marchent sur Versailles, les 5 et 6 octobre, et contraignent le roi à s'installer à Paris. Désormais, le roi et l'Assemblée sont au milieu du peuple parisien dont ils redoutent la violence.

L'ESSENTIEL

La fin de l'Ancien Régime

- Souveraineté aux représentants de la nation (27 juin)
- Fin de la société d'ordres (nuit du 4 août)
- Peuple : moteur de la Révolution politique (14 juillet)
- DDHC : nation souveraine et libre (26 août)

L'échec de la monarchie constitutionnelle (1790-1792)

2

☐ OK

La première Constitution française s'inscrit dans l'esprit de 1789 mais c'est un texte de compromis. Fragilisée par d'âpres débats et des conflits à différentes échelles, la monarchie constitutionnelle ne parvient pas à mettre en place un ordre politique stable.

I | Les tensions entre le roi, l'Assemblée et la nation

- Le 14 juillet 1790, la fête de la Fédération célèbre l'unité du roi et de la nation. Louis XVI jure de respecter la future Constitution.
- Pour autant, il est hostile aux réformes. Le 20 juin 1791, le roi et sa famille tentent de fuir pour retrouver des troupes fidèles dans la Meuse. Ils sont reconnus et arrêtés à Varennes le lendemain. De retour à Paris, le roi perd la confiance d'une grande partie de l'opinion.
- Le 17 juillet 1791, une manifestation populaire soutenue par les clubs patriotes réclame la déchéance du roi. Or, les députés soutiennent la monarchie constitutionnelle. La garde nationale est envoyée par l'Assemblée et disperse violemment les contestataires. La Constitution est votée le 3 septembre.

Mot clé

Les **clubs** sont des associations où les citoyens débattent des questions politiques. Ils tirent leurs noms des lieux de réunion, souvent d'anciens couvents (Jacobins, Cordeliers).

II | L'entrée en guerre d'un pays divisé

1 La réforme du clergé brise l'union nationale

- La situation financière catastrophique conduit l'Assemblée à nationaliser les biens du clergé pour les revendre. La Constitution civile du clergé, votée le 12 juillet 1790, prévoit que les curés et évêques doivent prêter serment sur la Constitution. Ils deviennent des fonctionnaires élus par les fidèles et payés par l'État.
- Cette réorganisation de l'Église est condamnée par le roi et le pape Pie VI. Le clergé se divise entre les « jureurs », qui prêtent serment, et les « réfractaires », qui s'y opposent. Nombreux dans l'Ouest et soutenus par des catholiques hostiles à ces réformes, ces derniers alimentent la contre-révolution.

2 Le débat sur l'entrée en guerre

- Les princes européens craignent la **contagion révolutionnaire**. Les nobles émigrés les poussent également à secourir Louis XVI.
- Les **Girondins** souhaitent entrer en guerre afin de renforcer le régime par la victoire. Le **roi** y est également favorable, pariant sur une défaite pour restaurer son pouvoir. **Robespierre** (montagnard) plaide la prudence. Le 20 avril 1792, la France entre en guerre contre l'Autriche qui s'allie à la Prusse. ▶ FICHE 3

III La chute de la royauté

- Les troupes étrangères pénètrent dans le Nord et l'Est de la France. La patrie est proclamée « en danger » le 11 juillet, mais le roi s'oppose à une **levée en masse** de soldats citoyens. Des volontaires affluent de toute la France, marchant au rythme du *Chant de guerre pour l'armée du Rhin*.
- Le 10 août 1792, une insurrection prend le palais des Tuileries et force l'Assemblée législative à voter la déchéance du roi.

> **Mot clé**
>
> Le ***Chant de guerre pour l'armée du Rhin***, composé par Rouget de Lisle, est chanté par les volontaires marseillais (d'où *La Marseillaise*) jusqu'à leur entrée dans la capitale en juillet 1792.

- C'est la **fin de la monarchie constitutionnelle**. Elle n'a pas survécu à l'accélération de la Révolution, à la division des révolutionnaires et à la résistance du roi. Louis XVI est enfermé à la prison du Temple.
- Le 21 septembre 1792, au lendemain de la victoire de Valmy, une nouvelle Assemblée élue au suffrage universel, la **Convention**, se réunit dans le but d'élaborer une nouvelle Constitution.

L'ESSENTIEL

L'échec de la monarchie constitutionnelle (1790-1792)

→ Tensions entre le roi, l'Assemblée et la nation

→ Pays divisé qui entre en guerre

→ Patrie menacée, accélération de la Révolution

La Ire République (1792-1799)

3

☐ OK

Entre 1792 et 1799, la France connaît sa première expérience républicaine. Deux conceptions s'opposent : l'une d'inspiration libérale et légaliste, l'autre, plus sociale et usant de moyens exceptionnels, la Terreur.

I La République des Girondins (1792-1793)

- Le 22 septembre 1792, la République est proclamée. Les Girondins et les Montagnards dominent l'assemblée, appelée Convention. Le procès du roi révèle leurs divergences. Les Girondins reconnaissent la trahison de Louis XVI mais tentent de le sauver. Le roi est guillotiné, le 21 janvier 1793.

- La France est attaquée par ses voisins et l'armée bat en retraite. Les paysans vendéens refusent la levée en masse de 300 000 hommes et la persécution des prêtres réfractaires. Ils se soulèvent en mars 1793.

- L'Assemblée vote l'arrestation des chefs girondins, le 2 juin. Cela entraîne une insurrection « fédéraliste » en province.

Mot clé

- Les **Girondins**, attachés à la propriété, sont des modérés. Ils condamnent les violences et le centralisme politique.
- Les **Montagnards**, plus proches du peuple, insistent davantage sur l'égalité sociale.

II La République des Montagnards (1793-1794)

1 Une République égalitaire et démocratique

La Constitution de 1793 garantit le suffrage universel, le droit au travail et à l'instruction. L'esclavage est aboli. La Convention vote des mesures sur le maximum des prix et des salaires. Le culte de l'Être suprême et le calendrier révolutionnaire diffusent l'esprit républicain et participent à la déchristianisation.

2 Un gouvernement révolutionnaire

- Pour sauver la République, la Convention met « la Terreur à l'ordre du jour » et confie le pouvoir à un Comité de salut public de quatorze membres. Les libertés sont suspendues ainsi que la nouvelle constitution. Les opposants, à l'image de Mme Roland, sont éliminés.

- Avec la **loi des Suspects** et le tribunal révolutionnaire, les opposants sont éliminés. La Terreur fait 40 000 victimes et la guerre civile en Vendée plus de 150 000 morts.
- Les armées étrangères sont refoulées. Le maintien de la Terreur divise alors les Montagnards. Les dirigeants jugés extrémistes ou trop indulgents, comme **Danton** sont guillotinés. Les modérés font arrêter **Robespierre**, le 9 Thermidor an II (27 juillet 1794). Il est exécuté. La Terreur est abolie, les suspects libérés.

III La République conservatrice (1794-1799)

1 La République thermidorienne (1794-1795)

- Les **Thermidoriens** veulent stabiliser la République et terminer la Révolution. Le mouvement sans-culotte est désarmé. Les royalistes pourchassent les Montagnards, c'est la **Terreur blanche**.
- La **Constitution de l'an III** (1795) est fondée sur le **suffrage censitaire**. Seuls 30 000 propriétaires peuvent voter. Le pouvoir est partagé entre deux Assemblées et cinq directeurs.

2 Le Directoire (1795-1799)

- Le luxe des plus riches contraste avec la misère du peuple. La **conspiration des Égaux**, organisée par **Babeuf** en 1796, est réprimée. Le Directoire lutte aussi contre les royalistes.
- Pour rétablir les finances de l'État, le Directoire se lance dans une politique de conquêtes. Le **coup d'État du général Bonaparte**, le 18 Brumaire An VIII (9 novembre 1799), met fin au Directoire.

L'ESSENTIEL

La République des Girondins (1792-1793)	La République des Montagnards (1793-1794)	La République conservatrice (1794-1799)
République libérale et légaliste sauver la tête du roi	République égalitaire et démocratique usage de la Terreur qui divise	Thermidoriens : stabiliser la République et finir la Révolution Directoire : lutter contre la tyrannie de la Terreur

Du Consulat à l'Empire (1799-1815)

4

☐ OK

« Citoyens, la Révolution est fixée aux principes qui l'ont commencée, elle est finie », annonce Bonaparte, peu après le coup d'État de novembre 1799. Napoléon a-t-il terminé la Révolution ?

I Le Consulat, une République forte (1799-1804)

1 Un régime autoritaire

- La Constitution de l'an VIII conserve la République et ses symboles. Mais le Premier consul, chef de l'exécutif, a l'initiative des lois et des pouvoirs étendus. Le pouvoir est centralisé avec des préfets qui représentent l'État dans chaque département.
- Le suffrage universel est rétabli mais les électeurs ne font qu'établir des listes locales. Les ouvriers sont surveillés (livret ouvrier, 1803) et la grève est interdite.

2 Une œuvre réformatrice : les « masses de granit »

- La création de la Banque de France (1800), de la Cour des comptes et d'une monnaie stable, le franc germinal (1803), favorisent la stabilité économique.
- Bonaparte fonde les lycées (1802) pour former les futures élites sur la base du mérite. La Légion d'honneur (1802) récompense les personnes dévouées à l'État.
- Le Code civil (1804) confirme des acquis révolutionnaires. Mais il impose une conception très autoritaire de la famille et des relations professionnelles.

3 Une volonté de pacification

- Le Concordat (1801) pacifie la situation religieuse. La liberté de culte est garantie et le catholicisme reconnu « religion de la grande majorité des Français ».
- Après dix ans de guerre avec l'Europe, Bonaparte signe la paix d'Amiens avec l'Angleterre en 1802. Parallèlement, dans les colonies, l'esclavage est rétabli. Saint-Domingue se révolte et les Français quittent l'île en 1804.

II L'Empire, autoritaire et guerrier (1804-1815)

1 L'abandon de la République

- Déclaré **Consul à vie** en 1802 suite à un plébiscite, Napoléon se fait sacrer **empereur héréditaire** le 2 décembre 1804. Il épouse Marie-Louise, une princesse autrichienne, afin de fonder une dynastie.
- Le régime devient de plus en plus autoritaire.

Mot clé

Un **plébiscite** est une consultation des électeurs qui répondent par oui ou par non, afin d'approuver une politique et surtout celui qui la conduit.

2 Les raisons de la stabilité de l'Empire

- Le **ministère de la Police** surveille les opposants. Les préfets contrôlent la presse, l'imprimerie et le théâtre. Aussi, les **victoires militaires** flattent le nationalisme des Français et réduisent la contestation.
- La **religion** devient un outil de propagande impériale.
- Le régime assure l'**essor économique** et la **paix sociale**. L'industrie est stimulée par les commandes de l'État et de l'armée. De grands travaux sont entrepris.

3 Les raisons de la chute de l'Empire

- Dès 1811, la France connaît une **crise économique** et morale. C'est la disette. Le pays est las des guerres et des impôts. Les catholiques s'opposent à l'arrestation du pape en 1812.
- En janvier 1814, la France est envahie. Napoléon abdique le 6 avril. Louis XVIII monte sur le trône. Cette Restauration est vite impopulaire. Napoléon tente un retour : les **Cent-Jours**. Vaincu à Waterloo le 18 juin 1815, il abdique le 22 juin.

L'ESSENTIEL

Le Consulat, une République forte (1799-1804) →
- régime autoritaire et centralisé
- réformes économiques, sociales, religieuses
- volonté de pacification

L'Empire, de la gloire à la chute (1804-1815) →
- État fort qui contrôle les libertés et les opposants
- victoires militaires, puis défaites
- essor économique, puis crise

La diffusion de la Révolution en Europe

5

☐ OK

Entre 1792 et 1815, la France cherche à diffuser en Europe les idées de la Révolution française. Comment la France révolutionne-t-elle l'Europe ?

I De la diffusion des principes révolutionnaires...

1 Des guerres de conquête pour « libérer » les peuples

- Dès 1789, La Révolution française suscite enthousiasme et espoir dans les pays européens où se sont diffusées les idées des Lumières.
- En 1792, la France entre en guerre contre les « tyrans » européens. Les révolutionnaires affirment le droit des peuples à disposer d'eux-mêmes. Des révolutions éclatent, notamment aux Pays-Bas. Une République est proclamée en 1793.
- Les conquêtes françaises se succèdent à partir de la victoire de Fleurus, en 1794. La campagne d'Italie donne naissance à trois « Républiques sœurs ».
- Napoléon remporte des victoires décisives contre les grandes puissances européennes : Austerlitz (1805), Iéna (1806). Il permet la renaissance de la Pologne.

2 Une armée nombreuse et exaltée

- La République a instauré la levée en masse de la nation en armes. Sous l'Empire, la loi Jourdan fonde la conscription. Les soldats sont motivés, les officiers qualifiés et l'Empereur « invincible ».
- L'armée napoléonienne intègre des troupes étrangères venant des pays dominés : Italiens, Belges, Bavarois... Cette « Grande Armée » est forte de plus de 2 millions d'hommes en 1812.

Mot clé

La **conscription** est l'enrôlement des jeunes d'un même âge afin de servir les forces armées. Elle se distingue en cela de l'enrôlement volontaire.

- Dans l'Europe napoléonienne, les principes de 1789 – libertés fondamentales, égalité et propriété – sont appliqués. La France supprime les privilèges, abolit le servage et parfois les droits seigneuriaux. Les pays conquis adoptent des constitutions inspirées du modèle français. Le Code civil est introduit.

II ... à leur refoulement

1 L'opposition des souverains étrangers

- Napoléon bouleverse les **familles régnantes** en plaçant ses proches sur les trônes européens : son frère Louis en Hollande, le général Bernadotte en Suède. En 1809, les **États pontificaux** sont englobés dans l'Empire.
- Napoléon met en place un **blocus continental** contre l'Angleterre. Cette tentative d'**isolement commercial** conduit à la guerre sur tout le continent.
- Napoléon conquiert Moscou en 1812 au prix de 60 000 morts. Le tsar refuse de négocier. La retraite est un désastre. En 1814, la France est envahie.

2 Face à l'occupation, l'éveil des nations

- Les impôts, la répression contre les opposants, la récession économique due au **blocus continental** et l'enrôlement de force dans la Grande Armée rendent le régime impopulaire.
- Les conquêtes napoléoniennes suscitent l'éveil des sentiments nationaux, notamment en Espagne et en Allemagne.

Mot clé

Le **sentiment national** est le sentiment d'appartenir à une même nation, c'est-à-dire à un groupe qui se distingue par son histoire, sa culture et son désir de vivre ensemble.

L'ESSENTIEL

Les principes révolutionnaires en Europe

Diffusion
- guerres pour « libérer » les peuples
- armée nombreuse et motivée

Refoulement
- opposition des souverains étrangers
- éveil des sentiments nationaux

L'Europe du congrès de Vienne et ses fragilités

6

☐ OK

En 1815, les États vainqueurs de la France napoléonienne entendent réorganiser l'Europe du point de vue territorial et politique. Si leurs décisions façonnent durablement le continent, elles posent de nombreux problèmes pour les peuples.

I La restauration de l'ordre monarchique européen

- De septembre 1814 à juin 1815, un congrès international se réunit à Vienne pour régler le sort des territoires libérés des armées napoléoniennes et instaurer une paix durable en Europe. Le congrès est dominé par quatre puissances : l'Autriche, la Russie, l'Angleterre et la Prusse. Il débouche sur un acte final adopté en juin 1815.

- La carte de l'Europe est profondément remaniée : la France retrouve ses frontières de 1792 ; les quatre grandes puissances acquièrent de nombreux territoires (l'Autriche annexe la Lombardie-Vénétie ; la Russie acquiert une partie de la Pologne). Des États-tampons apparaissent, comme les Pays-Bas. Les monarchies sont restaurées et les dynasties chassées du pouvoir reviennent sur le trône, (en France, les Bourbons).

> **Mot clé**
>
> Un **État-tampon** est un État créé pour isoler la France du reste de l'Europe.

- L'acte final est complété par le traité de la Sainte-Alliance, signé en septembre 1815 entre la Russie, l'Autriche et la Prusse : les souverains s'engagent à se porter aide et assistance.

- En novembre 1815, l'Angleterre se joint à ces trois puissances pour signer la Quadruple-Alliance. Les États signataires décident de se réunir régulièrement et de lutter ensemble contre les mouvements révolutionnaires.

II Les faiblesses du nouvel ordre européen

1 Les divisions entre puissances

- Derrière leur unité affichée, les puissances s'opposent quant à leurs objectifs. L'Angleterre, soutenue par l'Autriche, défend le principe d'un équilibre européen. Au contraire, la Russie et la Prusse prétendent devenir des puissances hégémoniques sur le continent.

- L'Autriche s'oppose à la Prusse sur la prétention de cette dernière à devenir la **principale puissance de l'Europe germanique**.

2 Les aspirations nationales et libérales bafouées

- Le congrès de Vienne bafoue **le droit des peuples à disposer d'eux-mêmes** : les Polonais sont sous domination russe, prussienne ou autrichienne ; les Italiens sont écartelés entre sept États.
- Les libertés accordées à l'occasion des conquêtes françaises sont remises en cause par la **restauration monarchique**.

3 La constitution d'une opposition

- Dans les années 1820, les opposants à l'ordre de Vienne constituent des **organisations clandestines** pour éviter la répression des princes. En Italie, les carbonari luttent contre l'absolutisme et la domination autrichienne. En Allemagne, les fraternités étudiantes défendent des revendications libérales et nationales.
- Les artistes romantiques, comme le poète anglais Byron ou le peintre français Delacroix, se font les chantres d'une « Europe des peuples » contre l'« Europe des princes ».

Mot clé

Le **romantisme** est un mouvement littéraire et artistique, qui se développe en Europe dans la première moitié du XIXe siècle.

L'ESSENTIEL

L'ordre monarchique européen →
- domination des grandes puissances
- réorganisation de l'Europe
- traité de la Sainte-Alliance pour lutter contre les mouvements révolutionnaires

Les faiblesses →
- puissances divisées
- droit des peuples bafoué
- organisation d'une opposition clandestine

Les mouvements libéraux et nationaux en Europe

7

☐ OK

À deux reprises, en 1830 et 1848, l'Europe du congrès de Vienne est secouée par des mouvements révolutionnaires. Mais la répression militaire des souverains condamne ces mouvements à l'échec.

I La poussée révolutionnaire de 1830

1 Des succès notables

Mot clé

Le **philhellénisme** est un mouvement de soutien à la cause grecque.

- À partir de 1821, les Grecs se soulèvent contre les Turcs ottomans qui les dominent. La répression est sanglante comme lors des massacres de l'île de Chios en 1822. Elle entraîne le développement du philhellénisme dans toute l'Europe. L'intervention militaire de la Russie, de l'Angleterre et de la France contre les Turcs débouche sur l'indépendance de la Grèce en 1830 : c'est un premier revers pour la Sainte-Alliance, qui soutient ici un mouvement révolutionnaire, pour des intérêts politiques.
- En juillet 1830, à Paris, lors des Trois Glorieuses, le roi Charles X est renversé par un mouvement insurrectionnel, qui porte Louis-Philippe d'Orléans au pouvoir. La révolution parisienne est le déclencheur d'insurrections dans divers territoires européens.
- Ainsi, en août 1830, les Belges, intégrés contre leur volonté dans le royaume des Pays-Bas, se soulèvent pour obtenir leur indépendance, acquise en octobre 1830.

2 Des échecs retentissants

- En novembre 1830, les Polonais se révoltent contre la domination russe. Ils proclament leur indépendance en janvier 1831. Mais dès septembre 1831, l'armée du tsar écrase férocement l'insurrection à Varsovie.
- En 1830 et 1831, l'agitation se développe aussi dans certains États allemands et en Italie centrale. Au printemps 1831, l'intervention militaire de l'Autriche met fin au mouvement : la réaction triomphe.
- Cependant, ces échecs nourrissent les revendications nationales. Ainsi, le mouvement Jeune-Italie, fondé par Giuseppe Mazzini en 1831, milite pour une Italie indépendante et unie.

II Le printemps des peuples (1848)

1 Une vague révolutionnaire de grande ampleur

- La **révolution parisienne** de février 1848, entraîne la chute d'une monarchie constitutionnelle et la mise en place d'une république ; ▶ FICHE 9 la **révolution viennoise** de mars 1848, provoque le départ du chancelier Metternich et la mise en place d'une monarchie constitutionnelle. Ces deux révolutions s'étendent à toute l'Europe.

- Au printemps 1848, l'**Europe du congrès de Vienne** se disloque : les Hongrois et les Tchèques proclament leur indépendance. Dans les États allemands, les souverains doivent promettre des constitutions et accepter la convocation d'un Parlement à Francfort. En Italie, les princes doivent aussi octroyer des constitutions ; la république est même proclamée à Rome et à Venise.

2 Le triomphe de la réaction

- Le printemps des peuples bute sur différents obstacles : l'**évolution conservatrice** de la République française ; les **divisions des insurgés** entre républicains et monarchistes (en Italie) ; les **divisions entre les peuples** de l'empire d'Autriche (Croates et Hongrois) ; les **réticences des princes** à accepter des évolutions constitutionnelles ; le **rapport de force en faveur des armées** des grandes puissances (Autriche et Russie).

> **Mot clé**
>
> L'**empire d'Autriche** est un État peuplé de dizaines de nationalités différentes.

- Ainsi, l'Autriche retrouve son rôle de **gendarme de l'Europe** en écrasant le mouvement tchèque, la révolution viennoise et l'insurrection hongroise dès l'automne 1848, l'insurrection en Italie du Nord en 1849. Dans les États allemands, les constitutions sont abrogées, le Parlement de Francfort dissous.

L'ESSENTIEL

Les mouvements libéraux et nationaux en Europe

- → Lutte pour le respect des libertés
- → Lutte pour l'unité et l'indépendance nationale
- → Soutien des artistes romantiques

Les expériences de monarchie constitutionnelle en France

8

☐ OK

Après l'effondrement de l'Empire en 1815, les Français expérimentent deux monarchies constitutionnelles, de 1815 à 1848, fondées sur la charte de 1814. Celle-ci cherche un difficile équilibre entre l'autorité royale et la souveraineté nationale.

I La Restauration (1815-1830)

1 La charte de 1814

- En 1815, la monarchie est restaurée en France. Louis XVIII monte sur le trône. Il applique alors la charte de 1814, rédigée avant l'épisode des Cent-Jours. ▶ FICHE 4 Ce texte cherche à concilier l'héritage de l'Ancien Régime avec celui de la Révolution française en instaurant une monarchie constitutionnelle.
- Le roi détient le pouvoir exécutif et partage le pouvoir législatif avec deux chambres : la Chambre des Pairs dont les membres sont nommés par le souverain et héréditaires ; la Chambre des députés, élue au suffrage censitaire qui réserve le droit de vote aux plus riches.
- Les Français se voient garantir les libertés fondamentales (de pensée, de culte, de la presse), l'égalité et le droit de propriété.

2 Une vie politique mouvementée (1815-1830)

- Deux partis politiques s'affrontent : le parti ultraroyaliste et le parti libéral.
- Durant son règne (1815-1824), Louis XVIII mène une politique modérée en favorisant une véritable vie parlementaire. Cependant, son successeur, Charles X (1824-1830) se montre beaucoup plus favorable aux ultraroyalistes. Face à une opposition libérale grandissante, il tente un coup de force en juillet 1830 en signant des ordonnances : il supprime la liberté de la presse, dissout la Chambre des députés et réduit le corps électoral pour en éliminer la bourgeoisie.

> **Mot clé**
> Une **ordonnance** est une décision législative prise par le roi sans débat parlementaire.

- Les ordonnances royales provoquent une insurrection populaire à Paris les 27, 28 et 29 juillet 1830 (Trois Glorieuses) qui poussent Charles X à abdiquer. Le duc d'Orléans est proclamé roi des Français, sous le nom de Louis-Philippe Ier.

II La monarchie de Juillet (1830-1848)

1 La charte révisée de 1830

- Louis-Philippe prête serment à la charte de 1830, révisée par les députés libéraux (orléanistes). Désormais, le roi ne peut plus gouverner par ordonnances ; le cens et l'âge pour être électeur et éligible sont abaissés, ce qui élargit le corps électoral ; l'hérédité des pairs est abolie.
- Ce nouveau régime semble consolider les acquis de la Révolution française (drapeau tricolore, respect des libertés).

2 Un régime contesté et fragile

- La monarchie de Juillet fait face à de multiples oppositions politiques : celle des légitimistes, celle des bonapartistes, celle des républicains.
- Ainsi, de 1830 à 1836, le gouvernement doit réprimer diverses tentatives de coup d'État et des insurrections populaires. En 1835, après un attentat manqué contre le roi, des lois répressives cherchent à museler l'opposition républicaine.
- De plus, le régime apparaît comme celui de la bourgeoisie. Touchés par la crise économique à partir de 1846 et privés du droit de vote par le suffrage censitaire, les couches populaires se sentent exclues.
- Dans ce contexte, l'interdiction de banquets républicains en février 1848 provoque des journées révolutionnaires à Paris et l'abdication du roi. FICHE 9

> **Mot clé**
> - Les **légitimistes** sont les partisans de la branche aînée des Bourbons.
> - Les **orléanistes**, plus libéraux, soutiennent la branche cadette (les ducs d'Orléans).

L'ESSENTIEL

La monarchie constitutionnelle en France

Charte de 1814
- garantie de la liberté
- suffrage censitaire

Charte de 1830
- consolidation des acquis de la Révolution

Partage du pouvoir
entre le roi et 2 chambres

Contestations et fragilité
- légitimistes, bonapartistes, républicains
- crise économique

La IIe République (1848-1851)

9

☐ OK

L'instauration de la IIe République semble faire entrer la France dans l'âge démocratique. Cependant, cette expérience tourne court.

I Une République sociale et fraternelle (février-mai 1848)

- Après l'abdication de Louis-Philippe, un gouvernement provisoire se met en place en février 1848. Il est composé de républicains modérés et de socialistes. Il proclame la République, institue le suffrage universel masculin, convoque une Assemblée constituante et crée des ateliers nationaux pour embaucher les chômeurs.

Mot clé

L'**Assemblée constituante** est chargée de rédiger une constitution.

- Les Français semblent unis autour de la République : des arbres de la liberté sont plantés dans toutes les communes et bénis par les prêtres.
- Cependant le pays est touché par une crise économique alors que le financement des ateliers nationaux aggrave le déficit budgétaire.

II Une République fragilisée (avril-juin 1848)

- Les 23 et 24 avril 1848, tous les hommes adultes sont appelés aux urnes pour élire l'Assemblée constituante. C'est l'occasion d'un grand débat démocratique animé par les clubs et les journaux. Le scrutin est marqué par la victoire des républicains modérés.
- En juin, l'Assemblée décide de fermer les ateliers nationaux considérés comme des foyers d'agitation révolutionnaire. Cette décision entraîne l'insurrection des quartiers populaires de l'est parisien.
- La répression militaire est féroce. Des milliers d'insurgés sont tués, 25 000 arrêtés, 4 000 déportés. George Sand se désole : « Je ne crois plus en une République qui tire sur ses ouvriers. »

III Une République conservatrice (juin 1848-déc. 1851)

- En novembre 1848 est adoptée une nouvelle Constitution. Elle confie le pouvoir législatif à une **Assemblée** élue pour trois ans ; le pouvoir exécutif à un **président de la République** élu pour quatre ans, non rééligible. Le **suffrage universel masculin** est maintenu.

- Les élections présidentielles de décembre 1848 sont remportées par **Louis-Napoléon Bonaparte**, qui se présente comme **défenseur de l'ordre**. Six mois plus tard, le parti de l'ordre sort victorieux des élections législatives et fait voter des **lois réactionnaires** (réduction du corps électoral, restriction de la liberté de la presse…).

- Louis-Napoléon Bonaparte ne parvient pas à convaincre l'Assemblée de modifier la Constitution pour lui permettre de se représenter aux élections présidentielles de 1852.

- Par le **coup d'État du 2 décembre 1851**, il dissout l'Assemblée et convoque le peuple pour un plébiscite l'autorisant à rédiger une nouvelle Constitution. Le « oui » l'emporte.

Mot clé

Un **plébiscite** est une consultation des électeurs qui doivent répondre « oui » ou « non » à une question constitutionnelle.

L'ESSENTIEL

La IIe République

- février-mai 1848
  Mise en place d'un gouvernement provisoire :
  une république sociale et fraternelle
- avril-juin 1848
  Élection d'une Assemblée constituante :
  une république fragilisée
- juin 1848-décembre 1851
  Instauration d'une nouvelle constitution :
  une république conservatrice

Le Second Empire (1852-1870)

10

OK

La Constitution de 1852 instaure un nouveau régime qui entend conserver l'héritage de 1789 tout en instaurant un pouvoir exécutif fort. L'Empire une fois rétabli, Napoléon III exerce d'abord un pouvoir autoritaire avant d'accorder peu à peu davantage de libertés aux Français.

I Un nouveau régime politique

1 Une nouvelle Constitution

- Signée le **14 janvier 1852**, la nouvelle Constitution réaffirme les principes de 1789, mais instaure un **régime autoritaire**.
- Le **président** exerce le pouvoir exécutif, judiciaire et a l'initiative des lois. Le pouvoir législatif est confié au **Conseil d'État** (rédige les projets de lois), au **Corps législatif** (vote les lois) et au **Sénat** (fait respecter la Constitution).

2 Le rétablissement de l'Empire

- Le prince-président propose le rétablissement de la **dignité impériale** par le plébiscite du 21 novembre 1852. C'est un triomphe. Le 2 décembre Louis-Napoléon Bonaparte devient empereur sous le nom de Napoléon III.

> **Date clé**
> Le **2 décembre** est la date anniversaire du sacre de Napoléon Ier (1804) et de la bataille d'Austerlitz (1805).

- Napoléon III va alors **gouverner seul**, en s'entourant néanmoins de quelques fidèles comme Morny, président du Corps législatif, ou Rouher, ministre d'État.

II L'Empire autoritaire (1852-1859)

1 La mise au pas des Français

- Le gouvernement **contrôle l'administration** ; les préfets sont chargés d'**encadrer la population**.
- La liberté de la presse est limitée, ce qui permet de **museler la presse d'opposition**. Le régime des élections favorise les candidats officiels soutenus par les préfets.
- L'empereur s'appuie sur le clergé pour obtenir l'obéissance des Français.

2 La faiblesse de l'opposition

- La majorité de la population soutient un régime qui apporte l'**ordre** et la **prospérité** au pays.
- Les **royalistes** sont divisés entre les légitimistes et les orléanistes.
- Les **républicains** sont traqués par la police. Les opposants au coup d'État du 2 décembre, comme Victor Hugo et Edgard Quinet, doivent s'exiler. Napoléon III profite de l'attentat d'Orsini (1858) pour faire emprisonner de nombreux républicains.

III L'Empire libéral (1860-1870)

1 Le renforcement des oppositions

- À partir de 1859, l'intervention militaire de Napoléon III aux côtés des patriotes italiens aboutit au démembrement des États pontificaux. Mécontent, le **clergé** devient une force d'opposition au régime.
- En 1860, Napoléon III signe un traité de libre-échange avec le Royaume-Uni. Ce faisant, il s'attire les critiques des **industriels**, dont les produits sont désormais exposés à la concurrence anglaise.

2 Une libéralisation progressive

- À partir de 1860, les pouvoirs du Corps législatif sont accrus : une véritable **vie parlementaire** se développe. L'opposition peut s'exprimer, comme celle des libéraux menés par Thiers.
- En 1864, le **droit de grève** est accordé aux ouvriers. Malgré cette concession impériale, ces derniers se rallient aux républicains.
- Le **plébiscite du 20 mai 1870** sur les réformes opérées dans la décennie passée est un immense succès pour Napoléon III.

L'ESSENTIEL

Le Second Empire

Empire autoritaire (1852-1859)
- administration contrôlée par le gouvernement
- liberté de la presse limitée
- faiblesse de l'opposition

Empire libéral (1860-1870)
- opposition renforcée
- développement de la vie parlementaire
- droit de grève accordé

Les transformations économiques sous le Second Empire

11

☐ OK

Pour moderniser une économie encore archaïque, Napoléon III mise sur l'action de l'État. Ce dernier développe le crédit, le commerce, les voies de communication et lance de grands travaux.

I La politique économique de Napoléon III

1 Une économie archaïque

- L'économie est encore dominée par une agriculture routinière, limitée à des marchés locaux. La production industrielle est assurée par de petites entreprises, proches de l'artisanat.
- Les moyens de communication restent peu développés : la navigation à voile domine ; le réseau ferroviaire n'atteint que 3 500 km vers 1850.
- Au nom du libéralisme, les élites pensent que l'État ne doit pas intervenir dans la vie économique du pays.

> **Mot clé**
> Le **libéralisme** est une théorie prônant la liberté d'entreprendre et la non-intervention de l'État dans l'économie.

2 Les objectifs de Napoléon III

Napoléon III estime que l'État doit moderniser l'économie française. Il pense aussi que la croissance économique améliorera les conditions de vie d'une majorité de Français tout en leur faisant accepter un régime politique autoritaire.

II La modernisation de l'économie

1 Le développement du crédit et du commerce

- L'empereur soutient la création de grandes banques capables d'investir dans des entreprises modernes. En 1852, les frères Pereire fondent le Crédit mobilier qui finance des sociétés de chemins de fer et la construction immobilière. En 1864 naît la Société générale pour le développement du commerce et de l'industrie.
- Pour Napoléon III, le protectionnisme est responsable du retard industriel du pays. C'est pourquoi il signe avec l'Angleterre un traité de libre-échange (1860).

2 Le développement des communications

- La navigation à vapeur se développe. De grandes compagnies de navigation sont créées, comme la Compagnie générale transatlantique des frères Pereire, qui assure les liaisons avec l'Amérique du Nord.
- Le réseau ferroviaire compte 17 000 km de voies en 1869. La circulation de l'information s'accélère grâce au télégraphe électrique.

3 Les grands travaux

De grands travaux agricoles sont menés (plantation de pins dans les Landes). Les infrastructures portuaires (Le Havre, Marseille), sont modernisées. Des travaux d'urbanisme transforment Paris et Lyon.

III Un bilan exceptionnel

- Stimulée par l'augmentation des prix, la constitution d'un marché national et le développement des chemins de fer, la production agricole augmente de 50 %.
- L'agriculture se diversifie pour répondre aux besoins d'une population urbaine en forte croissance (betterave à sucre, fruits, légumes, élevage). En parallèle, certaines régions se spécialisent (le Languedoc dans la viticulture).
- La production industrielle s'accélère (métallurgie, textile et chimie). Elle repose sur le développement du machinisme (filature) et l'augmentation de la demande.
- La valeur du commerce extérieur triple de 1848 à 1870. Le commerce intérieur est stimulé par les grands magasins (Le Bon Marché).

Mot clé

Le **machinisme** est l'utilisation de la force mécanique pour effectuer la production industrielle.

L'ESSENTIEL

La modernisation de l'économie française	▸ développement du crédit et du commerce ▸ développement des moyens de communication ▸ grands travaux agricoles, portuaires, urbains
Des succès	▸ agriculture diversifiée ▸ hausse de la production (agricole, industrielle) ▸ volume du commerce extérieur multiplié par 3

Les mutations sociales sous le Second Empire

12

☐ OK

L'industrialisation rapide du pays entraîne également son urbanisation, nourrie par l'exode rural. Pour la contrôler, des travaux d'urbanisme sont entrepris dans la capitale. Dans ce contexte, deux groupes sociaux antagonistes s'affirment : la grande bourgeoisie et la classe ouvrière.

I Une France qui s'urbanise

1 Le poids du monde rural

Durant le Second Empire, la majorité des Français sont des paysans (68 % de la population totale en 1872). Si la vie reste dure à la campagne, le monde paysan soutient le régime pour sa politique économique.

2 Le début de l'urbanisation

- En 1851, 22 % des Français vivent en ville ; ils sont 32 % en 1872 à cause de l'exode rural.
- En effet, l'industrialisation nécessite une main-d'œuvre abondante que lui fournissent des campagnes où l'agriculture fait difficilement vivre une population pléthorique (Massif central, Pyrénées, Alpes).

Mot clé

L'**exode rural** est le départ définitif des habitants des campagnes vers les villes.

3 La naissance d'un urbanisme moderne

- Jusqu'au milieu du XIXe siècle, Paris est une ville surpeuplée à la croissance anarchique. À l'instar de Londres, sa grande rivale, Napoléon veut en faire une ville saine, fonctionnelle, belle et sûre. C'est pourquoi il charge le baron Haussmann, préfet de la Seine de 1853 à 1869, de mener de grands travaux dans la capitale.
- Haussmann fait détruire des quartiers vétustes pour y construire des immeubles homogènes. Les rues étroites et sinueuses sont remplacées par de larges avenues. Un réseau d'égouts est créé ; des espaces verts sont aménagés (squares, parcs et bois) ; de nombreux édifices sont construits (mairies, écoles, casernes).
- Ces travaux favorisent la ségrégation sociale entre un centre transformé où vit la bourgeoisie et des quartiers périphériques où s'entassent les familles ouvrières.

II L'affirmation de la bourgeoisie et du monde ouvrier

1 L'âge d'or de la bourgeoisie

- La haute bourgeoisie profite de la prospérité économique. De véritables **dynasties industrielles** (les Schneider au Creusot, les Wendel en Lorraine) et **bancaires** (les Pereire à Paris) se constituent. Face à l'État et aux ouvriers, Ils défendent leurs intérêts en créant des organisations patronales (le **Comité des forges** en 1864).
- La haute bourgeoisie mène une vie luxueuse. Elle construit des hôtels particuliers, s'entoure d'une domesticité nombreuse, donne de fastueuses réceptions.

2 L'affirmation de la classe ouvrière

- Avec l'industrialisation, les ouvriers sont de plus en plus nombreux. Mais leurs **conditions de travail** restent misérables : salaires faibles, journée de travail très longue, habitat souvent insalubre.
- Auteur en 1844 d'un ouvrage de réflexion sociale, *L'Extinction du paupérisme*, **Napoléon III veut rallier les ouvriers au régime**, tout en les contrôlant. Une loi de 1854 les oblige à posséder un livret renseigné par le patron. En même temps, l'empereur encourage les industriels à construire des logements ouvriers.
- En 1864, il leur accorde le **droit de grève**. Mais ils ne se rallient pas au régime trop lié à leur goût à la bourgeoisie d'affaires. Ils soutiennent plutôt les républicains comme lors des élections de 1869.

L'ESSENTIEL

L'urbanisation de la France →
- début de l'exode rural
- industrialisation (besoin de main-d'œuvre)
- début des grands travaux haussmanniens
- ségrégation sociale

L'affirmation de deux classes sociales →
- la bourgeoisie
- les ouvriers

La France et l'unité italienne

13

☐ OK

Napoléon III entend remettre en cause les traités de 1815 qui ont réduit la place de la France en Europe. Pour ce faire, il soutient les nationalités face aux dominations étrangères, notamment en Italie.

I L'Italie au milieu du XIXe siècle

- Au lendemain du printemps des peuples, les Italiens restent divisés en huit États. ▶ FICHE 6 L'Empire d'Autriche-Hongrie occupe la Lombardie-Vénétie.
- Le royaume de Piémont-Sardaigne se présente comme le champion de l'unité italienne contre l'Autriche. Dirigé par Victor-Emmanuel II et Cavour, c'est la seule monarchie constitutionnelle de la région.
- Les deux hommes en font un État moderne. Ils mettent sur pied une armée nombreuse et bien équipée, mais qui pèse peu face à la puissante armée autrichienne. Cavour recherche donc et obtient, en 1859, l'assurance d'un soutien militaire de Napoléon III en cas de conflit.

II La France, actrice de l'unité italienne (1859-1866)

1 L'unification de l'Italie du nord et du centre (1859-1860)

- En 1859, Cavour pousse l'Autriche à la guerre. La France intervient aux côtés du Piémont-Sardaigne et contribue aux victoires de Magenta puis de Solferino. L'Autriche cède la Lombardie au Piémont.
- En 1860, à la suite de soulèvements encouragés par Cavour, les États d'Italie centrale sont rattachés au Piémont. En échange de son aide, la France obtient Nice et la Savoie.

2 Le rattachement de l'Italie du Sud (1860-1861)

- En 1860, l'expédition en Sicile et en Italie du Sud de Garibaldi, patriote soutenu par Cavour, permet de chasser du pouvoir le roi de Naples. Le royaume de Naples est alors rattaché au Piémont.
- En 1861, un Parlement réuni à Turin proclame Victor Emmanuel II roi d'Italie. Mais l'unité italienne est inachevée : Rome et sa région restent sous souveraineté pontificale ; la Vénétie aux mains des Autrichiens.

3 Le rattachement de la Vénétie

- À l'aube d'une guerre entre l'Autriche et la Prusse, Napoléon III demande au **chancelier prussien Bismarck** d'accepter l'**alliance de l'Italie** et de lui accorder la Vénétie, en cas de victoire.
- La guerre austro-prussienne débute en 1866. Elle est marquée par de graves défaites italiennes face à l'Autriche. Mais grâce à la victoire de la Prusse, Napoléon III oblige l'Autriche à céder la Vénétie à l'Italie.

III La France, obstacle à l'unité italienne (1867-1870)

1 L'épineuse question romaine

- Pour conserver l'appui de l'Église, Napoléon III exige du Piémont que le pape reste maître des États pontificaux défendus par une armée française.
- Pour les patriotes italiens, **Rome** doit être la **capitale de l'Italie unifiée**.

> **Mot clé**
> Les **États pontificaux** sont les États dirigés par le pape et ayant pour capitale la ville de Rome.

2 La France devant le fait accompli

- En 1867, la France intervient dans le Latium pour empêcher des troupes de Garibaldi de se rendre maîtres de Rome. Les troupes françaises écrasent celles des patriotes italiens à **Mentana**. Ces derniers se sentent trahis.
- En 1870, la France alors en guerre contre la Prusse rappelle ses troupes stationnées à Rome. Les Italiens en profitent pour **prendre possession des États pontificaux**. L'unité italienne est alors achevée avec Rome pour capitale.

L'ESSENTIEL

La France face à l'unité italienne

Un soutien (1859-1866)
- Italie du Nord et du centre
- Italie du Sud
- Vénétie

Un obstacle (1867-1870)
- la question romaine
- présence puis retrait de troupes françaises

La France et l'unité allemande

14

☐ OK

D'abord soutenue par Napoléon III au nom du principe des nationalités, la construction de l'unité allemande, menée par le chancelier Bismarck, rend bientôt inévitable un affrontement avec la France.

I L'Allemagne au milieu du XIXe siècle

- En 1850, les Allemands vivent dans **trente-neuf États**, dominés par l'**Autriche**, à la tête d'une Confédération germanique, et la **Prusse**.
- L'**empereur d'Autriche François-Joseph Ier** souhaite maintenir l'équilibre européen du congrès de Vienne (1815). ▶ FICHE 6 Au contraire, le **roi de Prusse Guillaume Ier** et son **chancelier Bismarck** veulent le remettre en cause en réalisant l'unité des Allemands.
- De 1850 à 1862, la Prusse connaît un **remarquable essor économique**. Il s'appuie sur le *Zollverein*, une industrie puissante et un réseau ferroviaire dense.
- Son **armée**, réorganisée, nombreuse et bien équipée, devient l'une des plus puissantes d'Europe.

> **Mot clé**
> Le ***Zollverein*** est une union douanière et économique entre les États allemands, à l'exception de l'Autriche.

II La France, d'abord soutien... (1862-1866)

- Napoléon III, **défenseur du principe des nationalités**, entend réviser les traités issus du congrès de Vienne. L'Autriche lui apparaît comme un obstacle à ce projet.
- Bismarck considère l'Autriche comme une **entrave à la réalisation de l'unité allemande**. Il s'appuie donc sur la France pour l'affaiblir : ainsi en 1865, il s'assure de la neutralité française sur la question des duchés en échange de quelques compensations.
- En 1866, à la suite d'une provocation du gouvernement prussien, la guerre s'engage entre la Prusse et l'Autriche, soutenue par les États allemands. Après sa **défaite à Sadowa**, l'empereur François-Joseph doit se plier aux conditions des vainqueurs. Napoléon III joue les médiateurs pour préserver l'indépendance des États d'Allemagne du Sud.

- La **paix de Prague** (1866) permet à la Prusse de s'étendre et de prendre la tête d'une **confédération d'Allemagne du Nord**. Les États du sud, tout en restant indépendants, signent avec Berlin des conventions prévoyant un **commandement prussien unique** en cas de guerre.

III ...puis adversaire de l'unité allemande (1867-1870)

1 De la montée des tensions à la guerre de 1870

- Après Sadowa, Napoléon III prend conscience de la dangereuse montée en puissance de la Prusse. Il réclame alors des compensations à Bismarck (la Sarre). Le chancelier ne donne pas suite à ses demandes.
- À la suite d'un différend diplomatique, Napoléon III déclare la **guerre à la Prusse** en juillet 1870. L'armée des États allemands coalisés, est plus nombreuse, mieux équipée et mieux organisée que l'armée impériale.
- L'armée française, défaite à **Sedan le 1er septembre 1870**, doit capituler ; Napoléon III est fait prisonnier. Le 4 septembre, la **République** est proclamée ; un gouvernement de Défense nationale constitué.

2 La naissance de l'Empire allemand

Les États allemands du sud acceptent d'intégrer la Confédération dirigée par la Prusse. Le 18 janvier 1871, à Versailles, **Guillaume Ier** est proclamé **empereur des Allemands**. L'unité allemande est réalisée. L'annexion de l'Alsace-Lorraine en mai 1871 parachève cette unité.

L'ESSENTIEL

La France face à l'unité allemande

Un soutien (1862-1866)
- Napoléon III : défenseur du principe des nationalités
- Napoléon III : médiateur entre la Prusse et l'Autriche

Un adversaire (1867-1870)
- montée des tensions franco-prussiennes
- guerre perdue face à la Prusse
- perte de l'Alsace-Lorraine

Les débuts difficiles de la IIIe République (1870-1879)

15

☐ OK

La IIIe République est proclamée le 4 septembre 1870. Née de la défaite contre la Prusse, déstabilisée par la Commune et fragilisée par les tentatives de restauration monarchiste, elle connaît des débuts difficiles. Comment la République s'impose-t-elle ?

I Le retour de la République

1 Le contexte

- En juillet 1870, Napoléon III engage la France dans une guerre contre la Prusse. L'armée française est défaite à Sedan, le 2 septembre. Le territoire est envahi et l'empereur fait prisonnier. Le Second Empire ne survit pas à ce désastre militaire. La République est proclamée le 4 septembre.
- Face à l'avancée des Prussiens, un gouvernement de Défense nationale est constitué. Gambetta veut poursuivre la guerre mais il se heurte à l'hostilité des campagnes et des modérés du gouvernement.
- Aux élections législatives du 8 février 1871, les monarchistes, favorables à la paix, l'emportent largement. Ils désignent Thiers comme chef du pouvoir exécutif.
- Au traité de Francfort, signé le 10 mai 1871, la France cède l'Alsace et une partie de la Lorraine à la Prusse. Elle doit aussi lui verser une indemnité de 5 milliards de francs.

2 La Commune de Paris, une tentative de République sociale

- Les Parisiens, éprouvés par le siège des Prussiens, refusent les négociations de paix. Le 18 mars 1871, ouvriers et artisans s'insurgent. Ils s'installent à l'Hôtel de Ville et proclament la Commune de Paris. C'est une démocratie directe qui vise à instaurer une République sociale, dans la continuité de 1848. Le climat est insurrectionnel.

> **Mot clé**
> Une **République sociale** est un régime qui combine à la fois une démocratie libérale et une politique de réduction des inégalités sociales.

- Le gouvernement et l'Assemblée installés à Versailles envoient une armée commandée par Mac-Mahon. La reconquête de Paris s'achève par la semaine sanglante (21-28 mai 1871). Une terrible répression anéantit le mouvement ouvrier.

II Une République encore incertaine

1 Une République conservatrice

- Thiers, favorable à la monarchie au début de sa carrière, se prononce en faveur d'une République. L'Assemblée le pousse alors à la démission et élit le 24 mai 1873, le monarchiste Mac-Mahon à la présidence.
- Le gouvernement est confié au **duc de Broglie**, chargé de rétablir un ordre moral. La fonction publique est épurée, la liberté de la presse réduite et le Sacré-Cœur de Montmartre est bâti pour expier les « crimes » de la Commune.

> **Mot clé**
> L'**ordre moral** est une politique conservatrice. Son objectif est de rétablir des valeurs d'ordre et de hiérarchie, en s'appuyant sur l'Église catholique et l'armée.

2 Les progrès républicains

- Les monarchistes sont divisés. Le **comte de Chambord** est discrédité par son refus des principes de 1789 et son attachement au drapeau blanc.
- En 1875, trois nouvelles lois constitutionnelles établissent une **République parlementaire** où le président de la République dispose de pouvoirs étendus.
- Pour enrayer la progression du sentiment républicain, Mac-Mahon pousse le président du Conseil, **Jules Simon**, à démissionner. Il prononce ensuite la dissolution de la Chambre des députés.
- Cependant, une nouvelle majorité républicaine est élue à l'Assemblée. Puis en 1879, le Sénat devient républicain. Mac-Mahon démissionne. Il est remplacé par le républicain **Jules Grévy**. La République est victorieuse.

L'ESSENTIEL

Les débuts difficiles de la IIIe République

La Commune de Paris
- république sociale et laïque
- démocratie directe
- guerre civile

Les progrès des Républicains
- monarchistes puissants mais divisés
- lois constitutionnelles de 1875
- victoires électorales des Républicains

L'installation de la République

16

☐ OK

Les Républicains au pouvoir à partir de 1879 se qualifient eux-mêmes d'opportunistes. Ce sont des modérés qui veulent rallier les paysans et la bourgeoisie à la République. Ils s'opposent à une droite royaliste et à une gauche radicale voire socialiste. Comment consolident-ils la République ?

I L'affirmation des libertés fondamentales

1 De nouvelles libertés collectives

- La République est associée au rétablissement des libertés fondamentales que le Second Empire avait supprimées. Les Républicains souhaitent consolider la démocratie libérale.
- Les lois de 1881 élargissent les libertés publiques : la liberté de réunion et de la presse sont rétablies.
- En 1884, la loi Waldeck-Rousseau autorise les syndicats, accordant ainsi au monde ouvrier la possibilité légale de s'organiser et de défendre ses intérêts.

Mot clé

La **démocratie libérale** est un régime politique associant le principe d'égalité (démocratie) et celui de liberté (libéralisme). L'État doit garantir la liberté du citoyen, avant de chercher à réduire les inégalités sociales.

- La loi de 1901 institue la liberté d'association. Elle permet le développement des partis politiques qui visent à la conquête du pouvoir par les élections. La presse politique diffuse leurs idées.

2 Des libertés locales rétablies

- La loi municipale de 1882 restaure l'élection du maire et de ses adjoints par le conseil municipal. Paris conserve un statut à part, sous l'autorité du gouvernement.
- Les libertés publiques et le suffrage universel font du maire et du député les principaux personnages politiques. Le député défend les intérêts de sa circonscription auprès des ministères.
- Le débat démocratique gagne les campagnes grâce au développement du chemin de fer et à l'essor de la presse (*Le Petit Journal* : 700 000 exemplaires dès 1882).

II L'unification de la nation

1 L'école et l'armée, piliers de la République

- Un **service militaire universel** de trois ans est établi en 1889. C'est une armée de masse qui se met en place.

- Les Républicains accordent la plus grande importance à l'enseignement. Jules Ferry modifie les programmes scolaires et établit dans les départements des écoles normales pour former des instituteurs (1879). Tous ces progrès visent à **diffuser l'instruction**, **former des citoyens** et **propager** les **valeurs républicaines** lors des leçons de morale.

- Ferry rend l'enseignement public **gratuit** (1881), **obligatoire** de six à treize ans et laïc (1882). La **loi Camille Sée** (1880) met en place un enseignement secondaire féminin.

> **Mot clé**
> Selon le principe de **laïcité**, toute influence et tout signe d'appartenance religieuse sont exclus de l'enseignement public, de l'administration et de l'exercice du pouvoir politique.

2 Les symboles de la République

- Le souvenir de la Révolution est honoré. La ***Marseillaise*** redevient hymne national et le **14 juillet** est institué fête nationale. La Chambre des députés et le Sénat sont transférés à Paris. Dans les mairies et sur les places des villages sont installés des statues et bustes de **Marianne**.

- À l'occasion des funérailles de personnalités républicaines sont organisées d'imposantes cérémonies populaires, comme pour **Victor Hugo** ou **Louis Pasteur**.

- Les **expositions universelles** de 1878, 1889 et 1900 sont l'occasion de célébrer dans un même mouvement le progrès technique et la République.

L'ESSENTIEL

Installation et consolidation de la République

Affirmation des libertés fondamentales
- liberté de réunion
- liberté de la presse
- autorisation des syndicats
- liberté d'association

Unification de la nation
- enseignement public gratuit, obligatoire et laïc
- service militaire obligatoire
- symbolique républicaine : *Marseillaise*, 14 Juillet, Marianne

La République entre contestations et enracinement

17

☐ OK

Dans un contexte de difficultés économiques et de scandales politiques, la République doit affronter de fortes oppositions et de nombreuses crises. Comment les Républicains parviennent-ils à consolider le régime alors même qu'il est contesté ?

I La République contestée

1 La droite combat la République parlementaire

- Les années 1885-1889 sont marquées par des scandales politiques dans un contexte de crise sociale. Les Républicains sont discrédités, l'anti-parlementarisme se développe dans l'opinion.

> **Mot clé**
>
> L'**antiparlementarisme** désigne l'opposition au régime parlementaire, considéré comme favorisant la corruption et l'instabilité ministérielle.

- Le général Boulanger rassemble une coalition de mécontents, il réclame une révision de la Constitution et l'instauration d'un pouvoir exécutif fort.
- Un courant nationaliste s'est développé. L'Action française de Charles Maurras attire de jeunes militants et des intellectuels qui souhaitent un retour à la monarchie.

2 La gauche attaque une République « bourgeoise »

L'antiparlementarisme est relancé avec le scandale de Panama (1892). Les anarchistes prônent l'action directe : une bombe est jetée à l'Assemblée nationale en 1893 et le président Sadi Carnot est assassiné en 1894. Le gouvernement répond à ces actes par des lois répressives qualifiées de « scélérates » par l'opposition.

II L'affaire Dreyfus, une épreuve pour la République

1 Une affaire d'espionnage, une erreur judiciaire

En 1894, le capitaine Dreyfus, est accusé d'avoir livré des secrets militaires à l'Allemagne. Il est condamné à la prison à vie et déporté au bagne de Cayenne. En 1896, son innocence est prouvée. Mais, l'armée, au nom de la raison d'État, refuse la révision du procès.

2 Des Français divisés

- En 1898, Zola publie l'article « J'accuse » dans *L'Aurore*. L'opinion publique est divisée. Les **dreyfusards**, issus surtout de la gauche, défendent les droits de l'individu et se rassemblent dans la Ligue des droits de l'homme.
- Face aux **antidreyfusards**, largement antisémites et nationalistes, un gouvernement de « défense républicaine » dirigé par Waldeck-Rousseau se met en place en 1899. Dreyfus est gracié puis réhabilité en 1906.

III La République enracinée

1 La séparation des Églises et l'État

- Un Bloc des gauches (socialistes et radicaux) arrive au pouvoir en 1902. Les radicaux sont attachés à la propriété individuelle, aux intérêts des classes moyennes et se montrent hostiles à l'Église catholique.
- La **loi du 9 décembre 1905** met fin au Concordat de 1801. ▶ FICHE 4
La loi garantit la liberté de conscience et de culte. Les biens d'Église doivent être attribués à des associations cultuelles. Leurs **inventaires**, commencés en 1906, suscitent une flambée de violences.

2 La question sociale

- Autour de **Jean Jaurès**, les socialistes se rassemblent en 1905 dans une force unique, la **SFIO**. Ils réclament une République sociale. Le syndicat révolutionnaire **CGT** est fondé en 1895 afin de donner le pouvoir au prolétariat.
- Face aux revendications ouvrières, **Georges Clemenceau**, président du Conseil de 1906 à 1909, brise les **grèves**. Mais des réformes sociales sont votées : repos hebdomadaire, retraite ouvrière, impôt sur le revenu.

L'ESSENTIEL

Une République contestée et déstabilisée →
- nationalisme (crise boulangiste, 1887-1889)
- antiparlementarisme (scandale de Panama, 1892)
- anarchisme (attentats, 1893-1894)
- affaire Dreyfus (1894-1906)

Une République enracinée →
- organisation des partis politiques
- loi de séparation des Églises et de l'État (1905)
- réformes sociales mais lutte contre les grèves

Une société française transformée

18

☐ OK

Cette période que les Français qualifièrent *a posteriori* de « Belle Époque » apparaissait alors comme synonyme de prospérité. Les Français étaient unis dans la célébration du progrès. Comment la société française s'est-elle transformée sous la IIIe République ?

I L'industrialisation et les progrès techniques

1 Une période de croissance économique

À partir de 1895, l'économie connaît une période de croissance. La seconde révolution industrielle permet de nombreux progrès. L'électricité change la vie quotidienne. La France domine dans des secteurs pionniers comme l'automobile et le cinéma.

2 À la conquête des nouvelles techniques

Les Français s'enthousiasment pour la naissance de l'aviation : Louis Blériot traverse la Manche (1909). Les progrès techniques se voient aussi à Paris : inauguration de la tour Eiffel (1889) et de la première ligne de métro (1900). Le succès des expositions universelles (1889 et 1900) manifeste le rayonnement mondial de la France.

II Une population entre déclin et renouveau

1 La situation démographique de la France

La France, amputée de l'Alsace et de la Lorraine, compte près de 40 millions d'habitants en 1914. Le pays est marqué par le malthusianisme. Son taux de natalité est le plus bas d'Europe. Certains s'inquiètent pour la puissance économique et militaire du pays et appellent à un réflexe nataliste.

Mot clé

Selon le **malthusianisme** (de Robert Malthus, 1766-1864), l'augmentation trop rapide de la population, par rapport à celle des moyens de subsistance, rend nécessaire la limitation des naissances.

2 L'immigration et la place des étrangers

L'immigration apparaît comme une solution face au déclin démographique. La **loi de 1889** l'encourage en établissant le **droit du sol**. La France compte plus d'un million d'immigrés (Belges, Italiens...) en 1914. Cet afflux provoque des **réflexes xénophobes**, en particulier par les ouvriers, qui leur reprochent d'accepter de bas salaires.

III Les mobilités géographiques et sociales

1 L'exode rural

Les campagnes sont **désenclavées** par le développement des transports, le service militaire, l'école et la presse quotidienne. La ville fascine et encourage l'**exode rural**.

2 La bourgeoisie et les classes moyennes

- Les valeurs de la bourgeoisie sont devenues les **valeurs dominantes** d'une société qui croit à la réussite par le **travail**, l'**épargne** et l'**éducation**.
- Les familles de la grande bourgeoisie s'allient à celle de la noblesse. Cette haute société mène un train de vie somptueux, influence l'opinion publique et les responsables politiques.
- La bourgeoisie est un **modèle à atteindre pour les classes moyennes** (fonctionnaires, employés et travailleurs indépendants) qui rêvent d'**ascension sociale**. Ces couches nouvelles, formées par l'école républicaine, sont l'assise du régime.

L'ESSENTIEL

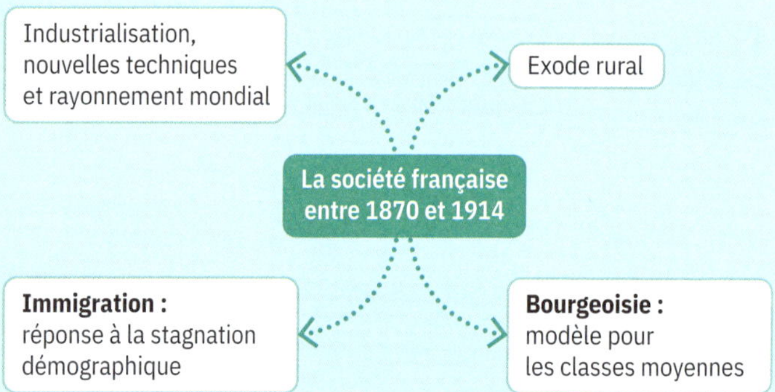

Les limites à l'intégration républicaine

19

☐ OK

Les Républicains au pouvoir ont cherché à réduire les inégalités sociales. Pourtant la cohésion nationale est inachevée en 1914. Quelles inégalités et tensions demeurent dans la société française ?

I L'évolution de la place des femmes

1 Le travail féminin

- La société française reste patriarcale. Une femme est d'abord une épouse et une mère. Ouvrières dans l'industrie textile, les femmes s'orientent peu à peu vers le tertiaire.
- Les femmes commencent à accéder aux diplômes supérieurs et aux métiers réservés aux hommes. En 1906, Marie Curie est la première femme à enseigner à la Sorbonne. Cependant, les salaires féminins sont inférieurs de 50 % aux salaires masculins en 1913.

2 Le mouvement féministe

Hubertine Auclert et Marguerite Durand revendiquent des droits civils et le droit de vote. Ce sont les suffragettes. Madeleine Pelletier plaide en faveur d'une réelle égalité des sexes mais reste marginale. Une majorité d'hommes refuse de leur accorder le droit de vote.

II Les difficultés du monde rural

1 Le modèle rural français

- La paysannerie représente 55 % de la population en 1911. La petite propriété paysanne apparaît comme le modèle économique et social.
- Les républicains ont veillé à se rallier les campagnes. La paysannerie apprécie la stabilité économique et politique, les progrès sociaux.
- L'agriculture est protégée de la concurrence étrangère par les tarifs protectionnistes (1892).

Mot clé

La politique **protectionniste** consiste à protéger l'économie d'un pays contre la concurrence étrangère au moyen de mesures tarifaires (droits de douane) et non tarifaires (quotas, subventions...).

FRANÇAIS

HISTOIRE-GÉOGRAPHIE

ENSEIGNEMENT SCIENTIFIQUE

ANGLAIS

2 Les mutations dans les campagnes

- Le Nord connaît une certaine **modernisation**. Le Sud et l'Ouest conservent des **pratiques agraires traditionnelles** avec des rendements faibles. Les **conditions de vie et de travail des ouvriers agricoles** restent très difficiles. Ils sont nombreux à migrer vers la ville.
- En 1907, dans le Languedoc, une **crise de surproduction viticole** entraîne une violente révolte, réprimée par le gouvernement.

III La question ouvrière et le mouvement ouvrier

1 Des conditions de vie difficiles

- Un prolétariat se développe avec des ouvriers non qualifiés, travaillant en usine. Une **conscience de classe** naît d'un sentiment d'exploitation et de conditions de vie précaires. Elle entraîne la formation de **syndicats** et des grèves.
- Les revenus progressent lentement et donnent accès à une nourriture plus variée, des divertissements, des logements plus sains, en banlieue notamment.

2 La question sociale

- À partir de 1904, la France connaît une **vague de grèves** sans précédent. Elles font parfois suite à des catastrophes (explosion de la mine de Courrières, plus de 1 000 morts, 1906). Les **réformes sociales** restent timides : lois sur les retraites, congé hebdomadaire en 1906. Les **conditions de sécurité** s'améliorent (loi de 1898 sur les accidents de travail).
- Des patrons pratiquent une **politique paternaliste** et garantissent aux ouvriers des logements (Schneider, patron des usines métallurgiques du Creusot).

L'ESSENTIEL

Les inégalités et les tensions dans la société française
- Société patriarcale
- Population essentiellement rurale en mutation
- Ouvriers de plus en plus nombreux et « question sociale »

Les causes de l'expansion coloniale

20

☐ OK

L'expansion coloniale se développe à partir de 1880, lorsque les républicains opportunistes sont au pouvoir. Quels sont les fondements et les acteurs de l'expansion coloniale française ?

I Des motivations politiques et économiques

1 Des fondements politiques

- En France, l'expansion outre-mer est un moyen d'effacer l'humiliation de la défaite de 1870 contre la Prusse.
- La politique coloniale de Gambetta et de Ferry témoigne de la hantise du déclin, de l'obsession du rang mondial de la France qui est au cœur du nationalisme depuis 1871.

2 Un contexte économique favorable

- Dans la seconde moitié du XIXe siècle, la domination économique de l'Europe s'accentue grâce à l'essor de la révolution industrielle. En 1914, la moitié de la production industrielle mondiale vient d'Europe ainsi que les deux tiers des échanges. Cette domination est liée à une supériorité technique et scientifique.
- Les États européens en proie aux difficultés économiques liées à la Grande Dépression (1873-1896) recherchent des matières premières et des débouchés. Les économies sont alors favorables au libre-échange.

II Démographie, intérêt scientifique et « devoir moral »

1 Des raisons démographiques et scientifiques

- En 1914, l'Europe représente le quart de la population mondiale. Une forte fécondité liée à la transition démographique pousse les Européens à quitter le continent. La France est moins touchée par ce phénomène.
- Les sociétés de géographie financent des expéditions. Les scientifiques s'intéressent à la découverte de territoires jusque-là inconnus. Savorgnan de Brazza, officier et explorateur français, mène trois expéditions en Afrique.

2 La bonne conscience de « l'homme blanc »

- Les Européens sont convaincus de leur **mission civilisatrice**. C'est le « fardeau de l'homme blanc » dont parle le poète britannique Kipling.
- L'Église connaît une intense activité **missionnaire** en Afrique alors que son emprise diminue sur les sociétés européennes.

III Le débat colonial

1 Convaincre l'opinion politique

- De puissants **groupes de pression** se forment, comme le **parti colonial**. Ils rassemblent des députés de gauche et de droite, des industriels et des hommes d'Église pour soutenir la colonisation.
- L'opposition à la colonisation est alors le fait de la **droite nationaliste** et des **radicaux** comme Georges Clemenceau qui redoutent que l'expansion coloniale détourne la France de la revanche.
- Les **milieux politiques** se rallient à partir de 1890. Les socialistes eux-mêmes admettent la validité d'une colonisation apportant les bienfaits de la civilisation.

2 Convaincre l'opinion publique

- Les groupes de pression cherchent à convaincre l'opinion. L'**Exposition universelle** de Paris en 1889 met en valeur l'empire colonial.
- Après 1890, l'opinion publique accepte l'expansion coloniale par **nationalisme** et **patriotisme** ou dans une certaine indifférence teintée de curiosité.

L'ESSENTIEL

Les causes de l'expansion coloniale

- **Politiques :** effacer la défaite de 1870
- **Scientifiques :** explorer de nouveaux territoires
- **Économiques :** stimuler l'industrie nationale
- **Religieuses :** évangéliser les populations
- **Morales :** assumer une « mission civilisatrice »

La constitution d'empires coloniaux

21

☐ OK

En 1914, la France possède le second empire colonial, derrière la Grande-Bretagne. D'une superficie de 10 millions de km² et regroupant 55 millions d'habitants, il s'étend sur tous les continents.

I Les étapes de l'expansion coloniale

1 L'empire colonial français en 1870

- Au milieu du XIXe siècle, la colonisation marque un temps d'arrêt. L'esclavage et la traite négrière sont abolis, ce qui entrave l'économie de plantation. La conquête de l'Algérie amorcée en 1830 est décidée sans enthousiasme et se heurte aux réticences de l'opinion.
- Sous le Second Empire, les Français renforcent leur présence en Afrique de l'Ouest (Sénégal, 1854), dans le Pacifique (Nouvelle-Calédonie, 1853) et en Asie (Cochinchine, 1862).

2 La « course aux colonies »

- La possession de l'Algérie amène la France à achever la conquête du Maghreb : la Tunisie en 1881, aux dépens de l'Italie, et au Maroc en 1912.
- Brazza (1875-1884) prend possession des territoires situés sur la rive droite du Congo. Le Soudan, le Dahomey et Madagascar sont conquis à la fin du siècle.
- En Extrême-Orient, sous l'impulsion de Jules Ferry, la France s'installe au Tonkin. En 1885, l'Indochine est sous souveraineté française.

II Impérialisme et tensions internationales

- L'impérialisme devient un enjeu de puissance entre États européens. La conférence de Berlin (1884-1885) tente d'organiser le partage de l'Afrique et de moraliser la colonisation. Ce continent est presque entièrement colonisé en 1914.

Mot clé

Au XIXe siècle, l'**impérialisme** qualifie la domination culturelle, politique, économique et militaire exercée par les nations industrialisées.

FRANÇAIS
HISTOIRE-GÉOGRAPHIE
ENSEIGNEMENT SCIENTIFIQUE
ANGLAIS

- L'essor colonial engendre des **rivalités**. En 1898, Français et Anglais s'opposent à **Fachoda,** pour l'occupation du Soudan. Face à un risque de guerre, la France abandonne ses prétentions sur le bassin du Nil.
- L'empereur **Guillaume II** veut empêcher les Français d'étendre leur influence au Maroc. À la suite des **crises de Tanger** (1905-1906) et d'**Agadir** (1911), le Maroc revient à la France. En échange, des territoires français sont accordés à l'**Allemagne** en Afrique centrale.

III Une domination aux modalités diverses

1 Les formes d'administration

- La plupart des territoires sont des **colonies d'exploitation** : Afrique occidentale (AOF) et équatoriale (AEF). Placées sous la souveraineté française, elles ne comptent qu'une faible population européenne.
- La République recourt au régime du **protectorat** (Tunisie, Maroc, Laos) en maintenant les institutions et un gouvernement autonome.

2 Assimilation ou association des peuples colonisés ?

- L'**assimilation** est la doctrine officielle de la IIIe République. Elle devait conduire les indigènes à adopter progressivement la langue, la culture, les valeurs de la métropole et leur permettre d'obtenir l'égalité juridique avec les citoyens français.
- La **politique d'association** est privilégiée par les Anglais. Elle reconnaît les particularismes des peuples soumis et cherche à les associer plus activement au développement de la colonie.

3 L'Algérie, une colonie de peuplement

L'Algérie accueille de **nombreux colons européens**. Beaucoup exploitent des terres comme les Alsaciens et Lorrains, arrivés après 1870. Elle est organisée en **trois départements** et dépend du ministère de l'Intérieur. Les colons sont représentés au Parlement.

L'ESSENTIEL

La constitution d'empires coloniaux

- Expansion sur tous les continents
- Colonies d'exploitation ou de peuplement
- Rivalités et crises internationales
- Politique d'assimilation des peuples indigènes

Le fonctionnement des sociétés coloniales

22

☐ OK

Les sociétés coloniales sont composées d'indigènes, de colons, de missionnaires, de militaires et de fonctionnaires de la métropole.
Comment fonctionnent les sociétés coloniales ?

I Des sociétés organisées par et pour la métropole

1 Des statuts sociaux hiérarchisés

- En Algérie, Arabes et Kabyles sont soumis au Code de l'indigénat (1881). En revanche, le décret Crémieux (1870) naturalise les Juifs algériens. Les étrangers européens d'Algérie sont naturalisés automatiquement dès 1889.
- Le Code de l'indigénat est généralisé à toutes les colonies françaises en 1887. Citoyens français et indigènes se mélangent très peu.

Mot clé

Le **Code de l'indigénat** établit un statut d'infériorité des indigènes : restriction des libertés individuelles, travail forcé et impôts particuliers.

2 Une mise en valeur au profit de la métropole

- Les colonies fournissent des produits tropicaux ou miniers (caoutchouc, fer, cuivre) et sont aussi des débouchés pour l'industrie.
- La France investit moins que la Grande-Bretagne dans son empire. Les nouvelles infrastructures permettent l'exportation des produits coloniaux.
- En Algérie, la mise en valeur se réalise grâce à une forte présence européenne et à des investissements massifs. Des régions marécageuses comme la Mitidja sont asséchées. Des cultures nouvelles sont introduites (vigne, agrumes).

II La mission « civilisatrice » de la France

1 L'action éducative et sociale

- La métropole développe un réseau d'écoles primaires, mais seule une minorité d'indigènes accède à l'enseignement secondaire. L'acculturation ne touche qu'une élite.

- La **situation sanitaire** s'améliore par la lutte contre les maladies tropicales. En 1891, **Calmette** crée à Saigon le premier institut Pasteur d'outre-mer.

2 Le développement urbain

La présence coloniale favorise le développement urbain. L'**urbanisme** est occidental (plan à damier). La ville s'organise autour de ses **bâtiments administratifs** et de l'**activité commerciale**, comme à Saigon. La **ségrégation raciale** y est souvent marquée.

3 Les Français et leur empire

- Les Français de métropole connaissent très mal les cultures de leur empire. Ceci étant, certains artistes puisent leur inspiration dans la découverte de l'art africain (Picasso) ou des paysages et modes de vie exotiques (Gauguin).
- Le **sentiment de supériorité occidentale** alimente nombre de clichés.

III Contestations et résistances

- Les Français se heurtent à des **résistances** dont ils triomphent grâce à leur supériorité technique et stratégique, et à l'enrôlement de soldats indigènes.
- Les critiques viennent du travail forcé, des cultures obligatoires destinées à l'exportation, des réquisitions. Le régime de l'indigénat cristallise les mécontentements et entraîne la **grande révolte de Kabylie** en 1871.
- En **Indochine**, l'opposition est vive au début du siècle. Les mouvements sont animés par la bourgeoisie et des éléments populaires.

L'ESSENTIEL

Le fonctionnement des sociétés coloniales

- Ségrégation sociale
- Exploitation des territoires et des hommes
- Missions scientifiques et progrès sanitaires
- Acculturation des élites et résistances locales
- Influence artistique et racisme en métropole

Un embrasement mondial

23

☐ OK

Le 28 juin 1914, l'assassinat à Sarajevo de l'héritier du trône d'Autriche-Hongrie précipite les puissances européennes dans une guerre qui devient mondiale.

I Les origines de la guerre

- La Grande Guerre est le résultat de longues années de tensions :
  - **économiques** : les pays européens sont en concurrence ;
  - **coloniales** : en Afrique, les Européens se disputent des territoires (la France et l'Allemagne au Maroc en 1905 et 1911) ; ▶ FICHE 21
  - **maritimes** : la Russie réclame l'internationalisation des détroits du Bosphore et des Dardanelles, contrôlés par l'Empire ottoman ;
  - **nationalistes** : l'Autriche-Hongrie est un État multinational où cohabitent de nombreux peuples slaves, qui espèrent plus d'autonomie. En 1908, elle annexe la Bosnie-Herzégovine, convoitée par la Serbie. Les Balkans sont une « poudrière ».
- Le **28 juin 1914**, l'héritier de la couronne d'Autriche-Hongrie – l'archiduc François Ferdinand – est assassiné à Sarajevo par un étudiant serbe opposé à l'annexion de la Bosnie-Herzégovine. Par le **jeu d'alliances**, cet événement implique tous les États européens. L'Autriche déclare la guerre à la Serbie, la Russie (alliée de la Serbie) à l'Autriche et l'Allemagne à la Russie. Début août 1914, l'Allemagne, la France et le Royaume-Uni sont en guerre.
- Les **buts de guerre** sont évidents : les belligérants souhaitent accroître leur puissance et repousser leurs frontières en annexant des territoires ou en reprenant des terres perdues (la France avec l'Alsace-Moselle).

II Les grandes étapes de la guerre

1 L'échec d'une guerre de mouvement

- Le conflit se déroule sur deux fronts : **franco-allemand** et **russo-germano-autrichien**. L'armée allemande entre en France le 2 août 1914 mais est stoppée sur la Marne en septembre. À l'Est, l'offensive russe est arrêtée par les Allemands à Tannenberg le 30 août. De 1915 à 1917, les fronts se stabilisent : c'est la guerre de position.

> **Mot clé**
> Dans une **guerre de position**, les soldats s'enterrent dans des tranchées et tentent de conserver les positions acquises.

- Afin d'épuiser l'ennemi, les États-majors lancent de grandes offensives : c'est une **guerre d'usure**. En 1916, la **bataille de Verdun** et la **bataille de la Somme** font de nombreuses victimes. ▶ FICHE 24

2 Une guerre internationale

- L'Alliance reçoit l'appui de l'Empire ottoman (fin 1914) et de la Bulgarie (1915). L'Entente obtient l'intervention de l'Italie (1915) et de la Roumanie (1917). Elle lance une offensive sur les **Dardanelles** (1915), qui sera un échec.
- L'**Atlantique** est le théâtre de torpillages de navires par la marine allemande. Les États-Unis décident alors à entrer en guerre (1917).

3 Le tournant de la guerre en 1917 et la victoire des Alliés

- À l'Est, les défaites et des **révolutions de 1917** déstabilisent la Russie, qui signe le **traité de Brest-Litovsk** (mars 1918). À l'Ouest, les Allemands lancent des offensives afin de conclure la guerre avant l'arrivée des Américains. Ils atteignent à nouveau la Marne (mai 1918) mais ils sont repoussés par le général Foch.
- Abandonnée par ses alliés, fragilisée par des troubles révolutionnaires à Berlin, l'Allemagne accepte les conditions de l'armistice. Celui-ci est signé à Rethondes le **11 novembre**.

Mot clé

Un **armistice** est un accord entre les pays belligérants mettant fin aux combats en temps de guerre.

L'ESSENTIEL

Les origines de la guerre

- concurrence entre États (commerciale, coloniale)
- nationalismes, militarisation, alliances
- attentat de Sarajevo

Les grandes étapes de la guerre

- guerre de mouvement (1914 et 1918)
- guerre de position (1915-1917)
- guerre européenne puis mondiale
- tournant de la guerre (1917)

Être soldat : la bataille de la Somme

24

☐ OK

La bataille de la Somme témoigne de la violence de l'expérience combattante de la Première Guerre mondiale et des avancées technologiques réalisées pour vaincre l'ennemi.

I La Somme : une bataille britannique

- En décembre 1915, les états-majors alliés décident d'une vaste offensive sur la Somme pour repousser les Allemands vers la Belgique. La France, contrainte d'envoyer des renforts dans la Meuse, mobilise peu de divisions, le rôle primordial revient à l'armée britannique.
- Le 24 juin 1916 commence un bombardement d'artillerie d'une ampleur jusque-là inconnue. En moins d'une semaine, plus d'un million d'obus sont tirés sur les lignes allemandes.
- Le 1er juillet, les Britanniques font exploser des mines creusées sous les lignes allemandes. Puis 100 000 fantassins britanniques, peu expérimentés et lourdement équipés se lancent lentement et en ligne sur le no man's land croyant ne trouver que des cadavres sous les tranchées ennemies bombardées. Ils sont décimés par les mitrailleuses et l'artillerie allemandes : 60 000 hommes meurent ce jour-là.

Mot clé

Le **no man's land** est l'espace séparant les premières lignes de chaque tranchée ennemie. L'intensité des combats y dévaste les paysages.

II L'expérience combattante

- Les violences du front sont connues grâce aux témoignages et récits d'après-guerre, mais aussi par les lettres que les soldats envoient à l'arrière. Mitraillés, bombardés, victimes des gaz, ils vivent dans l'horreur et la peur. Ils dorment dans la boue, souffrent du froid, des poux, des rats, de la faim et de la soif.
- L'artillerie lourde (obus), les grenades, les mitrailleuses causent de graves traumatismes corporels. La violence visuelle (camarades morts), le bruit des bombes et l'usage des gaz laissent des marques psychologiques importantes.

- La bataille de la Somme constitue un tournant dans le développement de l'**aéronautique militaire**. Jusque-là surtout utilisée pour la reconnaissance et pour régler les tirs d'artillerie, l'aviation devient une arme offensive utilisée par l'Entente pour bombarder les lignes, comme le font déjà les Allemands. C'est également pendant cette bataille que les **premiers chars** sont utilisés.
- Les soldats font preuve de **ténacité**. Leur solidarité et le sens du devoir patriotique leur permettent de supporter la **contrainte de l'autorité militaire** et la **dureté des tranchées**.

III Une bataille meurtrière

- Pendant cinq mois, les assauts se succèdent et les Alliés avancent très peu. Les soldats subissent la violence anonyme des armes modernes mais la mort se donne aussi au corps à corps lors des assauts. Le **18 novembre 1916**, l'offensive cesse. Les Alliés ont progressé d'environ 10 km.
- Quatre millions d'hommes ont été successivement impliqués dans la bataille, venus du Canada, de Nouvelle-Zélande, d'Australie, d'Afrique du Sud et des colonies britanniques comme l'Inde.
- La bataille de la Somme est l'**affrontement le plus meurtrier de la Grande Guerre** : les pertes totales sont estimées à **1,2 million d'hommes**, dont 420 000 du côté des Britanniques. Pour ces derniers, elle demeure un véritable traumatisme dans la mémoire collective, comparable à la bataille de Verdun pour les Français.
- La bataille de la Somme incarne la **guerre d'usure** et ses offensives meurtrières, qui apparaissent de plus en plus vaines. Certains soldats se mutinent ou **désertent** en 1917 malgré l'autorité militaire et l'Union sacrée.

Mot clé

Une **mutinerie** est un refus collectif d'obéir aux ordres de la hiérarchie militaire. Elle peut conduire à des sanctions très lourdes (jusqu'à la peine de mort).

L'ESSENTIEL

Les violences au front
- → Conditions de vie difficiles dans les tranchées
- → Combats virulents
- → Nouvelles armes

Les civils, acteurs et victimes de la guerre

25

☐ OK

La guerre d'usure implique la mobilisation économique et idéologique des civils. Ceux-ci deviennent également de nouvelles cibles dans ce conflit total et ils sont victimes des violences de guerre.

I Les civils, mobilisés pour l'effort de guerre

1 La mobilisation économique des civils : le « front de l'arrière »

- La stabilisation du front à l'automne 1914 impose une forte mobilisation de la main-d'œuvre. Les civils participent alors à l'effort de guerre : dans les usines d'armement, dans les exploitations agricoles, les transports et les mines.
- Les femmes, déjà nombreuses dans les usines avant 1914, accèdent à de nouveaux secteurs (métallurgie et industrie mécanique). C'est le temps des « munitionnettes », encadrées par des ouvriers qualifiés rappelés du front.
- Les ouvriers étrangers et ceux des colonies sont mobilisés pour travailler à l'arrière (450 000 indigènes en France).
- Les civils sont sollicités par les États afin de financer la guerre. Ils placent leur épargne dans des emprunts d'État, les impôts augmentent pour rembourser d'importants emprunts extérieurs. Une économie de guerre se met en place.

> **Mot clé**
> L'**arrière** est la zone située hors des combats, où vivent les civils.

2 Les esprits mobilisés par la propagande

- Pour faire accepter aux populations une mobilisation totale, les États utilisent la propagande. Les causes de la guerre sont sans cesse rappelées aux civils, l'ennemi est systématiquement diabolisé.
- Une véritable culture de guerre s'installe partout : l'école, les journaux, les affiches diffusent la haine de l'ennemi et inculquent l'idée d'une « guerre juste ».
- Afin de maintenir le moral de l'arrière, les lettres des soldats, la presse sont censurées. Les mauvaises nouvelles sont passées sous silence. Les familles et des marraines de guerre soutiennent le moral des combattants par une correspondance régulière.

II Les civils, victimes des violences de guerre

1 Les souffrances quotidiennes

- L'occupation de nombreuses régions françaises et belges par l'armée allemande, qui **réquisitionne** les récoltes, mais aussi le **blocus continental** imposé aux empires centraux par les Alliés, entraînent le **rationnement des civils**. La **pénurie** se généralise.
- Dans les régions occupées, les civils sont parfois soumis au travail forcé dans des camps de travail, aux champs ou dans les usines.
- Toutes les industries, qui ne sont pas indispensables à la guerre voient leurs activités diminuer. Dans les usines d'armement, les cadences s'accélèrent. En 1917, la longueur de la guerre et les privations entraînent des **mouvements de grève**. Celles-ci sont à mettre en parallèle avec les **mutineries** qui éclatent sur tous les fronts entre mai et juin 1917.

> **Mot clé**
>
> Le **travail forcé** est une tâche accomplie sous la contrainte et la menace d'une sanction (emprisonnement, déportation d'otages pendant la Première Guerre mondiale).

2 Les civils, cibles stratégiques

- Au moment de l'**invasion du territoire par l'ennemi**, ou lors des **retraites militaires**, les civils, notamment les femmes, sont particulièrement vulnérables.
- Les bombardements sur l'arrière-front se multiplient : à partir de dirigeables en Belgique dès 1914 (les zeppelins), où grâce à des canons à longue portée (la « grosse Bertha »). Ces attaques causent de lourds dégâts et menacent les civils qui deviennent des cibles. Certaines populations sont victimes d'une volonté délibérée d'anéantissement (les Arméniens dans l'Empire ottoman). ▶ FICHE 26

L'ESSENTIEL

Les civils dans la guerre
- Mobilisation économique
- Culture de guerre (propagande, censure)
- Pénuries, bombardements

Le génocide des Arméniens

26

☐ OK

Les Arméniens, minorité chrétienne de l'Empire ottoman, sont victimes d'une élimination planifiée pour des motifs ethniques et religieux en 1915 et 1916.
C'est le premier génocide du XXe siècle.

I Une élimination planifiée

1 Les Arméniens dans l'Empire ottoman avant 1914

- À la fin du XIXe siècle, l'Empire ottoman compte 2 millions d'Arméniens. Non musulmans, ils ont le statut de « dhimmi » (ils paient un impôt spécifique et portent un code vestimentaire distinctif). Entre 1894 et 1896, les Arméniens sont victimes de massacres (250 000 morts) de la part des autorités ottomanes qui prônent un nationalisme musulman et voient en eux des alliés de l'Empire russe.
- En 1908, le mouvement Jeune-Turc s'installe au pouvoir à la suite d'une révolution. Inquiet d'une émancipation politique des Arméniens, l'État organise des pogroms, qui font 20 000 à 30 000 victimes à Adana en 1909.

Mot clé

Un **pogrom** (terme russe) désigne des pillages et des meurtres d'une partie de la population contre une autre.

- En novembre 1914, l'empire ottoman entre en guerre aux côtés des Empires centraux. Le Comité Union et Progrès (CUP), qui contrôle l'administration et l'armée, y voit la possibilité de construire un nouvel État-nation turc, racialement homogène : les Arméniens deviennent des « ennemis intérieurs ».

2 La planification du génocide

- À l'hiver 1914, l'armée ottomane recule face aux Russes et l'empire est envahi après la défaite de Sarikamich (janvier 1915). Les soldats multiplient alors les violences contre les chrétiens.
- En février 1915, le CUP ordonne que les Arméniens soient désarmés et affectés à l'arrière dans des bataillons de travail. Le ministre de l'Intérieur, Talaat Pacha, organise l'arrestation des élites arméniennes de Constantinople, les 24 et 25 avril 1915, 600 notables sont déportés puis assassinés. Cette rafle marque le début du génocide.

II Une élimination massive

1 Une déportation en deux temps

- Entre avril et septembre 1915, les **notables** puis les **hommes** des villes des provinces orientales de l'Empire sont arrêtés au motif d'un prétendu complot contre le gouvernement. Beaucoup sont massacrés à l'abri des regards.
- Puis, les militaires et gendarmes réunissent les **femmes**, les **enfants** et les **personnes âgées** pour les déporter, le plus souvent à pied, vers Alep et ensuite vers des camps de détention situés dans le désert de l'actuelle Syrie.

2 Les marches de la mort

- Les « marches de la mort » se déroulent dans des **conditions épouvantables**, sans vivres ni eau. À chaque halte, une partie du convoi est éliminée.
- Le gouvernement turc décide de liquider les survivants des marches de la mort, parqués dans les camps de Syrie. En juillet 1916, ils sont envoyés dans les **déserts de Mésopotamie**, notamment à Deir-ez-Zor où ils meurent de faim.
- Une centaine de milliers de femmes ont survécu au génocide, enlevées pour être vendues comme esclaves ou converties de force pour être mariées. La plupart des Arméniens de Constantinople ou de Smyrne n'ont pas été tués, trop en vue des Occidentaux, ni ceux des régions envahies par les troupes russes.

Mot clé

Un **génocide** est l'extermination intentionnelle et programmée de tout ou partie d'un peuple, pour des raisons ethniques ou religieuses.

L'ESSENTIEL

Le génocide des Arméniens

Élimination planifiée
- bataillons de travail
- arrestations des élites de Constantinople

Élimination de masse
- massacres
- déportation et « marches de la mort »

Sortir de la guerre

27

☐ OK

À l'ssue de la guerre, les traités de paix et la création de la SDN témoignent du triomphe d'un ordre des Nations démocratiques.

I Faire la paix

1 La division des vainqueurs

- La conférence de la paix s'ouvre à Paris en janvier 1919. Le « conseil des quatre » négocie la paix.
- Wilson souhaite faire adopter le principe du droit des peuples à disposer d'eux-mêmes et la fin de la diplomatie secrète alors que la France exige l'affaiblissement définitif de l'Allemagne.

Mot clé

Le **conseil des quatre** réunit les vainqueurs de la guerre :
- la France (Clemenceau)
- le Royaume-Uni (Lloyd George)
- les États-Unis (Wilson)
- l'Italie (Orlando)

2 Les traités de paix : des compromis entre les vainqueurs

- Lors du traité de Versailles (28 juin 1919), l'Allemagne est amputée de l'Alsace-Lorraine et du corridor de Dantzig ; elle perd ses colonies et doit payer des réparations. Le pays est démilitarisé ; la rive gauche du Rhin est occupée par les Français pour dix ans ; l'armée est réduite à 100 000 hommes.
- Les traités de Saint-Germain-en-Laye (10 septembre 1919) et du Trianon (4 juin 1920) réduisent l'Autriche et la Hongrie à des petits États. La Tchécoslovaquie et la Yougoslavie sont créées. L'Italie, déçue, ne reçoit que le Trentin et Trieste ainsi que Zara en Dalmatie.
- Le traité de Neuilly (27 novembre 1919) enlève la Thrace à la Bulgarie. Elle revient à la Turquie par le traité de Lausanne en 1923.
- Le traité de Sèvres (10 août 1920) confie les territoires arabes de l'Empire ottoman à la France (mandat de la SDN sur la Syrie et le Liban) et au Royaume-Uni (Transjordanie, Palestine et Irak). L'Empire s'efface au profit de la Turquie réduite au plateau anatolien.

II Imposer la paix : la société des Nations

- En janvier 1918, Wilson, dans son discours des « 14 points » évoque la nécessité de créer une assemblée générale des Nations pour préserver la paix, défendre le droit des peuples à disposer d'eux-mêmes et la sécurité collective.
- Les États membres de la Société des Nations (SDN) s'engagent à éviter la guerre. Mais la SDN ne dispose pas de moyens de contrainte et certains pays n'en sont pas membres (Russie, Allemagne, États-Unis).

III Une paix absente en Russie

- La guerre précipite la fin de l'Empire. L'armée russe perd 2 millions de soldats en trois ans, et la pénurie alimentaire provoque une première révolution populaire en février 1917, poussant le tsar Nicolas II à abdiquer.
- Un gouvernement provisoire poursuit la guerre provoquant une nouvelle révolution en octobre 1917. Les bolcheviks, dirigés par Lénine, prennent le contrôle de Petrograd en organisant un coup d'État. Ils signent le traité de Brest-Litovsk avec l'Allemagne en mars 1918.

Mot clé

Le parti **bolchevik** est un parti ouvrier crée en 1912. Il souhaite établir une société sans classe par une révolution immédiate.

- Une guerre civile éclate alors en Russie : les Russes blancs, fidèles au tsar et aidés par des troupes françaises et britanniques, attaquent les « Rouges ». Afin de vaincre cette coalition et les « ennemis du peuple », Lénine met en place le « communisme de guerre ». Entre 1917 et 1921, cette dictature permet la création d'une police politique et de tribunaux révolutionnaires. Les « blancs » sont vaincus, la Russie adopte le modèle communiste.

L'ESSENTIEL

Redessiner l'Europe pour faire la paix	Réorganiser le monde pour imposer une paix durable
conseil des 4 traités de paix	14 points de Wilson SDN

Bilan et mémoires de la Grande Guerre

28

☐ OK

La Première Guerre mondiale représente un véritable cataclysme. Elle laisse des sociétés traumatisées et endeuillées. Les États organisent alors le souvenir en construisant des lieux de mémoire.

I Le lourd bilan humain et matériel

1 Des sociétés traumatisées

- Sur 67 millions de soldats mobilisés, 9 millions ont trouvé la mort, surtout des jeunes adultes, et plus du double ont été blessés. On estime que chaque jour, 900 Français et 1 200 Allemands sont tombés. Les « gueules cassées » véhiculent longtemps les souvenirs d'une guerre meurtrière.

Mot clé

Les « **gueules cassées** » sont les blessés de guerre, notamment au visage, le plus souvent par des éclats d'obus.

- En France, le déficit des naissances entraîne une baisse de la natalité à la génération suivante : les « classes creuses ».
- Le génocide des Arméniens ▶ FICHE 26, les famines, la guerre civile russe et la grippe espagnole alourdissent ce bilan.

2 Une Europe détruite

- Les destructions matérielles sont considérables : les zones de combat (régions agricoles, industrielles et minières du Nord-Est de la France) sont dévastées.
- Les États européens sont endettés, surtout auprès des États-Unis. Pour financer l'effort de guerre, les États ont eu recours à la planche à billets : l'augmentation de la masse monétaire engendre une forte inflation (hausse des prix).

II Les souvenirs et les mémoires de la Grande Guerre

1 Des sociétés en deuil

- En France et en Allemagne, chaque commune, chaque famille est touchée par la perte d'un proche. Ces victimes entretiennent le souvenir de leur défunt et de la guerre. Toutes les sociétés représentent une communauté de deuil.

Le deuil est particulièrement difficile quand le corps du défunt n'a pas été retrouvé. Des **ossuaires**, comme celui de Douaumont près de Verdun, sont inaugurés.

2 Les mémoires de la Grande Guerre

Inaugurés pour la plupart avant 1922, les **monuments aux morts** manifestent le **patriotisme**, l'hommage aux victimes.

Les monuments sont placés dans un lieu important de la commune. Les commémorations du 11 Novembre, contribuent à faire naître un « **culte républicain** ». Un cortège, ouvert par les enfants et fermé par les anciens combattants marque le début de la cérémonie. Puis la foule écoute les discours et, enfin, a lieu l'appel des « morts pour la France ».

Mot clé

Une **commémoration** est une cérémonie officielle organisée pour conserver la mémoire nationale d'un événement historique.

3 Des sociétés bouleversées, entre pacifisme et brutalisation

Moins nombreux, certains monuments expriment le **pacifisme**, même s'il faut attendre le milieu des années 1920 pour qu'une « démobilisation culturelle » s'impose peu à peu et que le deuil s'estompe dans les pays vainqueurs.

En Allemagne et en Italie, les **valeurs guerrières** issues du conflit perdurent après celui-ci. L'idée d'une « guerre permanente » se nourrit de l'amertume provoquée par le traité de Versailles.

En Russie, la violence de la guerre civile est liée aux comportements brutaux des soldats pendant la Première Guerre mondiale. Dans les pays vaincus, on peut parler d'une « **brutalisation** » des sociétés, conséquence des violences vécues pendant le conflit.

L'ESSENTIEL

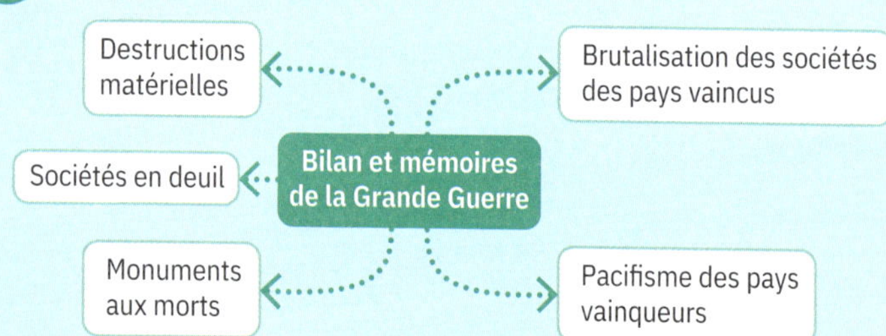

Une planète de citadins vivant de plus en plus dans des métropoles

29

☐ OK

Le monde connaît une urbanisation croissante. Les citadins de plus en plus nombreux vivent notamment dans des métropoles de plusieurs millions d'habitants, territoires essentiels et emblématiques de la mondialisation.

I Une urbanisation croissante de la population

1 La transition urbaine mondiale

Depuis 2015, **55 % de la population mondiale** vit en ville (contre 30 % en 1950). Ce taux devrait continuer à augmenter pour atteindre 60 % en 2030. Il y aurait donc environ **4 milliards de citadins sur la planète** aujourd'hui (*a priori* 5 milliards en 2030).

2 Une urbanisation surtout due aux pays en développement

- Le rythme de la croissance urbaine mondiale est relativement soutenu (environ 2 % par an). Cette moyenne cache des disparités. La croissance est **ralentie dans les pays développés** (environ 0,5 % par an) et **très rapide dans les pays en développement** (environ 2,5 % par an, et même 4 % par an dans les PMA) encore marqués par un exode rural et un dynamisme démographique importants.
- L'Amérique latine fait figure d'exception, avec des taux d'urbanisation similaires à ceux des pays développés.

II Le phénomène de métropolisation

- La planète compte aujourd'hui **513 agglomérations de plus d'un million d'habitants** (16 en 1900). 45 comptent entre 5 et 10 millions d'habitants et 29 sont des mégapoles de plus de 10 millions d'habitants. Seules 5 villes dépassent 20 millions d'habitants : Tokyo, Delhi, Shanghai, Mexico, São Paulo.
- Ce phénomène de métropolisation est lié à celui de **littoralisation**. Au Brésil, la région littorale du *Sudeste* est très dynamique et s'appuie notamment sur les mégapoles de São Paulo et Rio de Janeiro.

> **Mot clé**
> La **métropolisation** désigne la concentration progressive des hommes et des activités dans les métropoles.

- En Afrique, les métropoles du littoral du golfe de Guinée sont de plus en plus **intégrées aux échanges mondiaux** (Lagos au Nigeria, première métropole du continent africain).

III Les caractéristiques des métropoles

1 Des relais essentiels dans la mondialisation

- Les métropoles concentrent les **pôles décisionnels** politiques, économiques, financiers et culturels. Les quartiers d'affaires des grandes métropoles mondiales accueillent les **sièges sociaux des FTN** (firmes transnationales).
- Les métropoles sont souvent des **nœuds de transports et de communication** bénéficiant de ports et d'aéroports ou servant de points de jonction des câbles intercontinentaux nécessaires au réseau Internet mondial.

2 La présence d'une main-d'œuvre et de services de haut niveau

- Ces agglomérations bénéficient d'une main-d'œuvre qualifiée : Paris concentre 40 % des effectifs français de recherche et développement.
- Elles bénéficient également d'**équipements culturels** qui rayonnent à différentes échelles (le MoMa à New York ou le Louvre à Paris et à Abu Dhabi).

3 Des paysages métropolitains

L'aménagement de **quartiers d'affaires dotés de gratte-ciel**, dessinés par des « starchitectes » permet à une métropole de **montrer sa puissance**.

L'ESSENTIEL

Une planète de citadins

- **Croissance urbaine mondiale soutenue**
  55 % de la population mondiale citadine
- **Phénomène de métropolisation**
  513 agglomérations > 1 million d'hab.
- **Métropoles**
  - relais essentiel dans la mondialisation
  - main-d'œuvre qualifiée
  - reflet de la puissance

Des formes urbaines de plus en plus étendues et complexes

30

☐ OK

L'urbanisation à l'échelle mondiale laisse apparaître des nouvelles formes d'espaces urbains, liées à la croissance de sa population et à l'extension spatiale des métropoles. Ces dernières forment un réseau cohérent, concentrant et redistribuant les flux de capitaux, de marchandises et d'informations et les mobilités humaines.

I De la métropole à la mégalopole

Dans certains territoires, les métropoles peuvent être intégrées à des ensembles urbains plus vastes appelés mégalopoles.

Mot clé

Une **mégalopole** est une grande région urbaine regroupant plusieurs métropoles millionnaires reliées entre elles par un réseau dense d'axes de transport et de communication.

1 Trois mégalopoles majeures

- La *Megalopolis* du Nord-Est des États-Unis, ou la « Bos-Wash », s'étend de Boston à Washington en passant par New York, Philadelphie et Baltimore. Elle regroupe environ 55 millions d'habitants.
- La mégalopole européenne rayonne de Londres à Milan et relie de nombreuses métropoles (Bruxelles, Amsterdam, Francfort…) grâce à un maillage serré du réseau de communication et de transport. Elle concentre environ 80 millions d'habitants.
- La mégalopole japonaise, s'étend de Sendai à Fukuoka et sur trois des quatre îles principales du Japon (Honshu, Shikoku et Kyushu). Elle regroupe 100 millions d'habitants sur les 127 millions du Japon. Le tiers des habitants de la mégalopole vit dans la plaine du Kantô où se situe Tokyo. Le train à grande vitesse Shinkansen relie les différentes métropoles de la mégalopole.

2 Corridors urbains et conurbations

- À ces mégalopoles, s'ajoutent de grands corridors urbains ou mégalopoles en cours de formation. C'est le cas aux États-Unis de la « San-San », de San Diego à San Francisco en Californie ou de la « Chi-Pitts » de Chicago à Pittsburgh dans la région des Grands Lacs. Ce façonnage est aussi visible au Sud-Est du Brésil avec le triangle São Paulo, Rio de Janeiro et Belo Horizonte ; en Chine autour de Shanghai, ou encore au sud-ouest de l'Inde dans l'État du Kerala.

L'extension des villes fait apparaître de nouvelles formes urbaines comme les **conurbations**, ensembles urbains formés par au moins deux agglomérations dont les banlieues respectives, en s'étendant, finissent par se rejoindre. L'ensemble formé par les villes d'Osaka et Kobé au Japon en est un bel exemple.

II L'archipel mégalopolitain mondial

Les métropoles constituent les têtes de pont de l'économie mondiale et jouent un **rôle essentiel dans la mondialisation**. Les métropoles constituent des **nœuds primordiaux pour les échanges internationaux**, en particulier lorsqu'elles sont sur le littoral et adossées à un port d'envergure mondiale. Shanghai bénéficie d'un complexe portuaire de trois ports, dont le port en eau profonde de Yangshan permettant d'accueillir les plus grands porte-conteneurs.

Les métropoles fonctionnent en **réseau**. En témoignent les mobilités touristiques qui s'opèrent entre les métropoles européennes : la majorité des touristes européens qui visitent ces métropoles sont issus d'une autre métropole. Olivier Dollfus parle d'un « archipel mégalopolitain mondial ».

> **Mot clé**
>
> L'**archipel mégalopolitain mondial** représente, à l'image d'un archipel, le fonctionnement en réseau discontinu mais cohérent des métropoles dans le cadre de la mondialisation.

Toutefois, les métropoles attirent et rayonnent à différentes échelles. Leur **ancrage territorial** est essentiel dans leur fonctionnement, notamment au niveau de la **sphère productive** : la production réalisée sur son territoire ou dans ses espaces périphériques participe, au travers des exportations, à son rayonnement.

L'ESSENTIEL

Métropoles et mégalopoles
- 3 mégalopoles majeures
- grands corridors urbains
- conurbations

Archipel mégapolitain mondial
- rôle essentiel dans la mondialisation et les échanges internationaux
- fonctionnement en réseau
- rayonnement à toutes les échelles

Des métropoles variées et inégalement attractives

31

☐ OK

Les métropoles présentent des profils variés, qu'il s'agisse de leur nombre d'habitants ou de leur échelle de rayonnement. De ce constat, ressort une hiérarchie des métropoles allant de la ville mondiale à la métropole régionale.

I Une hiérarchie des métropoles

1 Les villes mondiales

- Les villes mondiales ont un rayonnement à toutes les échelles géographiques (de l'échelle mondiale à l'échelle locale) et dans tous les domaines. C'est le cas de Tokyo, New York, Paris, Londres et Shanghai.

Mot clé

On appelle **ville mondiale** une grande métropole bénéficiant de pôles décisionnels ayant une influence mondiale dans les domaines économique, financier, politique et culturel.

- La puissance d'une métropole ne dépend pas uniquement de son nombre d'habitants. Les mégapoles de Jakarta et du Caire, pourtant très peuplées, ne sont pas des villes mondiales car elles ne bénéficient pas de fonctions de commandement de niveau mondial.
- À l'inverse, Londres cumule une population nombreuse (environ 12 millions d'habitants), un pouvoir politique et diplomatique, des sièges sociaux de grandes FTN et une place financière de premier ordre, ainsi qu'une influence culturelle à travers des institutions comme la National Gallery ou la Tate Modern.

2 Des métropoles qui rayonnent à des échelles plus restreintes

- D'autres métropoles ont une envergure continentale. C'est le cas de Madrid, Berlin, Buenos Aires ou encore Lagos. Elles jouent ainsi un rôle important dans la structuration des réseaux urbains et de transport aux échelles continentale et nationale, et peuvent avoir une influence politique à l'image de Berlin au sein de l'Union européenne.
- Enfin, certaines métropoles rayonnent à des échelles limitées à leur région ou leur pays. Elles participent alors à l'organisation du territoire régional et/ou national, en dynamisant les territoires dans lesquelles elles sont implantées (Nantes, Bilbao, Phoenix...).

II Des métropoles spécialisées

- Certaines métropoles se spécialisent dans différents domaines :
  - les **fonctions politique et diplomatiques** : les institutions européennes à Bruxelles, le siège du PCC à Pékin (Beijing), la Maison-Blanche à Washington... ;
  - l'accueil de FTN (3 FTN parmi les 500 premières mondiales à São Paulo) et le développement économique en lien avec des **industries de pointe** (Bangalore) ;
  - le rôle de **place financière** : Banque centrale européenne à Francfort, Bourse des matières agricoles à Chicago ;
  - enfin, des **secteurs d'activité** tels que la mode (Milan) ou l'industrie cinématographique (Los Angeles) ;

Mot clé

Une **firme transnationale** (FTN) est une entreprise ou un groupe d'entreprises réalisant ses activités dans plusieurs pays du monde par l'intermédiaire de filiales.

- Les acteurs de ces métropoles cherchent souvent à accueillir des événements ou des congrès mondiaux pour **affirmer l'image d'une métropole complète** (ex. : Jeux olympiques de Beijing en 2008 et de Rio en 2016).

L'ESSENTIEL

Des métropoles variées

- **Villes mondiales** : rayonnement à toutes les échelles et dans tous les domaines (financier, économique, politique et culturel)
- **Métropoles** d'envergure continentale
  Métropoles d'envergure nationale, régionale
- **Métropoles spécialisées** dans un domaine :
  - finance
  - industrie de pointe ou activité très spécialisée
  - politique et diplomatie

La recomposition des espaces intramétropolitains

32

☐ OK

Qu'en est-il des différents espaces à l'échelle intramétropolitaine ? Les métropoles connaissent en effet une extension verticale et horizontale, qui contribue à fragmenter les espaces urbains.

I Étalement urbain et nouveaux centres fonctionnels

1 Une extension verticale et horizontale

- Les métropoles connaissent une extension verticale (gratte-ciel) mais surtout horizontale : c'est l'étalement urbain. À Phoenix, la densité de population est très faible et certains *suburbs* (banlieues) périphériques sont à plus de 80 kilomètres de la ville-centre.
- Ce phénomène entraîne une augmentation des mobilités intra-urbaines, surtout motorisées, à l'origine de pollutions et de nuisances. À Pékin, les seuils de pollution de l'air recommandés par l'OMS sont régulièrement franchis (179 jours de pollution en 2015).
- Cet étalement urbain s'accompagne aussi d'une fragmentation fonctionnelle des espaces urbains (logements, zones d'emplois, centres commerciaux...) qui contribue d'autant plus à l'augmentation des mobilités. Le *Mall of America* à Minneapolis bénéficie ainsi d'un parking de plus de 10 000 places.

2 Une organisation de plus en plus polycentrique

- De nouvelles centralités apparaissent dans les périphéries des métropoles, appelées *edge cities* (villes-lisières) par Joel Garreau. Dans ces zones d'emplois, se concentrent en général des fonctions moins prestigieuses que dans la ville-centre (*back-office*). Pour autant, ces nouveaux pôles périphériques participent à une organisation plus polycentrique des métropoles. À New York, plusieurs *edge cities* permettent de limiter les navettes domicile-travail convergeant vers l'hypercentre.
- Ces nouvelles centralités prennent parfois la forme de *clusters* comme dans la banlieue de New York, où émergent des pôles suburbains spécialisés dans la pharmacie, l'informatique...

Mot clé

Un **cluster** est un territoire spécialisé dans l'innovation mettant en lien différents acteurs d'un même domaine pour créer des synergies.

II Accentuation des contrastes et des inégalités

1 La fragmentation sociospatiale

- Les métropoles sont marquées par une fragmentation sociospatiale : les inégalités sociales prennent la forme d'**inégalités spatiales**. Les taux de chômage et de pauvreté sont ainsi beaucoup plus élevés dans le Bronx qu'à Manhattan.
- Dans les **pays en développement**, la croissance urbaine se caractérise souvent par l'émergence de bidonvilles. À Mumbai, le bidonville de Dharavi côtoie l'hypercentre de la capitale économique de l'Inde.

2 Gentrification et nouvelle densification dans les villes-centres

- Cette segmentation est parfois amplifiée par la gentrification des villes-centres des métropoles. À Berlin, dans le quartier populaire de Kreuzberg, la hausse des prix de l'immobilier entraîne le départ progressif des classes populaires vers des quartiers plus excentrés.
- Aux États-Unis, le *new urbanism*, un courant d'architectes et d'urbanistes, prône une **densification des espaces centraux** pour limiter l'étalement urbain et favoriser un urbanisme de la ***walkability*** (« marchabilité »).

Mot clé

La **gentrification** désigne la conquête spatiale de quartiers populaires par des catégories socio-professionnelles aisées, qui passe par une transformation des logements, des commerces et de l'espace public.

L'ESSENTIEL

Extension et organisation nouvelle

- étalement urbain
- hausse de la mobilité intra-urbaine
- fragmentation des espaces urbains
- organisation polycentrique des métropoles

Augmentation des contrastes et des inégalités

- inégalités sociospatiales
- gentrification des villes-centres
- densification des espaces centraux
- bidonvilles dans les PED

L'inégale attractivité des métropoles françaises

33

☐ OK

L'armature urbaine en France fait apparaître une hiérarchie des métropoles. Ce réseau urbain est dominé par Paris, capitale et unique mégapole française, tandis que les métropoles régionales sont de plus en plus attractives et dynamiques.

I Le poids de la mégapole parisienne

1 Primatie et macrocéphalie parisienne

- La mégapole parisienne réunit près de 12 millions d'habitants, dont environ 2,5 millions *intra-muros*. Elle est près de 6 fois plus peuplée que Lyon (deuxième métropole du pays avec 2,2 millions d'habitants) : Paris est une ville primatiale.
- Le taux de macrocéphalie montre le poids de la première ville à l'échelle du pays. Ce taux est d'environ 18 % pour Paris.

Mot clé

Le **taux de macrocéphalie** est le nombre d'habitants de la ville la plus peuplée par rapport au nombre d'habitants du pays, multiplié par 100.

2 Une concentration d'activités et d'emplois

- La métropole parisienne représente près du tiers du PIB de la France et environ 5 % du PIB de l'Union européenne. Elle concentre des activités et des emplois dans tous les secteurs et abrite les sièges sociaux de grandes FTN dans le quartier de La Défense.
- La métropole réunit près de 40 % des actifs employés dans la recherche et développement. Le pôle d'innovation de Paris-Saclay est représentatif des synergies possibles entre laboratoires de recherche, entreprises, universités et grandes écoles.
- La capitale rayonne à l'international grâce à des établissements culturels comme le Louvre ou le musée d'Orsay.

3 Une métropole connectée à différentes échelles

- La connexion à l'échelle locale et mondiale de Paris participe à son rayonnement et à son attractivité. Les aéroports font de Paris une porte d'entrée sur le continent européen. Le hub de Roissy connaît un taux de correspondance d'environ 25 %. Au mois d'août, le nombre de passagers peut parfois dépasser le million en 24 heures.

- Les lignes LGV relient Paris aux autres métropoles françaises et européennes, desservant notamment tous les jours 40 villes européennes.
- Les autoroutes forment un réseau en étoile autour de Paris.

II Des métropoles régionales attractives

1 Les aires métropolitaines

- L'Insee répertorie douze aires métropolitaines : Paris, Lyon, Marseille, Lille, Toulouse, Bordeaux, Nice, Nantes, Strasbourg, Rennes, Grenoble et Montpellier.
- Chacune regroupe plus de 500 000 habitants et au moins 200 000 emplois, parmi lesquels au moins 20 000 cadres des fonctions métropolitaines : conception-recherche, prestation intellectuelle, commerce interentreprises, gestion, culture-loisirs. Le poids de ces villes est cependant inégal.

2 Les différents facteurs d'attractivité

- Ces métropoles régionales connaissent aujourd'hui une croissance démographique importante, en particulier pour celles situées dans un arc allant de la Bretagne à la région Grand Est en passant par le littoral méditerranéen (Nantes, Montpellier, Strasbourg...).
- Les facteurs d'attractivité sont liés à la présence d'emplois, mais aussi à trois dynamiques : l'héliotropisme, la littoralisation et le dynamisme des régions frontalières.

Mot clé

L'**héliotropisme** est l'attractivité de régions ensoleillées.

L'ESSENTIEL

La mégalopole parisienne	Des métropoles régionales attractives
▸ ville primatiale (1 pers./5 vit à Paris) ▸ concentration d'activités et d'emplois (1/3 du PIB de la France) ▸ connexion à l'échelle locale et mondiale (aéroport, TGV, autoroutes)	▸ 12 aires métropolitaines ▸ poids inégal ▸ différents facteurs d'attractivité

Une recomposition des dynamiques urbaines françaises

34

☐ OK

Les mobilités s'accentuent aussi bien entre les métropoles françaises qu'à l'intérieur de celles-ci. Malgré les politiques de la ville, qui tentent de proposer une mixité sociale et fonctionnelle, ces espaces urbains semblent de plus en plus fragmentés.

I Des mobilités de plus en plus intenses

1 Des mobilités entre les métropoles

- La concentration des emplois et des activités dans les métropoles en fait des lieux attractifs pour les flux migratoires, internes ou internationaux. Les **mobilités temporaires** sont de plus en plus fréquentes et rapides. Les connexions autoroutières et ferroviaires permettent des **migrations pendulaires** entre les métropoles. Le « tourisme de week-end » se développe considérablement, notamment d'une métropole à l'autre.
- À l'inverse, certains espaces périphériques sont moins desservis voire délaissés. En effet, des territoires, notamment situés dans une diagonale allant des Ardennes aux Pyrénées occidentales, bénéficient d'un **maillage de réseaux de transports** et de communication moins dense : éloignement des accès autoroutiers, disparition ou rareté de la desserte ferroviaire, moindre couverture par les réseaux numériques (« fracture numérique ») ou de téléphonie mobile.

2 Des mobilités intra-urbaines

- L'accroissement des mobilités se vérifie également à l'intérieur des métropoles. Différents mécanismes comme le prix de l'immobilier et la recherche d'un cadre de vie plus vert et moins urbanisé poussent les citadins à **s'éloigner des villes-centres** des agglomérations.
- Ainsi, les **couronnes périurbaines des métropoles** s'étendent chaque jour davantage, accentuant le **phénomène d'étalement urbain**. En parallèle, les territoires ruraux s'artificialisent de plus en plus : on parle de **mitage des espaces ruraux**. ▶ FICHE 48
- L'étalement urbain entraîne des **migrations pendulaires** de plus en plus longues et motorisées, engendrant pollutions et saturation du trafic routier dans plusieurs métropoles françaises (Paris, Lyon, Marseille,

Bordeaux). Des projets d'aménagement, tel le Grand Paris Express, visent à améliorer les connexions en transports en commun entre les différents territoires des métropoles et à favoriser le report modal.

Mot clé

Le **report modal** désigne le fait de changer de mode de transport au cours d'un trajet, en général de passer de la voiture à un transport en commun.

II Des espaces urbains fragmentés

1 Une fragmentation fonctionnelle

- L'étalement urbain s'accompagne d'une spécialisation fonctionnelle. Aux différents territoires urbains correspondent des fonctions particulières : logement, commerce, activité industrielle...
- Une concentration de services dans les centres-villes des métropoles est visible (90 % des actifs travaillent dans le secteur tertiaire à Nantes).

2 Fragmentation sociospatiale et gentrification

- Les métropoles présentent de fortes inégalités sociales. Le revenu médian des actifs résidant à l'ouest de l'agglomération parisienne est 1,5 fois supérieur à celui des actifs résidant dans le nord et le nord-est.
- Ces inégalités entraînent souvent des inégalités spatiales, avec des territoires moins bien reliés, rendant l'accès à l'emploi plus difficile.
- La gentrification, processus de conquête spatiale par des catégories aisées, repousse progressivement les catégories populaires vers d'autres quartiers, surtout périphériques.

Mot clé

Le **revenu médian** est le revenu tel que 50 % de la population active considérée gagne moins et 50 % gagne plus.

L'ESSENTIEL

Des mobilités de plus en plus intenses →
- entre les métropoles
- à l'intérieur de chaque métropole

Une fragmentation des espaces urbains →
- fragmentation fonctionnelle
- fragmentation sociospatiale
- gentrification

L'évolution des villes petites et moyennes en France

35

☐ OK

En dehors des métropoles, les villes petites et moyennes connaissent des itinéraires variés : certaines sont dynamiques et attractives, d'autres voient leur population diminuer.

I Pour certaines villes, un renouveau

1 La proximité avec les métropoles : un atout majeur

- Au-delà de la couronne périurbaine des métropoles, des villes bénéficient de la proximité avec ces dernières et connaissent un spectaculaire développement de la fonction résidentielle. Ablis, au sud des Yvelines, a vu sa population tripler en 30 ans, avec une diminution des résidences secondaires et une augmentation des résidences principales.
- Cette dynamique correspond aussi au mouvement d'accession à la propriété d'urbains, qui n'hésitent pas à rallonger leurs trajets quotidiens pour un cadre de vie plus vert. Les prix de l'immobilier, plus accessibles, permettent aux nouveaux arrivants d'acheter leur logement, souvent une maison ou un pavillon.
- L'économie de ces villes est liée à celle de la métropole, avec une forte tertiarisation des emplois des actifs résidents. La part de l'emploi agricole y est sensiblement la même qu'à l'échelle nationale, tandis que les fonctions tertiaires (services, fonction publique, distribution…) sont majoritaires.

Mot clé

La **tertiarisation** est le développement des emplois de services.

2 Une économique locale dynamique

- L'attractivité et le dynamisme des villes peuvent reposer sur des raisons variées (politiques, économiques, culturelles). Ils sont souvent liés à la combinaison de plusieurs fonctions (résidentielle, productive, touristique…). Ainsi, le statut de préfecture de département et la présence d'un certain nombre de services associés permettent un rayonnement à une échelle réduite (Limoges).
- Les ressources patrimoniales peuvent contribuer au dynamisme : monument, musée, parc d'attractions (Poitiers et le Futuroscope), proximité d'un parc naturel régional ou national, d'un site exceptionnel ou de sources thermales… Les initiatives locales peuvent également permettre

de valoriser à la fois les ressources et le cadre de vie : vente directe, produits locaux et régionaux, développement d'un écotourisme…

- Enfin, certaines villes choisissent de développer ou de se spécialiser dans une **fonction particulière** (Albi dans l'enseignement supérieur).

II Pour d'autres, une mise à l'écart progressive

1 Une diminution de la population et des services

- Dans d'anciens bassins industriels ou dans des régions agricoles, un **recul démographique** des villes petites et moyennes est visible. Les reconversions économiques difficiles se traduisent en effet souvent par le départ de jeunes actifs. Ainsi, Charleville-Mézières a perdu 10 000 habitants en 25 ans.
- La baisse de la population s'accompagne souvent d'une **dévitalisation des centres-villes**. Parfois, l'intervention des pouvoirs publics est nécessaire, notamment pour réduire la fracture numérique ou accompagner le retour à l'emploi.

2 Des territoires urbains enclavés

- Les villes petites et moyennes participent au maillage territorial, mais certaines sont enclavées ou isolées à cause de la faible connexion aux réseaux de transports (accès lointain à une bretelle d'autoroute ou à une gare TGV).
- Cet enclavement est parfois renforcé par la fermeture de lignes ferroviaires ou de dessertes moins fréquentées, peu rentables ou déficitaires.

Mot clé

Le **maillage territorial** indique l'appropriation, la gestion et/ou l'aménagement d'un territoire. Les villes constituent des points centraux et des nœuds dans les réseaux de transports.

L'ESSENTIEL

À proximité d'une métropole
- Fonction résidentielle
- Économie locale dynamique

Le rôle et la place des villes petites et moyennes

Dans les régions agricoles ou en reconversion industrielle
- Baisse de la population et des services
- Faible connexion aux réseaux de transport

Les acteurs de la production

36

☐ OK

Aujourd'hui, environ 100 000 firmes transnationales (FTN) et leur million de filiales assurent les deux tiers du commerce et l'essentiel de l'économie productive dans le monde.

I Des acteurs en mutation constante

1 L'adaptation aux mutations de l'économie mondiale

- Avec la deuxième mondialisation (XIXe s.), les premières firmes multinationales apparaissent. Avec la troisième mondialisation (années 1960), elles se développent à l'international ; la crise des pays développés dans les années 1970 les fait basculer dans une vision véritablement mondiale.
- Avec le triomphe du néolibéralisme dans les années 1980, les actionnaires et fonds d'investissement contrôlent les stratégies des entreprises.

2 La réorganisation toyotiste et post-fordiste

- Les firmes ont réorganisé leurs processus de production selon le système toyotiste. ▶ FICHE 41 L'innovation et la recherche-développement deviennent les moteurs de la profitabilité. Les firmes deviennent des entreprises sans usine.
- Les grandes firmes se placent ainsi au centre d'un réseau d'entreprises sous-traitantes ou de fournisseurs, se réservant les segments les plus rentables de leur activité, c'est-à-dire les fonctions tertiaires supérieures.

3 Les firmes à l'âge du numérique

- Dans une économie post-fordiste où la production matérielle se révèle moins profitable que les services ou les logiciels, de nouvelles firmes, basées sur l'économie numérique, ont pris une importance mondiale. ▶ FICHE 41
- Leur compétitivité repose sur des volumes croissants de données techniques et personnelles (*big data*), traités par intelligence artificielle. L'économie numérique peut aussi être collaborative : le particulier devient lui-même producteur (ubérisation).

Mot clé

L'**ubérisation** (du nom de la société Uber) est la mise en relation directe entre clients et professionnels grâce aux nouvelles technologies.

II Les FTN et les autres acteurs de la production

1 La position centrale des FTN

- Les FTN contrôlent les **deux tiers du commerce** (un tiers pour le commerce intrafirmes) et réalisent la quasi-totalité des IDE et **plus de la moitié du PIB mondial** pour seulement 5 % des actifs.
- Leur poids économique explique l'**influence considérable** qu'elles détiennent sur les autres acteurs, tant étatiques que supra-étatiques. Leur influence peut être publique (forum de Davos) ou plus discrète (lobbying).

2 La permanence du rôle des États

- Les FTN représentent un défi pour les États, qui cherchent à les attirer pour développer les territoires, ce qui entraîne une **concurrence fiscale**. Les FTN parviennent à payer peu d'impôts (**paradis fiscaux**).
- Mais les États tentent aussi de promouvoir leurs champions nationaux et de les protéger contre leurs concurrents, notamment en Chine.

3 Société civile et ONG

- La société civile a souvent dénoncé les pratiques jugées abusives des FTN. Ainsi, les ONG ont dénoncé leurs pratiques sociales et environnementales.
- Les FTN ont infléchi leurs stratégies. Elles collaborent souvent avec les ONG, moyennant subsides, afin d'obtenir des **certifications** et des **labels** attestant de leur bonne conduite.

Mot clé

Les **ONG** (organisations non gouvernementales) sont des organisations à but non lucratif, qui se consacrent à l'action humanitaire, environnementale, etc.

L'ESSENTIEL

Des mutations permanentes →
- mondialisation et financiarisation
- système toyotiste et post-fordiste
- économie numérique

Les acteurs de la production →
- domination des FTN
- FTN et États : entre concurrence et promotion
- ONG : de la dénonciation des FTN à la collaboration

Division internationale du travail et territoires

37

☐ OK

Les stratégies des FTN produisent des recompositions majeures des espaces productifs mondiaux.

I La nouvelle division internationale du travail

1 Internationalisation, transnationalisation, globalisation

- La crise du modèle fordiste (années 1970) a accéléré l'internationalisation des firmes, devenues globales avec des stratégies planétaires.
- La révolution des transports et des technologies a permis la décomposition internationale du processus productif : la spécialisation repose sur une tâche dans une chaîne de valeur toujours plus segmentée.

2 Délocalisation, sous-traitance, relocalisation

- Les firmes ont transféré à l'étranger beaucoup de leurs activités de fabrication (délocalisation) ou sous-traitent à des firmes locales.
- On observe toutefois aujourd'hui des relocalisations vers les Nords, pour des raisons de logistique, d'image ou de compétitivité.

3 Stratégies d'implantation et recompositions spatiales

- Selon un modèle bipolaire, les firmes conservaient au Nord les fonctions de commandement et d'innovation et délocalisaient au Sud les fonctions de fabrication. D'où la désindustrialisation des Nords.
- Toutefois, ce modèle est remis en question par le développement des FTN des pays émergents, qui sont à présent dans une logique de concurrence avec les pays développés.

Chiffres clés

Parmi les 500 premières FTN en 2018, **126** sont américaines et **120** chinoises.

II Les firmes transnationales et les territoires

1 À l'échelle mondiale, une sélection territoriale pointue

- Les pays des Nords réalisent encore l'essentiel des flux d'investissements sortants mais seulement la moitié des flux entrants. Dans les Suds, les BRICS captent l'essentiel des flux entrants. L'Afrique reste relativement délaissée.

- Les espaces productifs issus de ces investissements se concentrent donc dans des régions du monde assez peu nombreuses au départ (surtout les Nords), mais qui **tendent à se diversifier** (surtout dans les Suds).

2 Résistance et renaissance de l'échelle régionale

- Les FTN ont une **approche régionale** : les FTN européennes tendent à investir en Europe, les américaines dans l'Alena, les japonaises en Asie du Sud-Est.
- Une **logique birégionale** se développe, marquée par une présence sur deux des trois grandes régions économiques du monde. L'économie productive mondiale fonctionne donc sur des **emboîtements à de multiples échelles**.

Mot clé

L'**Alena** (Accord de libre-échange nord-américain) réunit le Canada, les États-Unis et le Mexique depuis 1994. La circulation des produits et des capitaux y est libre.

3 À l'échelle nationale, des espaces privilégiés

- À l'échelle nationale, les **régions les plus riches et les plus peuplées** sont privilégiées par le développement des activités productives impulsées par les FTN.
- Les FTN sélectionnent des espaces en raison de leurs **externalités positives** : zones franches pour des raisons douanières ou fiscales, métropoles pour leur environnement technique et humain, littoraux pour leur connectivité maritime, clusters et districts industriels pour leurs synergies interentreprises… ▶ FICHE 40

L'ESSENTIEL

Nouvelle DIT

- internationalisation
  transnationalisation
  globalisation des firmes
- **chaînes de valeur** complexes : délocalisation – sous-traitance – relocalisation
- **concurrence** des FTN émergentes

Les FTN et les territoires

- **investissements productifs** concentrés mais en voie de diversification
- investissements dans une ou deux grandes aires
- **espaces privilégiés** à l'échelle nationale : métropoles, littoraux, zones franches, clusters

Les flux de capitaux et d'information au cœur des systèmes productifs

38

☐ OK

Les systèmes productifs s'appuient aujourd'hui sur des flux immatériels considérables, qui entraînent une recomposition des espaces productifs.

I Les flux financiers dans la globalisation

1 La globalisation financière

La révolution néolibérale des années 1980 a permis la globalisation financière par l'accès direct aux marchés financiers et la libre circulation des capitaux. Les marchés financiers informatisés prennent le contrôle de l'économie réelle et génèrent des profits considérables.

2 Les acteurs de la globalisation financière

- Les banques demeurent des acteurs majeurs : JP Morgan Chase et Bank of America aux États-Unis, HSBC au Royaume-Uni, BNP Paribas en France. Plus récemment, les banques chinoises se sont imposées (ICBC n° 1 mondial).
- Les investisseurs institutionnels (compagnies d'assurances, fonds de pension et d'investissement) effectuent 80 % des transactions. Les fonds spéculatifs (*hedge funds*) et les fonds souverains (qui dépendent des États) interviennent également.

3 Les risques de la globalisation financière

- La finance mondiale a connu de nombreuses crises, telle celle des *subprimes* en 2007-2008. L'interdépendance des marchés entraîne une contagion mondiale de la crise financière, qui contamine ensuite l'économie réelle via le système bancaire.
- Les capitaux vont s'investir dans des paradis fiscaux. Les FTN américaines y stockent 2 600 milliards de dollars.

II Les flux d'information au cœur d'un monde en réseau

1 La révolution des technologies de l'information

- Les innovations technologiques ont permis l'avènement d'un Internet mondial favorisé par la convergence des supports (ordinateurs, téléphones...).

- Les flux d'information circulent de façon réticulaire, non seulement via de **grands groupes multimédias** (CNN ou Disney), mais aussi via les **réseaux sociaux** (Twitter, Instagram...). De nouveaux acteurs se sont imposés (Google ou Facebook).

2 Flux d'information et économie numérique

- L'économie numérique bouleverse les localisations industrielles : un produit à forte composante technologique dépend d'abord de sa **conception**, très coûteuse, alors que sa fabrication matérielle devient presque marginale.

- Le **commerce** a basculé dans l'ère numérique (Amazon, Alibaba en Chine) et représente aujourd'hui 2 300 milliards de dollars. Le classique modèle B2C est concurrencé par le modèle C2C.

Mot clé

- Dans le **modèle B2C** (*business to consumer*), les entreprises vendent aux particuliers.
- Dans le **modèle C2C** (*consumer to consumer*), les particuliers s'échangent des biens entre eux, via des plateformes numériques.

3 Les enjeux de la révolution de l'information

- La révolution des flux d'information a permis une **connexion de la majorité des acteurs** à travers le monde, y compris en Afrique, même si la connectivité est encore assez hiérarchisée.

- Mais ces flux d'information sont de plus en plus **contrôlés et gérés par de grandes entreprises** (Google, Amazon...) qui ont les capacités de stockage et d'analyse des quantités énormes de données générées par le numérique (*big data*).

L'ESSENTIEL

Flux financiers →
- globalisation financière
- banques, investisseurs institutionnels, fonds spéculatifs et souverains
- risques accrus : crises systémiques, évasion fiscale (paradis fiscaux)

Flux d'informations →
- révolution des TIC : Internet – réseaux sociaux – groupes multimédias mondiaux
- nouvelle économie numérique (modèle C2C)
- flux contrôlés par de grandes entreprises

Les flux de marchandises et de services

39

☐ OK

Les flux de marchandises et de services ont connu une croissance explosive. Ils expriment et permettent la mondialisation de l'économie. Mais leur ralentissement récent, malgré une organisation logistique optimale, traduit un certain raccourcissement des chaînes de valeur.

I L'essor des flux de marchandises et de services

1 Les flux de marchandises

- La croissance du commerce international a été supérieure à celle du PIB mondial jusqu'à la crise de 2008. Depuis, elle lui est inférieure (– 22 % en 2009). Après une extension démesurée des chaînes de valeur, la production se rapproche des marchés de consommation.
- À l'échelle mondiale, sur presque 18 000 milliards de dollars d'échanges internationaux, les États-Unis demeurent le 1er importateur et le 2e exportateur mondial. Amérique du Nord, Europe et Asie orientale constituent toujours les pôles majeurs. Les biens manufacturés dominent nettement (63 %), devant les produits primaires (15 %).

2 Les échanges de services

- Les échanges de services s'effectuent selon quatre modes : la fourniture directe du service à travers une frontière (programmes TV satellite), la consommation du service à l'étranger (tourisme international), l'ouverture à l'étranger d'une filiale de services, et le déplacement d'un prestataire. Les services représentent aujourd'hui 22 % des échanges commerciaux dans le monde.
- Leur géographie reste très concentrée : les pays développés produisent 68 % des services exportés, 43 % pour la seule UE et 15 % pour les États-Unis, mais 2 % pour l'Afrique tout entière. La balance commerciale chinoise dans les services est la plus déficitaire du monde : – 240 milliards de dollars.

Mot clé

La **balance commerciale** calcule la différence entre exportations et importations, dans les échanges de biens, de services ou dans les échanges totaux.

FRANÇAIS

HISTOIRE-GÉOGRAPHIE

ENSEIGNEMENT SCIENTIFIQUE

ANGLAIS

II La révolution des transports

1 Les modes de transport

- Le **transport aérien** est le plus rapide mais le plus coûteux. Le **transport maritime** est devenu le premier outil de la mondialisation, avec chaque année plus de 10 milliards de tonnes transportées par de grandes compagnies maritimes (Maersk, MSC, CMA-CGM). Le **transport ferroviaire** est surtout développé en Europe pour les produits pondéreux. Le **transport routier** demeure considérable.
- Certains acteurs se sont imposés comme des **compagnies logistiques intermodales** : ces « intégrateurs » (UPS ou FedEx) assurent le transport des marchandises jusqu'au client final.

2 La nouvelle organisation logistique

- Tous les modes de transport ont mis en œuvre la nouvelle organisation logistique en « ***hub and spokes*** » (« moyeu et rayons »), qui permet d'optimiser les coûts. Les « hubs » sont de véritables plates-formes multimodales, aujourd'hui très automatisées et pilotées par des systèmes informatiques de pointe.

> **Mot clé**
> Une **plate-forme multimodale** est un espace productif permettant le transfert ultrarapide des marchandises d'un moyen de transport à un autre.

- La géographie de ces espaces productifs de services favorise évidemment les **interfaces** : zones portuaires et aéroportuaires à proximité des grands foyers de peuplement et de production américains, européens ou asiatiques, mais aussi lieux de **situation privilégiée** (port d'éclatement ou hub de Singapour ou de Dubaï).

L'ESSENTIEL

Essor des flux de marchandises et de services

- flux de marchandises : croissance moins vive depuis 2008
- échanges de services encore très concentrés

Révolution des transports

- transport maritime, outil essentiel de la mondialisation
- Grandes compagnies maritimes et logistiques
- nouvelle organisation logistique : « hub and spokes »
- rôle des interfaces

Littoralisation et métropolisation des espaces productifs

40

☐ OK

Les espaces productifs connaissent un double processus de littoralisation et de métropolisation, au profit de lieux à l'accessibilité maximale.

I La métropolisation des espaces productifs

1 La concentration des pouvoirs

- Les grandes métropoles mondiales sont les lieux où la production de richesses est maximale, parce qu'elles concentrent les fonctions à plus forte valeur ajoutée : de commandement et d'impulsion, de création et de services haut de gamme.
- Les métropoles attirent les emplois en raison de processus cumulatifs : leur population qualifiée, leurs moyens de communication ultramodernes, leur accessibilité, les externalités positives qui s'y associent. Les métropoles constituent des espaces centraux.

Mot clé

Les **externalités** sont les effets produits par un agent économique sans contrepartie monétaire. Elles sont négatives (pollution) ou positives (synergies entre entreprises voisines).

2 L'archipel mégalopolitain mondial

- Les métropoles fonctionnent en réseau et sont hiérarchisées, toutes n'offrant pas les mêmes types de services. Quatre villes mondiales dominent : New York, Londres, Tokyo et Paris. ▶ FICHE 31
- Ces métropoles dessinent un archipel mégalopolitain mondial : centré sur les pôles anciens de la Triade (Amérique du Nord, Europe occidentale, Japon), il intègre de plus en plus de métropoles des Suds émergents (Shanghai, Singapour, Mumbai ou São Paulo).

II La littoralisation des espaces productifs

1 Espaces littoraux, espaces productifs

- 40 % de la population mondiale vit à moins de 60 km d'un littoral. Dans une économie mondialisée où le transport maritime assure 90 % du trafic de marchandises, les interfaces maritimes sont des espaces productifs privilégiés. La mondialisation accentue donc la littoralisation de l'économie.

- Les ports ont été modernisés et largement développés en de véritables **zones industrialo-portuaires**. Les industries se sont implantées dans les ports, profitant ainsi des matières premières à moindre coût. Les industries lourdes chinoises ou indiennes se sont ainsi installées près des ports de Shanghai ou Mumbai.

2 La recomposition des façades maritimes

- Certaines façades maritimes de grande dimension jouent ainsi un rôle essentiel dans la production de richesses à l'échelle mondiale. Certaines recoupent les métropoles de l'archipel mégalopolitain mondial (mégalopoles américaine et japonaise). Le Northern Range constitue la porte d'accès à la mégalopole européenne, via les ports du Havre, d'Anvers, de Rotterdam ou de Hambourg.

> **Mot clé**
>
> Le **Northern Range** (traduit par « rail » ou « rangée » européen/ne) constitue la façade maritime de la mégalopole européenne, centrée sur l'Europe rhénane. Son débouché essentiel est le premier port d'Europe, Rotterdam.

- Avec l'émergence de certains pays des Suds et leur insertion dans la mondialisation, les espaces productifs se sont diversifiés. De nouvelles façades maritimes se sont développées, telle la **façade est-asiatique** (de Singapour à la Corée en passant par les ports chinois), parfois centrées sur de grandes métropoles (Mumbai).

L'ESSENTIEL

Métropolisation des espaces productifs →
- concentration métropolitaine des fonctions à plus forte valeur ajoutée (commandement, conception)
- 4 villes mondiales dominantes (New York, Londres, Tokyo, Paris)
- archipel mégalopolitain mondial

Littoralisation des espaces productifs →
- interfaces maritimes : espaces productifs privilégiés
- ports : zones industrialo-portuaires
- nouvelles façades maritimes en développement (façade est-asiatique)

En France, des systèmes productifs mondialisés

41

☐ OK

La production française se réalise à travers une chaîne de valeur globale qui associe de multiples acteurs à de multiples échelles d'intervention.

I Les mutations du système capitaliste en France

1 Le fordisme

- Le fordisme se développe en France à partir des années 1950. La production de masse standardisée est réalisée par une main-d'œuvre spécialisée, aux méthodes de travail optimisées par le taylorisme.
- La conception se concentre dans les métropoles. Les espaces de la fabrication dépendent des voies de communication. Les zones industrialo-portuaires se développent (Fos, Le Havre).

2 Le toyotisme et le post-fordisme

- La crise des années 1970 provoque l'émergence du modèle toyotiste, fondé sur les flux tendus d'une production sans stock.
- Avec le post-fordisme, les robots pilotés par ordinateur permettent une production flexible. Conjugaison des révolutions informatique et robotique, le post-fordisme emploie des effectifs toujours plus qualifiés.

II Les anciens et les nouveaux modèles productifs

1 Le modèle ternaire de Clark (années 1940)

Le secteur primaire concerne l'extraction des matières premières, le secteur secondaire les transforme et le secteur tertiaire rassemble les services. Ce modèle familier est depuis longtemps obsolète.

2 Le modèle de Damette et Scheibling (années 1990)

- Ces géographes proposent un modèle en trois sphères intégrées : productive (activités de production concrète comme l'agriculture ou l'industrie) ; périproductive (activités concourant à la production telles que le commerce, le transport...) ; reproductive (fonctionnement du territoire et de la société comme l'administration, la santé...).
- Cette organisation ne rend toutefois pas complètement compte de la complexité de l'organisation des chaînes de valeur dans la mondialisation.

3 Le modèle centre-front-arrière de Veltz (années 2010)

L'économiste Pierre Veltz distingue activités de **conception**, de **front** (près des clients) et de l'**arrière** (production).

III Les logiques productives de la mondialisation

1 À l'échelle nationale

- Les logiques productives sont spatialement sélectives. Les zones gagnantes sont les **régions frontalières**, **littorales** et **métropolitaines**.
- Les **investissements directs étrangers** (IDE) placent la France au 7e rang mondial et 2e européen. Les investisseurs sont surtout européens (58 %). L'insertion de la France dans la mondialisation se fait prioritairement par l'**intégration européenne**.

2 À l'échelle locale

- Les IDE présentent une **grande variété**. Les **régions gagnantes** sont bien représentées (Fujitsu à Paris-Sud).
- Des régions moins favorisées ont des atouts géographiques, comme la proximité de la mégalopole européenne (effet-frontière). Beaucoup dépend de l'**environnement local**.

> **Mot clé**
>
> L'**effet-frontière** joue du différentiel entre deux zones, l'une riche et active mais manquant de main-d'œuvre, l'autre plus pauvre avec du chômage.

L'ESSENTIEL

La mondialisation des modèles et systèmes productifs

- Mutations du système capitaliste (fordisme, toyotisme, post-fordisme)
- Anciens et nouveaux modèles productifs (Clark, Damette et Scheibling, Veltz)
- ‣ Logiques productives de la mondialisation (zones métropolitaines, littorales, frontalières)
  ‣ Insertion française dans la mondialisation par l'intégration européenne

Mutation et recomposition des systèmes productifs français

42

☐ OK

Les systèmes productifs français connaissent des recompositions considérables sous l'effet de la mondialisation et de l'intégration européenne, mais aussi des évolutions politiques, techniques ou sociales.

I Les mutations des systèmes productifs agricoles

- La révolution agricole date en France des années 1950 et met en place une agriculture productiviste, à hauts rendements et forte productivité. Mécanisation, motorisation, chimisation et hybridation conduisent à l'apparition d'agrosystèmes. La construction européenne, à travers la politique agricole commune (1962), a accompagné cette mutation qui a conduit à l'indépendance alimentaire et au-delà.
- L'agriculture française est devenue une agriculture de marché. Les structures agraires se sont concentrées et les terroirs se sont spécialisés. L'intégration entre agriculture, industries (mécaniques ou agroalimentaires) et services (banque, commercialisation) débouche sur un système agro-industriel.
- La France est ainsi la 1re puissance agricole d'Europe et la 5e au monde, bien que sa part soit en recul, avec des points forts dans les céréales, vins et produits laitiers. Toutefois, une partie du système productif évolue désormais vers une agriculture de qualité, en filières courtes, plus locale, moins insérée dans le marché mondial.

II Désindustrialisation et recomposition industrielle

- La désindustrialisation se mesure au recul du nombre d'emplois (11 %), à la part dans le PIB national (12 %), aux pertes de part de marché mondial à l'exportation (3,5 %). Cependant, certains secteurs demeurent compétitifs : aéronautique, armement, luxe, agroalimentaire. Mais nombre sont en déclin, voire en voie d'extinction.
- Ce déclin industriel se marque par la crise des anciennes régions du Nord et de l'Est. La reconversion de ces friches industrielles est difficile. La situation géographique de ces régions n'est cependant pas dépourvue d'atouts : développement métropolitain à Lille, IDE Toyota près de Valenciennes.

- Les **industries high tech** se déploient en Île-de-France et dans les grandes métropoles, qui offrent un **écosystème propice à l'innovation** (main-d'œuvre, aménités, réseaux). Ces régions sont aussi les plus performantes pour la **localisation des services**, avec lesquels les activités industrielles sont intégrées de façon croissante.

III | Des systèmes productifs largement « tertiarisés »

- **75 % de la population active française travaille dans les services**, secteur très intégré avec les deux autres secteurs. Les services présentent une très **forte hétérogénéité** : services marchands (payés à l'acte) et non marchands, publics ou privés, banals ou rares (tertiaire supérieur).
- La répartition géographique des services est très différenciée. Les **services banals** se calquent sur la répartition de la population (commerce, transports), ils survivent plus difficilement dans les zones peu denses. Les **services aux entreprises à forte valeur ajoutée** se localisent en centre-ville ou en périphérie connectée (La Défense).
- La France est le **4e exportateur mondial de services** (250 milliards de $ en 2017), avec un solde commercial positif (+ 10 milliards de $). Certains services sont **délocalisables**. D'autres dépendent de l'économie résidentielle ou présentielle ou bénéficient de facteurs territorialisés (tourisme) ou du besoin d'un face-à-face physique.

Mots clés

- L'**économie résidentielle** dépend de la population installée sur le territoire (ex. : coiffeur ou plombier).
- L'**économie présentielle** dépend de la population présente, donc inclut les touristes.

L'ESSENTIEL

Mutation et recomposition des systèmes productifs français

- **Mutation des systèmes agricoles**
  → agriculture productiviste, PAC, système agro-industriel
- **Désindustrialisation et recomposition industrielle**
  → régions en reconversion/régions innovantes
- **Tertiarisation**
  → services haut de gamme métropolitains, économie résidentielle/présentielle

Dynamiques et politiques des systèmes productifs français

43

☐ OK

Les dynamiques mondialisées ont de puissants effets sur les territoires, que les politiques d'aménagement tentent d'organiser.

I Les dynamiques spatiales

1 La métropolisation des systèmes productifs

- Si persiste, dans une certaine mesure, l'opposition classique entre une France du Nord et de l'Est plus industrielle et une France du Sud et de l'Ouest plus agricole, les emplois tertiaires l'emportent partout avec plus de 70 % de l'emploi total.
- Les métropoles ont cependant tendance à concentrer les emplois, l'Île-de-France en tête. La région-capitale demeure la 1re région industrielle (20 % de la valeur ajoutée) et tertiaire.

2 Délocalisation, relocalisation : des dynamiques contradictoires ?

- L'intégration à la mondialisation des systèmes productifs français s'est traduite par la transnationalisation des plus grandes firmes (délocalisations, IDE, sous-traitance).
- Cependant, ces logiques ne sont pas exclusives de phénomènes de relocalisation. Les systèmes territoriaux, avec leurs réseaux d'acteurs et leurs qualifications parfois anciennes, présentent des atouts considérables dans une économie de la connaissance où le coût de la main-d'œuvre est moins décisif que sa compétence.

> **Mot clé**
>
> L'**économie de la connaissance** repose sur le traitement de l'information et la création de nouvelles connaissances. Elle met en œuvre un capital immatériel décisif : la haute qualification et la créativité de la main-d'œuvre.

II Les politiques d'aménagement

1 Favoriser la reconversion des territoires en crise

- Face aux crises entraînées par les mutations des systèmes productifs, des politiques ont été mises en œuvre, par de multiples acteurs : État, collectivités territoriales, UE, privé.

- En 1967 sont ainsi lancées les **zones de conversion** dans les territoires marqués par les industries de première génération (mines, sidérurgie, textile, chantiers navals). En 1982, la **prime d'aménagement du territoire** fait son apparition. En 1984 sont lancés les **pôles de conversion**. Suivent en 2002 les **conventions de revitalisation**.
- Tous ces dispositifs, financés par l'État, puis l'Union européenne, tentent de **recréer de l'emploi**, de réhabiliter les friches industrielles, d'**attirer de nouvelles entreprises**… avec des succès divers.

2 Favoriser l'innovation des territoires compétitifs

- Pour bénéficier d'économies d'agglomération, se sont constitués des systèmes productifs locaux. Ils prennent parfois la forme de **districts industriels**, centrés sur une activité spécifique (décolletage de la vallée de l'Arve). Les **clusters** associent entreprises et centres de recherche.

Mot clé

Les **systèmes productifs locaux (SPL)** sont des groupes d'entreprises en réseaux, ancrés dans leur territoire.

- L'État peut créer des regroupements d'entreprises et de centres de recherche et de formation, publics et/ou privés : ce sont les **technopôles** (Sophia-Antipolis dans l'arrière-pays niçois). Aujourd'hui, toutes les métropoles ont le leur.
- Enfin, l'État a lancé, en 2004, la **politique d'aménagement des pôles de compétitivité**, territoires de projet réunissant entreprises et centres de recherche et de formation autour d'une **thématique commune**, fortement ancrés dans le territoire mais ouverts sur la mondialisation. Il en existe aujourd'hui 65 (ex. : Mov'eo, à Rouen, sur les mobilités du futur). Cette politique des pôles de compétitivité a été confirmée pour 2019-2022.

L'ESSENTIEL

Dynamiques et politiques

- métropolisation des systèmes productifs (Île-de-France)
- délocalisation et relocalisation (systèmes territoriaux, économie de la connaissance)

- accompagner la reconversion (recréer de l'emploi en attirant des entreprises)
- favoriser l'innovation (SPL, districts, clusters, technopôles, pôles de compétitivité)

La fragmentation des espaces ruraux dans le monde

44

☐ OK

Les espaces ruraux connaissent d'importantes transformations sous l'effet de la mondialisation et de la métropolisation. Toutefois, ils continuent d'abriter des activités traditionnelles.

I Des espaces ruraux en mutation

1 Des dynamiques démographiques contrastées

- À l'échelle mondiale, l'exode rural reste la norme, principalement dans les Suds. Dans les Nords, la transition urbaine est quasiment achevée depuis la fin du XXe siècle.
- Après des décennies de baisse dans les pays industrialisés, la population rurale s'est stabilisée, voire a augmenté (Autriche). Certains géographes ont pu parler de « renaissance rurale ». Il s'agit d'espaces ruraux bien spécifiques : proches des axes de communication, des périphéries des villes, des lieux touristiques.
- En Asie du Sud-Est, les campagnes ont des densités de population très élevées (Chine, Inde), qui peuvent atteindre 1 000 hab/km². En Afrique subsaharienne et en Amérique du Sud, grâce à la transition démographique, des espaces ruraux sous-peuplés ont vu leur population multipliée par dix en l'espace de 50 ans (Chiapas, Afrique des Grands Lacs).

Mot clé

L'**espace rural** se définit par une faible densité, par la prédominance des formations végétales dans les paysages et par l'importance des activités agricoles.

2 La ville, source de croissance et de mutations

- Depuis la fin du XXe siècle, les activités agricoles reculent dans les campagnes sous le double effet de l'étalement urbain et de la modernisation. L'agriculture se maintient mais elle est de plus en plus concurrencée par de nouvelles activités.
- Les agriculteurs pluriactifs, les populations d'origine citadine et la diversification des activités non agricoles entraînent une forte multifonctionnalité.

II Les permanences du monde rural

1 Un fort accroissement naturel de la population rurale

Même si les villes connaissent une forte croissance depuis des décennies, les espaces ruraux continuent à accueillir une **part importante de la population** mondiale (en 2017, 45 %).

2 Des espaces souvent marginalisés

- L'**exode rural** se poursuit et prend de l'ampleur dans les Suds.
- Dans la plupart des pays pauvres, les espaces ruraux sont marqués par les **activités traditionnelles**. Ces campagnes, souvent isolées, ont accès à peu de services (Niger ou Bolivie).
- Dans les Nords, certains espaces sont soumis à la déprise rurale (Espagne ou Japon). Appelées aussi « rural profond », ces régions se caractérisent par une **population plus âgée à faible mobilité**.

> **Mot clé**
> La **déprise rurale** est un processus de fragilisation de l'espace rural, qui se caractérise par le dépeuplement des campagnes et par une disparition progressive des activités rurales.

3 Le maintien des inégalités

- Dans les espaces ruraux des Suds, les structures agricoles anciennes se maintiennent. Dans les pays d'Amérique du Sud, se côtoient les *microfundios* (petites exploitations agricoles souvent **vivrières**) et les *latifundios* (exploitations de plusieurs milliers d'hectares orientées vers les **cultures d'exportation**).
- Dans les Nords, les grandes exploitations tournées vers l'**agriculture intensive** dominent. Toutefois, depuis quelques décennies, de plus en plus de **néoruraux** créent de petites structures agraires qui adoptent une agriculture de qualité.

L'ESSENTIEL

Les espaces ruraux dans le monde

Mutations
- croissance démographique (forte dans les Suds, plus faible dans les Nords)
- multifonctionnalité

Permanences
- accroissement naturel en hausse
- exode rural
- inégalités

Une affirmation des fonctions non agricoles

45

☐ OK

Les espaces ruraux voient leurs activités traditionnelles décliner au profit de fonctions non agricoles. On parle désormais d'espaces ruraux multifonctionnels.

I Habiter les espaces ruraux

1 Les conséquences de la métropolisation

Les espaces ruraux associent une grande diversité de modes d'habiter. Face à l'urbanisation croissante, les campagnes sont soumises à un double processus : l'exode rural et la périurbanisation. ▶ FICHE 44 Cela entraîne des relations plus étroites avec la ville et une augmentation des inégalités entre les espaces ruraux.

Mot clé

Les **modes d'habiter** renvoient à des processus de construction des individus et des sociétés par l'espace et de l'espace par l'individu, dans un rapport d'interaction.

2 Le périurbain, une nouvelle approche de la vie rurale ?

- Le phénomène de périurbanisation est concomitant à celui d'étalement urbain. Le périurbain, espace fortement connecté à la ville, est apparu, en Europe, dans les années 1960-1970. Dans les Suds, depuis le début des années 2000, il connaît une très forte croissance.
- Cet espace se caractérise par une forte mobilité car les emplois et les loisirs sont souvent urbains. Ainsi, 70 % des périurbains de l'agglomération se rendent quotidiennement à Mumbai pour y travailler.
- Dans les Nords, les périurbains sont issus des classes moyennes et vivent dans des maisons individuelles tandis que, dans les Suds, ce sont généralement des néo-urbains pauvres qui vivent dans des habitats informels.

3 Un renouveau des populations rurales

- Les populations agricoles sont, paradoxalement, de moins en moins nombreuses dans les espaces ruraux. Leurs revenus stagnent et l'impression de déclassement social domine.
- Les néoruraux des Nords ont des professions variées. Ils cherchent à avoir un rapport de proximité avec la nature et des valeurs perçues comme plus authentiques. Ce phénomène est appelé périruralité.

II Des activités non agricoles de plus en plus variées

1 De nouvelles activités industrielles

- Les espaces ruraux accueillent des industries agroalimentaires, agro-énergétiques, minières ou textile.
- Les districts industriels des pays riches se sont spécialisés dans des **secteurs de pointe** (orfèvrerie au Nord de l'Italie ; horlogerie dans la « *Watch valley* » en Suisse).
- Dans les pays en développement, l'industrie des espaces ruraux se limite à l'**extraction minière** (Mali, Bolivie) ou à une petite industrie locale très spécialisée (les *small-scale industries* en Inde).

Mot clé

Le **district industriel** ou système productif local, concentre sur un territoire, des petites entreprises, spécialisées dans un secteur d'activité, à la fois concurrent et complémentaire.

2 Un secteur tertiaire dynamique grâce au tourisme

- Le secteur tertiaire est celui qui tire la croissance des espaces ruraux et représente **70 % des richesses créées** grâce notamment au télétravail, au *coworking* ou aux sociétés tournées vers les nouvelles technologies.
- Le tourisme demeure la principale dynamique. Les campagnes sont des **espaces récréatifs**, depuis les années 1950, dans les pays du Nord et, depuis le début du XXIe siècle, dans les pays émergents.
- Les espaces ruraux touristiques sont des campagnes où les activités spécifiques peuvent se développer : l'agrotourisme, l'écotourisme ou le tourisme culturel.

L'ESSENTIEL

Diversification des modes d'habiter →
- conséquence de la métropolisation
- périurbanisation
- renouvellement des populations (néoruraux)

Diversification des activités →
- nouvelles activités industrielles
- dynamisme du secteur tertiaire

Des conflits d'usage à toutes les échelles

46

☐ OK

Fortement anthropisés, les espaces ruraux sont traversés par de nombreuses tensions liées à la mise en valeur des ressources et à l'aménagement.

I Un espace fragilisé à l'échelle mondiale

- Les sols et les habitats naturels subissent de nombreuses atteintes à cause de l'agriculture : salinisation, érosion, contamination des eaux, perte de biodiversité. Les forêts sont aussi victimes de l'exploitation excessive. Les fronts pionniers agricoles ont entraîné la disparition de 2,4 millions de km² dans le monde entre 1990 et 2015.

> **Mot clé**
> Un **front pionnier agricole** est un espace mouvant de mise en valeur et de peuplement d'un territoire.

- L'agriculture productiviste peut avoir des conséquences néfastes sur les sols, les agriculteurs et les consommateurs. La digestion animale, le fumier, l'utilisation de fuel et d'engrais, l'agriculture et la foresterie sont responsables de 25 % des émissions de gaz à effet de serre.

- Le changement climatique pourrait profondément transformer les espaces ruraux. Inondations, sécheresses, cyclones sont de plus en plus fréquents.

II Les espaces ruraux et la mondialisation

- L'accaparement foncier ou *landgrabbing* connaît un important développement depuis la crise de 2008. De grands investisseurs privés ou publics négocient auprès des États pauvres des Suds (Asie, Afrique). Ce phénomène concerne les terres les plus productives et se fait au détriment des populations locales. Il peut être à l'origine de tensions (Éthiopie en 2016).

- Aussi bien dans les Nords que dans les Suds, la plupart des États encouragent l'agriculture productive et exportatrice (*agrobusiness*) au détriment des petites exploitations. Aux États-Unis, le gouvernement subventionne, ainsi, les plus grandes exploitations agricoles afin de conquérir des marchés extérieurs (12 milliards de dollars en 2018). Cette politique appauvrit les petits exploitants des pays pauvres.

- Contrairement aux petits producteurs, les grandes exploitations utilisent les techniques les plus modernes pour atteindre des rendements élevés (OGM, intrants disséminés par avion). Les **rendements** sont très variables d'un pays à l'autre. Ainsi, pour le maïs, le rendement est de 8 t/ha aux États-Unis contre 0,8 t/ha au Congo (2016).

III Des conflits d'usage à l'échelle locale

1 Une multifonctionnalité source de conflits

- Les tensions les plus nombreuses se situent dans les **campagnes périurbaines** en raison de leur caractère multifonctionnel. Les industriels, les agriculteurs et les professionnels du tourisme n'ont pas les mêmes usages des ressources des espaces ruraux. Une rivière peut être source de conflits entre différentes activités : refroidissement d'une usine, pompage pour les cultures et rafting.
- Il peut aussi y avoir des **tensions entre fonctions résidentielles et récréatives** (vacanciers et population locale).

2 Urbanisation et patrimonialisation en question

- Avec l'étalement urbain, le **foncier périurbain** prend de la valeur, ce qui empêche les jeunes agriculteurs de s'installer. Dans les régions arides, comme la vallée du Nil, les terres agricoles diminuent au profit de l'artificialisation des sols.
- La **patrimonialisation** pose des problèmes. L'Unesco ne traite qu'avec les gouvernements pour l'inscription au patrimoine mondial. Les populations locales se sentent marginalisées et exclues de ce type de processus (parc des Virunga au Congo).

L'ESSENTIEL

Conflits d'usage à l'échelle mondiale
- atteintes à l'environnement
- encouragement de l'agrobusiness au détriment des petites exploitations
- accaparement foncier

Conflits d'usage à l'échelle locale
- multifonctionnalité
- hausse du foncier
- patrimonialisation

Une recomposition des espaces ruraux français

47

☐ OK

Les systèmes agricoles français ont été profondément remaniés et se sont diversifiés, depuis plusieurs années, du fait de leur insertion dans la mondialisation et de la prise en compte du développement durable.

I Les défis de la mondialisation

- **Premier producteur européen**, la France exporte 61 milliards d'euros de produits agroalimentaires. Elle a le 3e excédent commercial mondial mais celui-ci a été divisé par deux en huit ans.
- La France a de plus en plus de **difficultés à pénétrer le marché agricole mondial**. Elle ne représente plus que 4,7 % des exportations agricoles mondiales en 2015 contre 9 % en 1990. Elle subit la concurrence des pays émergents.
- L'Europe reste un marché important pour les agriculteurs français : 66 % des exportations agricoles sont à destination des membres de l'UE. Toutefois, de nombreux pays (Pays-Bas, Allemagne) concurrencent l'agriculture française.
- Depuis le début des années 1960, l'agriculture est **subventionnée** par l'État et l'UE (Politique agricole commune). À l'origine, cette politique avait pour ambition de moderniser l'agriculture. Aujourd'hui, elle vise à **développer une agriculture durable** et à **favoriser la libre concurrence**.

II De nouvelles logiques productives agricoles

1 Une agriculture majoritairement intensive et intégrée

- La **taille des exploitations agricoles** ne cesse d'augmenter en France. Les exploitants ont ainsi fait le choix de l'**agriculture productiviste** : optimiser leurs dépenses, vendre en grande quantité aux IAA et aux distributeurs.
- Le système agricole est très **intégré à l'industrie**. Ainsi, les IAA sont présentes en amont (fourniture de matériels et d'engrais) et en aval (achat des productions).

Chiffre clé

Les IAA (industries agroalimentaires) représentent **18 400 entreprises** pour un chiffre d'affaires de **170 milliards d'euros** (2017).

2 L'affirmation de modèles alternatifs

- Le **terroir** est au cœur des logiques agricoles alternatives. Voulant rompre avec les scandales alimentaires, certains exploitants se sont engagés dans une démarche de **traçabilité** et de **labellisation** : AOC (appellations d'origine contrôlée), IGP (indications géographiques protégées) ou AB (agriculture biologique). La France est le **premier pays producteur mondial de produits de qualité**.
- De plus en plus d'agriculteurs font le choix de « **désintensifier** » en diminuant, voire en supprimant, les intrants. Le ministère de l'Agriculture encourage cette démarche et fixe, d'ici 2022, à 15 % la part de la superficie agricole **certifiée biologique**.

III Une diversification des agrosystèmes

- Les **agrosystèmes céréaliers** sont associés aux vastes exploitations et à l'*openfield*. Blé et orge dominent, colza, tournesol, betterave, pomme de terre sont les cultures les plus courantes. C'est souvent une **production intensive** et **exportatrice**.
- Le **secteur laitier** et l'**élevage** souffrent en France depuis le début du XXIe siècle à cause de la **forte concurrence** et des **prix d'achat peu élevés**. Cela s'explique par la forte diversité des productions et la petite taille des exploitations. Ces deux secteurs se sont aussi engagés dans une **démarche qualité**.
- Les **systèmes viti-vinicoles** français se sont engagés depuis de nombreuses années dans une **logique de terroir** (Bourgogne, Médoc) mais celle du cépage (malbec, syrah, cabernet-sauvignon) et celle de l'agriculture biologique commencent à gagner les esprits des professionnels.

L'ESSENTIEL

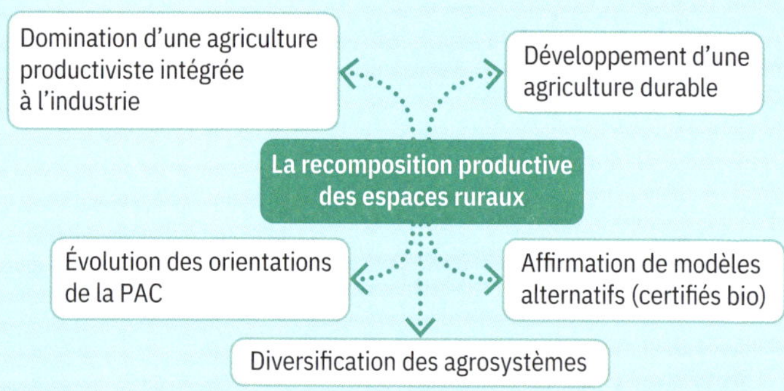

Les effets de la métropolisation sur les espaces ruraux français

48

☐ OK

Les rapports ville-campagne ont été profondément transformés sous l'effet de la métropolisation. Les espaces ruraux semblent reculer alors que les néoruraux sont de plus en plus nombreux.

I Une modification des rapports ville-campagne

- Tous les espaces ruraux connaissent un **renouveau démographique** depuis 1999, même si ce phénomène touche surtout les campagnes proches des villes. ▶ FICHE 49
- Villes et campagnes sont **interdépendantes**. La première fonction des espaces ruraux reste de nourrir les villes. C'est aussi un **espace récréatif** pour les urbains et un **espace disponible** pour les stratégies d'entreprises (faible coût du foncier).
- La **métropolisation** reconfigure les rapports entre les espaces en faisant notamment le vide autour des grandes métropoles. Ainsi, Toulouse a longtemps « aspiré » les activités de la région Midi-Pyrénées.
- Les ménages ruraux sont plus motorisés que la moyenne des Français (93 %), en raison d'une faible desserte par les transports en commun et de la **nécessité de se déplacer** pour toutes les activités (emplois, loisirs, éducation) et la majorité des services (poste, santé, trésor public).

Chiffre clé

Selon les prévisions de l'Insee, **38 millions d'habitants** devraient être périurbains ou ruraux en 2030, soit 56 % de la population, contre 48 % actuellement.

II Des espaces ruraux urbanisés

- « Tiers espace », le **périurbain** se situe entre ville et campagne. On y retrouve une forte fonction résidentielle, une sociologie essentiellement urbaine et des activités multifonctionnelles (agriculture, services, industrie).
- L'**étalement** augmente la durée des **migrations pendulaires**, favorise la congestion des radiales et, par conséquent, les émissions polluantes (Saint-Denis de la Réunion).
- Le « **rural profond** » subit l'éloignement de la ville. Les activités y sont peu nombreuses, la population vieillissante. Dans certains cas, cet

espace peut attirer des touristes lorsqu'ils disposent d'une agriculture de qualité ou de paysages exceptionnels (Sud du Massif central).

- Certains espaces ruraux tirent avantage de l'enclavement avec le **tourisme vert ou d'aventure** (Hauts de la Réunion). D'autres bénéficient des fonds versés par l'Europe : **FEDER** (Fonds européen de développement régional), **FEADER** (Fonds européen agricole pour le développement rural).

III La multiplication des conflits d'usage

- L'**étalement urbain** entraîne la multiplication des conflits entre les différents acteurs du périurbain et du rurbain. Les néoruraux importent leur mode de vie urbain dans des espaces qui restent le plus souvent agricoles. La chasse, l'exploitation des champs, l'élevage, le chant du coq sont autant de conflits potentiels entre les habitants.
- La **création d'infrastructures** à destination des urbains dans les espaces ruraux peut susciter aussi de longs conflits (aéroport de Notre-Dame-des-Landes, Center Parcs de Roybon).
- Enfin, la **disparition de surfaces agricoles** au profit des villes pose à terme des défis majeurs. Toutes les 5,5 années, au rythme actuel, l'équivalent d'un département est bétonné. Procédant par mitage, l'urbanisation actuelle répond aux désirs de plus en plus d'urbains de posséder une maison individuelle.

Mot clé

Le **mitage** est l'éparpillement, sans cohérence, d'infrastructures, d'habitats, de zones d'activité dans des espaces initialement ruraux.

L'ESSENTIEL

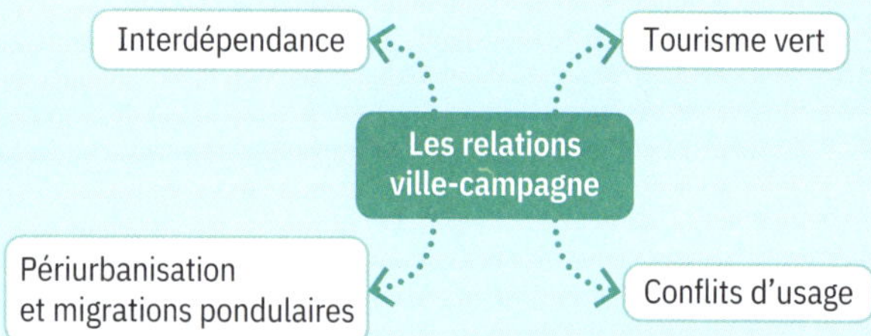

En France, un renouveau des populations rurales ?

49

☐ OK

Depuis les années 1990, les espaces ruraux connaissent un renouveau démographique. Si la reprise est inégale, l'arrivée de nouvelles populations annonce, pour certains géographes, la « renaissance du rural ».

I Une recomposition démographique

1 Des mutations démographiques et sociales

- Les campagnes connaissent un renouveau démographique grâce à la périurbanisation et au retour résidentiel de retraités.
- Dans les espaces ruraux français, les agriculteurs sont devenus minoritaires (environ 6 % des habitants), tandis que les ouvriers représentent un tiers des habitants, les retraités presque la moitié et les cadres près d'un cinquième. Le choix de s'installer à la campagne est souvent motivé par le prix du foncier, la volonté d'être plus proche de la nature et la recherche de l'entre-soi.
- Les espaces ruraux accueillent des populations aux revenus très inégaux. Les revenus modestes peuvent représenter jusqu'à 50 % des habitants.

Mot clé

La recherche de l'**entre-soi** désigne la tendance à vivre entouré de personnes semblables à soi sur les plans culturel, social ou économique.

2 Une société rurale fragmentée ?

- Loin de se mélanger, les néoruraux préfèrent habiter dans des pavillons en périphérie des villages, les agriculteurs vivent plus isolés ou dans les noyaux villageois.
- Cette fragmentation peut se traduire sur le plan électoral (listes concurrentes), par le mode de vie (mobilités, loisirs) ou les conflits (bruits, circulation).

II Habiter les espaces ruraux

1 De nouvelles pratiques

- Les ruraux doivent parcourir des distances supérieures à la moyenne des Français, ce qui a un coût en termes de budget. ▶ FICHE 48

- Les lieux de sociabilité (cafés, commerces) sont de plus en plus nombreux à fermer malgré les subventions publiques.
- Les associations jouent un rôle primordial. Un tiers des ruraux, pour lutter contre la solitude et l'isolement, participent au moins à une association.

2 Un accès inégal aux services

- À l'échelle nationale, l'accès aux services est plus élevé dans les espaces ruraux que dans certaines banlieues. Toutefois, on observe d'importantes disparités.
- Les services publics se raréfient : 28,5 % des communes françaises ne disposent pas d'école.

Chiffres clés

En moyenne, les ruraux doivent parcourir **4 km** pour trouver un médecin, **10 km** pour un magasin de vêtements, **25 km** pour se rendre au collège.

3 Une population vieillissante

- Dans les espaces ruraux, les plus de 60 ans représentent jusqu'à un tiers des habitants (contre un quart à l'échelle nationale).
- Deux facteurs expliquent ce phénomène. Dans le rural profond, la population âgée stagne. Dans les espaces ruraux attractifs, elle progresse grâce à l'arrivée de nombreux retraités, qui ne sont pas originaires de ces régions (arrière-pays et littoraux atlantiques et méditerranéens).
- Pour certains géographes, la « France ridée » est peu dynamique. Ce constat est à nuancer de nombreux espaces ruraux tirent profit de la « *silver* économie » grâce aux maisons de retraite et aux emplois d'aide à la personne.

L'ESSENTIEL

Le renouveau des populations rurales

Recomposition démographique
- agriculteurs minoritaires
- inégalités de revenus
- fragmentation de la société rurale

Disparités des modes de vie
- accès inégal aux services
- population vieillissante
- « *silver* économie »

Développement et inégalités en Chine

50

☐ OK

Première puissance industrielle et pays le plus peuplé du monde (1,38 milliard d'habitants), la Chine connaît une forte croissance économique depuis son ouverture au monde en 1979. Toutefois, de grandes inégalités demeurent.

I Les ressorts du développement

1 Les trois moteurs de la croissance

- Depuis la fin des années 1970, la Chine s'est ouverte à l'économie de marché et s'est intégrée à la mondialisation : membre de l'OMC depuis 2001, elle était le 1er pays exportateur et 2e pays importateur au monde en 2017.
- La Chine bénéficie aussi d'une main-d'œuvre peu coûteuse, bien formée et peu revendicative. Par ailleurs, la monnaie (yuan) est plus faible que le dollar ce qui stimule les exportations. Par conséquent, produire en Chine est avantageux pour de nombreuses FTN. Le pays reste « l'atelier du monde ».
- L'État chinois investit dans les infrastructures et possède des entreprises dans les secteurs clés (banque, énergie). Il favorise l'émergence d'un marché intérieur pour réduire les inégalités et moins dépendre des exportations.

2 La Chine, investisseur mondial

- Depuis 2002, le gouvernement a lancé la politique *go abroad* (« aller à l'étranger ») afin de sécuriser l'approvisionnement en produits primaires, d'accéder directement aux technologies et aux marchés d'exportation. ▶ FICHE 51
- Les FTN chinoises investissent principalement dans les pays occidentaux (États-Unis, UE, Australie), les pays émergents (Brésil, Russie) et en Afrique. Parmi les investissements les plus importants, les « nouvelles routes de la Soie » (*Belt and Road Initiative*) ont pour but de développer les échanges avec l'Europe.
- La Chine est le premier détenteur mondial de devises étrangères et d'or (3 193 milliards de $ en 2017).

II Une croissance qui profite à tous ?

1 Des inégalités sociales fortes mais une pauvreté en diminution

- La pauvreté a fortement diminué en Chine. 2,1 % des Chinois vivaient avec 1 $ par jour en 2017 contre 78 % en 1980. Les inégalités reculent : l'indice de Gini est passé de 0,49 en 2008 à 0,46 en 2018.

Mot clé

L'**indice de Gini** mesure les inégalités entre 0 (égalité parfaite) et 1 (inégalité complète).

- Une partie de l'enrichissement des Chinois s'explique par le contrôle de la démographie (politique de l'enfant unique entre 1979 et 2015).
- En revanche, les inégalités ville-campagne restent importantes : le revenu annuel des ruraux s'établissait en 2016 à environ 1 570 euros par personne, contre près de 4 300 euros en zone urbaine.

2 Un régime menacé par des tensions ?

- 90 000 « incidents de masse » ont été comptabilisés en Chine en 2016 : émeutes, résistances locales passives (notamment au Tibet), grèves ou manifestations (+ 20 % par rapport à 2015).
- La croissance chinoise montre des signes d'essoufflement depuis quelques années. Cette situation suscite de nombreux débats en Chine.
- Les autorités tentent de réagir en faisant condamner des dirigeants corrompus. Xi Jinping, le président chinois, renforce son pouvoir pour faire taire les oppositions : plus grand contrôle sur la presse, affirmation du rôle du PCC, promotion du « rêve chinois ».

Mot clé

Le « **rêve chinois** », expression de Xi Jinping, date de 2013. Il mêle nationalisme, nouvelles technologies et société harmonieuse.

L'ESSENTIEL

Développement
- économie de marché
- main-d'œuvre peu coûteuse
- investissements de l'État en Chine et dans le monde

Inégalités
- sociales
- économiques
- entre villes et campagnes

Des ressources et des environnements sous pression

51

OK

Les défis les plus importants pour l'économie et la population chinoise résident à la fois dans la sécurisation de l'approvisionnement des ressources et dans la prise en compte de l'équilibre environnemental.

I Le premier pays consommateur de ressources

1 Des besoins essentiels pour soutenir la croissance

- En 2010, la Chine est devenue le 1er pays consommateur d'énergies au monde (23 %), devant les États-Unis. Plus de 80 % de l'énergie consommée est d'origine fossile. Les consommations industrielle et domestique ne cessent d'augmenter (+ 6 % par an en moyenne).
- La Chine dispose de ressources naturelles qui ne suffisent pas à couvrir ses besoins. Elle est devenue le 1er importateur de pétrole. Ses ressources en eau s'épuisent aussi face à la hausse constante de la demande.

2 Un impératif : sécuriser les approvisionnements

- Les responsables chinois ont pour priorité de sécuriser les approvisionnements énergétiques et agricoles. La Chine compte peu de terres arables (utilisables) en raison du relief et de l'urbanisation.
- Par conséquent, la Chine cherche à s'assurer des approvisionnements réguliers en provenance de Russie et d'Asie centrale. Elle veut aussi contrôler des gisements off-shore (îles Paracels) et améliorer l'efficacité énergétique. Enfin, elle a pour ambition de diversifier son mix énergétique.
- Les acteurs de l'agroalimentaire ont voulu acquérir des terres à l'étranger (*landgrabbing*). Face aux difficultés juridiques, ils ont redéfini leur stratégie en achetant directement auprès des producteurs locaux.

II Vers la transition environnementale

1 Un développement prédateur

- Le développement économique chinois est responsable d'importantes émissions de gaz à effet de serre et d'une forte détérioration de l'environnement.

Chiffres clés

Selon l'université de Hong Kong, en 2017, la pollution en Chine aurait coûté **33 milliards d'euros** et entraîné la mort d'**un million de personnes**.

FRANÇAIS HISTOIRE-GÉOGRAPHIE ENSEIGNEMENT SCIENTIFIQUE ANGLAIS

- La Chine est confrontée à une **crise environnementale**. L'atmosphère des villes est souvent irrespirable. La pollution dégrade les sols et les eaux souterraines et de surface. Les déchets sont peu ou mal collectés et recyclés.

2 Une prise de conscience de l'opinion

- Selon l'OMS, la pollution serait responsable de la **mort prématurée de centaines de milliers de Chinois** et d'une augmentation rapide des cancers.
- Les problèmes environnementaux inquiètent et mécontentent de plus en plus la population. Cette crise devient ainsi un **véritable enjeu politique**.

3 « Verdir » l'économie

- Un des principaux objectifs du 13e Plan quinquennal lancé en 2016 est de **diminuer la dépendance aux énergies fossiles** et notamment de faire baisser la part du charbon dans le mix énergétique. Un autre est d'**enclencher la transition énergétique** en investissant dans les énergies alternatives et les technologies vertes (les entreprises chinoises dominent déjà ce secteur).
- Le gouvernement chinois cherche à favoriser la transition environnementale. Pour ce faire, il a **réorganisé les administrations** chargées de ces questions, en élargissant les pouvoirs du gouvernement afin d'éviter la corruption et le chevauchement des compétences.

Mot clé

La **transition environnementale** a pour ambition de favoriser la mise en place d'une économie durable.

L'ESSENTIEL

Des ressources et des environnements sous pression

- La Chine, 1er consommateur de ressources naturelles au monde
- Un impératif : sécuriser les approvisionnements

- La crise environnementale, un enjeu politique
- Une priorité : « verdir » l'économie

L'urbanisation, facteur de recomposition spatiale

52

☐ OK

En 2019, 60 % des Chinois sont urbains. L'urbanisation actuelle est un phénomène massif et rapide qui bouleverse la société chinoise, traditionnellement rurale.
Le pays compte des villes dynamiques qui rivalisent avec les plus grandes métropoles mondiales.

I Une transition urbaine rapide

- Sous-urbanisée jusqu'à la fin des années 1970 (environ 18 %), la Chine connaît une très forte croissance urbaine avec l'ouverture du pays. En effet, les villes ont été les principaux moteurs de l'essor économique, bénéficiant d'impôts faibles et d'un statut spécial (ZES ▶ FICHE 53).
- Le nombre d'urbains est passé, ainsi, de 65 à 813 millions entre 1980 et 2019. Aujourd'hui, on compte presque 60 % d'urbains. Le taux d'urbanisation au rythme actuel devrait atteindre 75 % d'ici les années 2030.
- Cette croissance urbaine est alimentée très largement par de considérables flux migratoires internes, des campagnes vers les villes et, toujours, des régions intérieures au littoral. Malgré le système du *hukou*, des centaines de millions de Chinois ont fui la misère des campagnes pour vivre le « rêve chinois ».

Mot clé

Le ***hukou*** est un permis de résidence délivré par les autorités pour contrôler les migrations intérieures. Le système a été assoupli au début des années 2010.

II Une modification de l'armature urbaine liée à la recomposition spatiale

- Longtemps dominé par le poids des trois grandes métropoles littorales (Pékin ou Beijing ; Shanghai ; Hong Kong), le réseau urbain chinois se complexifie depuis quelques années avec l'affirmation de villes intérieures comme Chongqing ou Shenyang.
- Les trois principales régions urbaines et industrielles se situent toujours sur le littoral et rassemblent de nombreuses agglomérations et leurs villes-satellites. Il s'agit du delta du Yangzi dominé par Shanghai, du delta de la rivière des Perles (Shenzhen, Guangzhou et Hong Kong) et de la région « jing-jin-ji » (Pékin et sa région).

- Trois autres régions s'affirment comme de **nouveaux pôles de croissance** indispensables au développement économique : l'ancienne région industrielle en cours de revitalisation autour de Shenyang dans le Liaoning, la région autour de Wuhan et celle qui entoure Chongqing.

III Une transformation des espaces urbains

- Dans les années 1990, les autorités chinoises se sont lancées dans de nouveaux projets d'aménagements pour **restructurer les centres-villes** : modernisation des transports, développement de quartiers d'affaires et de centres commerciaux.

- Les **périphéries** ne cessent de s'étendre avec l'apparition de vastes logements collectifs, voire de quartiers pavillonnaires, et de zones industrielles. On peut parler d'une spécialisation fonctionnelle des espaces urbains (ou « zonage »).

> **Chiffres clés**
>
> Principales aires urbaines chinoises : Shanghai (**24,2** millions d'habitants), Beijing/Pékin (**21,7**), Chongqing (**15,2**), Chengdu (**14,4**), Guangzhou/Canton (**12,7**).

- Par conséquent, le bâti, traditionnellement horizontal, connaît une **verticalisation généralisée**. La spéculation immobilière a joué un grand rôle dans la destruction de quartiers historiques (notamment à Pékin).

- Les villes chinoises doivent aussi affronter les défis des grandes villes mondiales. La métropolisation a entraîné l'apparition d'une forte **ségrégation sociospatiale** et de résistances locales à la modernisation. Autre enjeu majeur, la **pollution** touche la plupart des grandes villes qui se lancent dans des projets durables pour y remédier, comme les « écocités » (Tianjin) ou la ville-forêt de Liuzhou.

L'ESSENTIEL

L'urbanisation en Chine

- Transition urbaine rapide
- 3 + 3 régions urbaines et industrielles
- Étalement urbain et verticalisation
- Restructuration des centres-villes
- Ségrégation sociospatiale

Un déséquilibre territorial sous l'effet de la littoralisation

53

☐ OK

Avec seulement 14 % de la superficie de la Chine, le littoral (soit l'ensemble des provinces littorales et Beijing) demeure l'espace clé du dynamisme économique. Il accueille près de la moitié de la population du pays, attire 82 % des IDE et concentre 57 % du PIB.

I Un territoire tourné vers les échanges maritimes

- Depuis 1980, les autorités chinoises ont misé sur l'attractivité du littoral pour développer le pays. Ainsi, les provinces de Guangdong et de Fujian ont bénéficié des quatre premières ZES. Celles-ci se sont par la suite étendues à toutes les villes littorales.

Mot clé

Les **zones économiques spéciales** sont des zones franches visant à attirer les investisseurs étrangers. L'exemple le plus célèbre est celui de Shenzhen.

- Le littoral chinois est la principale interface du pays. Sur les 8 premiers ports mondiaux, 6 sont chinois. Modernisés ces vingt dernières années, ils sont devenus de gigantesques *hubs* portuaires (Shanghai, 1er port au monde avec 40 millions de conteneurs EVP en 2017).
- Les entreprises étrangères investissent principalement dans cette zone qui accueille une abondante main-d'œuvre, les principaux centres de recherche, les universités, les sièges sociaux des grandes entreprises et le pouvoir politique.
- Espace privilégié de l'insertion dans la mondialisation, le littoral est aussi un moyen de pression pour affirmer la fierté nationale (contre Taïwan ou le Japon).

II Un espace renforcé

- C'est dans cet espace que l'on retrouve les principales régions urbaines. ▶ FICHE 52 La densité moyenne est de 472 hab./km^2 mais l'urbanisation est discontinue. Le gouvernement chinois veut créer des mégalopoles afin de favoriser les synergies et d'augmenter la productivité de 3 à 5 %.

Pour attirer les investisseurs, les autorités continuent de **multiplier les aménagements et à réorganiser l'espace**. Le littoral possède les transports les plus modernes et efficaces du pays : aéroports, autoroutes et surtout à des lignes à grande vitesse (25 000 km en 2018) avec des vitesses moyennes de 350 km/h entre Beijing et Shanghai.

Le **tourisme balnéaire** connaît une forte croissance. Les Chinois, auparavant davantage attirés par l'intérieur du pays, se tournent de plus en plus vers la plage. L'île de Hainan est particulièrement prisée (hausse du marché touristique de 9,2 % en 2017).

III Des contrastes territoriaux accentués

Le littoral chinois est de plus en plus **saturé**. Entre les grandes métropoles, les aménagements sont de qualité et, souvent, performants. En revanche, au sein de celles-ci, ils restent insuffisants au regard de la **densité du peuplement** (congestion du trafic). Ces fortes densités favorisent les accidents, la pollution et la pression sur les milieux. ▶ FICHE 51

Certaines régions littorales souffrent de la **concurrence économique** de leurs voisines : la province de Liaoning a un PIB/hab. 2,5 fois plus faible que sa voisine Hebei.

Pour rééquilibrer le territoire, les autorités chinoises ont décidé de mettre en place des plans régionaux de reconversion (« Développement de l'Ouest », « Revitalisation du Nord-Est ») ou des projets, comme les « **nouvelles routes de la Soie** » vers l'Asie centrale ou la LGV Shanghai-Chengdu. Toutefois, ces mesures ne remettent pas en cause le rôle central joué par le littoral.

Chiffre clé

Selon la banque Morgan Stanley, les investissements chinois cumulés dans les pays traversés par ces « nouvelles routes de la Soie » dépasseront **1 200 milliards de dollars** d'ici 2027.

L'ESSENTIEL

La littoralisation du territoire chinois
- Le littoral, principale interface du pays et principale région urbaine
- Saturation du littoral et accentuation des déséquilibres territoriaux

Des espaces ruraux profondément transformés

54

☐ OK

Nourrir près de 1,4 milliard d'habitants reste un enjeu majeur pour la Chine. Si elle avait réussi à atteindre l'autosuffisance alimentaire, les récentes transformations sociales et démographiques ont remis en cause un fragile équilibre.

I L'« éclatement » du monde rural

- De nombreux ruraux continuent à quitter les campagnes pour s'installer en ville afin de bénéficier de meilleures opportunités d'emplois et de revenus plus élevés. Pour surmonter le malaise rural, le gouvernement a assoupli le système du *hukou* et entrepris des réformes sociales.
▶ FICHE 52

- Une dichotomie des campagnes s'affirme. D'une part, avec l'étalement urbain, on constate une forte périurbanisation, qui entraîne un recul de l'agriculture sous l'effet de la pression foncière. Les espaces ruraux industrialisés, bien reliés aux villes, deviennent de nouveaux noyaux urbains.

- D'autre part, une grande partie du monde rural reste encore en marge. Il s'agit des petites exploitations mal reliées au marché urbain, dont les habitants alimentent l'exode rural. Les espaces enclavés et isolés (Tibet, Xinjiang) demeurent répulsifs et pauvres.

II Édifier de nouvelles campagnes

- Environ 400 millions de paysans travaillent sur une exploitation d'une superficie moyenne d'un demi-hectare. Ces petites structures assurent l'essentiel de la production nationale mais leurs revenus ne sont pas suffisants pour nourrir la famille.

- Autrefois soutiens emblématiques du PCC, les petits paysans voient leurs conditions de vie stagner, voire régresser. Ils subissent de plein fouet la concurrence des grandes exploitations nationales.

- Par conséquent, les autorités chinoises encouragent l'abandon des villages les plus reculés au profit de nouveaux villages (*xin cun*) construits dans des villes moyennes ou le long de nouvelles infrastructures routières.

Chiffre clé

Le gouvernement chinois veut réduire la part de la population rurale et atteindre un taux d'urbanisation de **70 %** d'ici 2025.

III Les défis de l'agriculture chinoise

1 La transition alimentaire

- La Chine est devenue le 1er producteur mondial de blé, de riz et de volailles. Mais cette production n'est pas suffisante : elle doit **importer** de plus en plus de produits agroalimentaires.
- Les Chinois sont en pleine transition alimentaire sous l'effet de l'augmentation du niveau de vie et de la forte urbanisation.

> **Mot clé**
> La **transition alimentaire** est le passage, pour une population, d'une alimentation essentiellement végétale à une alimentation carnée et sucrée.

2 L'agriculture, un problème ?

- L'État est confronté à trois problèmes ruraux : une agriculture **peu moderne**, un **appauvrissement** des paysans et des espaces ruraux **sous-aménagés**.
- La productivité agricole reste faible à cause de l'hétérogénéité des techniques utilisées : la mécanisation et les variétés hybrides côtoient une **agriculture en grande partie extensive**. Par ailleurs, l'industrie agroalimentaire est régulièrement secouée par des scandales sanitaires (choux au formol, lait frelaté).

3 Soutenir une autre agriculture

- De **nombreuses mesures** ont été prises pour soutenir l'agriculture depuis 2005 : abrogation de taxes, allocation pour la main-d'œuvre sans emploi, modernisation de l'agriculture et des infrastructures (unités agro-industrielles intégrées, « coopératives »).
- Le 13e plan quinquennal (2016-2020) cherche à développer l'**agriculture productiviste** (mécanisation, nouvelles semences, irrigation) tout en promouvant une agriculture durable et en renforçant les contrôles sanitaires.

L'ESSENTIEL

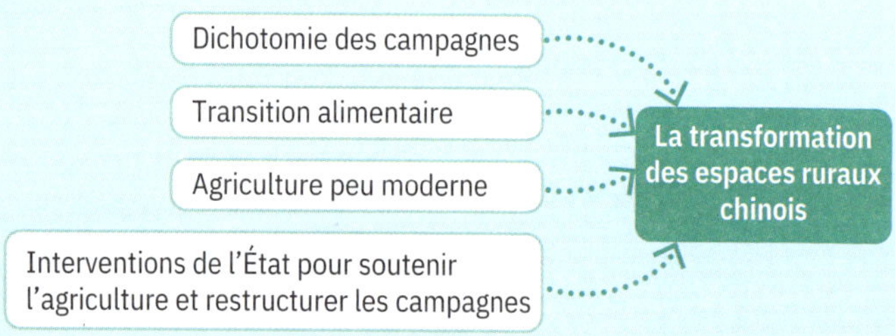

ENSEIGNEMENT SCIENTIFIQUE

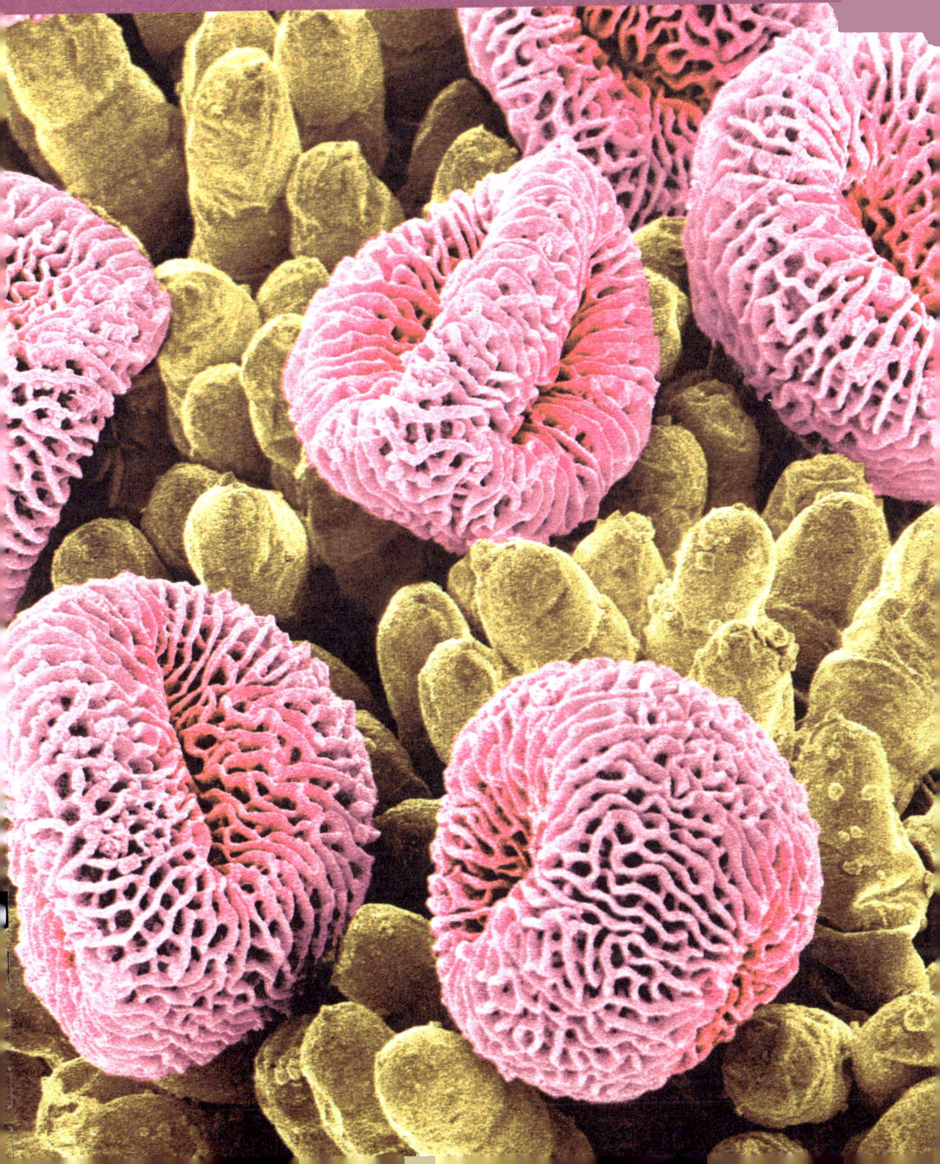

SOMMAIRE

Quand vous avez révisé une fiche, cochez la case ☐ correspondante !

UNE LONGUE HISTOIRE DE LA MATIÈRE

Les éléments chimiques

Des édifices ordonnés : les cristaux

Une structure complexe : la cellule

LE SOLEIL, NOTRE SOURCE D'ÉNERGIE

Rayonnement solaire et bilan radiatif terrestre

La photosynthèse : une conversion biologique de l'énergie solaire

Le bilan thermique du corps humain

LA TERRE, UN ASTRE SINGULIER

L'histoire de la Terre

La Terre dans l'Univers

SON ET MUSIQUE, PORTEURS D'INFORMATION

Le son, un phénomène vibratoire

La musique ou l'art de faire entendre les nombres

Quand le son devient musique

L'abondance des éléments chimiques

1

☐ OK

Les éléments chimiques sont des entités qui se caractérisent par le même nombre de protons. Ils ne sont pas uniformément répartis dans l'Univers.

I Les éléments chimiques

- Un élément chimique est caractérisé par son numéro atomique Z. Ainsi, les atomes et les ions possédant le même numéro atomique Z appartiennent au même élément.
- Chaque élément est représenté par une lettre majuscule parfois suivie d'une minuscule.

À noter

Le **numéro atomique Z** correspond au nombre de protons de l'élément considéré.

- Les éléments chimiques sont classés par numéro atomique croissant dans un tableau appelé classification périodique des éléments. C'est le chimiste russe Dmitri Mendeleïev qui a publié une première classification en 1869.

À noter

La **classification périodique** comprend 118 éléments chimiques dont 94 sont naturels. Les autres sont artificiels (créés en laboratoire).

II Répartition des éléments chimiques

- Les éléments chimiques ne sont pas répartis de manière homogène dans l'Univers.
- L'abondance d'un élément chimique est la mesure de sa proportion par rapport aux autres éléments dans un environnement donné ; on parle d'abondance relative. Elle peut être mesurée par fraction de masse, par fraction atomique (comparaison du nombre d'atomes) ou par fraction molaire (comparaison du nombre de molécules).
- Dans l'Univers, les deux éléments les plus abondants sont l'hydrogène et l'hélium. Ces éléments sont apparus dès les premières minutes de la formation de l'Univers. En pourcentage d'atomes, l'abondance de l'hydrogène dans l'Univers est de 90 % et celle de l'hélium est de 9 %. ▶ FICHE 2 Depuis la formation de l'Univers, ces proportions ont très peu évolué, bien que de l'hélium soit produit en permanence dans les étoiles (à partir d'hydrogène), mais en quantités relativement très faibles.

- Sur Terre, les éléments les plus abondants ne sont pas l'hydrogène et l'hélium, mais l'oxygène (O), le fer (Fe), le silicium (Si) et le magnésium (Mg).
- L'oxygène est l'élément le plus abondant sur Terre. Il entre dans la composition de l'eau, de l'air et c'est aussi l'élément le plus abondant des roches terrestres.
- On trouve également de l'hydrogène dans l'hydrosphère, celle-ci étant constituée essentiellement de molécules d'eau (H_2O).

Mot clé

L'**hydrosphère** désigne les zones sur Terre où l'eau (liquide, solide ou gazeuse) est présente.

- Dans la biosphère (ensemble des organismes vivants), on retrouve les mêmes éléments chimiques, mais dans des proportions différentes, avec quatre éléments majeurs : l'oxygène (O), le carbone (C), l'hydrogène (H) et l'azote (N).
- Les êtres vivants sont constitués de molécules minérales (comme l'eau, qui représente 70 à 75 % de leur masse) et de molécules organiques, majoritairement des atomes de carbone et d'hydrogène liés entre eux et éventuellement à d'autres atomes ou groupes chimiques (protéines, hormones, ADN, etc.).

ZOOM

Différenciation chimique du globe terrestre

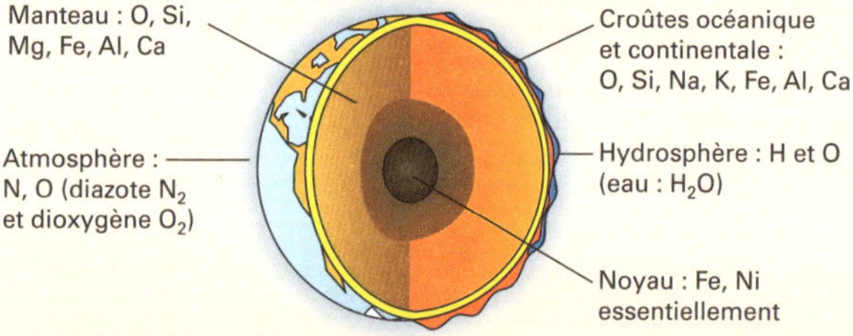

La répartition des éléments chimiques dans le globe terrestre n'est pas homogène. Les éléments les plus lourds (fer, nickel) se retrouvent au centre de la Terre, les plus légers (silicium, oxygène, etc.) en superficie. Les éléments chimiques se sont répartis ainsi lors de la formation de notre planète.

L'origine des éléments chimiques

2

☐ OK

Les tout premiers éléments chimiques sont nés lors de la formation de l'Univers. Des réactions nucléaires au sein des étoiles sont à l'origine de la centaine d'éléments chimiques actuellement connus.

I Le Big Bang et la nucléosynthèse primordiale

- La formation de l'Univers a lieu il y a environ 13,7 milliards d'années, lors du Big Bang. L'Univers est alors extrêmement condensé et chaud, les particules élémentaires comme les neutrons et les protons sont encore libres et non regroupés en noyaux atomiques.

Mot clé

Big Bang : théorie scientifique décrivant le commencement et l'expansion de l'Univers.

- Au bout d'une centaine de secondes, l'Univers en pleine expansion voit sa température baisser (elle est de l'ordre de 10^9 °C ou un milliard de degrés Celsius), les protons et neutrons commencent à s'associer pour former les noyaux atomiques les plus simples d'hydrogène et d'hélium.

La nucléosynthèse primordiale s'achève à la création de ces deux éléments. Les conditions ne sont pas encore réunies pour que les réactions nucléaires permettent la formation des éléments les plus lourds.

- C'est lors de la formation des étoiles, quelque 100 millions d'années après le Big Bang, que des éléments chimiques plus lourds peuvent se former. Cependant, l'Univers est encore aujourd'hui majoritairement constitué d'hydrogène et d'hélium.

II La nucléosynthèse stellaire

- La synthèse de nouveaux noyaux atomiques se produit, par des réactions de fusion nucléaire, au sein même des étoiles : c'est la nucléosynthèse stellaire. La fusion nucléaire est possible, car la température qui règne au cœur d'une étoile dépasse 10^7 °C (10 millions de degrés Celsius).

Mot clé

Fusion nucléaire : processus au cours duquel deux noyaux atomiques légers s'associent pour former un noyau plus lourd en dégageant une énergie considérable. À ne pas confondre avec la fission nucléaire, qui est la cassure d'un noyau lourd en deux noyaux plus légers.

La plupart des étoiles, comme le Soleil, sont constituées essentiellement d'hydrogène et d'hélium. Elles consomment leur hydrogène pour produire de l'hélium.

La formation de l'hélium au cœur d'une étoile se déroule en trois étapes.

- Première étape : deux noyaux d'hydrogène ou protons ($^{1}_{1}H$) fusionnent pour former un noyau de deutérium ($^{2}_{1}H$), avec émission d'un positon ($^{0}_{1}e$) et d'un neutrino (ν) :

$$^{1}_{1}H + {}^{1}_{1}H \rightarrow {}^{2}_{1}H + {}^{0}_{1}e + \nu$$

- Deuxième étape : le noyau de deutérium fusionne avec un proton pour former un noyau d'hélium 3 ($^{3}_{2}He$), avec émission d'un rayonnement gamma (photon) :

$$^{2}_{1}H + {}^{1}_{1}H \rightarrow {}^{3}_{2}He + \gamma$$

- Troisième étape : deux noyaux d'hélium fusionnent pour former un noyau d'hélium 4 (stable) en éjectant deux protons :

$$^{3}_{2}He + {}^{3}_{2}He \rightarrow {}^{4}_{2}He + 2\ {}^{1}_{1}H$$

Lorsque l'étoile a épuisé tout son hydrogène, elle évolue en géante rouge : son cœur est riche en noyaux d'hélium, qui fusionnent en donnant des noyaux plus lourds de carbone et d'oxygène.

Si l'étoile est suffisamment massive (masse supérieure à 8 fois celle du Soleil), elle pourra produire des noyaux encore plus lourds, comme des noyaux de fer. En fin de vie, l'étoile implose, puis explose, créant des noyaux encore plus lourds comme le platine et l'or. Cette explosion appelée supernova diffuse les éléments ainsi formés dans l'espace autour de l'étoile. C'est ainsi que les étoiles massives enrichissent l'Univers en éléments lourds.

ZOOM

Étoiles massives : une structure en « pelure d'oignon »

- Dans les couches périphériques d'une étoile massive, les éléments légers fusionnent, enrichissant les couches profondes en éléments plus lourds.
- Dans le cœur de l'étoile, la fusion des noyaux de silicium conduit à la formation de noyaux de fer.

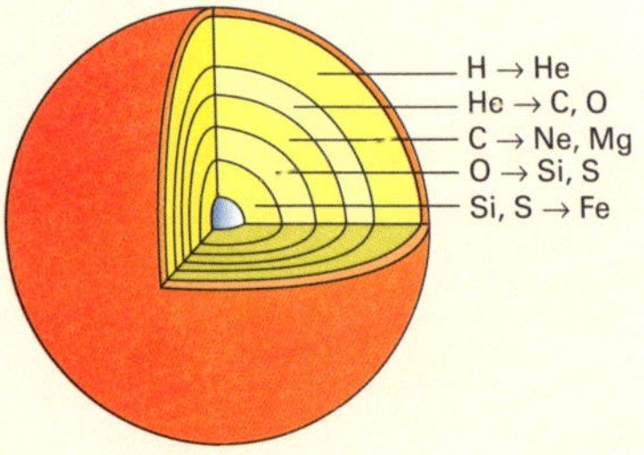

Les noyaux atomiques radioactifs

3

☐ OK

Les noyaux de certains éléments chimiques, dit radioactifs, sont instables et se transforment spontanément en d'autres noyaux. Ils constituent un chronomètre naturel utilisé pour des datations.

I Noyau atomique et radioactivité

- La radioactivité est découverte en 1896 par Henri Becquerel, lorsque celui-ci constate que des sels d'uranium émettent des rayonnements pouvant impressionner des plaques photographiques. Il les nomme « rayons uraniques ».

- Deux ans plus tard, Marie Curie montre que d'autres éléments, comme le radium, émettent un rayonnement. Elle nomme radioactivité cette émission spontanée de radiations par une substance inerte, sans apport d'énergie extérieure.

> **À noter**
> Par convention, le noyau radioactif de départ est appelé noyau père, celui issu de la **désintégration** est le noyau fils.

- La plupart des éléments chimiques ont des noyaux stables, c'est-à-dire qu'ils restent identiques à eux-mêmes au cours du temps. Certains noyaux sont instables, car ils possèdent trop de protons, de neutrons ou trop des deux. Un noyau instable se transforme en un autre noyau, qui peut également être instable. Cette transformation naturelle et irréversible est appelée désintégration.

- La radioactivité est un phénomène spontané, inéluctable et aléatoire : il est impossible de prévoir quand se désintégrera un noyau radioactif. Or, du fait de la désintégration régulière des noyaux, la quantité d'éléments radioactifs présents dans un échantillon diminue avec le temps.

> **À noter**
> La **demi-vie** est très variable selon les éléments : de quelques millisecondes à des milliards d'années.

- Chaque élément radioactif est caractérisé par sa demi-vie ou période radioactive $t_{\frac{1}{2}}$, qui est la durée nécessaire pour que la moitié des noyaux initialement présents se soit désintégrée.

DOC. Désintégration des noyaux radioactifs au cours du temps

N_0 désigne le nombre de noyaux de l'élément père initialement présents.

Au temps $t_{\frac{1}{2}}$, le nombre N de noyaux restants est de $\frac{1}{2}N_0$.

Au temps $2\,t_{\frac{1}{2}}$ il est de $\frac{1}{4}N_0$.

Au temps $3\,t_{\frac{1}{2}}$, il est de $\frac{1}{8}N_0$

et donc au temps $n\,t_{\frac{1}{2}}$ il est de $\frac{1}{2^n}N_0$.

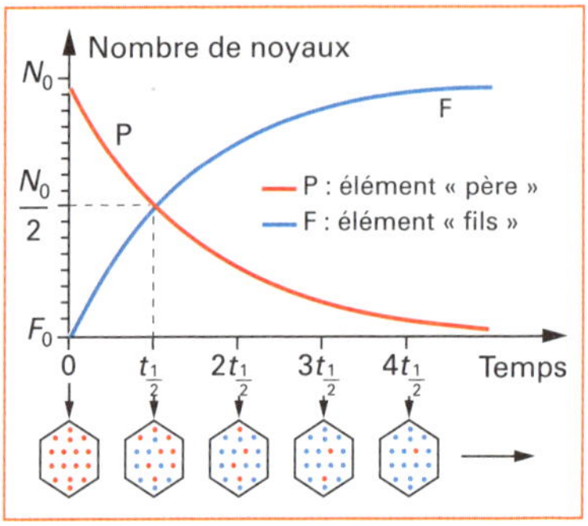

II Radioactivité et datation au carbone 14

- Les **isotopes** d'un élément chimique se différencient par leur nombre de neutrons. Par exemple, le carbone 12 ($^{12}_{6}C$, 6 protons et 6 neutrons) et le **carbone 14** ($^{14}_{6}C$, 6 protons et 8 neutrons) sont deux isotopes du carbone. Le premier n'est pas radioactif, alors que le second l'est.
- La quantité de carbone 14 (^{14}C) présente dans l'atmosphère, bien que très faible, est constante : en effet, il y a autant de ^{14}C synthétisé dans la haute atmosphère à partir d'azote 14 (^{14}N) que de ^{14}C qui se désintègre en ^{14}N.
- Le ^{14}C créé dans la haute atmosphère est incorporé par les êtres vivants sous la forme de $^{14}CO_2$ atmosphérique ou de $^{14}CO_2$ dissous dans l'eau par l'intermédiaire de la photosynthèse ou de l'alimentation. Les êtres vivants rejettent aussi du $^{14}CO_2$ par respiration. Les apports et les pertes de ^{14}C s'équilibrent ainsi chez les êtres vivants : la quantité de ^{14}C contenu dans leur matière organique est constante et identique à celle de l'atmosphère durant toute leur vie.
- À la mort de l'organisme, les échanges cessent. La quantité de ^{14}C qu'il contient décroît avec le temps. Il suffit donc de doser la quantité de ^{14}C restant dans un organisme pour estimer le temps écoulé depuis sa mort.

À noter

La demi-vie du **^{14}C** est de 5 730 ans. Cependant, cette méthode n'est pas utilisable avec une bonne précision au-delà de 35 000 ans.

L'état cristallin

4

☐ OK

Les atomes constituant la matière s'assemblent pour former des molécules. Dans certaines conditions, ils forment des structures ordonnées : les cristaux.

I Le chlorure de sodium, un cristal courant

- Le « sel de table », issu de l'évaporation de l'eau de mer, se présente sous la forme de petits cristaux de chlorure de sodium, de formule NaCl.
- À l'état naturel, le chlorure de sodium existe sous la forme de cristaux cubiques, plus ou moins imbriqués les uns dans les autres.
- À l'échelle microscopique, les cristaux de chlorure de sodium sont formés d'un empilement régulier et ordonné d'ions Na^+ et Cl^- (doc. 1). Ce sont des cristaux ioniques.
- Cette structure solide, constituée d'un arrangement répétitif et géométrique d'atomes, caractérise l'**état cristallin**.

DOC. 1. Structure cristalline du chlorure de sodium

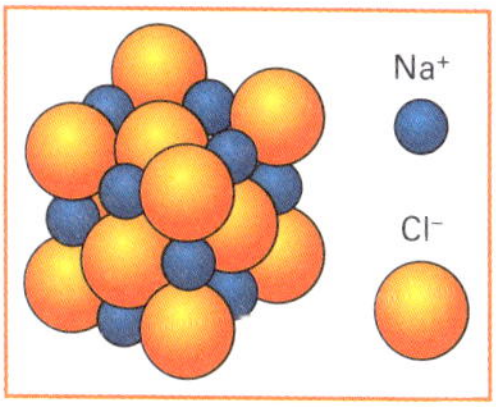

À noter

Si les atomes sont associés au hasard et sans ordre géométrique, le solide est dit **amorphe**.

II La maille élémentaire

- À l'échelle atomique, la structure cristalline est définie par une **maille élémentaire** : c'est le plus petit volume présentant les propriétés géométriques et physico-chimiques du cristal.
- La répétition périodique de la maille élémentaire dans toutes les directions de l'espace forme un **réseau cristallin** (doc. 2).

DOC. 2. Exemple de maille élémentaire et de réseau cristallin

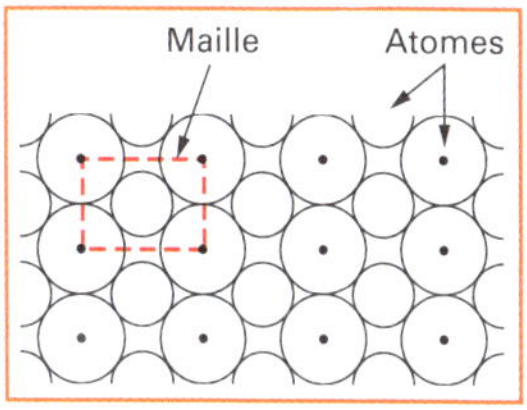

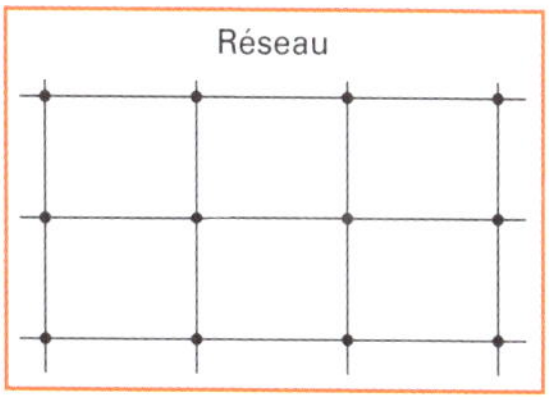

- Il existe une grande diversité de cristaux. Celle-ci est liée à :
  - la forme géométrique de la maille (on en distingue sept) ;
  - la nature des entités (atomes, molécules ou ions) qui composent le cristal, formant des cristaux ioniques ou moléculaires par exemple ;
  - la position, dans cette maille, des entités constituant le cristal (doc. 3).
- La maille cubique est la structure la plus simple. On en distingue plusieurs types selon la position des entités au sein de la maille : on a par exemple la **maille cubique simple** (doc. 3a) et la **maille cubique à faces centrées** (doc. 3b).
- Dans la maille cubique simple, les entités sont situées aux huit sommets du cube. Dans la maille cubique à faces centrées, comme celle du chlorure de sodium (doc. 3c et doc. 3b), on a :
  - un ion chlorure Cl^- aux huit sommets de la maille et au centre de ses six faces ;
  - un ion sodium Na+ au centre de la maille et au milieu de chacune de ses 12 arêtes.

DOC. 3. Vue en perspective d'une maille cubique

a) simple

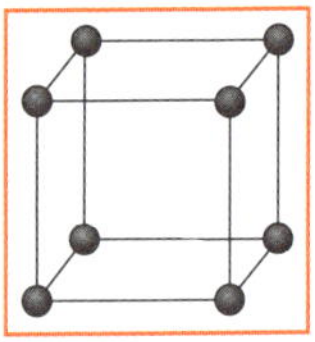

b) à faces centrées

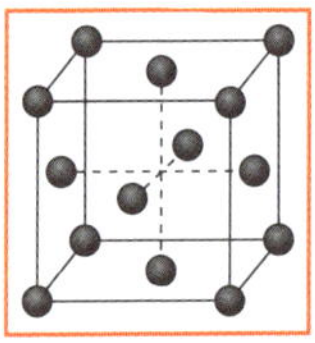

c) à faces centrées du chlorure de sodium

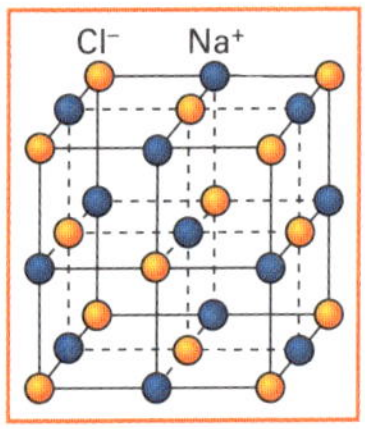

ZOOM

Cristaux de fluorite

Les cristaux cubiques de fluorite (fluorure de calcium de formule CaF_2) proviennent de la mine du Beix (Puy-de-Dôme).

Structure et propriétés des cristaux cubiques

5

☐ OK

La structure microscopique d'un cristal conditionne certaines de ses propriétés macroscopiques, dont sa masse volumique.

I Nombre d'entités par maille

- Le **réseau cristallin** étant la répétition d'une maille élémentaire dans toutes les directions de l'espace, les entités constituant la maille sont pour la plupart partagées avec les mailles voisines.
- Dans l'exemple du document 1, les entités situées :
  - au sommet de la maille (1) sont partagées par les huit mailles voisines : elles comptent pour 1/8 par maille ;
  - au milieu d'une arête (2) sont partagées par quatre mailles : elles comptent pour 1/4 par maille ;
  - au centre d'une face (3) sont partagées par deux mailles : elles comptent pour 1/2 par maille ;
  - au centre d'une maille (4) ne sont pas partagées, elles comptent pour 1 par maille.

DOC. 1. Réseau cristallin à maille cubique avec localisation de quatre sites

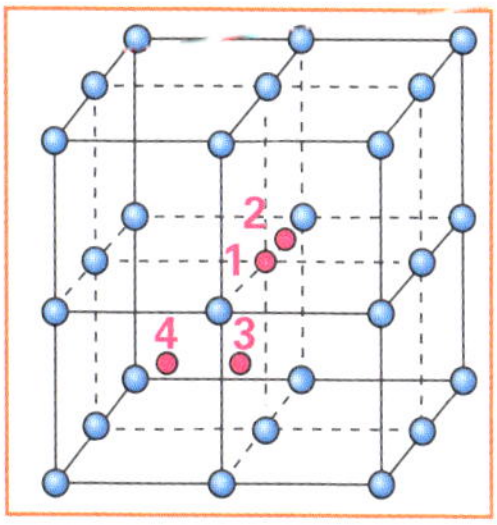

- Si on applique ce principe à la maille du chlorure de sodium (doc. 3c de la ▶ FICHE 4), celle-ci comprend :

$$8 \times \frac{1}{8} + 6 \times \frac{1}{2} = 4 \text{ ions } Cl^- \text{ et } 12 \times \frac{1}{4} + 1 = 4 \text{ ions } Na^+.$$

On a donc autant d'ions sodium que d'ions chlorure, ce qui correspond à la formule NaCl. Le cristal ionique est bien électriquement neutre.

II Compacité d'une maille

- La **compacité** d'une maille correspond au rapport entre le volume de l'ensemble des entités et le volume de la maille. Plus la compacité est grande, moins la maille comporte de vide. Pour déterminer la compacité d'une structure, il faut calculer :
  - le volume occupé par les entités ;
  - le volume *V* de la maille, c'est-à-dire le volume d'un cube de côté *a*.

Appliquons ce calcul au chlorure de sodium, sachant que l'arête de sa maille cubique est $a = 556$ pm (1 picomètre = 10^{-12} m), que les ions Cl^- ont un rayon R^+ de 181 pm et que ceux de Na^+ un rayon R^- de 102 pm.

À noter

Le volume de chaque entité est de $\frac{4}{3}\pi r^3$.

Le volume des entités par maille est :

$$V_{\text{entités}} = 4 \times \frac{4}{3} \times \pi \times (181 \times 10^{-12})^3 + 4 \times \frac{4}{3} \times \pi \times (102 \times 10^{-12})^3$$

$= 1{,}17 \times 10^{-28}\ m^3$.

Le volume de la maille est : $V_{\text{maille}} = (556 \times 10^{-12})^3 = 1{,}72 \times 10^{-28}\ m^3$.

D'où une compacité $\frac{V_{\text{entités}}}{V_{\text{maille}}}$ de 0,68 ou 68 %, soit 32 % de vide.

DOC. 2. Disposition des entités dans la maille du chlorure de sodium

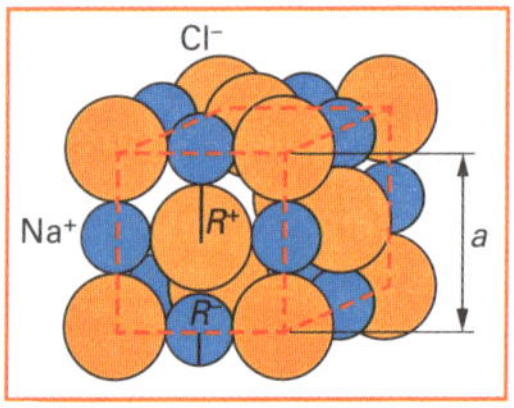

III Masse volumique d'une maille

La **masse volumique** (ρ) d'une maille est le rapport entre sa masse sur le volume de celle-ci. Elle est exprimée généralement en kg par m^3.

La masse d'une maille correspond au nombre d'entités par maille multiplié par la masse de chaque entité. Cette dernière est égale à la masse molaire divisée par le nombre d'Avogadro $N_A = 6{,}02 \times 10^{23}\ mol^{-1}$ (nombre d'entités élémentaires constituant une mole de matière).

Appliquons ce principe à la maille du chlorure de sodium (doc. 2), sachant que la masse molaire des ions Cl^- M_{Cl} est de $35{,}4\ g \cdot mol^{-1}$ et que celle des ions $Na^+ M_{Na}$ est de $23\ g \cdot mol^{-1}$:

– la masse de la maille est en kg : $4 \times \frac{M_{Na}}{N_A} + 4 \times \frac{M_{Cl}}{N_A}$;

– le volume de la maille est en m^3 : $V_{maille} = 556^3$.

D'où une masse volumique $\rho = 2\ 257$ kg par m^3, soit une densité $d = \frac{\rho}{\rho_{eau}}$ de 2,26.

Les cristaux dans la nature

6

☐ OK

L'état cristallin existe dans de nombreuses structures naturelles : les minéraux qui constituent les roches, le squelette et les coquilles de nombreux organismes vivants.

I Les minéraux, principaux constituants des roches

- Un **minéral** possède généralement une organisation cristalline. Un minéral donné peut cependant adopter différentes formes cristallines.

Par exemple, la fluorite, de formule CaF_2 (fluorure de calcium) a une maille élémentaire cubique à faces centrées (doc. 1). À l'échelle macroscopique, la fluorite présente des cristaux cubiques ou octaédriques selon l'organisation des mailles élémentaires dans l'espace. Un **cristal** correspond donc à la structure ordonnée macroscopique d'un minéral.

DOC. 1. Deux empilements possibles de la maille cubique : exemple des cristaux de la fluorite (CaF_2)

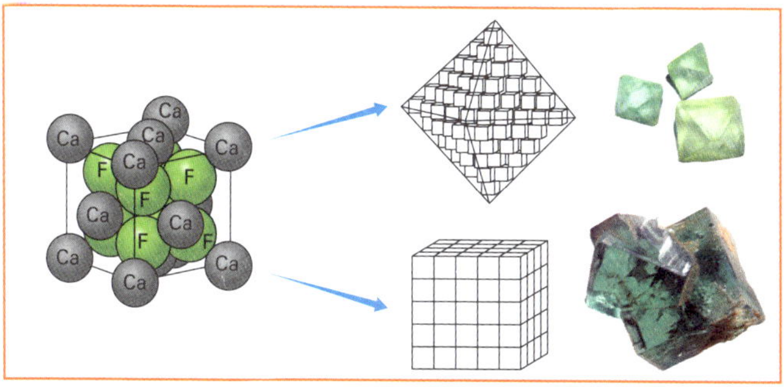

- Certains minéraux peuvent exister à l'état amorphe, non cristallisé ▶ FICHE 4. Par exemple, la silice (SiO_2) peut se présenter sous sa forme cristallisée, le quartz, ou sous sa forme amorphe, l'opale.

- Une **roche** est en général formée par l'association de plusieurs cristaux qui appartiennent à plusieurs espèces minérales (doc. 2).
Certaines roches magmatiques, comme les **roches volcaniques**, sont constituées de cristaux disséminés dans un **verre** (doc. 2). Celui-ci a une structure amorphe ▶ FICHE 4, car il résulte de la solidification très rapide d'une lave, qui n'a pas laissé le temps aux cristaux de se développer, contrairement à une roche magmatique comme le granite qui a cristallisé très lentement et donc entièrement.

DOC. 2. Deux exemples de roches magmatiques : à gauche, un granite ; à droite, une rhyolite

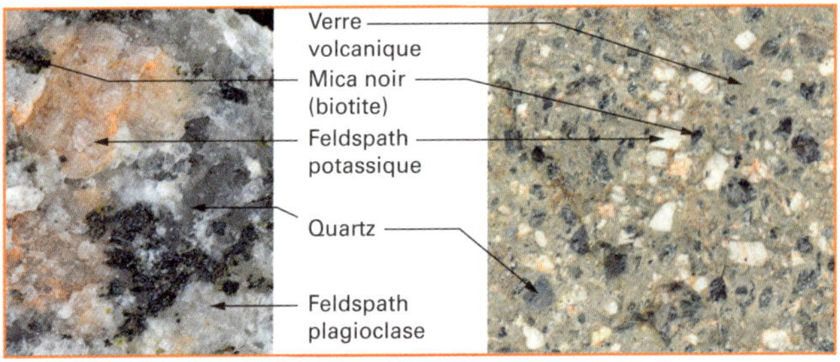

II Les structures cristallines chez les organismes biologiques

- Des structures cristallines existent aussi chez les organismes biologiques qui fabriquent un **squelette interne ou externe**, comme la coquille des mollusques ou le squelette des coraux…
- Le squelette des vertébrés contient aussi une partie minéralisée : le tissu osseux contient environ 60 % de cristaux de phosphate de calcium.
- D'autres cristaux existent aussi en dehors des squelettes, comme l'oxalate de calcium, un cristal insoluble dans l'eau, qui compose 70 à 80 % des calculs rénaux.

ZOOM

De la roche à la maille élémentaire

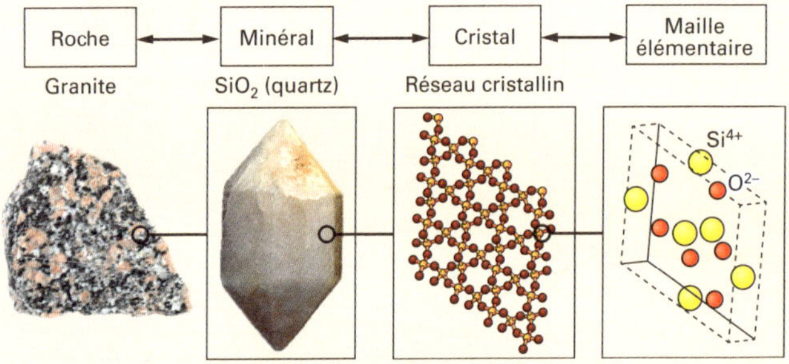

Le granite est une roche magmatique entièrement cristallisée, formée de plusieurs cristaux dont du quartz de composition SiO_2.

Découverte de la cellule et théorie cellulaire

7

☐ OK

Tous les êtres vivants sont constitués de cellules : on dit que la cellule est l'unité d'organisation de tout être vivant. Quels outils ont permis de la découvrir et d'en comprendre le fonctionnement ?

I La découverte de la cellule grâce au microscope

- En 1665, le savant anglais Robert Hooke observe, à l'aide d'un microscope rudimentaire (grossissement 30 fois), une coupe d'écorce de chêne-liège et distingue de minuscules cavités qu'il nomme cellules.

Mot clé

Le mot « **cellule** » vient du latin *cellula* qui signifie « petite chambre ».

DOC. 1. Microscope conçu par Robert Hooke

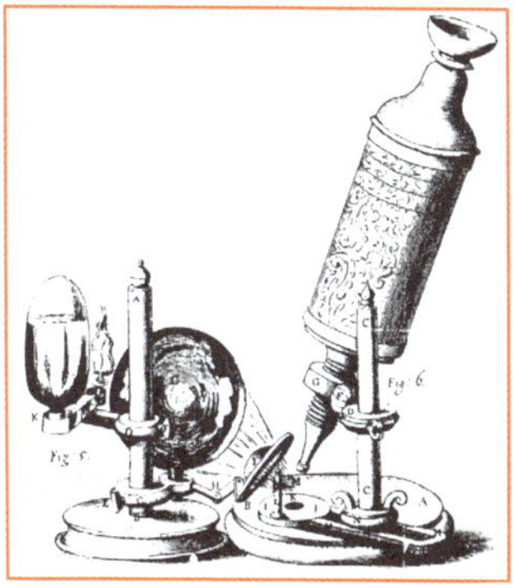

DOC. 2. Dessin des « cellules » observées par R. Hooke

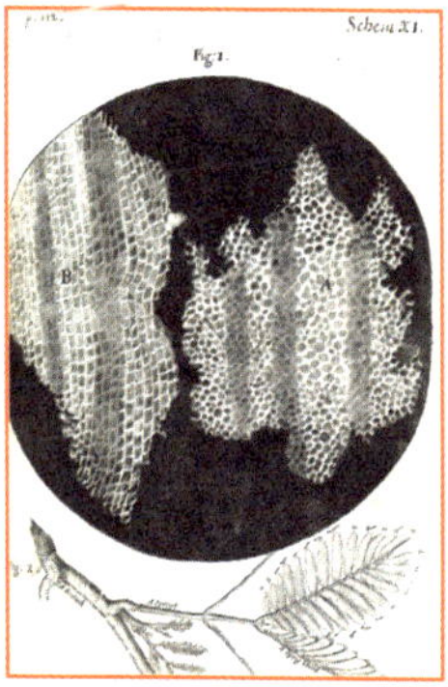

- Dix ans plus tard, le drapier néerlandais Antoni Van Leeuwenhoek fabrique des lentilles pour compter les fils de ses tissus. Leur qualité permet de grossir jusqu'à 300 fois les objets. Il observe entre autres des bactéries, des globules rouges, des cellules de l'épiderme et des spermatozoïdes.
- Aujourd'hui, un microscope optique (ou photonique) permet de grossir jusqu'à 1 800 fois la taille réelle d'un échantillon et son pouvoir de résolution est de 200 nm.

Mot clé

Pouvoir de résolution : capacité d'un système optique à distinguer les détails.

Les **microscopes électroniques**, inventés dans les années 1930, n'utilisent pas la lumière mais un faisceau d'électrons ; leur pouvoir de résolution est 10 à 100 fois plus élevé que celui d'un microscope optique. Les clichés obtenus sont appelés électronographies. Les **électronographies** sont en noir et blanc, mais les images sont parfois colorées afin que les structures soient plus apparentes.

II L'histoire de la théorie cellulaire

En 1839, le botaniste **Matthias Jakob Schleiden** et le zoologiste **Theodor Schwann** montrent que tous les organismes, animaux et végétaux, sont constitués de cellules possédant les mêmes éléments caractéristiques, comme le noyau. La **théorie cellulaire** est ainsi posée.

En 1855, le médecin pathologiste **Rudolf Virchow**, puis, en 1875, l'embryologiste **Oscar Hertwig** suggèrent que toute cellule provient de la division de cellules préexistantes.

La théorie cellulaire, tout d'abord vivement contestée, est confirmée notamment grâce aux travaux de **Louis Pasteur** dans les années 1860 et s'impose progressivement à toute la communauté scientifique.

Les trois « axiomes » de la théorie cellulaire sont :
- la cellule est la plus petite entité vivante ;
- tout être vivant est constitué de cellules ;
- toute cellule provient d'une autre cellule.

ZOOM

Grains de pollen de géranium (colorés en rose) observés au MEB

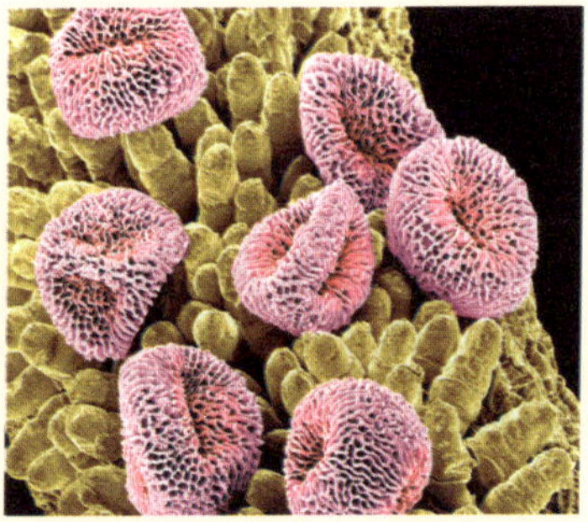

- Chaque grain de pollen mesure environ 40 µm.
- Dans un microscope électronique à transmission (MET), le faisceau d'électrons traverse l'échantillon. Le MET permet d'étudier la structure interne de la cellule.
- Dans le microscope électronique à balayage (MEB), le faisceau d'électrons balaye la surface de l'échantillon. Le MEB révèle les reliefs des objets observés.

L'organisation de la cellule

8

☐ OK

Tous les êtres vivants sont constitués de cellules. Chacune d'elles est un espace clos délimité par une membrane plasmique, qui contient divers organites.

I Les constituants des cellules eucaryotes

- Dans les cellules eucaryotes, le noyau est l'organite le plus volumineux de la cellule. Il renferme l'ADN qui porte information génétique. Le noyau lui-même est délimité par une double membrane : l'enveloppe nucléaire.
- Le cytoplasme est le milieu liquide à l'intérieur de la cellule dans lequel baignent divers organites qui participent au bon fonctionnement de la cellule.
- La membrane plasmique est une barrière sélective : elle ne laisse passer que certaines molécules. Elle permet ainsi les échanges entre la cellule et le milieu extracellulaire (O_2, nutriments, déchets...).

Les cellules végétales possèdent en plus une paroi rigide qui entoure la membrane plasmique.

- Grâce au microscope électronique, on a pu explorer l'intérieur de la cellule. Sa haute résolution joue un rôle majeur dans la recherche scientifique.

Mots clés

- Les êtres vivants dont les cellules ont un noyau font partie du groupe des **eucaryotes**.
- Ceux dont les cellules n'ont pas de noyau, comme les bactéries, appartiennent au groupe des **procaryotes**.

DOC. 1. Cellule nerveuse (neurone) observée au microscope optique (× 400)

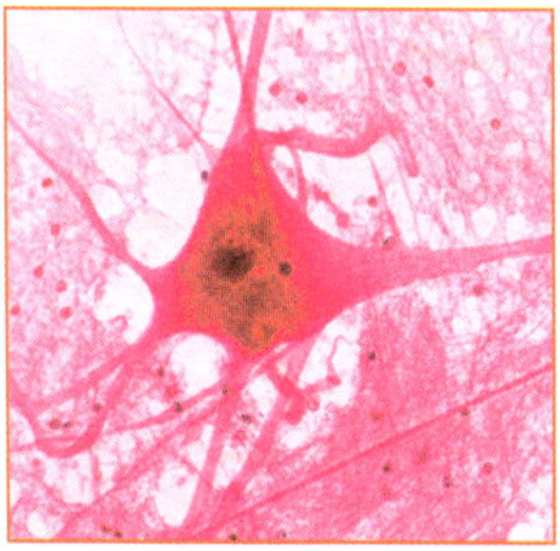

DOC. 2. Cellule sanguine (lymphocyte) observée au microscope électronique à transmission

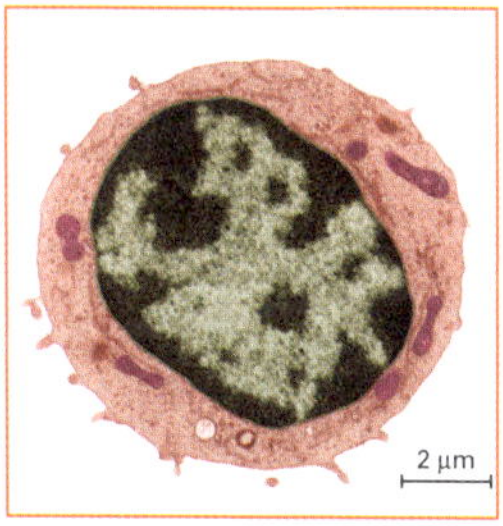

FRANÇAIS HISTOIRE-GÉOGRAPHIE ENSEIGNEMENT SCIENTIFIQUE ANGLAIS

II La structure de la membrane plasmique

- La membrane plasmique est constituée en majorité de **lipides** (**phospholipides** et **cholestérol** en quantités à peu près égales), mais elle comprend aussi des **protéines** et des **glucides**.

Elle forme une **bicouche lipidique** dans laquelle sont insérées des protéines. Son épaisseur est comprise entre 6 et 10 nm.

- Les protéines et les lipides de la membrane sont agencés conformément au modèle appelé « **modèle de la mosaïque fluide** », selon lequel les protéines et les lipides peuvent se déplacer latéralement au sein de la membrane, qui est sans cesse en mouvement.

- Les **phospholipides** sont les éléments de base de la membrane plasmique. Le cholestérol inséré entre les phospholipides module la fluidité de la membrane.

Ils présentent une **double polarité** : un pôle hydrophile et un pôle hydrophobe.

- Les pôles hydrophiles de la bicouche lipidique sont dirigés vers l'extérieur et vers l'intérieur de la cellule, alors que les pôles hydrophobes sont dirigés vers le centre de la membrane.

Mots clés

- Un élément **hydrophile** est soluble dans l'eau, mais pas dans les lipides : on le dit lipophobe.
- Un élément **hydrophobe**, au contraire, est soluble dans les lipides, mais pas dans l'eau ; on le dit lipophile.

ZOOM

Organisation moléculaire de la membrane plasmique

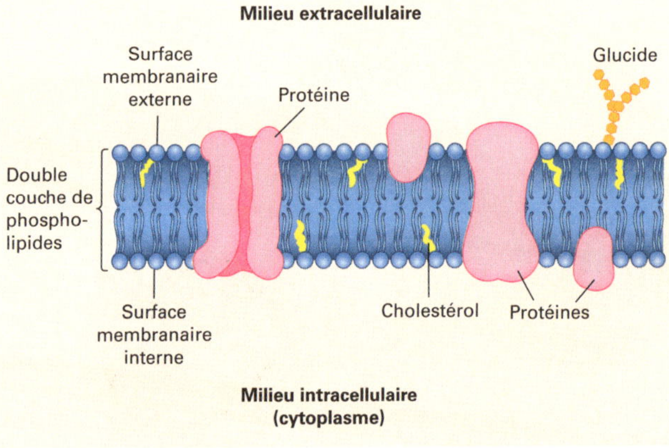

L'origine de l'énergie solaire

9

OK

Notre étoile est le siège de réactions de fusion thermonucléaire. Une partie de sa matière est convertie en énergie, elle-même transmise sous forme de rayonnement à l'ensemble du système solaire.

I Le Soleil, source de rayonnement

- Le Soleil, comme toutes les étoiles, résulte de la concentration d'une grande quantité de matière présente dans un nuage interstellaire. Au cœur du nuage, lorsque la pression et la température (15 millions de degrés Celsius) deviennent suffisantes, le processus de fusion nucléaire débute : l'étoile naît.

> **Mot clé**
> **Nuage interstellaire** : milieu principalement composé d'hydrogène dans lequel naissent les étoiles.

- Le cœur du Soleil est le siège de réactions de fusion nucléaire ▶ FICHE 2 : chaque seconde, des centaines de millions de tonnes d'hydrogène se transforment en hélium, en libérant une quantité d'énergie colossale qui maintient le cœur du Soleil à des températures très élevées.

DOC. Structure du Soleil

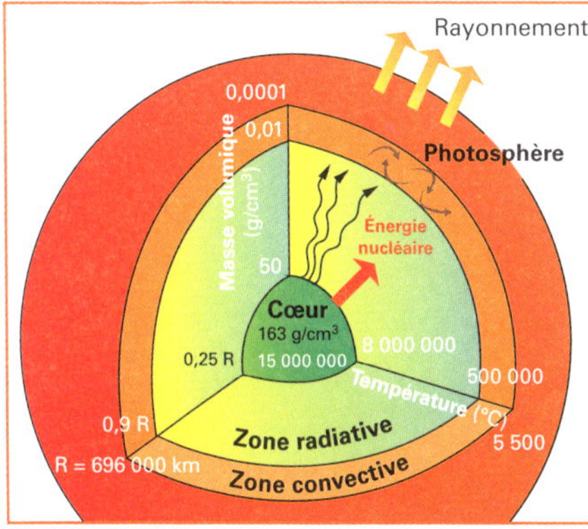

- **Cœur** : siège des réactions thermonucléaires.
- **Zone radiative** : le transfert d'énergie s'effectue très lentement par rayonnement.
- **Zone convective** : des tourbillons de matière évacuent la chaleur vers l'extérieur.
- **Photosphère** : couche superficielle d'où provient l'essentiel du rayonnement reçu par la Terre.

- Le fort contraste de températures entre le cœur du Soleil (15 millions de °C) et sa surface (5 500°C) engendre un transfert d'énergie de la zone « chaude » vers la zone « froide ».

FRANÇAIS HISTOIRE-GÉOGRAPHIE ENSEIGNEMENT SCIENTIFIQUE ANGLAIS

- Le nom des différentes zones solaires (doc.) est lié au mode de transport de l'énergie. L'énergie produite par le cœur est évacuée vers l'extérieur du Soleil. Le transport se fait soit par **radiation** (sous forme d'ondes électromagnétiques) soit par **convection** (mouvements de matière).
- Parvenu à la surface du Soleil, ce flux d'énergie thermique s'échappe sous la forme de rayonnement ▶ FICHE 10 qui se diffuse dans l'espace.

II Conversion masse-énergie

- En 1905, en élaborant la théorie de la relativité restreinte, **Albert Einstein** postule que la masse est l'une des formes que peut prendre l'énergie. La relation d'Einstein établit qu'une particule de masse m, au repos, possède une énergie E, telle que :

$$E = m\,c^2$$

E s'exprime en joules (J), m en kilogrammes (kg) et c en mètres par seconde (m/s). La célérité c de la lumière vaut 299 792 458 m/s, soit environ $3{,}0 \times 10^8$ m/s.

- Cette équivalence masse-énergie explique le dégagement d'énergie par les étoiles, comme le Soleil. En effet, lors d'une réaction de fusion nucléaire, la masse des produits est inférieure à celle des réactifs. Cette perte de masse correspond à de l'énergie libérée sous forme de chaleur et de rayonnement.
- La puissance P rayonnée par le Soleil atteint $3{,}8651 \times 10^{26}$ W ▶ FICHE 12, soit plus de 386 millions de milliards de milliards de watts. Ce qui signifie qu'en son cœur une énergie E de $3{,}8651 \times 10^{26}$ J est produite chaque seconde.

> **À noter**
> Une puissance de 1 watt (W) correspond à une énergie de 1 joule (J) par seconde (s), soit 1 W = 1 J/s.

- La relation d'équivalence $E = m\,c^2$ d'Einstein permet de déterminer la masse solaire transformée en énergie chaque seconde.

$E = m\,c^2$ s'écrit aussi : $m = \dfrac{E}{c^2}$ d'où :

$$m = \frac{3{,}8651 \times 10^{26}}{\left(3{,}0 \times 10^8\right)^2} \approx 4{,}3 \times 10^9 \text{ kg} = 4{,}3 \times 10^6 \text{ tonnes.}$$

Ces 4,3 millions de tonnes résultent de la transformation de 619 millions de tonnes d'hydrogène en 614,7 millions de tonnes d'hélium chaque seconde.

Le corps noir et les spectres stellaires

10

☐ OK

Le spectre du rayonnement émis par la surface du Soleil se rapproche de celui d'un corps noir dont la température est d'environ 5 500 °C.

I Corps matériel et rayonnement thermique

- En plaçant la main au voisinage d'un objet chaud, il est possible de sentir sa chaleur ; cette sensation traduit le fait que l'objet émet un rayonnement infrarouge. De la même façon, tous les corps matériels émettent un rayonnement, c'est-à-dire des ondes électromagnétiques, en raison de leur température.

- Les corps matériels absorbent également le rayonnement de leur environnement. Lorsqu'un corps est plus chaud que son environnement, il émet plus de rayonnements qu'il n'en absorbe, il « perd » de l'énergie et tend à se refroidir.

- Au XIXe siècle, deux propriétés importantes du rayonnement thermique ont été découvertes :
  - à mesure que la température d'un corps matériel augmente, l'intensité du rayonnement émis est plus importante ;
  - la longueur d'onde λ_{max} de l'émission maximale de rayonnement est d'autant plus petite que la température du corps est élevée.

II Du corps noir aux étoiles

- En physique, un corps noir désigne un objet idéal dont le spectre électromagnétique ne dépend que de sa température (doc. page suivante) et non de sa forme ou de la nature du matériau qui le constitue.

Mot clé

Corps noir : corps matériel qui absorbe la totalité du rayonnement électromagnétique qu'il reçoit. En pratique, ce type d'objet n'existe pas.

- Par lecture graphique sur le document (p. 30), on peut voir qu'un corps noir à 4 000 K émet une longueur d'onde λ_{max} voisine de 700 nm.

- Plus précisément, la loi de Wien (1893) établit que la position du maximum d'émission est inversement proportionnelle à la température du corps noir :

$$\lambda_{max} = \frac{\sigma_w}{T}$$

où σ_w est une constante égale à $2{,}898 \times 10^{-3}$ m·K, λ_{max} la longueur d'onde d'émission maximale du corps noir en mètres (m), T la température en kelvins (K).

À noter

Relation entre la température T_K en kelvins (température absolue) et la température T_C en degrés Celsius : $T_K = T_C + 273{,}15$ (0 K correspond à −273,15 °C : il s'agit du 0 absolu).

DOC. Rayonnement du corps noir à différentes températures

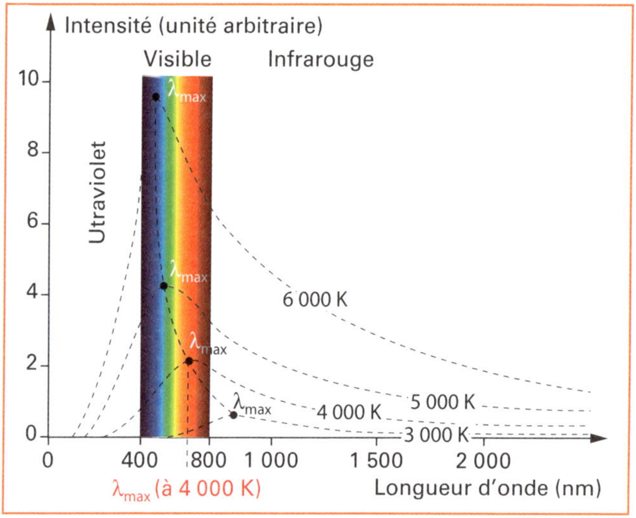

- L'observation des **spectres stellaires**, dont celui du Soleil, montre que leur allure suit bien celle d'un corps noir.
- Dans le cas du Soleil, le maximum d'émission est situé à $\lambda_{max} = 500$ nm. L'application de la loi de Wien permet de déterminer la température de sa photosphère (« sa surface ») :

$$T = \frac{\sigma_W}{\lambda_{max}} = \frac{2{,}898 \times 10^{-3}}{500 \times 10^{-9}} = 5\,796 \text{ K, soit une température de } 5\,523 \text{ °C.}$$

- La détermination de λ_{max} à partir du spectre d'une étoile permet d'en déduire sa température de surface. En effet, la loi de Wien établit ce lien : $T = \dfrac{\sigma_W}{\lambda_{max}}$.

À mesure que la température de surface des étoiles croît, leurs couleurs évoluent du rouge vers le bleu.

Les variations de la puissance solaire reçue sur Terre

11

☐ OK

La Terre reçoit l'essentiel de son énergie du Soleil. Le transfert se fait dans le vide sous la forme de rayonnement thermique. À la surface de la Terre, le rayonnement solaire est inégalement réparti.

I Puissance solaire reçue par la Terre

- Le rayonnement solaire intercepté par la Terre correspond à un disque de rayon terrestre R (doc. 1). La puissance reçue pour 1 m^2 de cette surface plane perpendiculaire aux rayons solaires et située au sommet de l'atmosphère terrestre définit la constante solaire. Elle peut être mesurée par un satellite équipé d'un radiomètre. En moyenne annuelle, elle est égale à 1 367 W/m^2. Cela fait du Soleil la source d'énergie la plus abondante sur Terre.

À noter

La puissance (ou le flux d'énergie) reçue pour 1 m^2 correspond à une grandeur appelée **éclairement énergétique**. Son unité est le W/m^2.

- Comme la Terre n'est pas un disque mais une sphère, la puissance solaire moyenne qu'elle reçoit réellement est 4 fois plus petite, soit environ 342 W par m^2 de surface terrestre.

DOC. 1. Flux d'énergie solaire reçu par la Terre

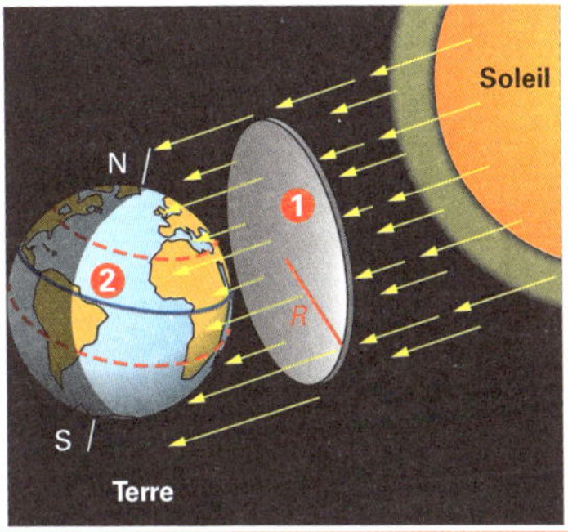

① La Terre intercepte un disque de rayonnement solaire πR^2

Flux d'énergie reçu par le disque : 1 367 W/m^2

R = rayon terrestre (6 370 km)

② Le rayonnement intercepté se répartit sur toute la surface de la sphère terrestre $4\pi R^2$

Flux d'énergie reçu par la sphère terrestre : $\frac{1\,367}{4} = 342$ W/m^2

- Le flux d'énergie solaire reçu par une surface dépend de l'angle avec lequel les rayons du Soleil parviennent à cette surface. L'angle formé par le rayonnement solaire et la perpendiculaire à la surface est appelé angle d'incidence (doc. 2a).

Comme le rayonnement solaire arrive sur la Terre sous la forme d'un faisceau parallèle (doc. 1), une surface perpendiculaire à ces rayons (autrement dit dont l'angle d'incidence est nul) intercepte le flux maximal d'énergie. Si l'on incline la surface, l'angle d'incidence augmente, le flux solaire reçu diminue (doc. 2a). Une même quantité d'énergie se répartit alors sur une plus grande surface.

DOC. 2. Flux solaire et position du Soleil

a)

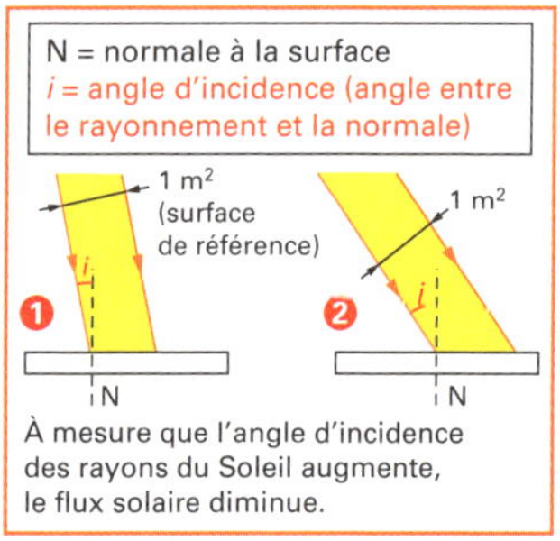

À mesure que l'angle d'incidence des rayons du Soleil augmente, le flux solaire diminue.

b)

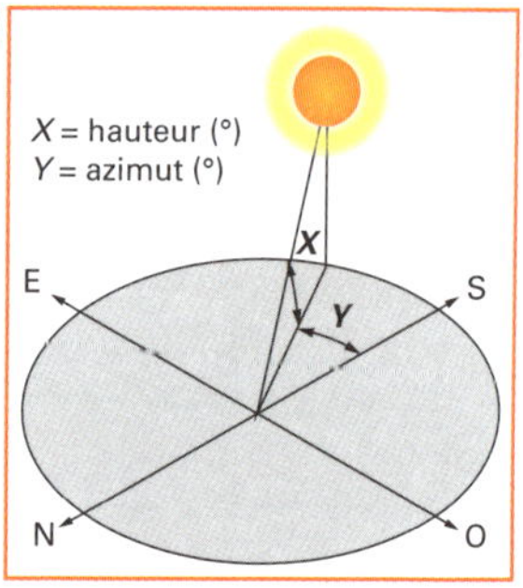

II Une puissance inégalement reçue

L'angle d'incidence des rayons du Soleil est directement lié à la position de ce dernier dans le ciel. Cette position est en général déterminée par deux composantes : la **hauteur** et l'**azimut** (doc. 2b). Ces composantes évoluent à toute heure de la journée et tout au long de l'année ; cela induit des **variations diurnes** et **saisonnières** du flux solaire.

La **latitude** est également déterminante : lorsqu'on se rapproche des pôles, l'angle d'incidence augmente les rayons du Soleil se répartissent sur une plus grande surface (doc. 2a), le flux solaire diminue.

ZOOM

Éclairement énergétique de la Terre selon la latitude

Du fait de la sphéricité de la Terre, les zones proches de l'équateur reçoivent plus d'énergie que celles situées près des pôles.

Source : ScaRaB, programme de suivi du système climatique terrestre développé par le CNRS.

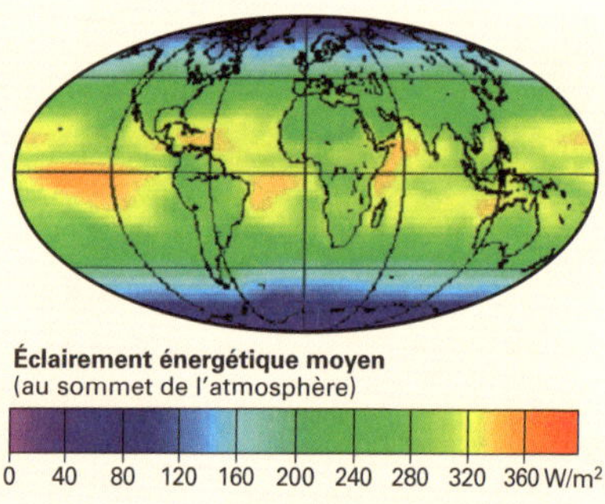

La puissance solaire reçue et réfléchie par la Terre

12

☐ OK

La Terre ne reçoit qu'une infime part de l'énergie émise par le Soleil. De plus, elle n'en absorbe qu'une partie.

I Proportion de la puissance solaire reçue par la Terre

- La puissance rayonnée par le Soleil est de $3{,}8651 \times 10^{26}$ W. ▶ FICHE 9

- L'énergie solaire arrivant à la Terre est celle qui est redistribuée sur une sphère dont le rayon correspond à la distance Soleil-Terre (doc. 1), soit en moyenne 150 millions de kilomètres ou 150×10^9 m.

DOC. 1.

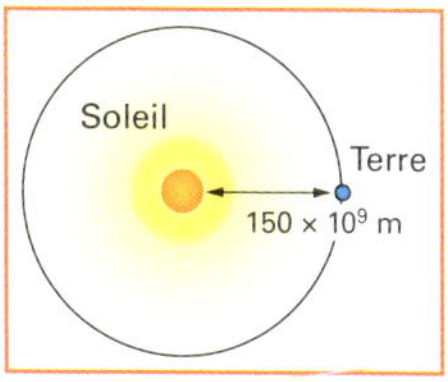

La surface d'une sphère ayant pour formule $4\,\pi\,r^2$, la puissance rayonnée par unité de surface est de : $\dfrac{3{,}8651 \times 10^{26}\ \text{W}}{(4 \times \pi \times (150 \times 10^9)^2)}$, soit 1 367 W/m^2.

Cette valeur correspond à la constante solaire. ▶ FICHE 11

- La puissance solaire reçue par la Terre est donc égale à la constante solaire (1 367 W/m^2) multipliée par la surface d'un disque de même rayon que la Terre ($6\,370 \times 10^3$ m), soit : $1\,367 \times \pi \times (6\,370 \times 10^3)^2$, c'est-à-dire 174×10^{15} W.

- Or, comme la Terre n'est pas un disque plat mais une sphère ▶ FICHE 11, la puissance solaire moyenne reçue au sol par la Terre est de $\dfrac{174 \times 10^{15}\ \text{W}}{4}$, soit $4{,}35 \times 10^{16}$ W.

- La proportion de la puissance émise par le Soleil et qui atteint la surface terrestre est donc de $4{,}35 \times 10^{16}$ W divisé par $3{,}8651 \times 10^{26}$ W. La Terre reçoit environ 0,1 milliardième de la puissance totale émise par le Soleil. La puissance solaire reçue par la Terre est donc déterminée par son rayon et sa distance au Soleil.

II L'albédo et l'énergie réfléchie par la Terre

- Une partie du rayonnement solaire qui atteint la Terre est réfléchie vers l'espace par les nuages et par la surface terrestre. On appelle albédo le rapport de l'énergie solaire réfléchie sur l'énergie incidente.

L'albédo a une valeur comprise entre 0 et 1, mais on peut aussi l'exprimer en pourcentage. Plus l'albédo est élevé, plus le rayonnement solaire est réfléchi. Par exemple, pour un albédo de 0,1 ou de 10 %, 10 % du rayonnement solaire est réfléchi et 90 % est absorbé.

L'albédo dépend de l'**angle d'incidence**, mais surtout de la **nature de la surface réceptrice** (doc. 2).

DOC. 2. Albédo de différentes surfaces

Type de surface	Albédo (%)
Neige fraîche	80 à 85
Sable	20 à 30
Forêt	5 à 10
Océan (incidence rasante)	50 à 80
Océan (incidence normale)	3 à 5
Nuage épais	70 à 80
Total Terre et atmosphère	30

L'albédo moyen de la Terre est de 30 %, c'est-à-dire qu'en moyenne 70 % de l'énergie solaire est absorbée par la Terre (atmosphère, océan et continent) ; le reste (environ 30 %) est réfléchi vers l'espace.

Comme la puissance solaire moyenne reçue au sol est d'environ 342 W par m^2 de surface terrestre FICHE 11, c'est donc 70 % de 342, soit environ 240 W/m^2 qui sont absorbés par la Terre et 102 W/m^2 qui sont diffusés dans l'espace.

ZOOM

Moyenne annuelle de l'albédo du système Terre-atmosphère au cours de la période 1991-1995

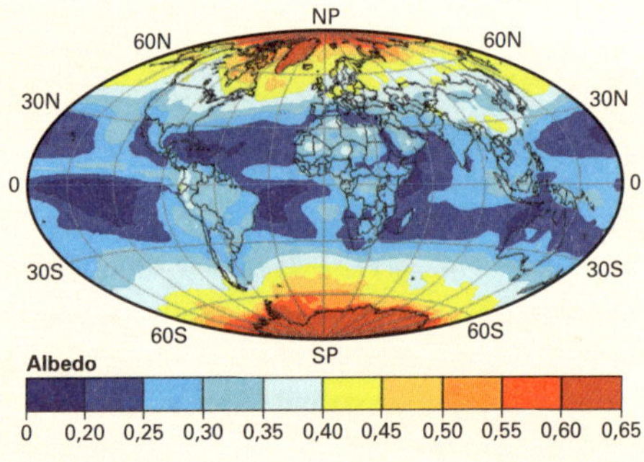

Source : International Satellite Cloud Climatology Project (ISCCP) – Nasa.

Le bilan radiatif terrestre : un équilibre dynamique

13

☐ OK

Le maintien d'une température moyenne à la surface de la Terre constante et proche de 15 °C est conditionné par le bilan énergétique de la Terre.

I Le rayonnement émis par la Terre

- Les 240 W/m^2 d'énergie en provenance du Soleil et absorbés par la Terre (atmosphère, océans et continents) chauffent la surface terrestre.
- La surface terrestre chauffée par l'énergie solaire émet un rayonnement électromagnétique dont la longueur d'onde se situe entre 5 et 20 µm, c'est-à-dire dans le domaine infrarouge.

II Le rôle de l'atmosphère

- Si la Terre ne possédait pas d'atmosphère, la totalité du rayonnement infrarouge émis par la surface du globe serait diffusée dans l'espace ; la température à la surface terrestre serait de –19 °C au lieu de 15 °C.
- Le rayonnement infrarouge émis par la Terre est absorbé en partie par l'atmosphère terrestre. Celle-ci est composée de gaz (vapeur d'eau, dioxyde de carbone, méthane, ozone…), qui piègent une partie des rayons infrarouges émis par la surface terrestre, limitant ainsi la perte d'énergie vers l'espace. Ce sont les gaz à « effet de serre » (GES).
- Après avoir absorbé une partie du rayonnement infrarouge émis par la surface terrestre, l'atmosphère émet à son tour un rayonnement infrarouge, dans toutes les directions, à la fois vers l'espace et vers le sol. Une partie du rayonnement infrarouge émis par la Terre est donc renvoyée vers la surface terrestre, c'est l'« effet de serre ».

III Le bilan radiatif de la Terre

- Le bilan radiatif global de la Terre, c'est-à-dire la différence entre les apports (flux solaire) et les pertes (flux solaire réfléchi et flux infrarouge réémis vers l'espace) est à l'équilibre à l'échelle de la planète (doc.).
- La Terre émet autant d'énergie qu'elle en reçoit du Soleil : 342 W/m^2 provenant de l'énergie solaire sont absorbés, mais 102 W/m^2 sont réfléchis et 240 W/m^2, issus du rayonnement infrarouge émis par la surface, sont diffusés dans l'espace.

La surface terrestre reçoit en un lieu donné 170 W/m² du rayonnement solaire et 325 W/m² du rayonnement infrarouge émis par l'atmosphère. Elle absorbe donc au total 170 + 325 = 495 W/m², mais émet la même puissance.

DOC. Le bilan radiatif de la Terre : un équilibre dynamique

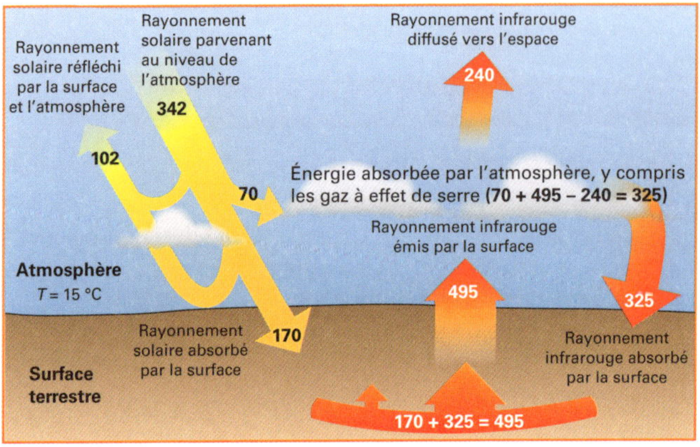

Cet **équilibre** est qualifié de **dynamique** car, par exemple, si la teneur en GES augmente, le bilan radiatif global terrestre restera nul mais la température moyenne de l'atmosphère deviendra plus élevée, par renforcement de « l'effet de serre ».

ZOOM

Rayonnement infrarouge émis par la Terre

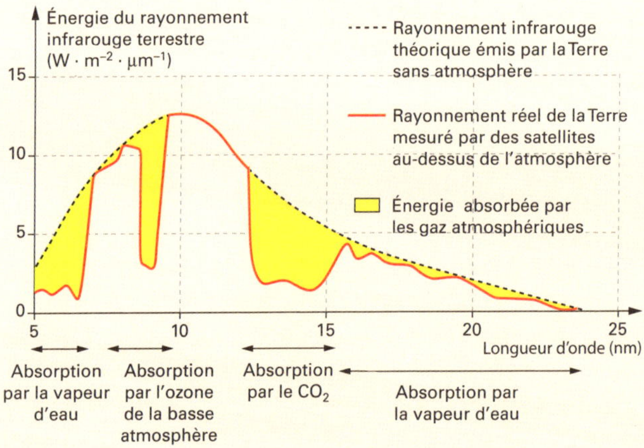

La photosynthèse, source de matière et d'énergie

14

☐ OK

La photosynthèse tire profit de l'énergie lumineuse pour accomplir des réactions biochimiques permettant la synthèse de matière organique.

I La photosynthèse, une conversion énergétique

1 Définition de la photosynthèse

- La photosynthèse correspond à la synthèse de matière organique à partir de matière minérale et d'énergie lumineuse :

$$6\,CO_2 + 6\,H_2O \xrightarrow{\text{Énergie lumineuse}} C_6H_{12}O_6 + 6\,O_2$$

(dioxyde de carbone) (eau) → (glucose) (dioxygène)

- Les gaz prélevés (CO_2) ou rejetés (O_2) dans l'atmosphère lors de la photosynthèse transitent par les feuilles, dont la surface est criblée de points d'entrée et de sortie appelés stomates.
- L'énergie lumineuse indispensable aux réactions de la photosynthèse est captée par les cellules végétales chlorophylliennes des feuilles. Les pigments chlorophylliens, dont la chlorophylle, sont localisés à l'intérieur d'organites appelés chloroplastes.
- L'eau et les sels minéraux sont prélevés dans le sol par les racines.

2 Spectres d'absorption et d'action photosynthétique

DOC. Spectre d'absorption des pigments chlorophylliens et spectre d'action de la photosynthèse

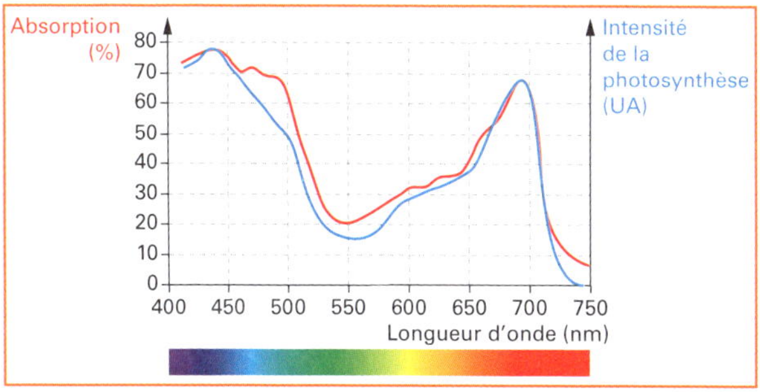

- La superposition du **spectre d'absorption** des pigments chlorophylliens et du **spectre d'action** de la photosynthèse montre que ce sont ces pigments qui captent l'énergie des photons de certaines longueurs d'onde.
- Les **rayonnements absorbés** par les pigments chlorophylliens se situent dans des gammes de longueurs d'onde correspondant aux couleurs rouge et bleu.
- La photosynthèse correspond à une **conversion d'énergie** lumineuse en énergie chimique, en permettant la synthèse de matière organique.

II La photosynthèse, base du fonctionnement des écosystèmes

- Au sein d'un écosystème, la photosynthèse permet l'entrée de matière minérale en stockant de l'énergie sous forme chimique au sein des molécules organiques. Premier maillon de la chaîne de production de matière organique dans l'écosystème, les végétaux sont qualifiés de **producteurs primaires**. Ils sont dits **autotrophes**, car ils produisent leur propre matière organique.
- Toute la matière produite par les végétaux par unité de temps est appelée **productivité primaire** : il s'agit principalement des glucides de type glucose et amidon, mais aussi d'autres types de molécules organiques.
- Les maillons suivants de l'écosystème, appelés **consommateurs**, se nourrissent de la matière organique déjà présente dans l'écosystème et provenant directement ou non des végétaux. Ils sont dits **hétérotrophes**.

ZOOM

La productivité primaire vue par satellite

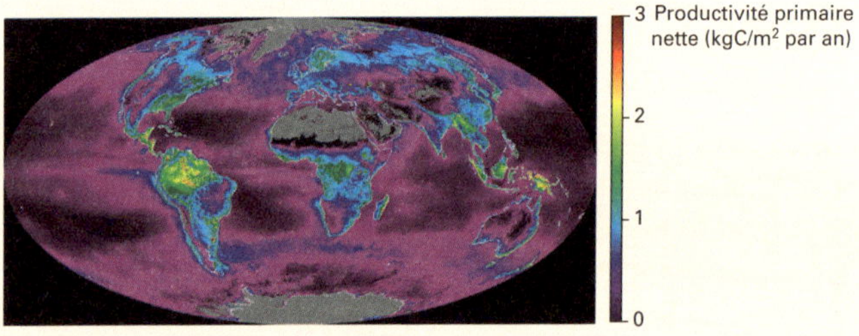

Les données des satellites *Terra* et *Aqua* de la Nasa conçus pour récupérer des données biologiques et climatiques permettent de visualiser la productivité primaire nette de la Terre par photosynthèse.
▶ FICHE 16

Le devenir des produits de la photosynthèse

15

☐ OK

Les molécules issues de la photosynthèse forment une réserve d'énergie chimique. Cette énergie nécessaire au fonctionnement des êtres vivants peut être libérée lors de réactions biochimiques.

I La respiration cellulaire, source d'énergie pour la cellule

1 La respiration cellulaire, une oxydation de la matière organique

- Tout être vivant, qu'il soit ou non photosynthétique, se nourrit majoritairement de glucides qui seront convertis en énergie chimique. La respiration cellulaire est la voie principale de dégradation des glucides dans les cellules eucaryotes.
- La respiration conduit à une oxydation totale de la molécule de glucose. Elle nécessite donc de l'oxygène, qui est prélevé dans l'environnement.

$$C_6H_{12}O_6 + 6\,O_2 \rightarrow 6\,CO_2 + 6\,H_2O + \text{Énergie chimique et thermique}$$

- La respiration se déroule au sein d'organites cellulaires spécialisés appelés mitochondries. Celles-ci sont d'autant plus nombreuses dans les cellules que le tissu auquel appartiennent ces cellules est consommateur d'énergie.

2 Bilan énergétique

- Les cellules utilisent comme source d'énergie une molécule nommée ATP. Sa synthèse est notamment réalisée lors de la respiration cellulaire.
- La respiration cellulaire correspond à une série de réactions biochimiques qui conduisent à la production de très nombreuses molécules d'ATP par molécule de glucose dégradée.

> **Mot clé**
> **ATP (adénosine triphosphate)** : molécule qui fournit l'énergie nécessaire à toute réaction chimique dans la cellule.

- Par ailleurs, ces réactions étant exothermiques, elles libèrent une grande quantité de chaleur. Cela explique l'échauffement du corps lors d'un effort musculaire, par exemple.

DOC. **La respiration cellulaire**

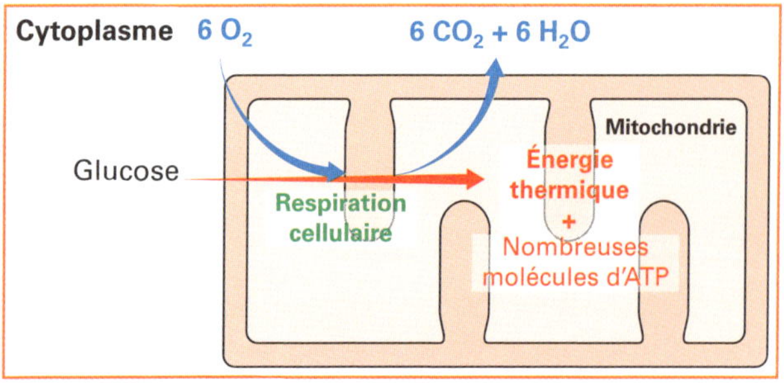

II Les fermentations, une autre source d'énergie de la cellule

Certaines cellules ne sont pas capables de réaliser la respiration cellulaire ou vivent en l'absence de dioxygène (milieu anaérobie). Elles ont alors recours à la fermentation pour produire l'énergie indispensable à leur survie.

Mots clés

On distingue deux types de milieu selon la présence d'oxygène (milieu **aérobie**) ou son absence (**anaérobie**).

Les deux principaux types de fermentation utilisent une molécule, le pyruvate, formée dans le cytoplasme par la glycolyse à partir du glucose :

- la fermentation lactique (au sein des cellules musculaires, par exemple) transforme le pyruvate en acide lactique ;
- la fermentation alcoolique (levures, par exemple) transforme le pyruvate en éthanol et libère du CO_2.

Au cours de la fermentation, il n'y a pas de dégradation complète de la molécule de glucose. Le rendement énergétique est donc bien plus faible que lors de la respiration cellulaire ; une faible quantité d'ATP est produite par molécule de glucose dégradée. Elles sont également, mais dans une moindre mesure, source d'énergie thermique.

Les bilans énergétiques de la photosynthèse

16

☐ OK

La photosynthèse est le point de départ des flux de matière et d'énergie au sein des écosystèmes.

I À l'échelle du globe

- La **productivité primaire brute annuelle** sur Terre, c'est-à-dire la masse de matière organique produite par photosynthèse, est d'environ 850 Gt (milliards de tonnes).
- Les organismes photosynthétiques dégradent 80 % de la matière produite pour leurs propres besoins par respiration cellulaire. Il en résulte une **productivité primaire nette annuelle** de 170 Gt (les 20 % restants), qui correspond à la quantité de matière organique issue de la photosynthèse utilisable après ingestion par les autres organismes.
- La Terre reçoit au sommet de l'atmosphère une quantité d'énergie en provenance du Soleil appelée **constante solaire** de 1 367 $W \cdot m^{-2}$. Mais les végétaux chlorophylliens n'en absorbent qu'une infime partie : 2,35 $W \cdot m^{-2}$. Ainsi, à **l'échelle de la planète**, ils n'utilisent que **0,17 % de la puissance solaire totale disponible** :

$$\frac{2{,}35}{1\,368} \times 100 = 0{,}17\ \%$$

▶ FICHES 11 À 13

- La photosynthèse assure cependant la productivité primaire de tous les écosystèmes du globe ; elle est donc à la base de presque toutes les chaînes alimentaires. La matière organique ainsi produite est ingérée par les **consommateurs**. La matière organique végétale morte se retrouve au sol où elle est retransformée en matière minérale sous l'action des organismes **décomposeurs** (vers de terre, champignons, bactéries), qui se nourrissent de débris végétaux, de cadavres ou d'excréments d'animaux. Consommateurs et décomposeurs se partagent ainsi à parts égales la productivité primaire nette annuelle. ▶ FICHE 14

II À l'échelle de la feuille

- Comme les végétaux chlorophylliens vivent en surface des continents et des océans, seule une partie de l'énergie arrivant au sommet de l'atmosphère les atteint : une partie est **absorbée** par l'atmosphère et l'autre est **réfléchie** vers l'espace. L'énergie solaire disponible pour les végétaux est de l'ordre de 170 $W \cdot m^{-2}$.

● Au niveau des feuilles, une partie de l'énergie incidente est **réfléchie** ou **transmise** vers l'atmosphère au travers des feuilles en raison de leur finesse. Finalement, seule l'énergie correspondant aux longueurs d'ondes absorbées par les pigments chlorophylliens ▶ FICHE 14 est captée.

● L'énergie reçue et absorbée par la feuille provoque son **échauffement**. La feuille perd alors de l'énergie thermique par **conduction**. Cette énergie absorbée favorise également l'évaporation de l'eau depuis l'intérieur de la feuille vers l'atmosphère en passant par les stomates : on parle d'évapotranspiration foliaire.

À noter

L'**évapotranspiration foliaire** contribue à la remontée des sèves depuis les racines.

● En tenant compte de l'énergie reçue par la plante et des différentes pertes qu'elle subit, celle-ci n'utilise en moyenne qu'**1 à 2 % de l'énergie reçue** au niveau des feuilles pour réaliser la photosynthèse.

DOC. Bilan énergétique au niveau de la feuille

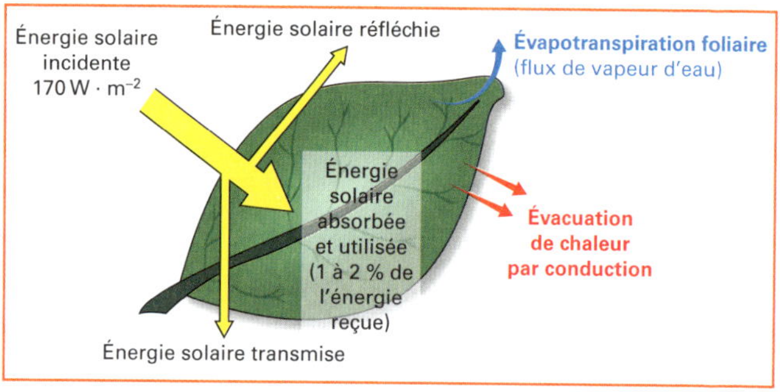

ZOOM

Flux de matières organiques dans un écosystème

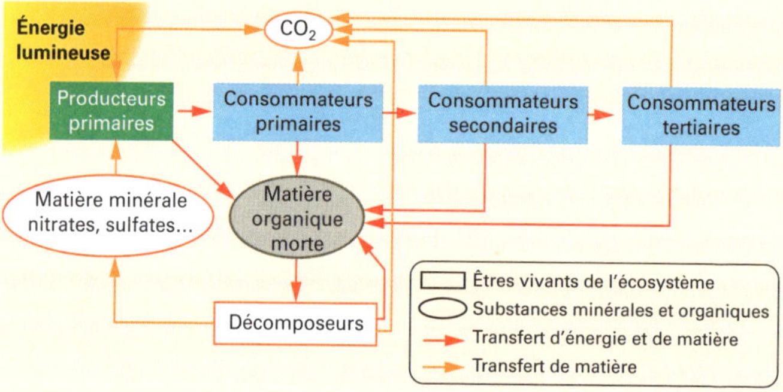

De la photosynthèse aux combustibles fossiles

17

☐ OK

La majeure partie de la matière organique végétale retourne au sol où elle est décomposée sous l'action des organismes décomposeurs. Une partie cependant est transformée en combustibles fossiles.

I Origine biologique des combustibles fossiles

- Dans des charbons datant du Carbonifère (–299 à –359 Ma env.), on peut observer des **vestiges fossiles** de nombreux **végétaux**.
De même, la structure des molécules composant le pétrole présente de fortes similitudes avec celle des molécules organiques.

- Charbon, pétrole, gaz révèlent ainsi leur **origine biologique** : ils correspondent à de la matière organique fossile :
– le **pétrole** et le gaz dérivent d'une **matière planctonique** accumulée dans les sédiments marins sur de grandes périodes (plusieurs millions d'années) ;
– le **charbon** résulte de l'accumulation de **matière organique végétale continentale**, piégée dans des milieux de type marécage, pauvres en dioxygène.

II Formation des combustibles fossiles

- La **matière organique** se mélange au sol ou sédimente au fond des océans, lacs et rivières. La majeure partie de cette matière organique est minéralisée, c'est-à-dire transformée en molécules minérales simples sous l'action des **organismes décomposeurs** (essentiellement bactéries et champignons).

> **Mot clé**
> La **matière organique** est issue d'organismes animaux et végétaux morts.

- Dans des environnements à **forte productivité primaire**, il est cependant possible d'obtenir une accumulation de matière organique dans les sédiments. Si cette matière organique est rapidement enfouie et **soustraite à l'action des décomposeurs**, elle peut se transformer en combustibles fossiles.

- Au cours du temps, la matière organique piégée est recouverte par d'épaisses couches de sédiments et, grâce au phénomène de **subsidence** (enfoncement progressif du bassin sédimentaire), se retrouve à des profondeurs où règnent des températures et pressions plus élevées.

- Dans ces conditions, la matière organique piégée se transforme en kérogènes. Elle s'appauvrit en oxygène, en azote, ce qui entraîne un **enrichissement relatif en carbone**.

Mot clé

Les **kérogènes** sont les molécules résultant de la transformation de la matière organique en combustible fossile.

- Plus l'enfouissement est important, plus la température et la pression sont élevées, modifiant ainsi les conditions d'évolution du kérogène. Dans le cas d'une biomasse d'origine planctonique, on obtient soit du pétrole, soit du gaz, selon le degré de transformation ; alors que, dans le cas d'une biomasse d'origine continentale, on obtient du charbon.

DOC. Évolution de la matière organique au cours de son enfouissement

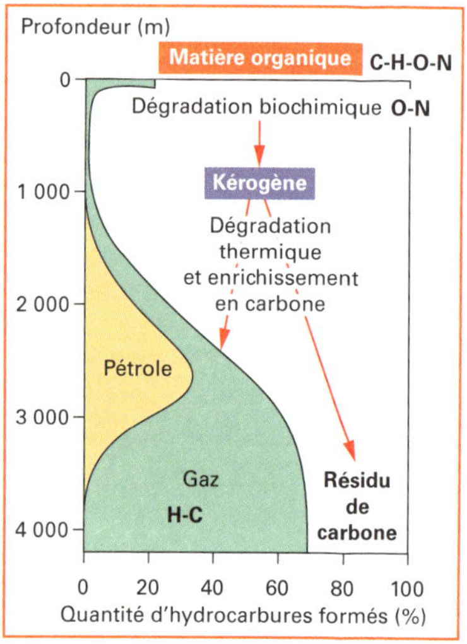

- Le pétrole se forme majoritairement entre 2 000 et 3 000 m de profondeur. À plus grande profondeur, les kérogènes se transforment en gaz.

- Les pétroles les moins denses peuvent quitter la roche où ils se sont formés (**roche mère**), remonter et être stockés dans une roche (**roche réservoir**) si leur progression est arrêtée par des couches de **roches imperméables**.

ZOOM

Similitudes entre molécules du pétrole et molécules biologiques

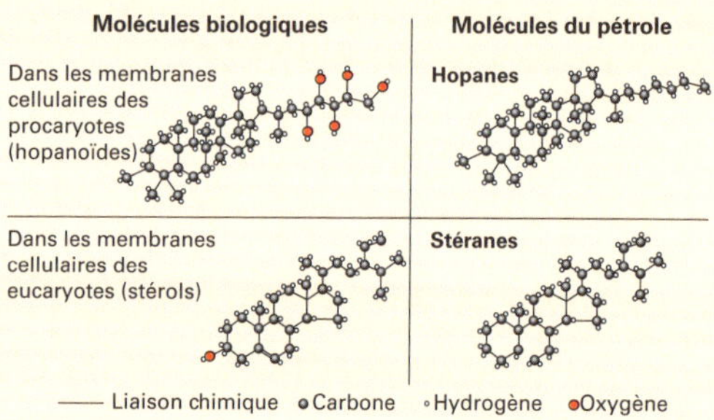

L'équilibre thermique du corps humain

18

☐ OK

L'être humain est capable de produire sa propre chaleur et de se maintenir à une température stable.
Cette stabilité thermique est le fruit d'un équilibre entre apport et pertes de chaleur.

I La température, un paramètre corporel stable

- La **température centrale** du corps humain est sa température interne moyenne. Elle est de **37 °C** et globalement constante. Elle résulte d'une régulation qui maintient un équilibre entre la production d'énergie et les pertes de chaleur.
- La surface corporelle en contact avec le milieu extérieur est quant à elle de température inférieure à la température centrale.

II Les échanges thermiques entre l'organisme et son milieu

1 La thermogenèse

- L'organisme humain peut gagner de la chaleur si l'environnement est plus chaud que le corps. Mais la majeure partie de la chaleur corporelle est produite dans le corps par des mécanismes de **thermogenèse**.
- La thermogenèse résulte de l'activité métabolique des cellules, comme la respiration cellulaire et les fermentations. L'**oxydation** des nutriments lors de ces réactions métaboliques constitue la principale source de chaleur (80 % de l'énergie produite lors de ces réactions est de l'énergie calorifique). ▶ FICHE 15
- On peut définir une **puissance thermique de base** (thermogenèse de base) libérée par un être humain. Elle correspond à la chaleur produite lorsqu'il est au repos et à jeun. Elle est en moyenne de **100 watts (W)**.

La production de chaleur quotidienne mesurée en laboratoire par calorimétrie indirecte ▶ FICHE 19 est de $134{,}2\ \text{kJ} \cdot 24\ \text{h}^{-1} \cdot \text{kg}^{-1}$. Soit, pour un homme moyen de 65 kg, une énergie calorifique quotidienne de : $65 \times 134{,}2\ \text{kJ} = 8\,723\ \text{kJ}$.

Comme $1\ \text{J} \cdot \text{s}^{-1} = 1\ \text{W}$, le corps humain produit quotidiennement :

$$\frac{8\,723\ \text{kJ}}{86\,400\ \text{s}} = 100\ \text{W}.$$

Par ailleurs, on peut définir une thermogenèse facultative, associée aux activités (nutrition, activité physique, etc.) entraînant une production de chaleur supplémentaire. Elle est surtout liée à l'augmentation de l'activité des cellules musculaires qui produisent leur énergie par respiration cellulaire. ▶ FICHE 19

2 La thermolyse

La thermolyse correspond à l'ensemble des pertes d'énergie calorifique du corps humain. Ces pertes ont lieu majoritairement au niveau de la peau. En se déplaçant dans le corps, le sang diffuse la chaleur interne jusqu'en périphérie, où la chaleur peut se dissiper vers le milieu extérieur selon plusieurs mécanismes : radiation, conduction, convection et perspiration.

La radiation est une perte d'énergie calorifique sous forme de rayonnement infrarouge. En effet, tout corps chaud tend à se refroidir en émettant des rayons infrarouges, qui véhiculent de la chaleur.

La conduction a lieu par contact avec des objets ou fluides plus froids que le corps et aptes à conduire la chaleur. L'intensité de ces pertes est proportionnelle à l'écart de température ou gradient thermique entre la peau et l'objet en contact.

La convection se produit lors du renouvellement d'un fluide (air ou eau) autour du corps. Une exposition au vent ou un déplacement du corps augmente la perte d'énergie calorifique par convection.

La perspiration résulte du changement d'état de l'eau, qui passe de liquide à gazeux, l'évaporation étant endothermique, c'est-à-dire qu'elle consomme de la chaleur. Elle se produit notamment lors de la sudation.

ZOOM

Échanges d'énergie entre l'être humain et son milieu

La température corporelle résulte d'un équilibre entre l'énergie produite par le corps humain et les échanges avec l'environnement.

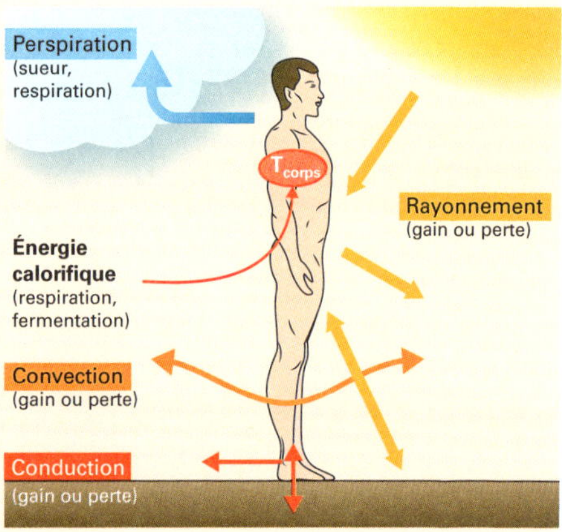

Le bilan énergétique du corps humain

19

☐ OK

Le corps humain reçoit de l'énergie quotidiennement et la dépense dans la plupart de ses activités en produisant de la chaleur.

I | Des apports énergétiques d'origine alimentaire

- La matière organique ingérée quotidiennement lors des repas fournit de l'énergie au corps, essentiellement sous la forme de glucides et de lipides.

Ces apports doivent permettre de subvenir aux besoins énergétiques de la vie quotidienne. Comme ils se font de manière discontinue lors des repas, des lieux de stockage sont nécessaires : ce sont notamment les tissus adipeux.

> **Mot clé**
>
> **Tissus adipeux** : tissus formés de cellules spécialisées dans le stockage des lipides. Ces cellules peuvent également transformer les glucides en lipides pour les stocker.

- Un régime alimentaire est équilibré énergétiquement lorsque l'apport énergétique d'origine alimentaire est équivalent aux dépenses énergétiques quotidiennes. En revanche, des apports supérieurs aux dépenses conduisent à un stockage énergétique excessif sous forme de tissus adipeux et donc à un surpoids.

II | Des dépenses énergétiques

- Les besoins énergétiques quotidiens varient selon le degré d'activité physique. On peut mesurer ces dépenses qui s'ajoutent à un métabolisme de base (6 300 kJ) variable selon l'âge, la taille et le poids.

DOC. 1. **Variabilité des besoins énergétiques selon le degré d'activité physique**

Activité physique	Calcul des besoins énergétiques journaliers	Besoins énergétiques journaliers (en kJ)
Homme/femme sédentaire	Métabolisme de base × 1,37	8 631
Homme/femme actif	Métabolisme de base × 1,55	9 765
Homme/femme sportif	Métabolisme de base × 1,80	11 340

- Ces besoins énergétiques sont très **variables selon le sexe, l'âge, le mode de vie et les activités physiques pratiquées**. Plus ces activités physiques sollicitent les muscles, plus la chaleur produite par le corps sera élevée, car 80 % de cette énergie est dégagée sous forme de chaleur. ▶ FICHE 18

DOC. 2. Énergies dépensées et perdues selon le type d'activité

Activité	Énergie dépensée (en watts)	Énergie calorifique perdue (en watts)
Sommeil	40	32
Travail intellectuel assis	75	60
Marche lente	150	120
Natation (rapide)	870	696
Course à pied	930	744

- Lors de l'échauffement du corps dû à un effort physique, l'organisme a recours à une thermorégulation pour évacuer cet excédent de chaleur et maintenir le corps à sa température normale.

Mot clé

Thermorégulation : ensemble des mécanismes permettant de maintenir la température centrale de l'organisme à 37 °C.

- Différentes **adaptations** permettant d'augmenter la thermolyse, comme l'augmentation de la circulation sanguine au niveau de la peau, qui permet d'évacuer la chaleur, ou l'augmentation de la sudation, qui refroidit la peau par évaporation.
- La **sudation** est le mécanisme de thermolyse le plus efficace. Par exemple, l'évaporation d'un litre de sueur permet d'évacuer 2 700 kJ.

ZOOM

Mesure des échanges énergétiques lors d'une activité physique

La calorimétrie indirecte est une technique permettant de déterminer quels sont les échanges énergétiques mis en place lors d'un effort physique en mesurant les échanges respiratoires.

L'histoire de la forme de la Terre

20

☐ OK

Aujourd'hui, on sait que la Terre est quasi sphérique, bien que cela ne soit pas perceptible à l'échelle humaine. Pourtant, dès l'Antiquité, des savants avaient déduit cette forme particulière de leurs observations.

I La forme de la Terre

- Des civilisations anciennes considéraient la Terre comme un disque. Ce n'est que dans l'Antiquité, il y a près de 2 000 ans, que des savants grecs comme Aristote évoquent la possibilité que la Terre soit de forme sphérique. ▶ FICHE 21
- Aristote remarque que lors des éclipses de Lune (la Terre s'interpose entre le Soleil et la Lune) l'ombre de la Terre sur la Lune est courbe : il explique cette courbure par la forme sphérique de la Terre.

L'observation des astres dans le ciel lui fournit un argument supplémentaire : si l'on se déplace vers le nord ou vers le sud, la position de ces astres dans le ciel change.

DOC. 1. Éclipse lunaire du 27 juillet 2018

- D'autres observateurs remarquent que, lorsqu'un bateau s'éloigne de la côte, sa coque est la première à disparaître sous la ligne d'horizon. Ils constatent également que cette ligne d'horizon est plus éloignée si l'observateur se place en hauteur (en haut d'une montagne, par exemple).

DOC. 2. Ligne d'horizon suivant la position d'un observateur

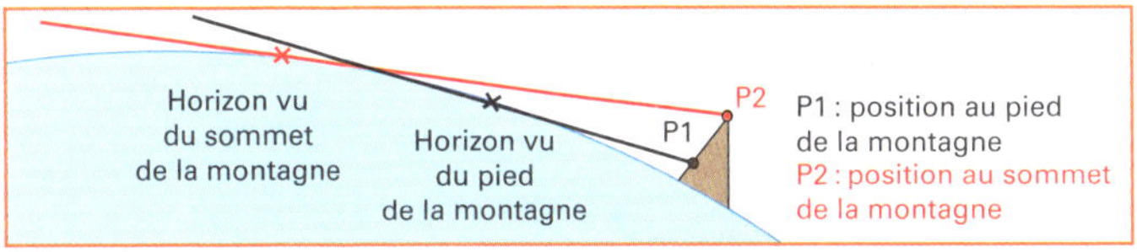

- Toutes ces observations ne s'expliquent que si la Terre est une sphère.
- Au cours du XVIIIe siècle, différents travaux sont effectués par des scientifiques pour préciser la forme du globe : ils la représentent comme un sphéroïde aplati aux pôles.

Mot clé

Sphéroïde : se dit d'un objet ayant une forme proche de celle d'une sphère.

II Le découpage de la surface terrestre

- Afin de mieux se repérer, les hommes ont défini dès l'Antiquité des lignes imaginaires à la surface du globe : les méridiens et les parallèles. FICHE 22

- Suivant l'axe nord-sud, la Terre est découpée en **méridiens** : il s'agit de demi-cercles qui rejoignent les pôles Nord et Sud. Ils donnent la position d'un point relativement à l'est ou à l'ouest.

- Le **méridien de Greenwich**, désigné méridien de référence en 1884, lors d'une conférence à Washington, passe par l'observatoire royal de Greenwich, situé dans la banlieue de Londres. C'est à partir du méridien de Greenwich que sont définis tous les autres méridiens.

DOC. 3. Représentation des méridiens et des parallèles à la surface du globe terrestre

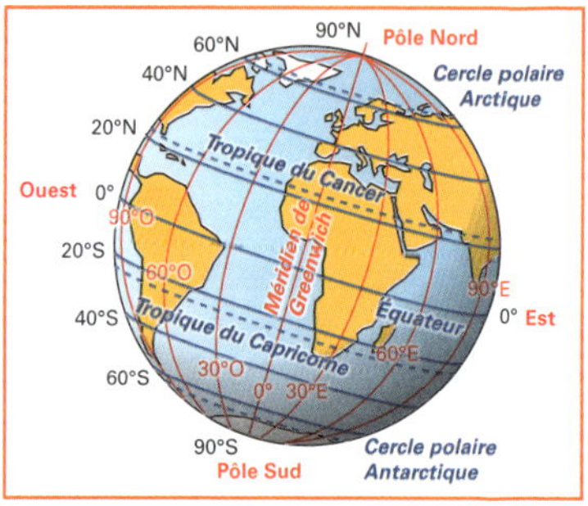

- Les **parallèles** sont de grands cercles perpendiculaires aux méridiens qui entourent le globe. Ils donnent la position d'un point à la surface terrestre par rapport à l'équateur, et par rapport au nord et au sud.

- L'**équateur** est le parallèle qui sépare la Terre en deux hémisphères : nord et sud. Il est à mi-chemin entre les deux pôles : c'est le parallèle le plus long.

ZOOM

La forme de la Terre vue de l'espace

À quelque 400 km d'altitude, la sphéricité de la Terre est bien visible, comme en témoigne cette photo prise depuis la station spatiale internationale (ISS).

Les mesures du méridien terrestre

21

☐ OK

Dès l'Antiquité, considérant la Terre comme une sphère, des savants ont cherché à en déterminer le rayon en mesurant la longueur du méridien terrestre.

I La méthode d'Ératosthène

- Vers 200 av. J.-C., le Grec Ératosthène utilise une méthode géométrique pour déterminer la circonférence de la Terre.
- Il part des hypothèses suivantes : la Terre est une sphère et le Soleil est considéré comme suffisamment éloigné pour que ses rayons soient parallèles en arrivant à la surface de la Terre (doc. 1).

DOC. 1. Situation globale

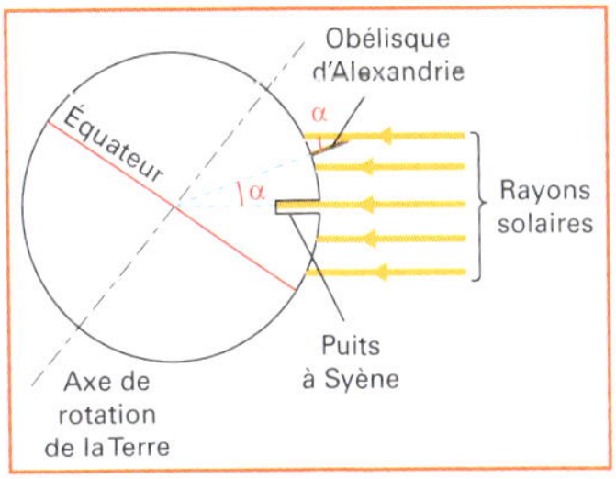

DOC. 2. Schéma de la situation à Alexandrie

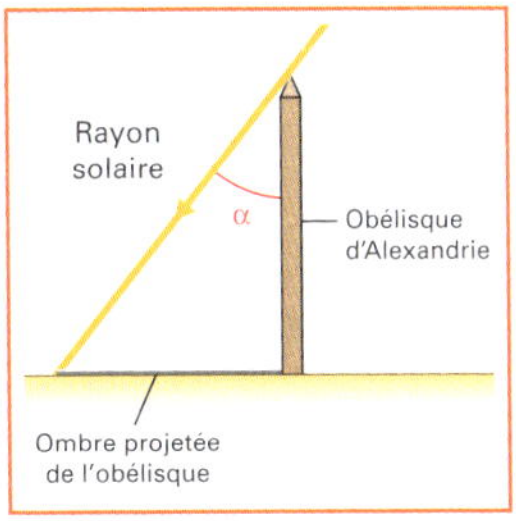

- La ville de Syène (aujourd'hui Assouan) se situe à peu près sur un parallèle appelé tropique du Cancer. De ce fait, à midi, au solstice d'été, le soleil est exactement à la verticale (au zénith) et peut éclairer le fond d'un puits.
- Le même jour et à midi, à Alexandrie, ville éloignée de 5 000 stades (environ 800 km), les rayons du soleil font un angle α avec la verticale que l'on peut calculer en mesurant l'ombre d'un obélisque dont la hauteur est connue, l'ensemble formant un triangle rectangle (doc. 2).

On utilise la relation trigonométrique :

$$\alpha = \arctan\left(\frac{\text{longueur de l'ombre projetée}}{\text{hauteur de l'obélisque}}\right)$$

- L'angle α ainsi mesuré est égal à l'angle au centre de la Terre interceptant l'arc Alexandrie-Syène, car il s'agit d'angles alternes-internes et les rayons solaires sont parallèles (doc. 1).

À noter

$$\tan\alpha = \left(\frac{\text{côté opposé}}{\text{côté adjacent}}\right)$$

$$\alpha = \arctan\left(\frac{\text{côté opposé}}{\text{côté adjacent}}\right)$$

FRANÇAIS | HISTOIRE-GÉOGRAPHIE | ENSEIGNEMENT SCIENTIFIQUE | ANGLAIS

- La circonférence P correspond à un angle de 360°.

Par une relation de proportionnalité :

Angles (en °)	7,2	360
Longueur (en km)	800	P

D'où : $P = \dfrac{800 \times 360}{7,2} = 4,0 \times 10^4$ km, soit 40 000 km environ.

- Cette méthode est valable si les deux villes se situent sur le même méridien.

II La triangulation plane

- Le principe de la triangulation repose sur la connaissance de deux angles et de la longueur d'un côté d'un triangle. Ainsi, on peut déterminer le troisième angle et la longueur des deux autres côtés.

- Dans un triangle ABC, la somme des angles est égale à 180°. La mesure des deux angles $(\widehat{BAC})$ et $(\widehat{ABC})$ permet donc de déduire l'angle $(\widehat{ACB})$.

La connaissance d'un côté, par exemple [AC], permet de calculer les côtés [BC] et [AB] :

$$[BC] = [AC] \times \frac{\sin(\widehat{BAC})}{\sin(\widehat{ABC})}$$

À noter

Loi des sinus :

$$\frac{[BC]}{\sin(\widehat{BAC})} = \frac{[AC]}{\sin(\widehat{ABC})} = \frac{[AB]}{\sin(\widehat{ACB})}$$

- De 1792 à 1798, cette méthode a été utilisée par Jean-Baptiste Delambre et Pierre Méchain pour mesurer la longueur du méridien entre Dunkerque et Barcelone.

ZOOM

Mesure d'une distance par triangulation plane

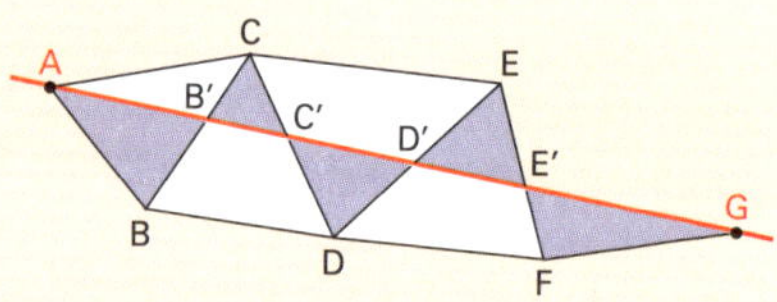

Le segment [AG] représente l'arc de méridien entre Dunkerque et Barcelone. Une série de triangles adjacents au segment le découpe en différents segments [AB′], [B′C′], jusqu'à G. Connaissant la distance entre deux villes (le côté d'un triangle) et grâce à des visées (en haut de clochers, de tours...), les deux astronomes ont mesuré les angles des triangles ainsi que chaque segment les composant, calculant au fur et à mesure chaque portion du segment [AG].

Le repérage à la surface de la Terre

22

☐ OK

Le GPS (Global Positioning System) est un système satellitaire qui permet de se repérer sur le globe terrestre en donnant deux coordonnées géographiques : la latitude et la longitude.

I Les coordonnées à la surface du globe

1 La latitude et la longitude

- Méridiens et parallèles forment un quadrillage de la Terre permettant de déterminer deux coordonnées géographiques : la latitude et la longitude. Ces deux grandeurs se définissent respectivement par rapport à l'équateur et au méridien de Greenwich. ▶ FICHE 20

DOC. 1. Représentation de la latitude et de la longitude sur la sphère terrestre

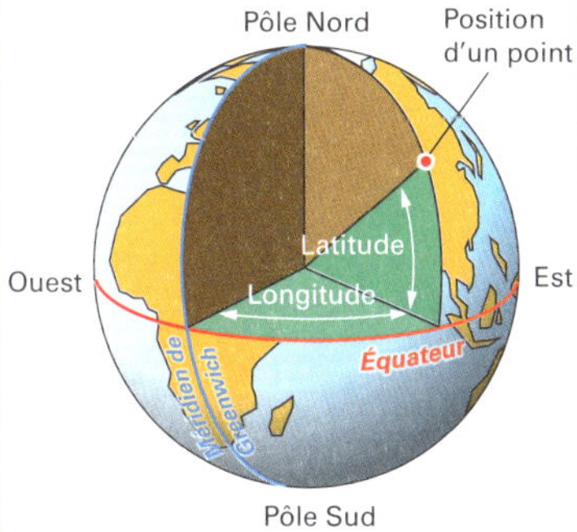

- La latitude d'un point correspond à l'angle qu'il forme par rapport à l'équateur. Elle permet donc de se positionner vers le nord ou le sud. Elle est graduée de 0° (à l'équateur) à 90° (90° N au pôle Nord et 90° S au pôle Sud).

- La longitude d'un point est définie par rapport au méridien de Greenwich. Elle permet de connaître sa position vers l'ouest ou l'est. Elle est graduée de 0° (au méridien) à 180° (180° E ou 180° O).

2 La lecture d'une position

- Pour situer un lieu à la surface du globe, il est nécessaire d'indiquer sa latitude et sa longitude.

Par exemple, la tour Eiffel a pour coordonnées géographiques :
Latitude : 48° 51′ 30″ N : 48 degrés 51 minutes et 30 secondes nord.
Longitude : 2° 17′ 40″ E : 2 degrés 17 minutes 40 secondes est.

À noter

La latitude de la tour d'Eiffel est de 48° 51′ 30″ N dans le système sexagésimal et de 48,86° dans le système décimal.

II Distances à la surface de la Terre

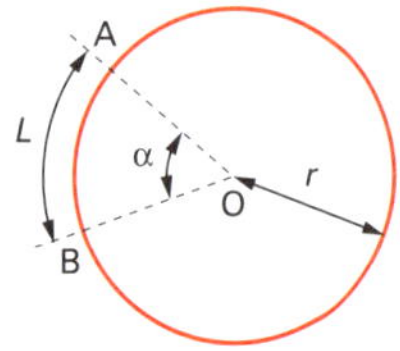

- Les méridiens et l'équateur sont de grands cercles, ayant pour rayon le rayon terrestre et pour centre celui de la Terre.
- La distance la plus courte entre deux points à la surface d'une sphère est une portion de cercle, c'est-à-dire un arc de cercle.
- Pour calculer la longueur L de l'arc $\overset{\frown}{AB}$ d'un cercle de centre O et de rayon r, on utilise la formule suivante, α étant en degrés :

$$L = \frac{r \times \pi \times \alpha}{180}$$

À noter

La longueur L a la même unité que le rayon r.
Si r est exprimé en mètres, alors L sera également exprimé en mètres.

ZOOM

Le plus court chemin entre Paris et New York

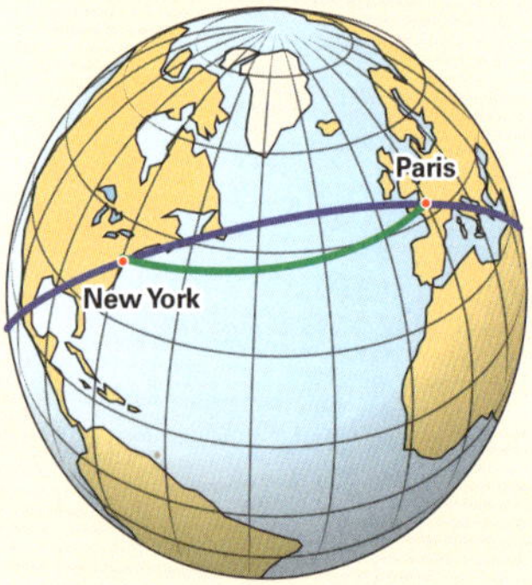

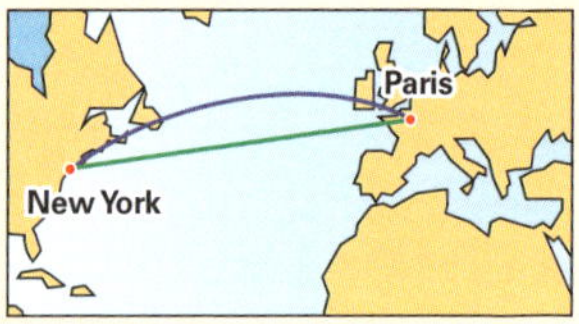

Représentation sur un globe (à gauche) et sur une carte (à droite) de la distance Paris-New York.

En violet, arc de cercle d'un grand cercle passant par les deux villes ; en vert, courbe coupant les méridiens selon un angle constant.

La distance en violet (5 840 km) est plus courte que la distance en vert (6 070 km). On constate que les distances sur une sphère sont déformées lors de leur projection sur une carte.

L'histoire de l'âge de la Terre

23

☐ OK

Tout comme la compréhension de sa forme, la détermination scientifique de l'âge de la Terre n'a été possible qu'après un long cheminement d'idées.

I Des croyances aux premiers arguments géologiques

- Pour les philosophes grecs tel Aristote et jusqu'à la fin du Moyen Âge, la Terre est éternelle : il n'y a aucun début et donc aucun âge à calculer !
- Puis, du XVIe au XVIIIe siècle, des savants se risquent à donner un âge à la Terre. À l'époque, le récit biblique, incontestable, est la seule référence possible. Le calcul le plus célèbre est dû à **James Ussher** qui affirme, en 1650, et en se basant sur les textes de l'Ancien testament, que la Terre s'est formée au début de la nuit précédant le 23 octobre de l'an 4004 avant J.-C. !
- À partir de la seconde moitié du XVIIIe siècle, les premiers géologues estiment à plusieurs millions d'années le temps de formation des couches sédimentaires ou d'ablation des reliefs, en supposant ces phénomènes constants dans le temps.

> **À noter**
>
> Jusqu'au XVIIIe siècle, si l'idée que la Terre a une très longue histoire commence à émerger, peu d'auteurs osent encore l'affirmer, craignant une condamnation de la part de l'Église.

II L'approche expérimentale de l'âge de la Terre au XVIIIe siècle

- Georges Louis Leclerc, **comte de Buffon**, peut être considéré comme le père de la **datation scientifique**. En effet, il est le premier à aborder la détermination de l'âge de la Terre de manière expérimentale en 1778.
- Selon l'hypothèse de Buffon, la Terre était en **fusion** au début de son histoire. Le globe actuel serait donc le résultat de son **refroidissement**.
- Afin de **tester cette hypothèse**, il chauffe au rouge des sphères de rayons différents et composées de matériaux variés, puis mesure les durées de refroidissement nécessaires pour atteindre la température ambiante.
- En extrapolant ses résultats à une sphère aux dimensions terrestres, il trouve qu'il faudrait environ 75 000 ans pour que le globe arrive à sa température actuelle. Ses carnets d'expérience donnent cependant un âge de plus de **10 millions d'années** à la Terre, chiffre qu'il n'a jamais publié, car difficile à croire à l'époque.

III Au XIXe siècle, les querelles entre scientifiques

- Le XIXe siècle est marqué par **une controverse scientifique** sur l'âge de la Terre : les calculs effectués par les physiciens ne donnent pas les mêmes âges que ceux estimés par les géologues ou les biologistes.
- **Charles Darwin** estime, en 1859, en calculant le temps mis par l'érosion pour creuser une vallée dans le sud de l'Angleterre, que 300 millions d'années (Ma) se sont écoulées depuis la fin de l'ère secondaire.
- **Lord Kelvin** reprend, en 1862, l'hypothèse de Buffon. Il calcule la durée de la solidification de la Terre en utilisant les lois physiques et propose un âge compris entre 20 et 400 Ma, réduit ensuite à 24 Ma en accord avec d'autres physiciens.
- En 1900, **John Joly** parvient à 90 Ma pour la formation des océans en calculant le temps mis pour atteindre leur salinité actuelle.

IV Le XXe siècle et la datation radiochronologique

- La découverte de la radioactivité ▶ FICHE 3 par Henri Becquerel en 1896 permet à **Ernest Rutherford** de dater, en 1905, deux minéraux riches en uranium, l'un à 140 Ma, l'autre à 500 Ma.
Lord Rayleigh, par la même méthode, est le premier, en 1905, à proposer un âge dépassant le milliard d'années pour la Terre.
- En 1953, **Clair Patterson** date une météorite à 4,55 Ga, un âge proche de celui de la Terre aujourd'hui estimé à **4,57 Ga**.

ZOOM

Histoire des estimations de l'âge de la Terre

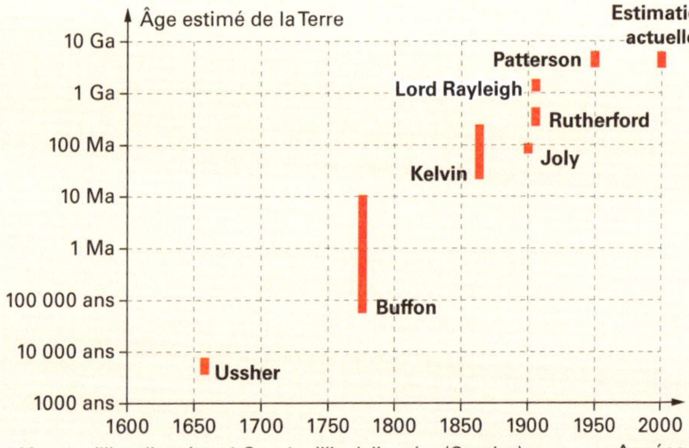

1 Ma = 1 million d'années ; 1 Ga = 1 milliard d'années (G = giga)

L'avènement de la théorie héliocentrique

24

☐ OK

Il y a 2 000 ans, la Terre était considérée comme le centre de l'Univers. Ce n'est qu'à la Renaissance que des savants ont remis en cause cette vision et proposé une nouvelle théorie : l'héliocentrisme.

I Le géocentrisme

- Au IVe siècle avant J.-C., Aristote (384-322 av. J.-C.), philosophe grec de l'Antiquité, est l'un des premiers à défendre le géocentrisme avec un système de sphères emboîtées les unes dans les autres. Les mouvements circulaires uniformes lui semblent être les seuls mouvements célestes possibles.

> **Mot clé**
> **Géocentrisme :** théorie plaçant la Terre au centre de l'Univers, considérant qu'elle est immobile et que les autres astres tournent autour d'elle.

- Claude Ptolémée (vers 90-168 ap. J.-C.) approuve et précise cette vision géocentrique du système solaire. Il rédige un traité d'astronomie, l'*Almageste*, dans lequel il développe un système constitué de différents cercles pour expliquer le mouvement apparent des planètes et du Soleil dans le ciel.

II Une nouvelle vision : l'héliocentrisme

- Au XVIe siècle, l'astronome polonais Nicolas Copernic (1473-1543) remet en question la théorie géocentrique. Il développe sa conception du monde dans son ouvrage en latin *De Revolutionibus Orbium Coelestium* (« Révolutions de sphères célestes ») qu'il termine vers 1530 et qui ne sera publié qu'en 1543, à sa mort, par crainte des instances religieuses.

Dans ce traité d'astronomie, Copernic place le Soleil au centre du système solaire : les planètes sont en rotation autour du Soleil. C'est l'héliocentrisme.

- Ce n'est qu'au début du XVIIe siècle que les visions géocentrique et héliocentrique commencent à s'opposer. Elles sont à l'origine de l'une des controverses les plus importantes de l'histoire des sciences.

Les dogmes religieux et philosophiques de l'époque imposent une vision géocentrique du monde, alors que certains scientifiques défendent la théorie héliocentrique.

Johannes Kepler (1571-1630), convaincu par le modèle de Copernic, établit des relations mathématiques pour décrire le mouvement des planètes autour du Soleil. Une de ses lois stipule que l'orbite des planètes ne peut être ni un cercle ni une combinaison de cercles, mais **une ellipse**.

Galilée (1564-1642), grâce à ses observations à la lunette astronomique (avec laquelle il découvre notamment quatre satellites de Jupiter), est également convaincu par l'héliocentrisme. Il publie ses travaux dans lesquels il réfute l'idée du géocentrisme. Il est condamné par l'**Inquisition** en 1633 pour ses idées contradictoires avec celles de l'Église.

À la fin du XVIIe siècle, grâce aux travaux d'Isaac Newton sur la mécanique céleste, la plupart des pays européens admettent la théorie de l'héliocentrisme. Depuis, le mouvement des planètes et des corps célestes du système solaire est défini dans le **référentiel** héliocentrique.

DOC. Mouvement de la Terre dans le référentiel héliocentrique

Le référentiel héliocentrique a pour origine le centre du Soleil, ses axes orthogonaux pointant vers trois étoiles éloignées, considérées comme fixes. La Terre décrit une trajectoire quasi circulaire dans ce référentiel.

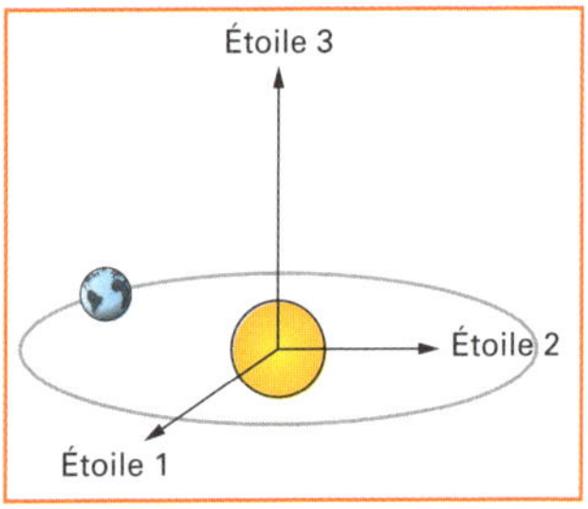

ZOOM

Carte illustrant le système géocentrique de Ptolémée

Tirée de l'*Atlas céleste de Cellarius* (1660), cette carte représente la Terre et les différents cercles correspondant aux trajectoires des astres connus à l'époque.

Le système Terre-Lune

25

☐ OK

Par sa proximité, sa luminosité, ses différentes phases, la Lune fascine les hommes depuis toujours. Elle constitue un point de repère majeur dans le ciel.

I Caractéristiques du système Terre-Lune

- La Lune est le seul satellite naturel de la Terre. Elle s'est formée peu de temps après notre planète, il y a près de 4,5 milliards d'années. ▶ FICHE 23

> **Mot clé**
> **Satellite naturel** : astre en orbite autour d'un corps céleste.

- Le diamètre de la Lune (3 475 km) représente le quart de celui de la Terre (12 740 km) ; la Terre dispose ainsi d'un satellite naturel massif qui est à l'origine de phénomènes remarquables comme les éclipses, les marées ou encore le maintien de l'inclinaison de la Terre sur son axe de rotation, qui est essentiel à l'alternance des saisons et à l'équilibre climatiquc terrestre.

- La période de rotation de la Lune sur elle-même (27,32 jours) est précisément égale à la période de révolution sidérale de la Lune.

C'est pourquoi la Lune présente toujours la même face à la Terre. Elle possède ainsi une face « visible » et une face « cachée ».

> **Mot clé**
> **Révolution sidérale de la Lune** : tour complet autour de la Terre.

- La trajectoire de la Lune autour de la Terre décrit une orbite quasi circulaire (doc. 1).

DOC. 1. Orbites de la Terre et de la Lune

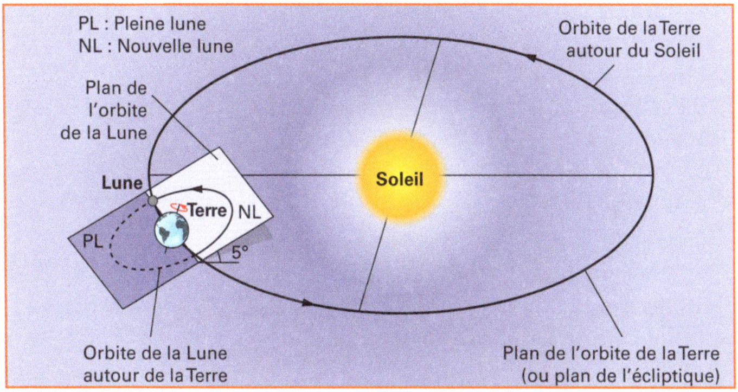

II Le cycle des phases lunaires

- Le mouvement de la Lune autour de la Terre se combine à celui de la Terre autour du Soleil. La position de la Lune change ainsi par rapport au Soleil et, sur Terre, on ne voit qu'une fraction de son hémisphère éclairé. On appelle **phase lunaire** cette portion illuminée de la Lune vue depuis la Terre.
- À mesure que la Lune se déplace sur son orbite autour de la Terre, la phase lunaire change. L'intervalle de temps qui sépare deux phases semblables – deux pleines lunes successives par exemple – s'appelle une **lunaison** ou **période synodique**. Elle dure 29,53 jours en moyenne. En toute fin de lunaison, la configuration Soleil-Terre-Lune est identique à celle du début. Il s'agit bien d'un **phénomène cyclique**.

DOC. 2. Configurations Soleil-Terre-Lune et phases lunaires

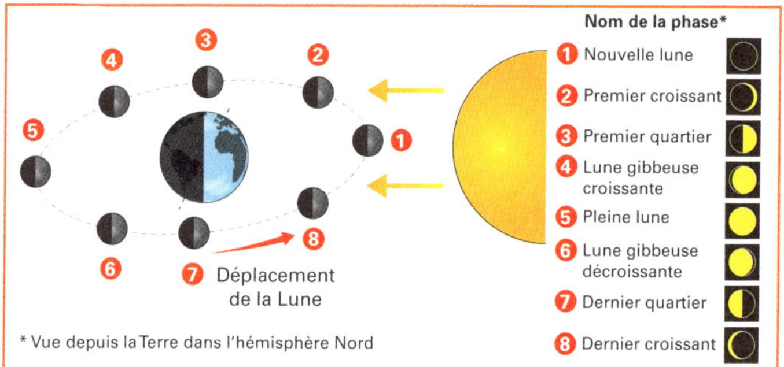

* Vue depuis la Terre dans l'hémisphère Nord

ZOOM

La trajectoire de la Lune dépend du référentiel choisi

- Le référentiel géocentrique a son origine au centre de la Terre, ses axes orthogonaux pointent vers des étoiles lointaines qui apparaissent fixes. La Lune décrit une trajectoire quasi circulaire dans ce référentiel.
- Dans le référentiel héliocentrique, la Lune décrit une trajectoire plus complexe : vue du Soleil, la course de la Lune décrit une sorte de spirale.

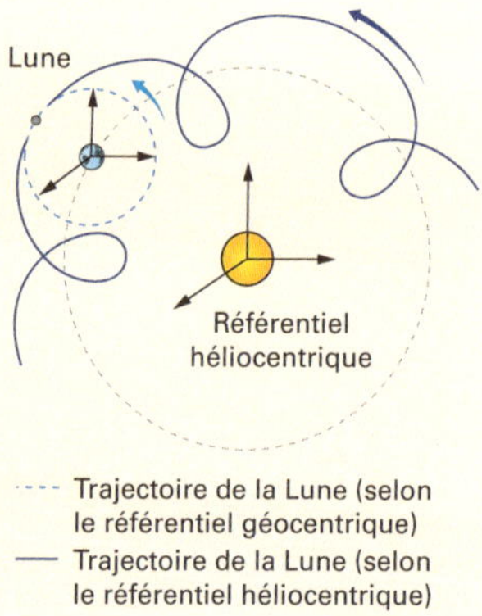

Les caractéristiques du son

26

☐ OK

Le son d'un instrument de musique ne doit pas être confondu avec un bruit. Des grandeurs physiques permettent de le caractériser.

I Les grandeurs physiques du son

1 L'onde sonore

- Une onde sonore est une **vibration mécanique** qui se propage dans tout milieu matériel élastique (solide, liquide ou gazeux). Pendant la propagation de l'onde, les molécules constituant ce milieu ne se déplacent pas, mais oscillent autour d'une position d'équilibre. La propagation s'accompagne de faibles **variations de pression** (doc. 1).

> **À noter**
> Un matériau est dit **élastique** s'il reprend sa forme initiale quand cessent les forces qui lui sont appliquées.

2 Son pur, son complexe

- Un son est un phénomène périodique, tandis qu'un bruit est un phénomène apériodique.
- Le son produit par un diapason est un **son pur**. Sa représentation graphique est une **fonction sinusoïdale du temps** (doc. 2), de période temporelle T, qui s'exprime en secondes (s).

> **Mot clé**
> Un phénomène physique est **périodique** lorsqu'il se répète identique à lui-même à intervalles de temps réguliers.

DOC. 1. Dilatation-compression de la matière

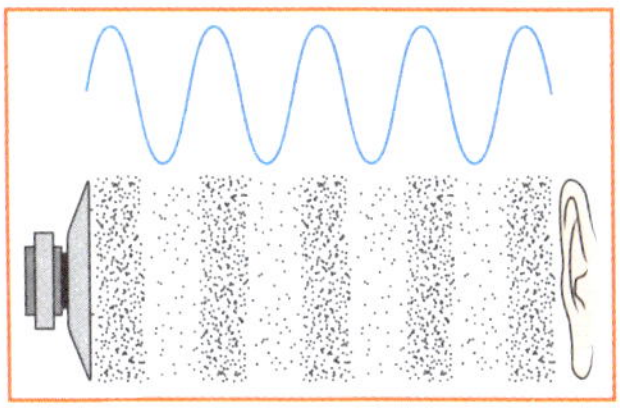

DOC. 2. Représentation graphique d'un son pur

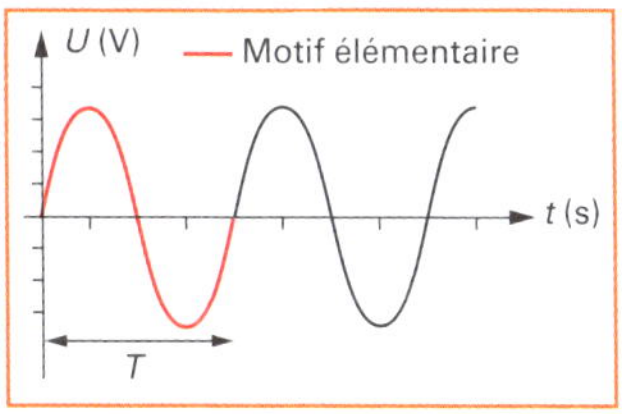

FRANÇAIS HISTOIRE-GÉOGRAPHIE ENSEIGNEMENT SCIENTIFIQUE ANGLAIS

- La plupart des sons de notre environnement sont des sons complexes. Leur signal demeure périodique, mais est **une somme de sinusoïdes**.

DOC. 3. Représentation graphique d'un son complexe

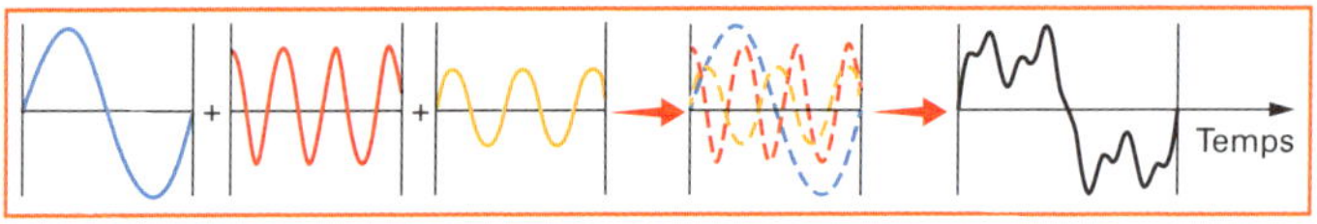

II Analyse spectrale d'un son

- Un son est caractérisé par sa **fréquence** f, qui est l'inverse de la période :

$$f = \frac{1}{T}$$

L'unité de la fréquence est le hertz (Hz).

- L'analyse spectrale d'un son de fréquence f_1 permet de connaître les fréquences f_n des sinusoïdes qui le composent et qui sont des multiples de f_1 :

$$f_n = n \times f_1$$

Sur le spectre, chaque sinusoïde ou **harmonique** est représentée par un segment de droite dont l'abscisse correspond à la fréquence. Le premier harmonique de fréquence f_1 est la **fréquence fondamentale**.

DOC. 4. Son pur (à gauche) et son analyse spectrale (à droite)

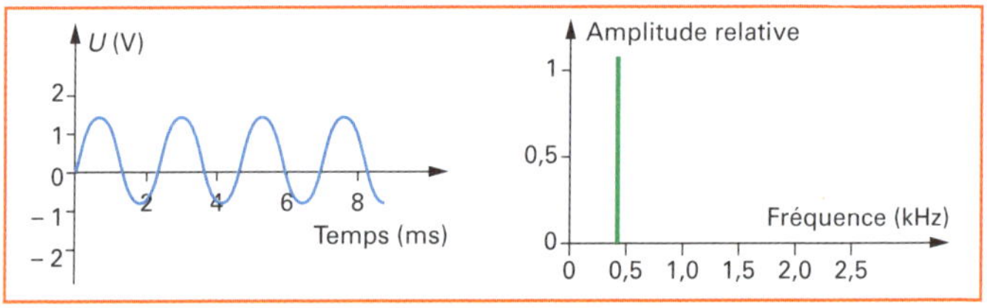

DOC. 5. Son complexe (à gauche) et son analyse spectrale (à droite)

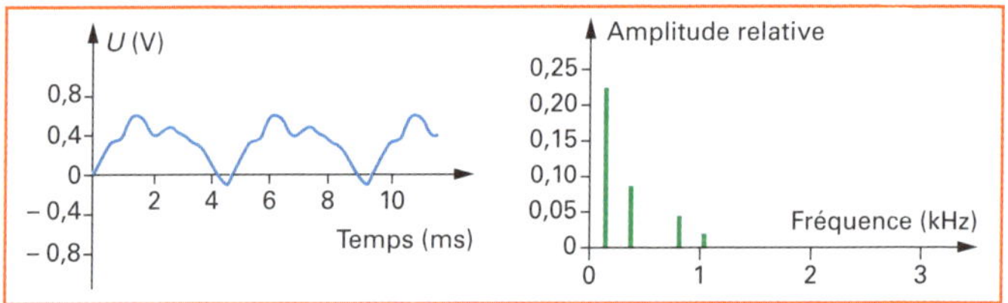

La puissance et le niveau d'intensité sonore

27

☐ OK

Une onde sonore se propage dans toutes les directions et peut être quantifiée par deux grandeurs : la puissance et l'intensité sonore.

I Pression acoustique et puissance sonore

1 Pression acoustique

- Notre oreille est capable de détecter des variations de pression provoquées par la propagation d'un son. La pression s'exprime en pascals (Pa). ▶ FICHE 26
- Si un son est plus fort, c'est que la pression acoustique augmente.

2 Puissance sonore

- La puissance sonore s'exprime en watts (W).

DOC. 1. Puissance émise par différentes sources sonores

Source	Orchestre complet	Orgue	Cymbales	Piano	Flûte	Voix humaine
Puissance (W)	70	13	10	0,4	0,06	0,001

II Intensité sonore et niveau d'intensité sonore

1 Intensité sonore

- L'intensité sonore (I) est égale à la puissance sonore reçue (P) par unité de surface (S) :

$$I = \frac{P}{S}$$

- Elle s'exprime en watts par mètre carré ($W \cdot m^{-2}$). Le plus petit niveau sonore audible (seuil d'audibilité) est égal à $I_0 = 10^{-12}\ W \cdot m^{-2}$.

DOC. 2. Répartition de la puissance sonore dans l'espace

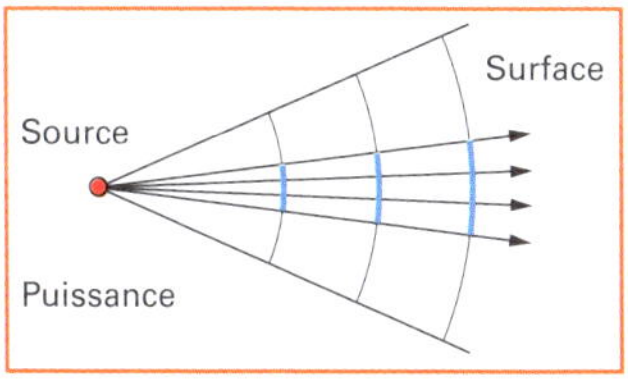

- Sans obstacle, la puissance émise par une source sonore se répartit dans l'espace. En s'éloignant de la source sonore, elle se répartit sur une plus grande surface, donc l'intensité du son diminue.

2 Niveau d'intensité sonore

- Pour mieux prendre en compte les **sensations physiologiques** de l'oreille, on définit une grandeur appelée **niveau d'intensité sonore** (notée L) qui est liée à l'intensité sonore I par la relation :

$$L = 10 \times \log\left(\frac{I}{I_0}\right)$$

L s'exprime en **décibels** (dB) et se mesure avec un sonomètre.

- Si l'on double le nombre de sources, on double l'intensité sonore, mais notre oreille n'entend pas deux fois plus fort. On peut montrer que notre oreille percevra une augmentation du niveau d'intensité sonore de 3 dB, en raison d'une progression logarithmique.

À noter

Propriétés mathématiques de la fonction logarithme décimal :
- $\log\left(\frac{a}{b}\right) = \log a - \log b$
- $\log(a \times b) = \log a + \log b$
- $\log(10^x) = x$
- $10^{\log x} = x$

ZOOM

Échelle de l'intensité et du niveau d'intensité sonore

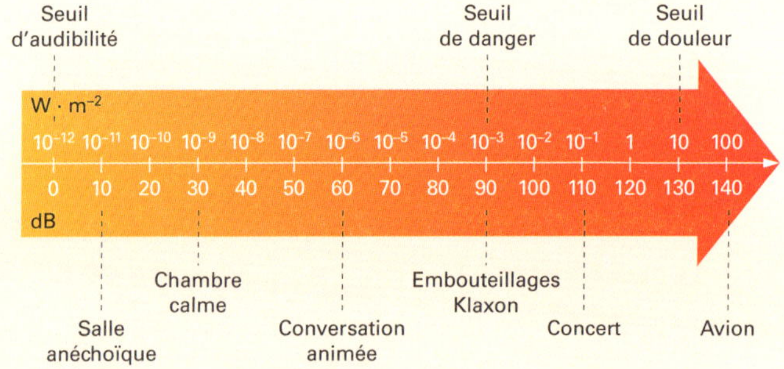

Cette figure montre la correspondance entre l'échelle de l'intensité sonore (en $W \cdot m^{-2}$) et celle du niveau d'intensité sonore (en dB). Les deux échelles sont liées par une relation logarithmique.

Les instruments de musique

28

☐ OK

Les instruments de musique émettent des sons au moyen de phénomènes vibratoires. Les cordes vibrent, ainsi que les colonnes d'air des instruments à vent.

I Timbre et hauteur d'un son

- Lorsque deux instruments différents émettent une **même note**, le son obtenu est différent bien que de **même fréquence**. Seuls les **harmoniques** diffèrent par leur nombre et leur amplitude. La forme du signal n'est pas la même. On dit que les deux sons n'ont pas le même **timbre**.

DOC. Signaux et spectres d'un la_3 joué par une flûte et un violon

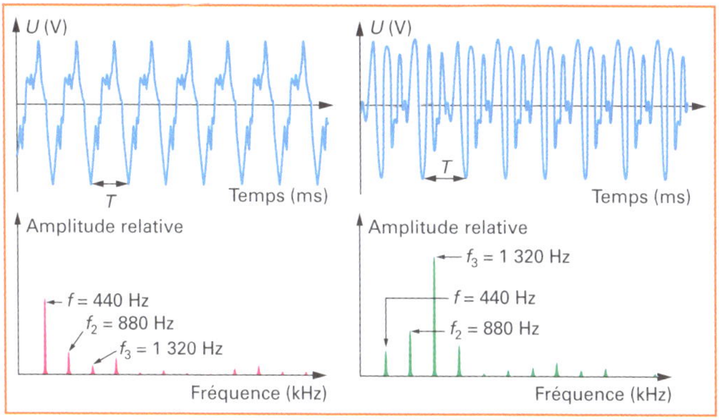

- La **hauteur du son** permet de distinguer un **son grave** d'un **son aigu**. Lorsque la fréquence fondamentale est élevée, on dit que le son est aigu : sa hauteur est grande. La fréquence fondamentale correspond aussi à la note jouée. Par exemple, une fréquence de 440 Hz correspond au la_3.
- Hauteur et timbre sont des **propriétés physiologiques** du son.

II Deux types d'instruments

1 Les instruments à cordes

- Les instruments à cordes sont constitués :
  - d'un excitateur (les cordes), qui détermine la hauteur du son ;
  - d'un résonateur (la caisse et l'air qu'elle contient), qui amplifie le son et joue un rôle important dans le timbre du son.

Lorsqu'on fait vibrer la corde, en la grattant, en la frappant ou en la pinçant, celle-ci émet un son périodique et complexe. La fréquence du son dépend des caractéristiques de la corde : **tension**, **longueur** et **masse linéique** (masse de la corde par unité de longueur).

Si on augmente la **tension** de la corde, le son devient plus aigu, la fréquence fondamentale augmente.

Si on diminue la **longueur** de la corde, le son devient aussi plus aigu. Pour modifier la hauteur du son, le musicien positionne ses doigts sur le manche de la guitare à des endroits précis, derrière les frettes, qui correspondent aux nœuds de vibrations.

Sur le schéma ci-contre, la longueur de la corde se situe entre la septième frette et le chevalet, donc $L = \frac{2}{3} L_0$.

La fréquence obtenue sera plus élevée qu'avec la corde à vide.

À noter

La **fréquence fondamentale** est donnée par la relation :

$$f = \frac{1}{2 \times L} \times \sqrt{\frac{T}{\mu}}$$

où L est la longueur de la corde (en m), T sa tension (en N) et μ sa masse linéique (en $kg \cdot m^{-1}$).

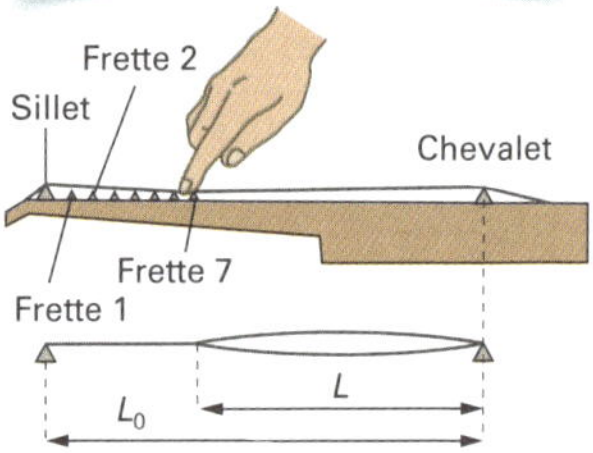

2 Les instruments à vent

L'air insufflé dans un instrument à vent peut rencontrer un biseau (flûte) ou mettre en vibration des lamelles ou anches (clarinette, saxophone…) : ce sont les **excitateurs**.

Le **résonateur** (la colonne d'air présente dans le tuyau) répercute alors les vibrations des excitateurs sur la colonne d'air, ce qui donne le timbre du son.

ZOOM

Influence de la longueur de la corde

Lorsque la corde d'une guitare est excitée, elle vibre librement sur toute sa longueur, entre le sillet et le chevalet. Mais si on place son doigt entre les frettes, la corde vibre entre la frette et le chevalet.

Intervalles et gammes

29

OK

Au VIe siècle avant J.-C., le philosophe et mathématicien grec Pythagore associa l'art musical à des éléments mathématiques simples. La gamme qu'il élabora est à la base de l'écriture musicale

I Construction d'une gamme

1 Intervalle, octave et gamme

- Quand on joue de la musique, l'oreille trouve agréables les rapports mathématiques simples qui existent entre les fréquences fondamentales des différentes notes.
- Les intervalles les plus simples ont reçu des noms en rapport avec le nombre de notes qu'ils contiennent.

À noter

L'**intervalle** entre deux notes est défini par un rapport de fréquences, donc par une fraction et non une différence.

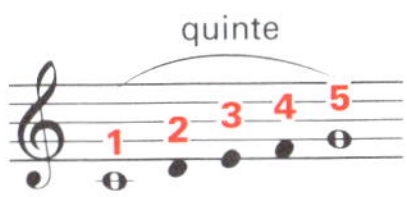

Par exemple, la quinte est un intervalle comprenant une succession de cinq notes.

Rapport	$\frac{2}{1}$	$\frac{3}{2}$	$\frac{4}{3}$	$\frac{5}{4}$
Nom	Octave (huit notes)	Quinte (cinq notes)	Quarte (quatre notes)	Tierce majeure (trois notes)
Exemple	$\frac{f_{do}}{f_{do}}$	$\frac{f_{sol}}{f_{do}}$	$\frac{f_{fa}}{f_{do}}$	$\frac{f_{mi}}{f_{do}}$

- Multiplier la fréquence par $\frac{4}{3}$, c'est passer à la quarte supérieure, par exemple de do à fa. La multiplier par $\frac{3}{2}$, c'est passer à la quinte supérieure, par exemple de do à sol.
- Une gamme est l'ensemble des notes comprises dans une octave. Une note est à l'octave d'une autre si sa fréquence est le double de celle de la première : $f_2 = 2 \times f_1$.

DOC. Gamme de Pythagore sur sept notes (do à si)

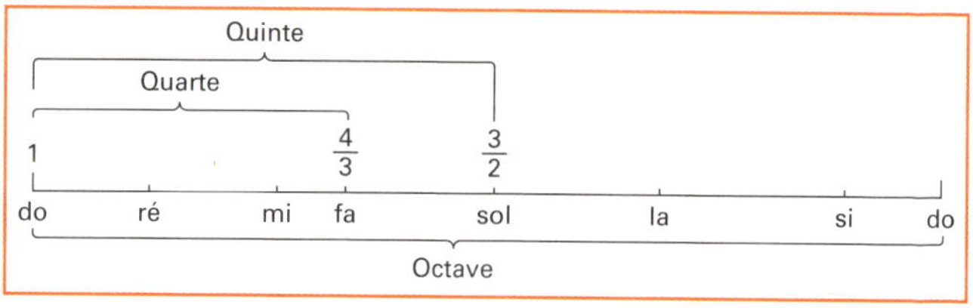

2 Consonance

- Lorsque deux notes semblent liées et agréables à écouter, on dit qu'elles sont **consonantes**. Dans le cas contraire, on dit qu'elles sont **dissonantes**.
- Prenons l'exemple du sol_2 de fréquence fondamentale $f = 98$ Hz, du $ré_3$ de fréquence fondamentale $f' = 147$ Hz et de leurs harmoniques respectifs ▶ FICHE 26.

Note	Fréquences fondamentales		Fréquences des harmoniques					
Sol_2	**98**		196	**294**	392		490	**588**
$Ré_3$		**147**		**294**		441		**588**

Ces deux notes sont séparées par une **quinte** (147/98 = 3/2), mais elles ont aussi des harmoniques en commun ; c'est la raison pour laquelle elles nous semblent liées et agréables à entendre.

II La gamme naturelle de Pythagore

- La légende veut que Pythagore ait trouvé agréables les sons obtenus en pinçant une corde divisée en 2, puis en 3, en 4.
- Pour construire sa gamme, Pythagore utilise une **quinte de rapport 3/2** afin de retrouver les rapports précédents. Le principe est simple : à partir d'une note de base, on prend la quinte pour obtenir une nouvelle note, plus aiguë. Puis, on prend la quinte de cette nouvelle note. Si la fréquence obtenue dépasse l'octave, alors on divise par deux autant de fois qu'il faut pour qu'elle retourne dans la gamme.
- En classant les notes par ordre croissant de fréquence, on obtient les sept notes de la gamme de Pythagore : **do, ré, mi, fa, sol, la et si**. Le nom des notes date du XIe siècle.

De la gamme tempérée à la gamme de Pythagore

30

☐ OK

La gamme de Pythagore, utilisée en Occident jusqu'au Moyen Âge, présente plusieurs imperfections que l'on a essayé d'amoindrir en inventant d'autres gammes.

I Dissonances de la gamme de Pythagore

1 Cycle des quintes

- Si l'on applique le critère de construction par quintes successives à une fréquence quelconque, on s'aperçoit que le découpage produit une infinité de sons distincts à l'intérieur d'une octave. Par exemple, si l'on prend 12 fois la quinte de la fréquence de base fictive $f_0 = 1$ Hz, on obtient :

$$f_{12} = f_0 \times \left(\frac{3}{2}\right)^{12} = f_0 \times 129{,}7$$

Si l'on change sept fois d'octave, du do_1 au do_7, chaque intervalle a pour valeur $2^7 = 128$. Or $129{,}7 \neq 128$. Cela signifie que 12 quintes ne correspondent pas exactement à 7 octaves.

- En pratique, on considère que l'on a « bouclé la boucle » lorsqu'en partant d'une note fictive de 1 Hz on revient au voisinage de l'octave (2 Hz).

En appliquant les règles de la gamme, on a :

- avec 5 quintes successives :

$$1 \times \left(\frac{3}{2}\right)^5 \times \left(\frac{1}{2}\right)^2 = 1{,}898 \approx 2\,;$$

- avec 7 quintes successives :

$$1 \times \left(\frac{3}{2}\right)^7 \times \left(\frac{1}{2}\right)^3 = 2{,}136 \approx 2\,;$$

- avec 12 quintes successives :

$$1 \times \left(\frac{3}{2}\right)^{12} \times \left(\frac{1}{2}\right)^6 = 2{,}027 \approx 2.$$

On peut ainsi imaginer des gammes de 5, 7 ou 12 notes.

DOC. Cycle des quintes sur sept octaves

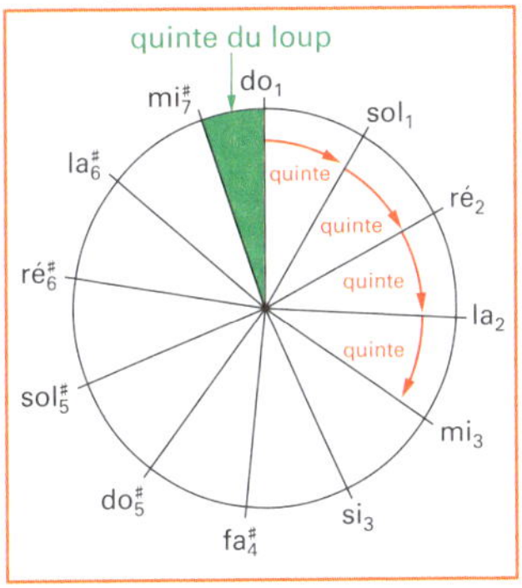

- Représenté sous la forme d'une roue cyclique (doc.), le cycle des quintes ne boucle jamais. La dernière note est toujours différente de la note de départ à l'octave.

- Pour maintenir des octaves pures, les musiciens introduisent un intervalle de quinte légèrement faux, appelé « **quinte du loup** », car lorsqu'on joue cette quinte trop courte, on produit un son ressemblant au hurlement du loup.

2 Transposition impossible

- Dans la gamme pythagoricienne à sept notes, il n'existe que deux intervalles différents entre les notes, qui définiront les tons $\left(\frac{9}{8}\right)$ et les demi-tons $\left(\frac{256}{243}\right)$.

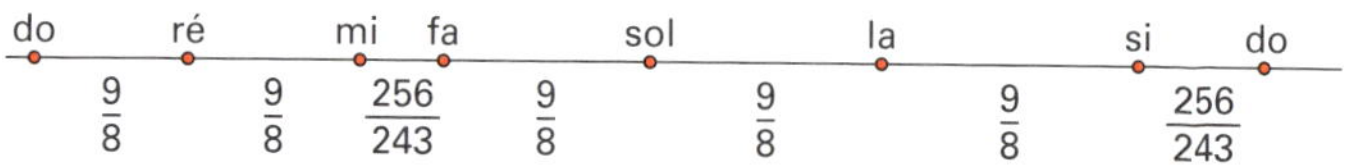

- Si l'on **transpose** cette gamme en augmentant par exemple chaque note d'un demi-ton, certaines risquent de ne pas retomber sur des notes existantes de la gamme. Le mi va bien se retrouver sur le fa et le si sur le do, mais les autres tomberont « entre deux notes ». La transposition est donc impossible.

> **Mot clé**
> **Transposer** un morceau musical, c'est modifier toutes les notes d'un ou plusieurs tons pour le jouer plus grave ou plus aigu.

II La gamme tempérée à 12 notes

- Le seul moyen d'avoir de vrais cycles et de permettre la transposition consiste à découper la gamme en **intervalles égaux**. Pour cela, il faut découper le rapport d'octave de 2 de la gamme en 12 intervalles (rapports r) égaux :

> **À noter**
> $\sqrt[n]{x} = x^{\frac{1}{n}}$.

$$2 = \frac{f_1}{f_0} \times \frac{f_2}{f_1} \times \frac{f_3}{f_2} \times \ldots \times \frac{f_{12}}{f_{11}} = r^{12}, \text{ soit } r = 2^{\frac{1}{12}},$$

c'est-à-dire la racine douzième de 2 : $r = \sqrt[12]{2} \cong 1{,}059463$.

- Dans cette gamme, dite tempérée, chaque note n'est plus séparée de sa voisine par un rapport simple, mais par un facteur de $\sqrt[12]{2}$. Or ce nombre est un **irrationnel** : il ne correspond pas à une fraction, contrairement aux rapports de Pythagore.
- Contestée parce que toutes ses notes sont fausses par rapport aux harmonies naturelles, cette gamme artificielle est la seule qui permette la transposition. C'est donc la plus facile à utiliser, quel que soit l'instrument de musique.

Numérisation et reproduction du son analogique

31

☐ OK

Aujourd'hui, il est possible d'écouter de la musique partout, par transmission radio, en ligne ou stockée sur un support. Dans tous les cas, le signal sonore a été numérisé.

I Signal analogique et signal numérique

- Les sons perçus par nos oreilles ou enregistrés par un micro sont des **signaux analogiques**, qui prennent une infinité de valeurs possibles des tensions pendant un intervalle de temps donné. Le signal est **continu**.
- Un **signal numérique** est décomposé en un ensemble de valeurs précises et **discontinues ou discrètes.** En informatique, ces valeurs sont des suites de 0 et de 1, conformément au codage binaire.
- On ne peut pas stocker une infinité de valeurs sur un support numérique. Il faut **découper et coder le signal analogique** pour obtenir un signal numérique. La numérisation s'effectue en deux étapes successives : l'échantillonnage et la quantification.

DOC. 1. Représentation des signaux analogique et numérique

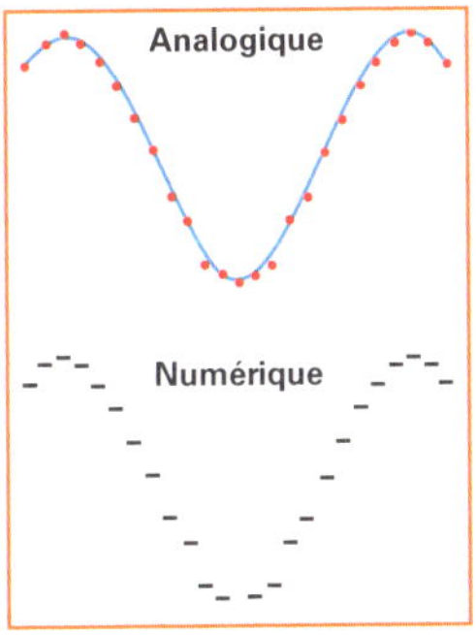

II Conversion analogique-numérique

1 Échantillonnage

- Lors de la première étape de la numérisation, on prélève **périodiquement** des valeurs du signal analogique : c'est l'échantillonnage. On obtient ainsi des valeurs discrètes séparées par une **période d'échantillonnage** T_E.

DOC. 2. Échantillonnage du signal

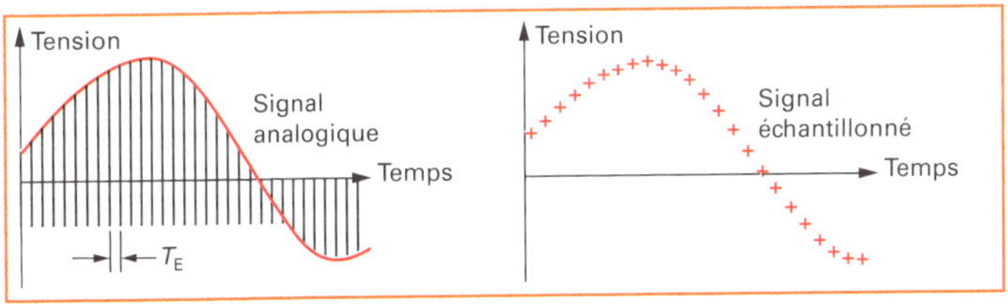

- La fréquence d'échantillonnage F_E est l'inverse de la période d'échantillonnage T_E. Elle correspond au nombre de valeurs du signal prélevées par seconde :

$$F_E = \frac{1}{T_E}$$

avec la fréquence en hertz (Hz) et la période en secondes (s).

- Plus le nombre de valeurs prélevées est important, plus le signal numérique est fidèle au signal analogique. Pour reproduire correctement un son, on choisit donc une fréquence d'échantillonnage élevée.

À noter

Le théorème de Shannon indique que la **fréquence d'échantillonnage** F_E pour reproduire correctement un signal de fréquence F_{son} doit être telle que $F_E \geqslant 2 \times F_{son}$.

2 Quantification

- Lors de la deuxième étape, on donne une valeur numérique à chaque échantillon prélevé. Cette valeur est convertie en langage binaire sur 4, 8, 10 ou 16 bits (*binary digit*). Plus le nombre de bits est important, plus le signal numérique sera fidèle au signal analogique.

À noter

Avec 2 bits, il y a $2^2 = 4$ valeurs possibles : 00, 01, 10 et 11. Avec n bits, il y a 2^n valeurs possibles.

DOC. 3. Quantification du signal sur 3 bits

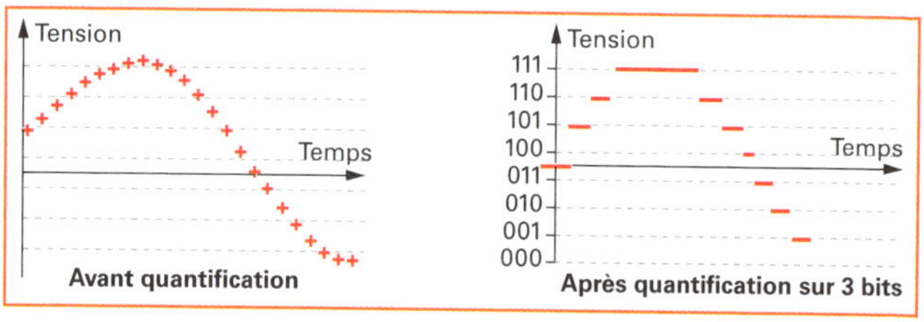

ZOOM

Schéma complet du traitement du signal

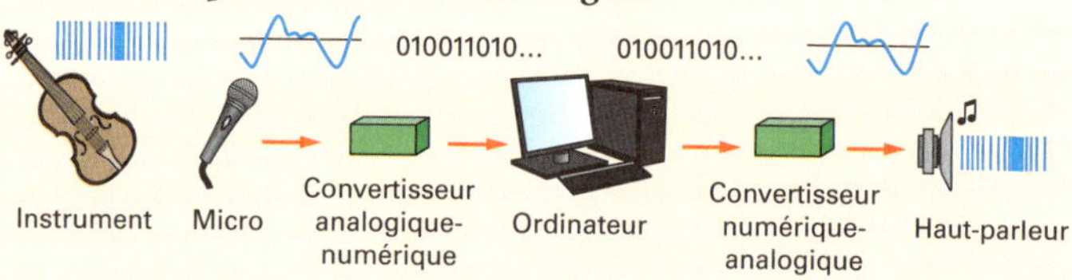

Taille d'un fichier audio et compression du son

32

☐ OK

Pour conserver ou reproduire des informations avec fidélité, une compression des données est nécessaire.

I Taille d'un fichier audio

1 Paramètres qui influencent la taille d'un fichier audio

- La taille d'un fichier audio dépend de différents paramètres :
  - la fréquence d'échantillonnage ;
  - le nombre de bits pour la quantification ou résolution ;
  - la durée de l'enregistrement. ▶ FICHE 31

- On peut calculer la taille du fichier audio en bits, grâce au calcul suivant :

$$\text{Taille (bits)} = \text{résolution (bits)} \times \text{fréquence d'échantillonnage (Hz)} \times \text{durée (s)}$$

- La taille d'un fichier s'exprime en octets. Un octet correspond à 8 bits, soit une série de huit chiffres, 0 ou 1. Donc $\text{Taille (octets)} = \frac{\text{Taille (bits)}}{8}$.

2 Le stockage

- L'oreille humaine entend jusqu'à 20 000 Hz. D'après le théorème de Shannon, on doit utiliser une fréquence d'échantillonnage double, donc 40 kHz. Par convention, on utilise une fréquence de 44,1 kHz et une quantification de 16 bits. Pour un fichier son de 4 minutes, la taille du fichier est donc égale à $16 \times (44{,}1 \times 10^3) \times (4 \times 60) = 1{,}69 \times 10^8$ bits = 21 Mo. Comme l'enregistrement est en stéréo, le fichier brut aura une taille d'environ 42 Mo.

- La faible capacité de stockage des premiers supports numériques et les faibles débits d'Internet ont nécessité la diminution de la taille des fichiers sonores.

- La différence de capacité de stockage entre le CD et le DVD (650 Mo contre 4,7 Go) vient de la taille des sillons gravés sur le support et de la taille du faisceau laser.

DOC. Tailles comparées du faisceau lumineux et des gravures

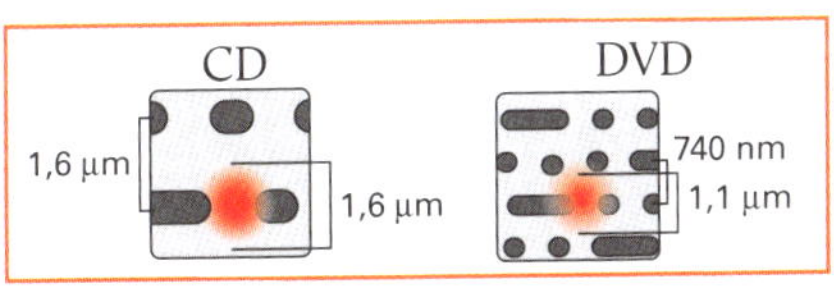

II Compression

1 Techniques de compression

Parmi les nombreuses techniques de compression existantes, certaines entraînent une perte d'informations ; on dit qu'elles sont destructrices.

- Les techniques destructrices reposent sur les propriétés de l'oreille humaine. Si un son comporte des fréquences en dehors de la gamme [20 Hz-20 kHz], on peut les éliminer puisqu'elles ne sont pas perçues. On peut aussi décider d'enlever des fréquences dont le niveau sonore, en décibels, est très faible.
- Les techniques non destructrices utilisent un codage informatique. Par exemple, si dans une suite d'échantillons une même fréquence apparaît dix fois, on ne stockera que la valeur de la fréquence et le nombre de fois où elle apparaît, donc seulement deux informations.

2 Taux de compression

- Le taux de compression est le rapport de la taille du fichier après et avant compression :

$$\tau = 1 - \frac{\text{taille finale}}{\text{taille initiale}}$$

- Il y a plusieurs normes de compression. Le taux de compression choisi dépend de l'usage futur du fichier : CD, téléphone, streaming... Plus le taux de compression est élevé, plus le fichier sera petit, mais moins la qualité sera bonne.

À noter

Les **normes de compression** les plus connues sont : WMA, MP3, Ogg Vorbis, AAC...

ZOOM

Le MP3, une compression destructrice

Le MP3 exploite les propriétés de l'oreille humaine pour réduire la taille d'un morceau de musique, en supprimant toutes les fréquences au-dessus de 20 kHz. Si l'on décompresse (ou décode) le signal compressé (ou encodé) pour l'écouter, on ne retrouve pas exactement le signal de départ.

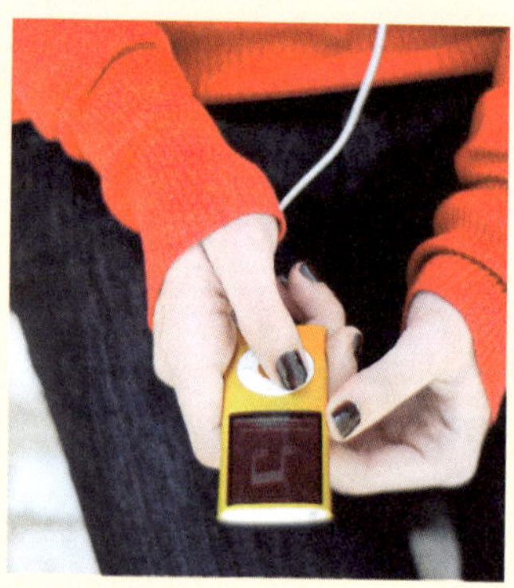

L'organisation de l'oreille humaine

33

☐ OK

Organe de l'audition, l'oreille assure aussi un rôle important dans l'équilibre. Elle est constituée de trois parties : l'oreille externe, l'oreille moyenne et l'oreille interne.

I L'oreille externe et l'oreille moyenne

- L'oreille externe comprend le **pavillon** et le **conduit auditif externe**. Ceux-ci reçoivent les sons du milieu extérieur, les amplifient et les canalisent vers le **tympan**, membrane vibrante qui représente la limite entre oreille externe et oreille moyenne.

- L'oreille moyenne est constituée d'une cavité remplie d'air et traversée par une chaîne d'**osselets** mesurant quelques millimètres (**marteau**, **enclume** et **étrier**). Les osselets assurent une continuité physique entre le tympan et l'oreille interne. Le tympan transmet ainsi les vibrations sonores jusqu'à l'oreille interne.

- La **trompe d'Eustache** est un conduit situé entre l'oreille moyenne et l'arrière-gorge qui permet d'équilibrer la pression de part et d'autre du tympan.

> **À noter**
> Le **tympan** est une membrane très fine, qui peut être facilement perforée par un coton tige ou par une otite. Le tympan se reconstruit habituellement au bout de quelques semaines, sinon on peut envisager une greffe de tympan.

DOC. Anatomie de l'oreille

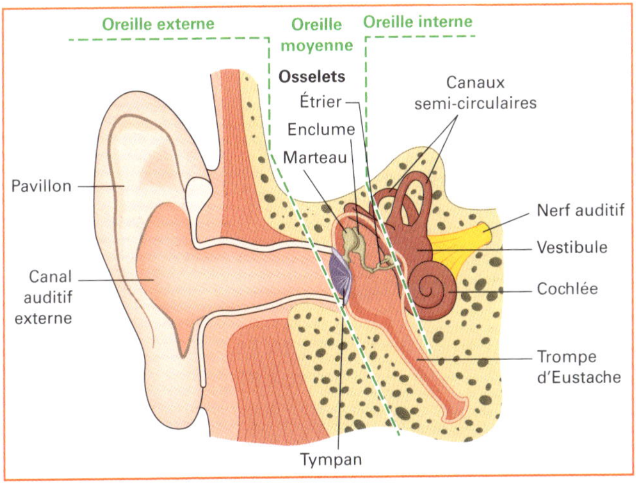

II L'oreille interne

- L'oreille interne est constituée d'un système complexe de canaux, formant le **labyrinthe osseux**, doublé à l'intérieur du labyrinthe membraneux. Ce dernier est rempli d'un liquide très riche en potassium, l'endolymphe.
- Le labyrinthe osseux comprend le **vestibule** et les **canaux semi-circulaires**, qui contiennent tous les deux les récepteurs de l'équilibre, et la **cochlée**, qui renferme les récepteurs de l'audition.
- La cochlée est tapissée de nombreuses cellules ciliées (plus de 15 000 par oreille). Ces cellules constituent l'**organe de Corti**, organe de l'audition, et reposent sur la **membrane basilaire**. Lors de l'arrivée d'un son, cette membrane est le siège de légers déplacements, entraînant le mouvement des cils vibratiles.

À noter

L'**oreille interne** joue un rôle important dans l'équilibre, grâce à de petits cristaux de carbonate de calcium appelés otolithes, qui modifient la mobilité des cellules ciliées selon la gravité et les mouvements de la tête.

- Le **nerf auditif** est formé de la fusion du nerf cochléaire et du nerf vestibulaire. Il intervient dans l'audition et dans le maintien de l'équilibre et s'étend du conduit auditif jusqu'au cerveau.

ZOOM

Cochlée de cobaye observée au MEB

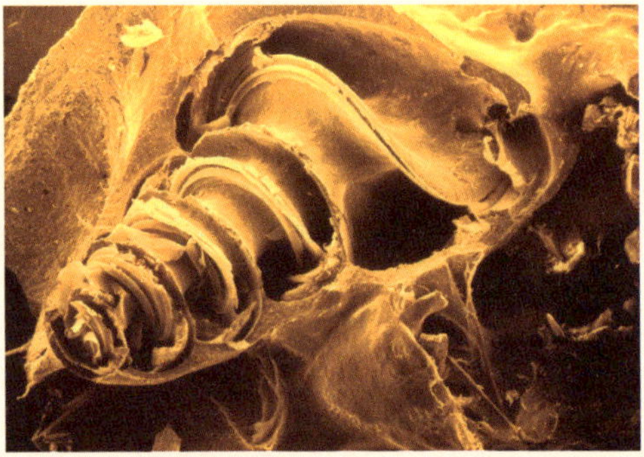

Partie de l'oreille interne qui renferme les récepteurs de l'audition, la cochlée est aussi appelée « limaçon » en raison de sa forme qui évoque la coquille d'un escargot.

De l'oreille au cerveau

34

☐ OK

Les vibrations sonores reçues par l'oreille sont traduites en un message nerveux qui est ensuite traité par le cerveau.

I La propagation des vibrations sonores

- Les vibrations sonores perçues par l'oreille externe sont dirigées vers le tympan. La membrane tympanique propage alors la vibration sonore le long de la chaîne d'osselets de l'oreille moyenne (milieu aérien). Puis la vibration est transmise à la cochlée, dans laquelle les variations de pression de l'endolymphe (milieu liquide) font onduler la membrane basilaire de l'organe de Corti.
- Les cellules ciliées sont alors activées par le mouvement des cils : elles produisent un message nerveux qui se propage le long du nerf auditif, l'amplitude du message étant proportionnelle à l'inclinaison des cils.
- Ce message nerveux est transmis ensuite par le nerf auditif vers le cerveau.

> **À noter**
> L'onde mécanique se transforme en un signal électrique.

II Le traitement de l'information sonore par le cerveau

1 Relais neuronaux et aires cérébrales

- Dans le cerveau, des voies auditives véhiculent le message nerveux à travers plusieurs relais dont chacun possède un rôle dans l'interprétation de l'information sonore. Ces relais sont des groupes de neurones qui vont décoder l'information (son aigu ou son grave, par exemple) et aboutir à une perception consciente.
- L'information arrive à une aire cérébrale spécialisée, le cortex auditif, situé dans le lobe temporal chez l'être humain ; le son est perçu, le cas échéant, comme de la musique. C'est donc à l'instant où le son arrive au cerveau que l'on prend conscience de ce son.
- Le cortex auditif est organisé en une aire primaire et une aire secondaire. Le cortex auditif primaire distingue les fréquences sonores, l'intensité, la durée et le timbre d'un son. Le cortex auditif secondaire, situé à l'arrière du cortex primaire, est responsable de la perception et de la reconnaissance des sons.

2 Trajet du message nerveux

- Le message nerveux véhiculé par le nerf auditif se dirige vers le premier relais, constitué par les noyaux cochléaires du **bulbe rachidien**.
- Le dernier relais avant l'arrivée du message nerveux dans le cortex auditif se situe dans le thalamus, où se fera la préparation d'une **réponse**, qui peut être de nature **vocale**, par exemple.
- Un neurone relie le thalamus au **cortex auditif**, qui est le point d'arrivée des voies auditives. Le message nerveux qui arrive au cortex auditif sera traduit en **sensation auditive consciente** et pourra être intégré dans une réponse volontaire.

DOC. Relais et aires cérébrales spécialisés dans l'audition

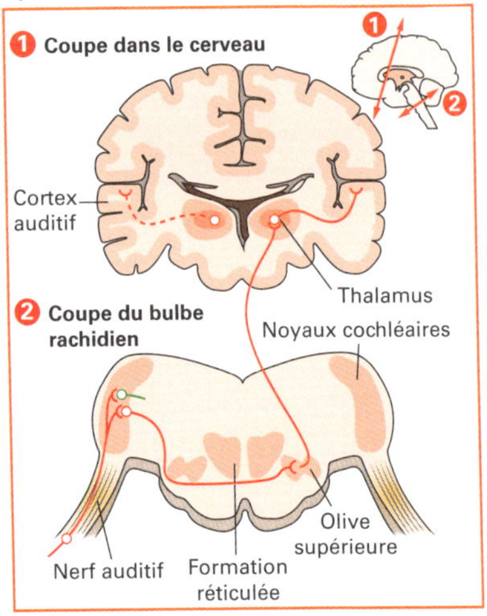

ZOOM

Le cortex auditif

a) IRM 3D en vue de profil et IRM en coupe axiale du cerveau normal. Visualisation sur le lobe temporal gauche du cortex auditif primaire en orange.

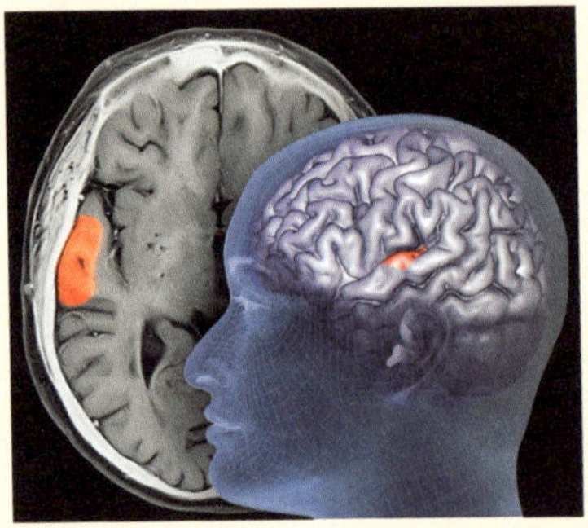

b) Coupe frontale du cerveau

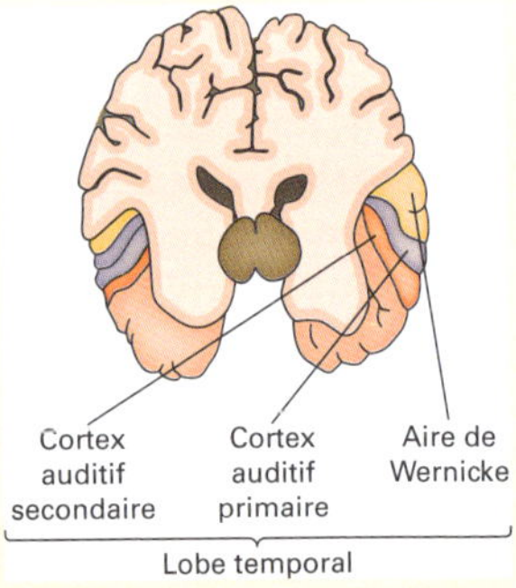

La fragilité de l'oreille

35

☐ OK

L'oreille humaine est un organe très sensible qui peut être endommagé de façon irréversible en cas de traumatisme sonore.

I La toxicité sonore

À noter

L'oreille humaine perçoit des sons de 0 a 120 dB, à des fréquences comprises entre 20 Hz (fréquence la plus grave) et 20 000 Hz (fréquence la plus aiguë).

- Le **volume sonore** dans notre vie courante peut varier de 20 dB (vent léger) à 110 dB (concert). Le décollage d'un avion atteint un très haut niveau sonore (140 dB), mais il ne dure pas longtemps. ▶ FICHE 27
- La **durée d'exposition au bruit** est à prendre en compte et à surveiller, car elle peut constituer un risque pour l'**oreille interne**, partie la plus fragile de l'oreille.
- L'exposition répétée à des niveaux sonores élevés détruit progressivement les cellules ciliées et entraîne une perte auditive. Cette perte passe tout d'abord inaperçue, car elle intervient dans les **fréquences aiguës**. C'est lorsqu'elle touche les **fréquences moyennes**, qui sont celles de la conversation, que l'on se rend compte, un peu tard, que l'on entend moins bien.

II L'importance des cellules ciliées

- Nous possédons tous à la naissance un capital d'environ 15 000 **cellules ciliées** par oreille. Elles se dégradent naturellement avec l'âge, mais peuvent aussi être détruites par un traumatisme sonore.

DOC. 1. Cochlée normale de rat (MEB)

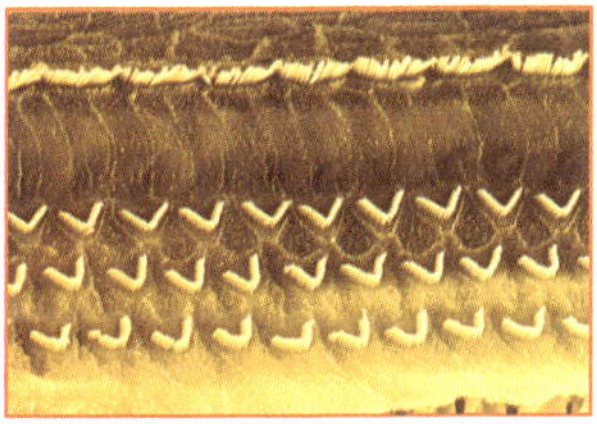

On distingue les cils des cellules ciliées internes (une rangée) et externes (trois rangées).

DOC. 2. Cochlée de rat après traumatisme sonore (MEB)

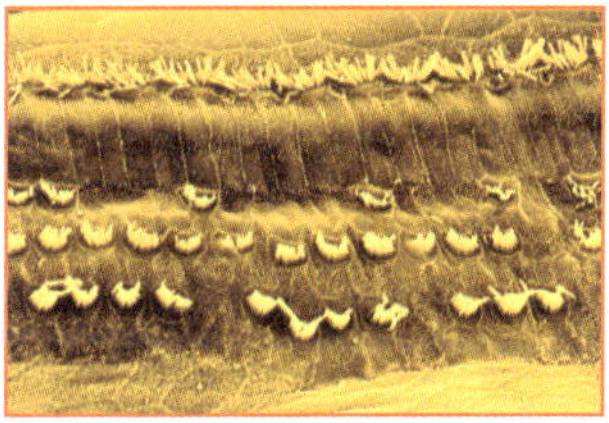

Certaines cellules ciliées ont disparu, d'autres sont endommagées.

Lorsque l'oreille est exposée à un volume sonore excessif (à partir de 90 dB) ou lors d'une durée d'exposition au bruit prolongée, les **cils** des cellules ciliées peuvent se **rompre**, ce qui entraîne une altération de l'audition.

Pour préserver son audition, il est conseillé de régler le volume de son lecteur mp3 à la moitié du volume maximum. En concert ou en discothèque, il faut éviter d'être trop proche des enceintes acoustiques et il est préférable de porter des bouchons d'oreille : ils protègent l'oreille tout en laissant passer les sons musicaux.

Lorsque tous les cils d'une cellule ciliée sont détruits, celle-ci meurt et n'est pas remplacée. Quand toutes les cellules ciliées ont disparu, c'est la **surdité totale**.

Des **lésions du cortex** peuvent aussi entraîner des troubles auditifs : l'individu dont le cortex auditif secondaire est détruit, par exemple, entend les sons, mais il ne peut les reconnaître, il n'en comprend plus la signification.

À noter

Beethoven (1770-1827), devenu sourd avant l'âge de 30 ans, pouvait percevoir les sons en glissant entre ses mâchoires une petite planche de bois reliée aux cordes de son piano. Ainsi, il pouvait, tout en jouant de la musique, sentir les vibrations sonores. Le son parvient à l'oreille interne en passant par les os du crâne (par conduction osseuse).

ZOOM

Cochlée d'un homme âgé

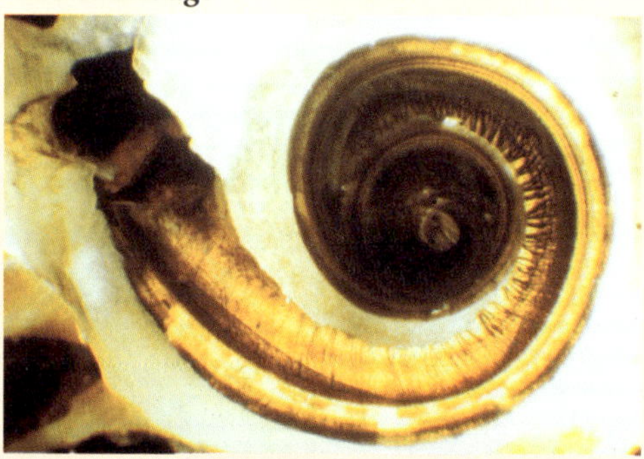

On observe sur la photo une diminution du nombre de cellules cilliées à la base de la cochlée permettant la perception des sons aigus.

ANGLAIS

SOMMAIRE

Quand vous avez révisé une fiche, cochez la case ☐ correspondante !

LES AXES DU PROGRAMME

Identities and exchanges. Private sphere and public sphere

Art and power. Citizenship and virtual worlds

Fictions and realities. Scientific innovations and responsibility

Diversity and inclusion. Territory and memory

GRAMMAIRE : LES NOTIONS CLÉS

Le groupe nominal

Le groupe verbal

La phrase

CIVILISATION : LES REPÈRES ESSENTIELS

English-speaking countries

LES ÉVALUATIONS COMMUNES

La compréhension écrite

L'expression écrite

La compréhension orale

L'expression orale

Can studying abroad change people?

1

☐ OK

More and more students are studying abroad all over the world: there were 0.8 million international students worldwide in 1975, 4.1 million in 2010, and this number is increasing by about 12% every year.

I Students' expectations

1 What could deter students from studying abroad

- When young people weigh the pros and cons of studying abroad, they usually worry about the obstacles they will have to overcome in a place they don't know much about. They are apprehensive of leaving the comfort of their home to step into an unknown and unfamiliar environment.

Vocabulary
- **to deter sb from** (+ V-*ing*): dissuader qqn de
- **to weigh the pros and cons:** peser le pour et le contre
- **a résumé:** un curriculum vitae

- They fear they might experience culture shock, have problems understanding a different language or adapting to new customs, and most of all miss their home, family and friends.

2 Why students choose to study abroad

- When they finally decide to go and study abroad, they understand this will be a great educational opportunity. They will learn a foreign language or improve their proficiency in it and study in a better university or in different conditions abroad. They will also learn about the country they have chosen to go to, about its people, its culture and lifestyle.
- They will come back home a semester or a year later having learnt something that will improve both their knowledge and their résumé. They know this experience abroad will be noticed and valued by future employers and will make a difference for them in the future.
- Madeleine Monaghan, the director of the English language Institute at the Sacred Heart University (Connecticut, USA) says that when people decide to go and study abroad, they also show that they are "willing to take a challenge" and be brave. That is why she asserts that "it's quite an admirable event in one's life to study abroad".

→ Listen to Madeleine Monaghan: bit.ly/2RLqSqs

II A life-changing experience

Most of the articles, blogs, posts about studying abroad experiences highlight these positive aspects but what they mainly deal with is the major unexpected benefits of this enriching experience.

1 Studying abroad changes people...

- Indeed, exchange students don't just learn new things or get new skills, they also and mostly change at a personal level. They become more independent, more confident, stronger and able to take their life into their own hands.
- Besides, by experiencing new cultures and meeting new people, they go beyond stereotypes and prejudices, learn to **see things differently**, and question their own taken for granted beliefs. Studying abroad doesn't only break down educational barriers: it also breaks all sorts of cultural barriers. Exchange students thus change into **more open-minded**, more mature, richer and better people.

2 ... and makes them learn who they are.

- The experience may give them two homes but it doesn't make them feel they should choose between two different directions. Instead, it makes them appreciate their native country while seeing it in a new light. This gives them **a new perspective on both cultures**, but also on what they find valuable in life.
- Most people who have studied abroad say they have learnt how to rebuild their life the way they want it. Instead of getting lost in an unknown country, they have eventually **found out more about themselves**: they have understood who they really are...

KEYWORDS

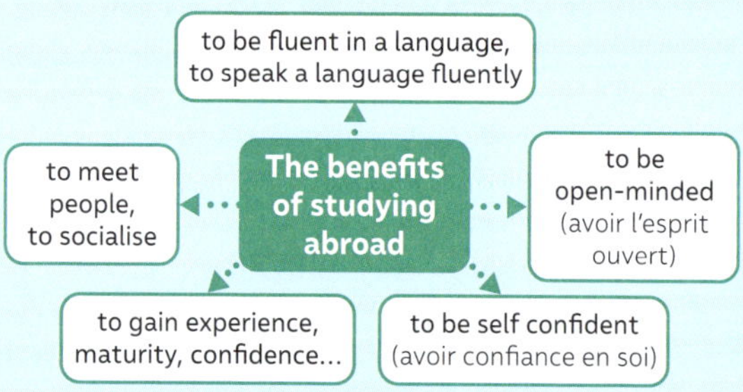

Is immigration part of the American identity?

2

☐ OK

The USA has always been a land of immigrants and is often called a "melting pot", a place where exchanges between different people and cultures take place. But recently, anti-immigration feelings seem to have developed: is being American still linked to diversity?

I The history of immigration to America

1 European immigration

- The first settlements in North America date back to the beginning of the 17th century. There were major immigration waves during the colonial era, then in the first part of the 19th century and between the 1880s and the 1920s. These immigrants mainly came from the British Isles first and then from other parts of Europe.

> **Info**
>
> **The colonial era** starts with the European colonisation in the early 16th century and ends with the 13 colonies' *Declaration of Independence of the USA* (July 4, 1776).

- The USA received about 29 million European immigrants between 1820 and 1920. Between 1892 and 1924, over 12 million of them arrived through Ellis Island immigration station (in New York harbour). That is why European-American culture is often considered the basis of US culture.

2 A more diverse immigration

- In 1965, with the Immigration and Nationality Act which abolished the quotas based on nationality, a great number of immigrants arrived from other parts of the world, especially from Asia and Latin America. As a consequence, the face of the American population started changing.
- In the three decades following 1965, about 18 million legal immigrants entered the USA, more than three times the number admitted over the preceding 30 years. The number of European immigrants strongly decreased while that of Asian immigrants, for example, was multiplied by four.

II Immigration today

1 Anti-immigration trends?

- The **election of Donald Trump** as the US president in 2016 has raised questions about the way immigrants are seen nowadays. Indeed, one of Trump's recurring theme during his campaign was stopping immigrants from entering the country.

- He promised to **build a wall along the US-Mexican border**, announced the end of DACA and proposed the end of the right for the children of non-citizens born in the USA to become American citizens. Does it mean that being American today is **refusing exchanges and denying diversity**?

> **Info**
>
> **DACA** (Deferred Action for Childhood Arrivals) is a program initiated by Barack Obama's government to protect young immigrants or "dreamers" from deportation.

2 Today's perspective: immigration as an asset?

- Recent reports show immigration is still an important part of American people's life and identity. Indeed, there are **still more immigrants in the USA than in any other country** in the world and more than one million immigrants still arrive every year. They now mostly come from India, Mexico, China and Cuba. In 2017, there were about **44 million immigrants** living in the country and this number keeps growing.

- The USA thus remains a "nation of nations" and most Americans acknowledge their heritage as "**a nation of immigrants**". A 2019 report shows Americans' relationship to immigration today: 28% say immigrants "burden the country" whereas 62% think they "strengthen" it through their "hard work and talents". Diversity is still seen as a positive feature of American identity.

KEYWORDS

A multicultural society

- a sense of belonging (un sentiment d'appartenance)
- to blend (into), to fit (in) (s'intégrer)
- torn between two cultures (partagé·e entre deux cultures)
- foreign-born
- a mixed-race marriage, an interracial marriage

Women in society: integrating the public sphere

3

☐ OK

For centuries, women were restricted to the domestic sphere. In western societies, women had to fight hard to enter the public sphere and gain more rights in a male-dominated society.

I The Suffragettes: fighting for the right to vote

- The Suffragettes were activists who believed women should influence public policy as well as men. That's why they fought for women's right to vote at the end of the 19th and the beginning of the 20th century. Indeed, at that time, women were still considered second-class citizens, even in a country like the UK whose female leaders are famous and recognised worldwide.
- Emmeline Pankhurst founded the Women's Social and Political Union (WSPU) in 1903 and became the Suffragettes' public voice. Her favourite motto was "Deeds, not words" for she believed women had to resort to demonstrations, strikes and violence to be heard.
- Years of advocacy and women's contribution to the war effort eventually challenged the idea of women's inability to make decisions about their country: in the UK, suffrage was granted to women over 30 in 1918 and to all women over 21 in 1928.

Vocabulary
- **public policy:** la politique publique
- **to resort to:** avoir recours à
- **to be granted to:** être accordé à

II The changing role of women in the 1960s

- A second wave of activism started in the USA with the Women's Liberation Movement in the 1960s. It fought against sex-based discrimination and claimed equal rights for men and women: equal education, equal pay and jobs but also intellectual and financial independence.
- Women's Lib made things and laws change for most women in western countries, especially in the fields of employment, family or sexuality and reproductive rights.
- Most of all, by bringing private matters into the public view, the movement made more and more people acknowledge gender equality was a serious issue. It challenged men's power in society and eventually changed the perception of women's role worldwide.

III Women's rights today

1 The situation of women today

Despite these achievements, gender stereotypes still have an impact on today's society and the **gender gap** is still visible in terms of power and pay. For instance, the average gender pay gap in the European Union in 2016 was 16%; it was almost 18% in the USA in 2017. And still in 2016, women only held less than 5% of CEO positions in the 500 biggest American companies.

Nowadays, many feminist organizations focus on **the negative impact of the stereotypes** which still weigh on women and are spread by advertising and the media. The "HeforShe" campaign, initiated by the UN in 2014, aims at achieving gender equality by involving men and boys in the fight.

Vocabulary

- **a CEO** = a chief executive officer: un PDG
- **the UN** = the United Nations: l'ONU

2 The #MeToo movement

In 2017, **the Harvey Weinstein case** showed how far we still are from equality. The powerful Hollywood media producer was accused of sexual harassment and assault by several women. The #MeToo movement which followed and spread through the social media shed light on the reality of sexual harassment and abuse in many women's lives, especially in the workplace.

The #MeToo movement was **a shockwave** that made a great number of people react everywhere in the world. Will those facts help women's voice to be truly listened to at last? Will access to the public sphere eventually help women to achieve gender equality?

KEYWORDS

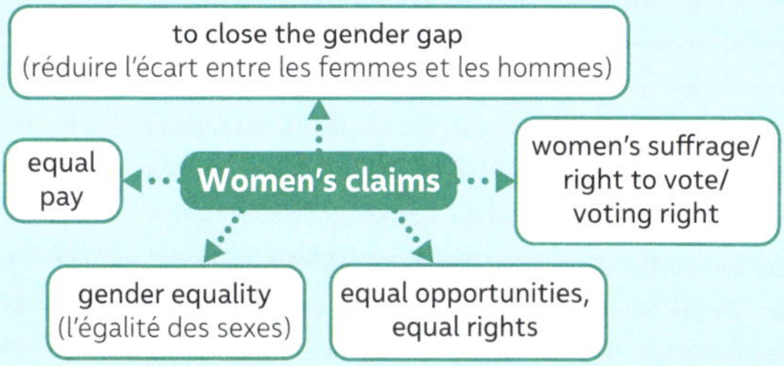

Studying from home

4

☐ OK

Going to school is considered for children a major step into the social and public sphere. However, traditional schools aren't always adapted to the children's situation or simply don't suit everyone. That's why, in some cases, learning from home can be a more appropriate solution.

I Alternative schools

1 Online schools

- In Australia, the children who grow up in the Outback live in isolated communities, far away from cities and schools. However, they can attend the Alice Springs School of the Air (ASSOA). The first ASSOA lessons were sent through a radio link in 1951 but the classes today are conducted through satellite technology and the Internet.
- There are only about 120 students at the ASSOA but its classroom is more than 1.3 million km^2! Its students follow the national curriculum and thus get the same learning as all Australian children.
- Other online schools are available in areas where children can't attend a traditional school. This is the case in Hawaii, especially for elementary and high school students who live on isolated islands. They can take free online courses from home and communicate with their teachers and classmates online using their computer and webcam.

2 Homeschooling

- For some parents, educating their children from home, even when there is a traditional school next door, is an educational choice. They choose homeschooling for many different reasons: their child's school refusal sometimes due to school bullying, their child's health or learning issues, or their concerns about safety, religion or educational values.

Vocabulary
- **the Outback:** the desert areas of Australia, especially in central Australia
- **a concern:** une préoccupation
- **a trend:** une tendance

- Today, more and more parents choose to homeschool their children, especially in the USA where that trend originated. In 1999, there were 850,000 homeschooled American children and close to 1.7 million in 2016.

II Online university courses

Learning from home doesn't only concern elementary and secondary school children. Access to higher education may also be a problem for many students who cannot go away from home; others are not willing to take loans and be in debt when facing huge tuition fees and the growing cost of university.

1 MOOCs (Massive Open Online Courses)

- MOOCs are a way to have access to high quality courses online with all sorts of universities and colleges, even the most prestigious ones. They offer another way of learning **in a network world** and gather hundreds or sometimes even thousands of participants around a special topic.
- MOOCs started in 2006 and have now developed into **interactive courses** with online quizzes and assessments as well as forums to help interaction between students and professors. Most of all, they are usually free or very cheap. However, they don't usually give students a certified degree or qualification.

2 Distance learning programmes

- Students who want to study from home can also choose the distance learning programmes which many universities provide. They can thus **get a degree at their own pace** while reducing the cost of university.
- Today, more than 270,000 undergraduate students and 108,000 postgraduate students study that way in the UK. In the USA, in 2016, more than 6.3 million students took at least one online course and 2.9 million enrolled exclusively in online courses. These **numbers have been increasing** for 14 years now… and will probably continue to rise.

KEYWORDS

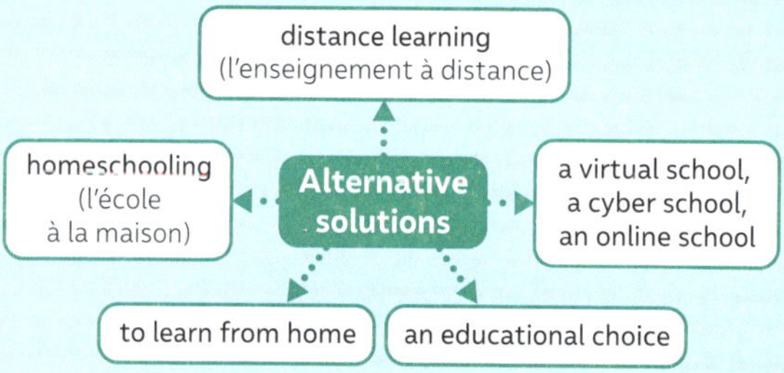

How did the protest songs of the 1960s and 70s change society?

5

☐ OK

In the 1960s and 1970s, a powerful musical movement started in the USA and the UK and developed in the western world, turning a generation away from traditional values and norms.

I *The Times They Are a-Changin'* (Bob Dylan, 1964)

1 Reasons to protest

- The 1960s was a period of great tension and fear with a concentration of political and social issues: the Cold War and the development of nuclear weapons, the assassination of President Kennedy (1963), the Civil Rights movement and the Vietnam War which was more and more murderous and unpopular among American people.
- The hippie movement emerged in that context as a form of counterculture. It opposed the prevailing traditional values and lifestyles and proposed new ones based on freedom, equality, peace and love. Its main concerns were the fight against racial segregation and the protest against the American military involvement in Vietnam, with such slogans as "Make love, not war", "Power to the people" or "Give peace a chance" (from a John Lennon song).

2 What protest songs questioned and advocated

- In the field of music, this was a period of great creativity. Protest singers used their music and lyrics to question the world they lived in and to spread the message of peace in the world. Their songs were an efficient means of protest which appealed to the listeners' thoughts and emotions.

Vocabulary
- **to appeal to:** plaire à
- **an anthem:** un hymne
- **scathing:** très critique, cinglant, acerbe

- Many protest songs supported the Civil Rights Movement: *We Shall Overcome*, sung by Joan Baez on the day of the famous March on Washington in August 1963, became an anthem of the movement. In 1965, Nina Simone sang Billie Holiday's well-known song *Strange Fruit* to express her rage about the situation of Black Americans in the South.
- There were also many anti-Vietnam war protest songs: for instance, Barry McGuire's *Eve of Destruction* (1965) with its scathing lyrics "You're old enough to kill, but not for votin" or Pete Seeger's *Bring 'em Home* (1966).

II The impact of protest songs

1 The Woodstock festival (1969)

- The Woodstock Music and Arts Fair showed the tremendous impact protest music had on young people in the 1960s. It is considered the emblem of protest songs and of **the counterculture generation** and has become **a legendary event** in the history of rock music.
- The festival promised "3 days of peace and music". It gathered **many protest singers** of the 1960s such as Joan Baez, Janis Joplin, Joe Cocker, The Who, or Jimi Hendrix. It attracted **an incredibly huge audience** of almost half a million people. Woodstock gave the hope that the ideas expressed in the festival would spread, that things would change…

2 Iconic protest songs that still resonate today

- Some of the protest singers have become **emblematic figures in the history of music and arts**. Jimi Hendrix, for example, is still regarded as the greatest electric guitar player ever: he is associated with his unforgettable rendition of the American anthem which he transformed into an anti-Vietnam War song at Woodstock.
- Many of the protest songs of that era still have an impact today. For instance, ***We shall overcome*** has been adopted by many groups and movements for its universal message of justice. John Lennon's ***Imagine*** (1971) has achieved a similar status: it has become an anthem for peace throughout the world. The messages of these songs are still considered thought-provoking and meaningful.

KEYWORDS

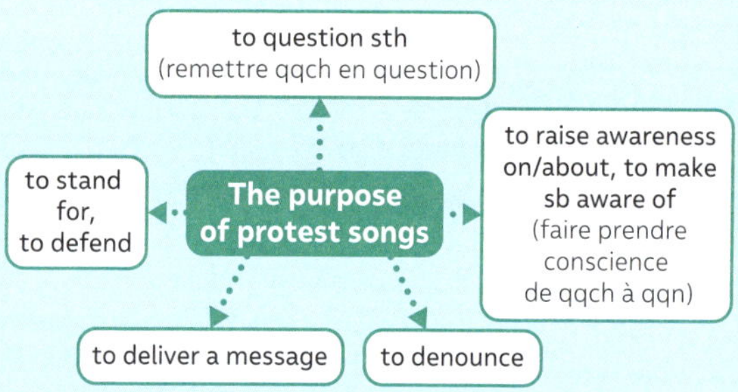

History and power trough architecture

6

☐ OK

Architectural works are not mere buildings. They are also works of art and cultural symbols, reflecting the history of a country. This is particularly true in many Canadian cities which offer a variety of architectural styles.

I The influence of European colonisation

- During the colonial period (1492-1867) and until the beginning of the 20th century, most buildings in Canadian cities imitated the styles and designs of Europe and the colonial empires. European architecture was particularly popular among the Canadian elite who were of European origins and could afford to have special places built.
- These styles, mostly named after the British monarchs of the time, left a mark on Canadian architecture. In Toronto, for example, the oldest buildings show various styles: Georgian (1714-1830), Victorian (mid-to-late 19th century) or Edwardian (1901-1910s).
- In Montreal, the influence of the two waves of colonisation (by the French and the British) can be seen through the church architecture: *the city of a hundred belltowers* is famous for its numerous Catholic and Protestant or Anglican churches and cathedrals.

Vocabulary

a belltower: un clocher
(**a bell:** une cloche)

II Canadian styles

1 The château or châteauesque style

- The "château style" is the first architectural style to be considered typically Canadian. It is a blend of the Gothic Revival style and of that of the castles of the Loire Valley in France. This form of architecture was promoted by the Canadian railway companies which built grand railway hotels across the country.
- This style is seen as distinctly Canadian and not just a simple imitation of European architecture since it is a specific mix of French and English designs and the achievement of the Canadian railways. Most "château style" railway hotels were built between the end of the 19th century and the 1930s.

2 A Canadian interpretation

After World War I, when Canadian nationalism became stronger, the city planners and architects wanted to find unique Canadian styles, which had to be different from that of Europe but also distinct from that of the neighbouring United States. That is why they mostly turned away from Art Deco when it became popular in the USA and **returned to the Middle Ages** for inspiration.

The **revival of the neo-Gothic style** in Canada adapted to the requirements of more modern buildings. That is why, when the central part of the Parliament Buildings in Ottawa burnt down in 1916, it was rebuilt in a similar Gothic style but with **modern materials** (steel and concrete) and a contemporary and functional approach. When Canada asserted its own identity, Canadian architecture became a new and special interpretation of past styles.

III International style and globalisation

After World War II, Canadian architecture opened to more global ideas. Many important Canadian projects of the period were designed by **top foreign architects** while, at the same time, famous Canadian architects worked abroad. This International style period coincided with an important building boom in the country.

World-famous modernist architects designed major works in Canada: for example the **Toronto-Dominion Centre**, with its six towers covered in bronze-tinted glass and black painted steel. International style skyscrapers now dominate the skylines of many Canadian cities, especially Vancouver, Calgary, Edmonton, Ottawa, and Toronto. This shows Canada is now **a leading country in a global world**.

KEYWORDS

Power and influence

- to have an influence on/over (avoir de l'influence sur)
- to run a country (diriger un pays)
- powerful (puissant) ≠ powerless
- to reign over, to rule over (régner sur)
- a colonial power (une puissance coloniale)

Protecting our privacy on social media

7

☐ OK

Social networks have become a part of our everyday life. More than 90% of teenagers use them and 71% use more than one. We now live in a digital era where everything is shared online. How is it possible to maintain privacy in such an environment?

I Social media and personal information

When we are on social networks, we constantly disseminate our personal information. But we are not always aware of this and we usually overlook the threat of privacy disclosure.

1 How we give up personal information

- Our profile pages are full of personal data that most of us, and especially young people, fill in without even thinking about it. For instance, 93% of the 14-17 year-old users post their real name, 85% their interests, 76% the name of their school and 23% their mobile phone number.
- What's more, when we comment on something, say what we like or don't like, we give some more information. When we share our contact list on a social network, it can be used to infer information about our "friends", even if they aren't on social media. More and more private data are thus delivered.

2 How social media use our personal data

- Websites track and record everything we do online. Everything we or our "friends" post publicly, and sometimes even privately, is stored and analysed. A journalist for *The Guardian*, became aware of it in 2017 when she asked *Tinder* for her data and was sent 800 pages of her "deepest, darkest secrets".
- Some data are sold to companies so that they can adapt their strategies. A recent example is the Cambridge Analytica Data scandal, for which Facebook CEO Mark Zuckerberg had to testify before US Congress. In 2014, 270,000 people participated in a quiz on an app without being warned that they were releasing personal information as well as access to the data of their "friends". Cambridge Analytica thus accessed the data of 87 million people.

Vocabulary
- **to overlook:** négliger
- **CEO (chief executive officer):** PDG

II How private contents elude us

1 Private matters that go public

- Another problem is that whatever we send or post is shared so many times that it slips from our grasp. Even when it is deleted from our account, what we posted remains on the web forever.
- This can become very problematic when we want to take down a comment or a picture posted by mistake or against our will, for instance sexually explicit images.
- A US National Campaign survey showed that 20% of teens had already posted nude or semi-nude pictures or videos of themselves; what's more, 15% of them had sent them to someone they only knew online, thus exposing themselves to immediate or future problems.

2 Consequences

- Since **everybody can see what we have posted**, there can be various and serious consequences: break up of relationships, job loss, humiliation at school or at work, bullying or/and cyberbullying, etc.
- This happened to a young Canadian girl named Amanda Todd. She was convinced to show her breasts in front of the camera by a male "friend" she had met online. The man then posted the pictures and, for 3 years, he blackmailed and harassed her until she committed suicide in 2012. **Cyberbullying** has become a common practice: 88% of American teens say they see cyberbullying on social media "once in a while".
- To fight this problem, the school curriculum in many countries now includes **media education** in order to raise awareness about how to use social media safely.

Vocabulary

- **to elude sb, to slip from sb's grasp:** échapper à qqn
- **breasts:** les seins

KEYWORDS

Online privacy

- privacy disclosure (divulgation de la vie privée / de renseignements personnels)
- to invade/ breach/ violate sb's privacy
- a privacy policy (une politique de confidentialité)
- to protect/safeguard /respect sb's privacy
- personal data (des données personnelles)
- to access sth. (accéder à qqch), to have access to sth

How to get truly informed in the age of the Internet?

8

☐ OK

In today's world, information is everywhere, in the press, on television, on the radio, but many people get their news from the Internet. It is an unlimited source of information but it also conveys fake news. How can we access reliable information in the digital age?

I Access to information

- Before the age of the Internet, people mainly got informed through the radio, television or the written press. Today, printed newspapers and magazines are still seen as a reliable way to access information. However, only 8.4% of British people use print as their main source of news whereas more than 50% go online.
- More and more British people find news via various search engines like Google (20%) and via social media like Facebook (25%). Younger people increasingly use websites and apps, search engines and social networks. In 2018, the BBC was the only news media organisation in the UK that reached more people with online news than Facebook.

→ More figures at: http://bit.ly/PbacAng_08a

- The press has often been considered the 4th power, especially in the USA: it is seen as a counter power limiting the three others (executive, legislative and judicial powers) and preventing political misconducts. Today, the Internet is often called the 5th power as it is supposed to be controlled by society itself and is not regulated by the state.

II Fake news and disinformation

- Fake news is false and often sensational information that appears as real. The purpose of these deliberate hoaxes is to spread in the media, mostly on the Internet, usually for financial or political gain.
- There have been lies and misinformation in the media since the beginning of the printed press; however, new technologies have made it easier for them to be created and spread.

Vocabulary

- **to convey:** transmettre, véhiculer
- **print:** la presse écrite
- **a hoax:** un canular

Fake news multiplied at high speed during the 2016 US presidential campaign. For instance, the false story of an "FBI Agent Suspected In Hillary Email Leaks Found Dead In Apparent Murder-Suicide" was shared on Facebook over half a million times.

- Disinformation often starts on **anonymous platforms** on the web, moves onto closed groups (Twitter DM groups or WhatsApp groups), and then onto open social networks like Twitter, Facebook and Instagram where it spreads worldwide.

III How to sort out information?

58% of people worry about made up news. **Fact-checking and critical thinking** have become more important than ever to distinguish false information from the truth.

- We can turn to **reputable media** to check how the news is treated. The main media like *the Washington Post*, *the New York Times*, and CNN (in the USA) mostly produce fact-check reports and reliable information.
- On the web, we can also find numerous **platforms to check the truthfulness of the news** we come across. They give us strategies to spot fake news and prevent its spread. FactCheck.org, Snopes.com or Politifact.com for instance offer useful fact-checking services.
- If we can't check everything we read on social media, we can spend some time questioning the reliability of the news, weighing one source against another and using our insight and reflection.

Vocabulary

to weigh sth against sth: comparer qqch à qqch d'autre

KEYWORDS

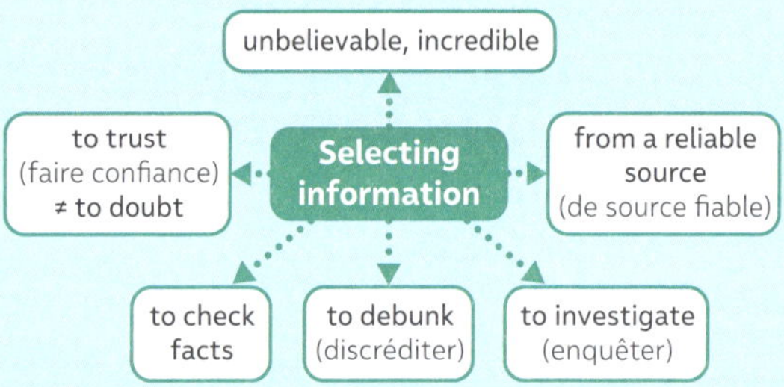

How do fictitious heroes shape a nation's identity?

9

☐ OK

FRANÇAIS

HISTOIRE-GÉOGRAPHIE

ENSEIGNEMENT SCIENTIFIQUE

ANGLAIS

Some British heroes, from the medieval virtuous leader to 19th century unconventional heroines, are considered role models that have helped forge the nation's character.

I The legend of King Arthur: fact or fiction?

1 The origins of the legend

- King Arthur probably never existed but may have been inspired by Arturus who fought against the Saxons in the 5th century. The heroic character emerges in medieval stories in the 6th century, but the first coherent account was written by Geoffrey of Monmouth in the 12th century.
- Arthur is the illegitimate son of Uther Pendragon, king of Britain. Once born, he is left with Merlin, the wizard, and raised by Sir Ector. One day, Arthur pulls a sword from a stone and is acclaimed king. He marries Guinevere and lives in Camelot, the starting point of many extraordinary adventures and heroic deeds for King Arthur, his sword Excalibur and the Knights of the Round Table.

2 A long-lasting impact

- Though Monmouth's book later proved unreliable, it gave Britain a valorous ruler and the chivalric ideal of courage and loyalty. That's why King Arthur's myth became more important than his history. He grew into a popular legendary figure the British could relate to.
- The Arthurian legend has evolved throughout the centuries. However, it is still a great source of inspiration and a reference today: lots of books, films, series and even computer games deal with or allude to it.

Vocabulary

- **a sword:** une épée
- **a deed:** une action
- **a knight:** un chevalier
- **chivalric:** chevaleresque

II 19th century heroines

1 Jane Austen's Elizabeth Bennet

- Elizabeth Bennet is the heroine of *Pride and Prejudice* (1813) and one of the most famous female characters in English literature. She is an unconventional protagonist, honest and virtuous, intelligent and witty, ironical and independent. She overcomes various obstacles in the strictly organised society of **Regency England** (1811-1820) but also surmounts her own flaws and her prejudices against Darcy to finally achieve romantic happiness.

2 Charlotte Brontë's Jane Eyre

- Jane is the protagonist and narrator of the eponymous novel published by the most famous of the Brontë sisters in 1847. As an orphan child and a plain and poor girl, Jane has to face **oppression and injustice** but chooses human dignity and education to become an independent young woman.
- When she falls in love with Rochester, the married man she works for, she manages to assert herself while remaining loyal to her own principles of **justice and morality**. In Victorian England and a society prejudiced against women, she believes in gender and social equality.

3 Their influence in today's world

- Clever and independent, Elizabeth and Jane are uncommon heroines **ahead of their time** and still speak to modern women today. Both have inspired a variety of authors, film directors and TV screenwriters.
- In the *Bridget Jones*' films or the television film *Lost in Austen* (2008), for example, Elizabeth becomes **a modern-day young woman**. The film *Jane Eyre* by Cary Fukunaga (2011), acclaimed by critics was seen as Jane's message to women: even if you are "poor, obscure, plain, and little," you can still decide of your life if you are true to yourself.

KEYWORDS

The American Dream: fiction or reality?

10

☐ OK

The American Dream is considered a founding myth of the United States and is often said to have nourished the American nation and shaped the American identity.

I What is the American Dream?

1 The origins of the American Dream

- The expression "American Dream" appeared only in the mid-1800s. However, the concept of America as a promised land was not a new one: it was already on the Pilgrim Fathers' minds as early as 1620, when they left England on the *Mayflower* to escape the influence of the Anglican Church and gain religious freedom.
- In the 19th century, the "American Dream" often referred to the Frontier Spirit of the pioneers who headed to the west to seek fortune. Stretching the frontier also meant moving to an uninhabited land and a wild environment. That's why the dream of being prosperous was associated with courage and perseverance.
- The American Dream can thus be defined as the belief that everybody, whatever their origin or their social background, has a right to freedom and happiness and can achieve success and prosperity through hard work and determination.

Vocabulary
- **to head to:** se diriger vers, mettre le cap sur
- **to stretch:** (ici) repousser
- **uninhabited:** inhabité

2 The American Dream and immigration

- The American Dream was the dream of thousands of European immigrants who arrived in New York Harbour in search of a better life, away from the models of the Old World. They arrived from Britain, Ireland, Italy, Russia and many other European countries to escape famine, poverty, political or religious persecution.
- By the early 20th century, the American Dream meant upward mobility, that is to say the possibility to climb the social ladder for anyone, regardless of social class or birth. Upward mobility is part of the American dream and a major principle of the American way of life, based on the pursuit of happiness.

II The American Dream today

1 The dream is wounded...

- Today, the feeling of **increasing poverty and lack of opportunities** is stronger and stronger in the middle and lower classes of American society. More and more people think that their children won't be able to do as well as they did and that **upward mobility** isn't possible anymore.
- That is why the American Dream is more **questioned** than ever especially by these middle and lower-class white Americans who lost their **faith** in it after **the 2007 crisis**. They were the supporters of Donald Trump, the then candidate who promised to restore the dream and to **"make America great again"**.

2 ... but it is not dead

- It isn't the first time people have been wondering about the end of the American Dream. The dream was **deeply doubted at different moments** in US history: after the Great Depression, during World War II, in the 1970s, etc., but it has survived.
- The American model of liberty and prosperity is **still meaningful today** and some successful Americans seem to prove the dream can still come true: for example, **Oprah Winfrey**, who was born into poverty, is now a wealthy and influential celebrity; **Sergey Brin**, who had to immigrate from the Soviet Union because of anti-Semitic segregation, became one of the co-founders of Google.
- This enduring dream still attracts **a great number of immigrants** today, especially from Latin America and Asia: there were 43.7 million immigrants living in the USA in 2016, and 8.3 million of them entered the country between 2010 and 2016. In 2016, about 21.2 million immigrants were naturalized American citizens.

KEYWORDS

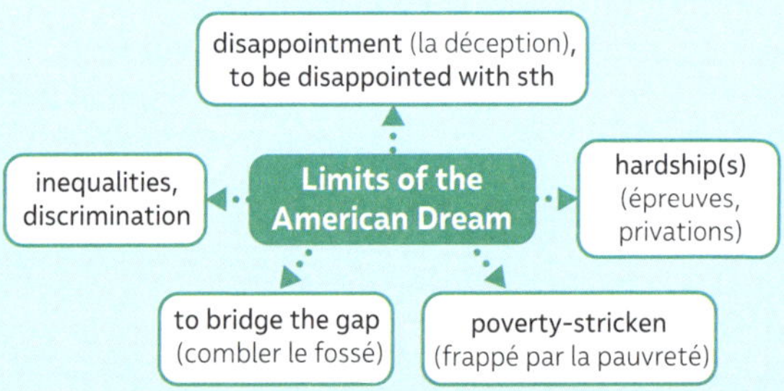

Can genetics really rhyme with ethics?

11

☐ OK

Reproductive science can help people to become parents in spite of infertility, disease or age. However, these medical innovations have raised many ethical issues. How far can medicine go?

I When reproductive medicine means hope

1 In vitro fertilization (IVF)

- In vitro fertilisation is a medical treatment for infertility. It consists in combining a woman's mature egg with a man's sperm in a laboratory before implanting the resulting embryo into the woman's womb. When necessary, this procedure can be implemented with donor eggs and sperm.

> **Vocabulary**
> - **the womb:** l'utérus
> - **to implement:** mettre en œuvre, exécuter

- Louise Brown, the world's first test-tube baby, was born in Britain in 1978. Since then, IVF has enabled many people, including same-sex couples, to become parents. Eight million IVF babies have been born in the world so far.

2 Pre-implantation genetic diagnosis (PGD)

- PGD is a more advanced technique used to identify genetic disorders on embryos before they are implanted, which prevents these disorders from being passed on to the child.
- The world's first PGD was performed in 1989 in London with two couples at risk of transmitting a chromosomal disease. It enabled both mothers to get pregnant with healthy twins.

3 Egg-freezing

- Egg-freezing enables women to freeze their eggs while they are young and healthy. The eggs are stored until they want to start a family. This "fertility insurance" is getting more and more popular: there were 564 egg-freezing cycles in the USA in 2009 and 8,892 in 2016.
- This technique was first used for cancer patients whose eggs are damaged by chemotherapy and radiation. It is now also used for women who are not ready to be mothers yet or who want to focus on their career before having children.

II Ethical dilemmas and responsibility

1 Social questions

- More and more American **companies offer egg freezing** to their female employees as a perk. They argue they want to help them balance their family life and career. However, are they trying to bridge the gender gap or taking control of women's lives?
- Another concern is the **cost of these innovating techniques**. In the USA, some people spend more than $25,000 for a full cycle of egg-freezing or PGD. And in some cases, when the implementation of eggs that were frozen doesn't result in pregnancy, it can be even more expensive. Should people's wealth have anything to do with parenthood?

2 Ethical issues

- Today, many American fertility clinics offer the possibility to have "designer babies": parents can resort to PGD to choose their child's gender or its eye or hair colour. This selecting procedure has raised ethical concerns. Indeed, many people fear the risks of eugenics.

Vocabulary

- **a perk:** un avantage en nature
- **designer babies:** des bébés sur mesure
- **eugenics:** eugénisme

- In the USA, PGD and egg-freezing aren't regulated whereas it is the case in most European countries, where PGD is only allowed when it can prevent genetic diseases. Are **state regulations** the solution?
- Or should we trust the **scientists' sense of ethics**? In 2018, a Chinese geneticist claimed he had created genetically modified humans, causing a general outcry from scientists around the world.

KEYWORDS

Ethical issues

- to act according to one's conscience (agir selon sa conscience)
- ethics (l'éthique)
- genetically engineered (génétiquement modifié)
- to stay true to principles (rester fidèle à des principes)
- a breach of professional ethics (un manquement aux règles de la déontologie)

Can we change climate change? 12

☐ OK

Scientific and technological innovations have revolutionised our lives but have also brought about many environmental problems. Climate change is the most urgent issue to tackle.

I The causes and effects of climate change

1 What is climate change?

- The Earth's global climate is changing and **the planet is warming up**. The Earth's average temperature has risen about 1°C since the end of the 19th century and the phenomenon is accelerating: 2016 and 2019 are the two hottest years on record and there have been five particularly hot years in a row (2015-2019).
- This global warming is **due to human activities** such as farming, deforestation and industrialisation. Indeed, over the past 150 years, industrialised countries have been burning fossil fuels, which has released harmful gases in the atmosphere and produced the greenhouse effect. In the same time, forests (which absorb carbon dioxide and release oxygen) have been cut down to serve human purposes.

2 The effects of global warming

- The effects of global warming **can be seen everywhere**: the polar ice caps are shrinking, the mountain glaciers and snow are melting, the oceans are warming and the sea level is rising.
- The **outcomes are disastrous**: the weather has become unpredictable, the complex ecosystems of the different regions of the world are endangered, and a lot of animals and plants have difficulty adapting to the change. Humans are impacted too, especially in developing countries: they have to face record high temperatures, intense rainfalls, floods and droughts.

Vocabulary
- **harmful:** nocif
- **to shrink:** rétrécir, réduire
- **to melt:** fondre

- In 2018, the Intergovernmental Panel on Climate Change (IPCC) issued a new warning: if nothing is done now, there will be a 3°C temperature increase by 2030, which would be a catastrophe. The report explains that it is vital for the future of the planet to **maintain the rise below 1.5°C**. It means we only have a few years left to save the world!

II Taking responsibility and finding solutions

1 Solutions

- Sustainable development may be the solution. The term appeared in a 1987 report defining it as "development that meets the needs of the present without compromising the ability of **future generations** to meet their own needs". It means we should seek ways of living and working that enable all the people in the world to lead healthy, fulfilling and economically secure lives while **protecting the environment**. This implies many changes at various levels.
- **At an individual scale**, we can choose a clean energy and green products (for example free of toxic compounds or biodegradable). We can buy fair trade items, reduce waste and recycle more.
- Besides, the main step forward to achieve sustainability is to cut carbon dioxide pollution and invest in renewable energy – solar panels or biomass for example. **States and governments** have to invest and contribute to innovations.

2 Individual vs collective responsibility

- Most nations **hesitate to take firm action**. Many countries fear that reducing greenhouse gas emissions may harm their economic growth.
- The 2015 international **Climate Conference in Paris (COP 21)** was the first one of its kind to lead to a general agreement: all the 195 countries decided to act together to keep the global temperature rise below 2°C. But three years later, COP 24 was still about discussing how to put the Paris agreement into practice...

KEYWORDS

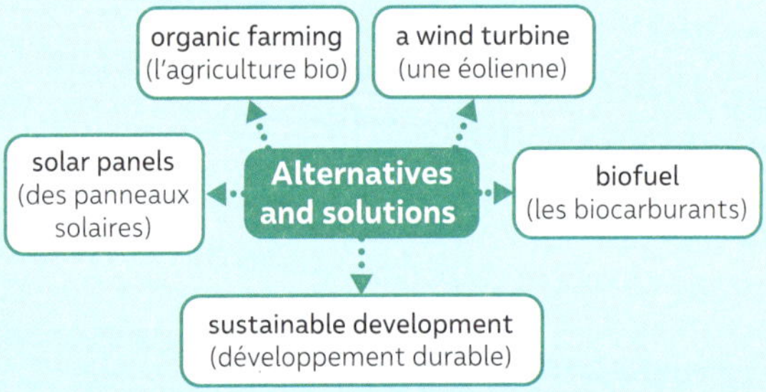

Living with disabilities in today's society

13

☐ OK

In today's world, where appearances seem to matter more than ever and conformity seems to be the rule, it can be difficult to be different. The social inclusion of disabled people in particular is an issue and a concern everywhere in the world, even in a developed country like Britain.

I Disabled people and governments' policies

1 Everyday difficulties and challenges

- Handicapped people are regularly denied the rights that non-disabled people take for granted. They find it difficult or sometimes even impossible to access what everybody else does: public transports, restaurants, theatres, housing, administration buildings or jobs.

- In London underground, for example, only one quarter of the stations are wheelchair accessible. In the UK, the employment gap between the disabled and the non-disabled stands at 30% and hasn't changed for a decade. That's why Britain's Equality and Human Rights Commission says disabled people are still treated as second-class citizens.

2 Governments' efforts

- However, laws have changed and in Britain and many other countries, improvements have been made for physical access to public places for the handicapped. "Diversity Confident" campaigns, for instance, were launched in 2013 in Britain and in 2016 in New-Zealand to encourage employers to hire disabled people and thus try to bridge the employment gap.

- The Global Disability Summit which took place in July 2018 in Britain shows the world leaders' attempts to tackle the problem. British Prime Minister Theresa May then insisted on Britain's commitment in ending disability discrimination. There is a general willingness to include disabled people in society... but its effects aren't always visible enough in their life.

Vocabulary

- **to take sth for granted:** considérer qqch comme acquis
- **to tackle the problem:** s'attaquer au problème

II Other people's perceptions of disability

1 Prejudice and mockery

- Many disabled people suffer from other people's stares and the way they are considered by non-disabled people. **Getting rid of prejudices** is probably the main problem to solve. If people don't see them as their equals, how can disabled people ever feel included in society?

- In 2017, the British newspaper *The Guardian* asked his disabled readers to write **diaries about their everyday life**. In one of them, Nina Grant, a 31 year-old wheelchair user, remembers how ill at ease she felt on the day a woman with a baby buggy got off the bus for her to get in: she couldn't ignore the accusing looks of all the other passengers. Such moments in handicapped people's daily lives may suggest their social inclusion is still out of reach.

→ Read the diaries: bit.ly/2MhzsrH

2 Changing views

- However, in the UK in particular, the **London 2012 Paralympic Games** had a real impact on attitudes to disabled people. This was highlighted in a survey carried out in 2014, a year after the launching of the Disability Confident campaign: 68% of the people answered these attitudes had improved and 56% of handicapped people agreed.

- But **things are slow to change**. Christopher Reardon wrote in *The Guardian* he sees reasons to be optimistic about people's humanity and progress: every time an architect designs a stylish building with handicapped access, or a couple decide to raise and love a disabled child, it is **a step forward to disabled people's inclusion**.

Vocabulary

- **a stare:** regard fixe
- **a diary:** un journal intime
- **a baby buggy:** une poussette
- **a survey:** une enquête, un sondage

KEYWORDS

Disabled people's difficulties

- to be biased/prejudiced against (avoir des préjugés à l'encontre de)
- to be discriminated against (être victime de discrimination)
- access ramp, whellchair ramp
- to be treated differently
- the employment gap (disparités en matière d'emploi)

Languages and social inclusion

14

☐ OK

The languages people speak (or don't speak) influence which education or which jobs they can get, which information they can have access to or who they can socialise with, thus favouring inclusion or exclusion.

I How does language reproduce social inequality?

In some cases, the use of language is representative of social differences, thus making inclusion complicated.

1 Language registers

- We generally use different language registers so as to communicate properly in various circumstances. Indeed, we don't speak to our family or friends the way we talk to our boss or our school headmaster. The register we use depends on the audience and the context: it can be formal, professional or casual (informal).
- Language registers are also related to social background. People living in an underprivileged environment are more likely to use mainly the casual register, thus they may have difficulty mastering the professional or formal registers. This may prevent them from getting a higher education and climbing the social ladder.

2 Language and social gap

Language can also widen the social gap between communities.

- Some communities who speak minority languages can suffer from exclusion, especially when their languages aren't official ones. That's why millions of people who can't have access to education and public matters in their own language feel they are discriminated against.

Info

In India, 400 languages and 3,000 dialects are spoken but the government's policy favours English and the major Indian languages (Hindi, Bengali, Marathi...).

- Spanglish is another example of the social impact of languages. Indeed, Spanglish is a mix of Spanish and English which is spoken in Hispanic communities living in the USA. Although it is a very creative language Latinos are proud of, it often proves an obstacle to their integration in the American society: in the USA, proficiency in English is necessary to social assimilation.

II The effect of globalisation

In a more and more global world, multilingualism and the use of English are spreading, which may enable better integration and social inclusion.

1 Speaking several languages

- In many countries, a lot of people speak different languages every day. In **Mauritius** for example, most people usually speak a French-based creole language at home, English at school or at work, and both French and English in daily life. This multilingualism is increasing as the island becomes an attractive destination for international tourists.
- Young people all over the world are encouraged to learn at least another language, so as to be fully part of a global world. In **the European Union**, half of the people can speak at least two languages and EU policies aim at developing the trend to make its citizens capable of speaking three languages in a near future.

2 English, a new global language

- In this context, English has become a global language. It is the language of business in multinational companies, **the language of trade and tourism** and more generally the language of communication between people from different countries.
- For all these reasons, English is **the fastest spreading language** in human history and it will most probably keep spreading as a global *lingua franca* in the future. Though some people wonder about the consequences of such a growth on its cultural aspects, it can be considered the language of inclusion in our global world.

Info

A ***lingua franca*** is a language used for communication between groups of people who speak different languages.

KEYWORDS

Verbs
- to be fluent in, to speak ... fluently (parler couramment)
- to speak, to talk
- to chat (discuter)
- to say sth to sb, to tell sb (about) sth (dire qqch à qqn)
- to express oneself

Colonisation and Aboriginal heritage

15

☐ OK

Britain was once the biggest colonial power in the world. Unfortunately, colonisation often had some disastrous consequences on the native populations, for instance on the Aborigines in Australia. However, Aborigenes have managed to keep their cultures and heritage alive.

I Understanding Aboriginal cultures and lifestyles

- Within indigenous communities, kinship systems, that is to say relationships in the extended family, are central to the way culture is passed on. Children and education are the concern of the whole community.

Vocabulary

- **kinship:** (liens de) parenté
- **surroundings:** environnement, cadre

- Education focuses on the relationship between children and their social and natural surroundings. The most important traditions are taught by the Elders; they pass on their knowledge, experiences and beliefs through storytelling.
- Dreamtime stories, in particular, are about ancestral beings and places. They explain how the world was created, how their ancestors came to Australia and migrated across the country.

II The effects of colonisation on Aboriginal culture and heritage

- In 1770, James Cook declared Australia was "terra nullius" (no-one's land). And yet, in 1788, when colonisation began, there were actually about 400 Aboriginal clans living there. The British settlers gradually dispossessed them of their land. For the Aborigines, losing their land meant losing their beliefs and culture, in fact losing their real identity.
- Moreover, colonisation made it difficult or even impossible for many indigenous communities to keep passing on their culture and knowledge from one generation to the other. For example, the colonists tried to stop them speaking their own Aboriginal language: there were about 700 indigenous languages and dialects in the 18th century, there are about 250 left nowadays.

Between 1901 and 1969, 100,000 Aboriginal **children were forcibly taken away** from their families to be educated in government-run institutions so that they could be assimilated. They are referred to as "the stolen generations". Aboriginal heritage which is about creating and maintaining continuous links between the people and the land was thus strongly affected.

III Reconciliation and its impact

- In 1992, the Australian High Court recognised Aboriginals' rights over their lands. On 26th May 1998, the first **"Sorry Day"** was held in memory of the stolen generations and is now commemorated every year. A **"National Reconciliation Week"** is now held at the end of May.
- In 2008, Australian Prime Minister Kevin Rudd presented national apologies to the Aboriginal peoples for the harm done.
- In 1985, **Uluru was returned to the Anagu people**, its traditional owners. Since then, they have jointly run Uluru national park with the Australian government. In 1994, the World Heritage site was relisted to include its Aboriginal values.
- Nowadays, Aboriginals still have to work hard to **keep their culture and heritage alive**. However, they do speak and teach their languages, pass on their knowledge through stories, rituals and artwork; they also protect their cultural property and sacred sites.

> **Info**
>
> **Uluru** is a natural red rock in the Australian Outback. It is both a significant place in Aboriginal spirituality and a major touristic attraction in Australia.

KEYWORDS

Towards reconciliation

- to pay tribute to (rendre hommage à)
- to apologise (UK) apologize (US) for (s'excuser de)
- recognition (la reconnaissance)
- to make up for (compenser)
- a mistake, an error, a wrong
- to recognise (UK) recognize (US) (reconnaître)
- to reclaim, to take back (récupérer)

South Africa and the legacy of Apartheid

16

☐ OK

There are 57 million inhabitants in South Africa, 80% of which are black. Yet, for more than 300 years, the country was ruled by a white minority, first through colonisation and then through apartheid. Apartheid ended in the 1990s but it has deeply affected the country.

I What was apartheid?

- Apartheid was a segregationist policy voted in 1948 by the Afrikaner nationalist party government. It is an Afrikaans word meaning "being apart".
- Apartheid was a system of legal racial segregation which forced the different racial groups to live and develop separately. Whites and non-whites were treated differently in all aspects of life: education, employment, health care and housing. Apartheid guaranteed the dominance of the white minority and regarded black people as inferior.
- The territory bore the mark of that division: whites lived in the cities and non-whites out of them. Black people had to live either in townships (underdeveloped areas outside the cities) or in Bantustans (rural territories set aside for Black inhabitants).

Info

Afrikaners are white South Africans, mostly the descendants of Dutch settlers. They speak Afrikaans.

II Nelson Mandela's fight for justice

- Nelson Mandela witnessed the prejudices and injustice that black South Africans had to face while he was at school. He became involved in politics at university in the 1940s.
- In 1944, he joined the ANC (African National Congress), a black liberation movement. From 1948, he began to take part in boycotts, strikes and defiance campaigns against apartheid. In 1952, Mandela was arrested and faced the first of many accusations. In 1962, he was convicted of sabotage and treason.

Vocabulary

- **to be convicted of:** être reconnu coupable de
- **to leave office:** quitter ses fonctions
- **to advocate for sth:** défendre qqch, militer pour qqch

FRANÇAIS

HISTOIRE-GÉOGRAPHIE

ENSEIGNEMENT SCIENTIFIQUE

ANGLAIS

- He was released in February 1990 after 27 years in jail; he and President FW de Klerk then worked together to enable the transition from apartheid to a multiracial democracy. In 1993, they were jointly awarded the Nobel Peace Prize.
- In 1994, Nelson Mandela became the first democratically elected president of South Africa. He believed peace and forgiveness (and not anger) should motivate new laws and actions and could unite his country. After leaving office in 1999, he went on advocating for reconciliation and social justice in South Africa and all over the world.

III A new South Africa?

- Mandela wanted South Africa to be "a rainbow nation at peace with itself and the world" where people of different skin colours could live next to one another in a rich multicultural country.
- Soweto (South Western Township) well illustrates today's rainbow nation. Johannesburg's black township quickly changed after the end of apartheid and has become a symbol of the country's energy and hope. There, you can now see fancy shopping malls and restaurants where the younger generations mingle more easily.
- However, Soweto is also a place of contrasts where many black people still live in poverty. The gap between whites and non-whites hasn't been bridged yet. The country still has to deal with poverty and racism as well as crime and AIDS. Although there are many signs of progress, apartheid has left its scars on today's South Africa...

Info

In South Africa, **townships** are under-developed urban areas where non-whites lived until the end of apartheid.

Vocabulary

- **to mingle:** se mélanger
- **a scar:** une cicatrice

KEYWORDS

The legacy of apartheid

- a township, a shanty town, a slum (bidonville)
- to be deprived of (être privé de)
- violence, crime rate (taux de criminalité)
- racism, racial discrimination
- unemployment (le chômage)

Les articles

17

☐ OK

Il n'existe que trois articles en anglais : l'article indéfini *a* (ou *an*), l'article défini *the* et l'article zéro (absence d'article). Leurs emplois ne sont pas toujours identiques à leurs équivalents français : comment bien les utiliser ?

I Rappels sur l'article indéfini *a(n)*

1 Formes

- L'article indéfini a deux formes, *a* et *an*. On emploie :
  - *a* devant les mots commençant par un son consonne ;
  - *an* devant les mots commençant par un son voyelle.

a book, **a** flower mais : **an** umbrella, **an** apple

- Attention, une voyelle peut correspondre à un son consonne.

a uniform /juːnɪfɔːm/,
a European country /jʊərəˈpiən/,
a one-man show /wʌn/

À noter

On emploie ***an*** devant un *h* muet : *an heir/heiress* [un héritier, une héritière], *an honest man, an honourable woman, an hour.*

2 Emplois

On utilise *a(n)* devant des **noms dénombrables** au singulier :
- pour mentionner quelque chose pour la première fois (comme l'article indéfini « un, une » en français) ;

Overpopulation has **an** impact on the environment.

- pour faire référence à un membre particulier d'un groupe, notamment devant un nom de métier, une nationalité, une religion.

He is **a** teacher / **an** Irishman / **a** Catholic.

II Quel article choisir : *the* ou l'article zéro ?

- Comme en français, si l'on parle de quelque chose qui est **déjà connu**, **défini**, **identifié** ou que l'on fait référence à des personnes ou des objets uniques, alors il faut employer l'article défini (*the*).

Did you see **the** Queen?

À noter

The se prononce /ðə/ devant un son consonne : *the future,* mais /ðiː/ devant un son voyelle : *the airport.*

FRANÇAIS HISTOIRE-GÉOGRAPHIE ENSEIGNEMENT SCIENTIFIQUE ANGLAIS

En revanche, si l'on fait référence à une notion **générale**, on utilise l'article zéro. Les noms indénombrables et les noms dénombrables au pluriel sont donc le plus souvent employés sans article.

ø Tea is a popular drink in England.
Le thé est une boisson très populaire en Angleterre.

ø Children usually love to sing ø Christmas carols.
En général, les enfants aiment chanter des chants de Noël.

Retenez notamment qu'il n'y a généralement **pas d'article** devant :

- les disciplines académiques, les activités, les sports ;

My favorite topic is ø history.
I practise ø horse-riding every Saturday.

- les jours et les saisons ;

I don't have class on ø Sunday / in ø **summer**.

- les couleurs ;

ø Green is a cold colour.

- les repas ;

ø Dinner is served!

- le mot *television* quand on parle du média.

I never watch ø TV.
[mais : *I listen to* ***the*** *radio.*]

À noter

***The* + adjectif** permet de désigner une catégorie : *the blind* (les aveugles), *the rich* (les riches), *the young* (les jeunes).

NOTEZ BIEN

Faut-il un article devant les noms propres ?

the

- **devant les noms de personnes au pluriel :** ***the*** *Obamas,* ***the*** *Kardashians*
- **devant les noms de lieux au pluriel :** ***the*** *Netherlands,* ***the*** *Himalayas*
- **devant les noms de pays contenant *republic*, *kingdom*, *states* :** ***the*** *Republic of Ireland*

ø

- **devant un nom propre précédé d'un titre ou d'un grade :** *ø Queen Elizabeth, ø British Prime Minister Boris Johnson [mais* ***the*** *Queen,* ***the*** *Prime Minister]*
- **devant les noms de lieux géographiques (pays, continents, régions) :** *ø France, ø Africa, ø California*

Les quantifieurs

18

☐ OK

Pour exprimer une quantité, l'anglais fait appel à des quantifieurs. Ces déterminants diffèrent selon que le nom est dénombrable (on peut le compter) ou indénombrable (on ne peut pas le compter : notions abstraites, matières, liquides...).

I *Some* ou *any* ? (« du, de la, des »)

- Dans les phrases affirmatives, on emploie *some* devant les noms indénombrables singuliers et devant les noms dénombrables pluriels.

  The teacher gave us some information about Brexit.
  Le professeur nous a donné des informations sur le Brexit.

  There are **some** interesting facts in today's newspapers.
  Il y a des choses intéressantes dans les journaux d'aujourd'hui.

- Dans les phrases interrogatives, on emploie *some* pour formuler une offre ou une demande polie (on sait que l'élément existe). On emploie *any* quand la question porte sur l'existence de l'élément.

  Would you like **some** cookies?
  Tu veux des cookies ?

  Is there **any** water on Mars?
  Y a-t-il de l'eau sur Mars ?

> **À noter**
> Employé dans une phrase affirmative, ***any*** signifie « n'importe quel » ou « tout » (*at any time* : à n'importe quel moment, à tout moment).

- Dans les phrases négatives, on utilise *not... any* ou *no* (le ton est alors plus catégorique).

  There is**n't any** life on Mars. There is **no** life on Mars.
  Il n'y a pas de vie sur Mars.

- Les composés en *-body*, *-thing*, *-where* (*somebody*, *anything*, *nowhere*) suivent les mêmes règles que *some*, *any*, *no*.

II *Much* ou *many* ? *Little* ou *few* ?

- Il faut se demander : est-il dénombrable ou indénombrable ?

Le nom qui suit est...
- → **indénombrable** (singulier) → much, (a) little
- → **dénombrable** (pluriel) → many, (a) few

She has **many** friends and **little** time.
Elle a beaucoup d'amis et peu de temps.

She ate **a little** bread.
Elle a mangé un peu de pain.

Few politicians tell the truth.
Peu de politiciens disent la vérité.

I spent **a few** days in London.
J'ai passé quelques jours à Londres.

Les expressions avec *much* et *many* obéissent aux mêmes règles.

III *Each, every, several, most, all*

1 *Each et every*

Each et *every* sont toujours suivis du singulier. Avec *each*, on insiste sur chaque élément pris individuellement tandis qu'avec *every*, on considère chaque élément comme faisant partie d'un ensemble.

À noter
Ne pas confondre ***everyday*** (tous les jours) et ***all day*** (toute la journée).

Each child has spoken. (= chaque enfant, c'est-à-dire un par un)

I heard **every** child. (= chaque enfant, c'est-à-dire tous les enfants)

2 *Several, most, all, no*

No student	**Several** students	**Most** students	**All** students
Aucun étudiant	Plusieurs étudiants	La plupart des étudiants	Tous les étudiants

Several, *most* et *all* peuvent se construire avec *of* si on fait référence à un groupe précis. *No* devient *none of*.

Most of the students I know got a good grade.
None of them failed the exam.
La plupart des étudiants que je connais ont eu une bonne note.
Aucun d'entre eux n'a échoué à l'examen.

NOTEZ BIEN

L'expression de l'appartenance

19

☐ OK

Pour exprimer l'appartenance ou pour marquer un lien étroit entre deux éléments, l'anglais utilise soit le génitif, qui se construit à l'aide du suffixe *'s*, soit une construction en *the ... of*.

I Comment construire le génitif (ou cas possessif) ?

Le génitif se construit en ajoutant *'s* après le nom du possesseur. Il y a inversion des termes par rapport au français :

Prince Harry's wife is talented.

L'épouse **du Prince Harry** a du talent.

The bride's dress was gorgeous.

La robe **de la mariée** était sublime

> **À noter**
>
> Lorsque le possesseur est sans article : ø *Prince Harry*, le génitif est également sans article : on ne dit pas *The Prince Harry's wife*.

- Si le nom du possesseur est au pluriel et se termine par un *s*, on ne met que l'apostrophe *'*.

  My cousins' car

  mais : St James's Park [ici le s final ne marque pas le pluriel]

- Le deuxième nom est parfois sous-entendu pour éviter une répétition.

  Whose birthday is it today? – It's your dad**'s**. [= your dad's birthday]

  C'est l'anniversaire de qui aujourd'hui ? – C'est celui de ton père.

  She went to Bob**'s** (house).
  Elle est allée chez Bob.

  He is at the butcher**'s** (shop).
  Il est chez le boucher.

II Quand utiliser le génitif ?

1 Principaux emplois

- On emploie le génitif :
  - pour exprimer l'appartenance à un être vivant, un groupe ou un pays ;

  England**'s** major political parties hold seats in Parliament.

  Les principaux partis politiques anglais siègent au Parlement.

- pour exprimer une **durée** ;

  a month**'s** holiday
  un mois de vacances

- pour indiquer une **date**.

today**'s** papers les journaux d'aujourd'hui	Tuesday**'s** meeting la réunion de mardi

Dans les autres cas, on utilise *the* + nom du possesseur + *of*.

The title of the book (~~the book's title~~) is *Hunger Games*.
Le titre du livre est *Hunger Games*.

2 Cas particuliers

On n'emploie pas le génitif :

- si le nom du possesseur est un **groupe nominal long**.

  What is the name of the tall blue-eyed French football champion?
  [Et non pas *What is the ~~tall blue-eyed French football champion's name~~?*]

- si le nom du possesseur est suivi d'une **proposition relative** ou d'un **GN apposé**.

  The reputation of Griezmann, the French football player, is international.
  [Et non pas *~~Griezmann's reputation~~*, car il est impossible de séparer le nom du GN qui le complète.]

III Les déterminants et pronoms possessifs

Les déterminants possessifs sont placés devant un nom. Les pronoms possessifs remplacent le groupe [déterminant possessif + nom], pour éviter une répétition.

Déterminants possessifs	my, your, his, her, its, our, their
Pronoms possessifs	mine, yours, his, hers, ours, theirs

Is that **your** jacket? It's very similar to **mine.** [*mine = my jacket*]
déterminant (your) — pronom (mine)

On peut utiliser un pronom possessif pour dire « un de mes/tes... » :

One of **my** friends = A friend **of mine**
un(e) de mes ami(e)s

À noter
Avec un nom, il faudrait utiliser le génitif : *a friend of Martin's (friends).*

L'adjectif qualificatif

20

☐ OK

En anglais, l'adjectif qualificatif ne s'accorde ni en genre ni en nombre avec le nom qu'il modifie.

I L'ordre des adjectifs

- Les adjectifs épithètes sont toujours placés **avant le nom**. Les adjectifs d'opinion (jugement personnel) viennent en premier, suivis des adjectifs de description (caractéristiques objectives).

  Emma Stone is a **famous American** actress.

- Les adjectifs de description obéissent également à un **ordre donné** :

  taille ① – âge ② – forme (ou qualité physique) ③ – couleur ④ – origine ⑤ – matière ⑥

  a tall, young, strong *Scottish* warrior
  un jeune, grand et fort guerrier écossais

- Lorsque deux adjectifs sont du même type, ils sont reliés par *and*.

  a **red and white** flag

II La formation des adjectifs

1 Les adjectifs en *-ed* et en *-ing*

- De nombreux adjectifs sont construits **à partir de verbes** auxquels on ajoute le suffixe *-ing* ou *-ed*.

Adjectif en *-ing*

sens actif (décrit un effet)

Her speech was interest**ing**.
Son discours était intéress**ant**.

Adjectif en *-ed*

sens passif (décrit un état)

The audience was interest**ed**.
Le public était intéress**é**.

- Quelques adjectifs à ne pas confondre :

-ing	
annoying	agaçant
boring	ennuyeux
frightening	effrayant
tiring	fatigant

-ed	
annoyed	contrarié
bored	qui s'ennuie
frightened	effrayé
tired	fatigué

2 Les adjectifs composés

- Un adjectif composé est formé de deux mots ou plus, séparés par un tiret. Le premier mot sert à **donner une précision** sur le second.

  I would like to live in an **English-speaking** country.
  J'aimerais habiter dans un pays anglophone.

Formation	Exemples
adjectif + verbe + *-ing*	easy-going (facile à vivre)
adverbe + verbe + *-ed*	well-dressed (bien habillé)
nom + verbe + *-ing*	time-consuming (chronophage)
nom + adjectif	smoke-free (non-fumeur)
adjectif + nom (au sing.)	full-length (en version intégrale)
adjectif + nom* (au sing.) + *-ed* (* Dans ce cas, le nom appartient généralement au lexique du corps.)	blue-eyed (aux yeux bleus) long-toothed (aux dents longues)

- On peut également transformer un **complément du nom** (*of*...) exprimant l'âge, la durée ou la distance en adjectif composé. Attention, tous les termes passent au singulier (ne pas oublier le ou les tirets).

  a child of two years old → a **two-year-old** kid (un enfant de deux ans)

  a break of three weeks → a **three-week** break
  (une pause de trois semaines)

  a walk of five kilometres → a **five-kilometre** walk
  (une marche de cinq kilomètres)

NOTEZ BIEN

Les comparatifs et les superlatifs

21

☐ OK

Le comparatif permet de mesurer les différences entre deux éléments (plus... que, moins... que, aussi... que).
Le superlatif est utilisé pour décrire l'élément qui a le plus haut degré d'une qualité ou d'un défaut (le plus..., le moins...).

I Comparatif et superlatif de supériorité

Le comparatif et le superlatif de supériorité se construisent différemment selon que l'adjectif est long ou court.

1 Formation régulière

- Adjectif court : une syllabe ou deux syllabes se terminant en *-y, -er, -ow, -le*.

adjectif	comparatif = adj. court + *-er*	superlatif = adj. court + *-est*
slow	slower	slowest
funny	funnier	funniest
clever	cleverer	cleverest
narrow	narrower	narrowest
simple	simpler	simplest
thin	thinner	thinnest

funniest → Le *y* final de l'adjectif devient *i* au comparatif et au superlatif.

thinnest → La consonne finale est doublée lorsqu'elle est précédée par une voyelle.

My new mobile phone is **slower** than my old one.

It's the **slowest** phone I've ever had.

- Adjectif long : deux syllabes (non terminé par *-y, -er, -ow, -le*) ou plus.

comparatif	superlatif
more + adj. long	*most* + adj. long

Captain America is **more** powerful than Thor.

Superman is **the most** powerful superhero.

À noter

Quelle que soit la longueur de l'adjectif, le deuxième élément de comparaison est toujours introduit par ***than***.
*He swims faster **than** I run.*

FRANÇAIS

HISTOIRE-GÉOGRAPHIE

ENSEIGNEMENT SCIENTIFIQUE

ANGLAIS

2 Adjectifs irréguliers

adjectif	comparatif	superlatif
good / well (bon, bien)	better (mieux, meilleur)	best (le meilleur)
bad (mauvais)	worse (pire)	worst (le pire)
far (loin)	farther / further* (plus loin)	farthest / furthest* (le plus loin)

**further/furthest* s'emploie au sens figuré :

Further research is needed.
Des recherches plus poussées sont nécessaires.

II Comparatif d'égalité, comparatif et superlatif d'infériorité

- Comparatif d'égalité : *as* + adjectif + *as*.

This winter the weather is **as bad as** last year.
Cet hiver, le temps est aussi mauvais que l'année dernière.

- Comparatif d'infériorité : *less* + adj. + *than* ou *not as* + adj. + *as*.

Driving is **less expensive than / not as expensive as** flying.
Prendre la voiture est moins cher / n'est pas aussi cher que prendre l'avion.

- Superlatif d'infériorité : *the least* + adjectif.

Wyoming is **the least populous** state of the USA.
Le Wyoming est l'État le moins peuplé des États-Unis.

III Double comparatif

- Pour dire la progression, on peut coordonner deux comparatifs.

Summers are **hotter and hotter** (more and more hot) / **more and more** intense.
Les étés sont de plus en plus chauds / de plus en plus intenses.

- Pour exprimer la corrélation de deux éléments, on utilise : *the* + comparatif.

The hotter they get, **the more** unbearable they are.
Plus ils se réchauffent, plus ils deviennent insupportables.

The more I see you, **the more** I love you.
Plus je te vois, plus je t'aime.

Formes simples et formes en *be* + V-*ing*

22

☐ OK

La forme simple permet de donner une information sans faire de commentaire. Avec la forme en *be* + V-*ing*, l'énonciateur fait un commentaire sur l'action, comme un « arrêt sur image ».

I Présent simple ou présent en *be* + V-*ing* ?

1 Rappel : formation

- Le présent simple :

	Toutes les personnes sauf 3e pers. du singulier	3e pers. du singulier
Forme affirmative	Sujet + BV (base verbale)	Sujet + BV + s
Forme négative	Sujet + do not (don't) + BV	Sujet + does not (doesn't) + BV
Forme interrogative	do + sujet + BV	does + sujet + BV

I eat. They don't run. Does she work?

- Le présent en *be* + V-*ing* : *be* au présent (*am, are, is*) + V-*ing*

I'm eating. They're not running. Is she working?

2 Comment choisir ?

- Le présent simple exprime une généralité tandis que le présent en *be* + V-*ing* décrit une action en train de se faire.

It usually **rains** a lot in Ireland but it**'s** not **raining** at the moment.

- Principaux emplois :

Présent simple	Présent en *be* + V-*ing*
• Fait régulier, frequent : My friend travels to the UK once a year. • Vérité générale : The sun rises in the east. • Information objective She works in an office.	• Action en cours : He **is** read**ing** his new book right now. • Futur immediat : **Are** you com**ing** to my party tonight?

II Prétérit simple et prétérit en *be* + V-*ing*

1 Formation

- Prétérit simple : ▶ FICHE 23
- Prétérit en *be* + V-*ing* : *be* au prétérit + V-*ing*

I **was** eat**ing**. Je mangeais.

They **were** not runn**ing**. Ils ne couraient pas.

Was she work**ing**? Travaillait-elle ?

2 Emplois

- Le prétérit simple s'emploie pour relater un fait passé, coupé du présent.

I **visited** Los Angeles last summer.
J'ai visité Los Angeles l'été dernier.

- Le prétérit en *be* + V-*ing* s'emploie pour décrire une action qui était en train de se dérouler : elle permet d'évoquer les circonstances d'un fait rapporté au prétérit simple.

While they **were shooting** the scene, an accident happened.
Pendant qu'ils tournaient la scène, un accident s'est produit.

À noter

Le prétérit en *be* + V-*ing* se traduit le plus souvent par un **imparfait** en français.

NOTEZ BIEN

Comment prononcer *-ed* ?

La terminaison du participe passé régulier se prononce différemment selon le son qui la précède.

-ed

[t] après les sons [p], [k], [s], [f], [ʃ] *(stopped, booked, missed, surfed, finished, worked, announced...)*

[id] après les sons [d] et [t] *(invaded, lifted wanted...)*

[d] après tous les autres sons *(lived, arrived, enjoyed, zoomed...)*

Prétérit simple et *present perfect* 23

☐ OK

Le prétérit simple renvoie à une action précise du passé, datée et terminée, qui n'a aucun lien avec le présent.
Le *present perfect* simple renvoie à une action passée ou qui a commencé dans le passé, mais qui a toujours un lien avec le présent.

I Rappels

1 Comment former le prétérit simple ?

- Prétérit simple : BV + -ed

Certains verbes ont un prétérit irrégulier qu'il faut mémoriser.

I worked. You ran [prét. de *run*] She spoke [prét. de *speak*]

- Aux formes négative et interrogative, on utilise l'auxiliaire *did*.

We didn't move.
Did you sleep?

2 Comment former le *present perfect* simple ?

- *Present perfect* simple : *have* au présent + participe passé (BV + *-ed*)

Les verbes irréguliers au prétérit le sont également au participe passé.

I **have** work**ed** till now.
She **has** already **spoken**. [part. passé de *speak*]

- *Have* porte la négation et permet de formuler une question.

We haven't moved yet.
Have you slept enough? [part. passé de *sleep*]

II Prétérit ou *present perfect* ?

1 Comment choisir ?

- S'il y a un lien entre l'événement passé et le présent, on utilise le *present perfect*. Sinon, on utilise le prétérit.

There **has been** a school shooting, it's all over the news.
Il y a eu une tuerie dans une école, les médias ne parlent que de cela.

There **was** a school shooting yesterday.
Il y a eu une tuerie dans une école hier.

Les deux formes correspondent à un passé composé mais :

- dans la phrase 1, on évoque un événement qui a une **conséquence dans le présent** : il est dans les médias au moment où l'on parle ;
- dans la phrase 2, on énonce un fait passé, dont on précise la date (hier) : il y a **coupure avec le présent**, ce qui induit l'utilisation du prétérit.

2 Quels marqueurs de temps utiliser ?

Action passée et datée → **prétérit** → yesterday, last week / month / year, when I was a child, in 2014, ten days ago…

Bilan présent d'actions passées → ***present perfect*** → ever, never, before, already, yet, so far, not yet, still not, over the last few days/years, it's the first time, since…

NOTEZ BIEN

Emploi de *ago*, *since* et *for*

Quel mot employer ?

ago (= il y a)
- s'emploie avec le prétérit
- permet de dater un événement passé

since (= depuis)
- s'emploie avec le *present perfect*
- indique le point de départ d'une action

for
- s'emploie avec le prétérit (= pendant) ou le *present perfect* (= depuis)
- indique la durée d'une action (terminée ou non)

- Obama was President of the USA for 8 years. [période terminée]
- Trump became President three years ago, in 2016. [action passée]
- Trump has been President of the USA since 2016 / for 3 years. [période non terminée]

Le *past perfect*

24

☐ OK

Le past perfect s'utilise toujours avec le prétérit, dans un contexte passé. Il permet d'indiquer qu'une action a eu lieu avant une autre action passée (exprimée au prétérit).

I Comment former le *past perfect* ?

Formation : *had* + participe passé

Martin Luther King **had met** J. F. Kennedy before his March on Washington.
Martin Luther King avait rencontré J. F. Kennedy avant sa Marche sur Washington.

Had such an event occurred before?
Un tel événement avait-il déjà eu lieu ?

À noter

Le ***past perfect*** correspond le plus souvent à un plus-que-parfait en français.

II Quand utiliser le *past perfect* ?

1 Le passé dans le passé

- Le *past perfect* permet de marquer l'antériorité d'une action passée, terminée, par rapport à une autre action passée.

He **had read** the book *Hidden Figures* before he **watched** the movie.

- Il permet également de faire le bilan d'une action passée par rapport à un moment du passé (le *present perfect* par rapport au présent) :

He **had been** in London for four years when he **finished** his studies.

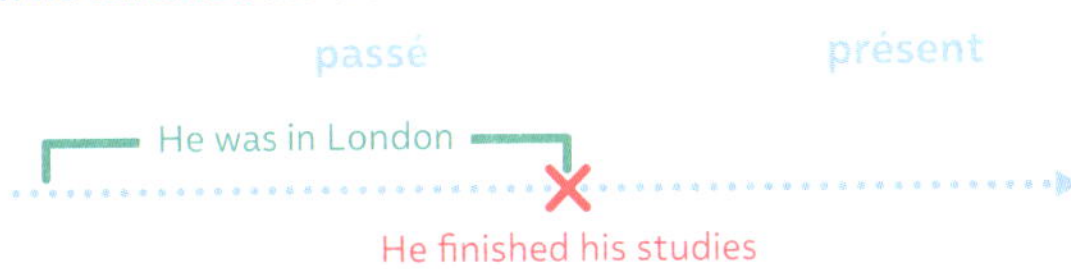

À noter

Le ***past perfect*** ne s'emploie jamais dans une phrase au présent.

2 Autres emplois

- Le *past perfect* s'emploie après *if* pour parler d'une **situation hypothétique au passé**. La principale est alors au conditionnel passé. ▶ FICHE 30

Présent : If I **knew** the truth, I would tell you.

Passé : If I had known the truth, I would have told you.
Si j'avais su la vérité, je te l'aurais dit.

- Le *past perfect* est également employé pour **rapporter des paroles au discours indirect**, lorsque la proposition principale est au prétérit (concordance des temps).

My family arrived in the US in 1967 and has lived there ever since.
→ He told me his family **had arrived** in the US in 1967 and **had lived** there ever since.
Il m'a dit que sa famille était arrivée aux Etats-Unis en 1967 et vivait là-bas depuis lors.

NOTEZ BIEN

Adverbes de temps et *past perfect*

- Le *past perfect* s'emploie fréquemment avec des adverbes de temps marquant **l'antériorité**.

She had **already** left when I arrived at the party.
Elle était déjà partie quand je suis arrivée à la soirée.
He had **just** started his speech when the crowd became silent.
Il venait juste de commencer son discours quand la foule s'est tue.
I had **never** been to Italy **before**.
Je n'étais jamais allée en Italie auparavant.

- Attention à la **place de l'adverbe** dans chaque phrase. ▶ FICHE 33

Will et *be going to*

25

☐ OK

Le futur en tant que temps grammatical n'existe pas en anglais. En revanche l'auxiliaire modal *will* et la tournure *be going to* permettent de parler d'actions futures (prédictions ou décisions).

I Construction

1 *Will* + BV

Will (*'ll*) est un auxiliaire modal. Il est donc suivi directement de la base verbale. À la forme négative et à la forme interrogative, c'est **will** qui porte la marque de la négation : ***will not*** (*won't*). ▶ FICHE 26

The President **will deliver** a speech tonight. He **won't speak** about important issues. What **will he** say? **Will he** be on TV?

Attention

On emploie *will* après *when*, lorsque c'est un mot interrogatif (*When will you arrive?*) mais jamais lorsque c'est une conjonction (*I'll call you when she arrives*).

2 *Be going to* + BV

L'auxiliaire *be* est conjugué au présent, c'est lui qui porte la négation, et on le place avant le sujet dans les questions :

I'm going to **stay** at home this weekend.

Are you going to **watch** TV tonight?

II *Will* ou *be going to* ?

1 Comment choisir ?

Will	*Be going to*
Décision prise au moment où l'on parle : Don't move! I'll call the doctor.	Décision prise en amont (planifiée) : I'm going to learn Chinese.
Prédiction incertaine (opinion, promesse, espoir…) : I think the mayor will resign before the end of his term.	Prédiction très probable (indices dans le présent) : It's cloudy. It's going to rain.

2 Verbes, adverbes et expressions associés à *will*

On emploie généralement *will* avec des mots et expressions exprimant une opinion, un souhait, une probabilité, un doute…

verbes	believe, expect, hope, wonder…	I **believe** they will succeed. Customers **expect** they will get a refund. She **hopes** she will be elected as the class president. We **wonder** whether they will pass their exam.
adverbes	perhaps, probably, certainly…	**Perhaps** they will meet her. We will **probably** buy a house in a few years. You will **certainly** love him.
expressions	I'm sure, I'm afraid, no doubt…	**I'm sure** she will pass her driving test. **I'm afraid** she won't come. He will be back tomorrow, **no doubt**.

III Autres emplois de *will*

L'auxiliaire de modalité *will* ne renvoie pas toujours à l'avenir. Il permet également d'exprimer d'autres notions.

- Une demande ou une proposition : Will you marry me? Give me your bag, I'll carry it for you.
- Une impossibilité, un refus : The door won't open.
- Une habitude typique : My daughter will sleep with the lights on.
- Une caractéristique : Iron will rust.

NOTEZ BIEN

L'expression du futur avec des structures en *be*

Certaines structures en *be* permettent d'exprimer une idée de futur et indiquent le degré de probabilité de l'action évoquée.

be likely to → *be sure to* → *be bound to*

- He's likely to fail. Il va sans doute échouer.
- He's sure to fail. Il va certainement échouer.
- He's bound to fail. Il est inévitable qu'il échoue.

Les modaux et semi-modaux

26

☐ OK

Un modal est un type d'auxiliaire qui permet d'exprimer un jugement sur la réalisation d'une action.

I Rappel

- Un modal est invariable (pas de *s* à la 3e personne du singulier), il porte la marque de la négation et est suivi de la base verbale (sans *to*).

forme affirmative	modal + BV	He can speak English very well.
forme négative	modal + négation	He can't / cannot speak German.
forme interrogative	inversion	Can he speak Spanish?

- Lorsque l'emploi d'un modal est impossible – après un autre modal ou à un autre temps que le présent (ou le prétérit pour *could* et *might*) –, il faut avoir recours à un semi-modal.

II *Can, could, be able to*

1 La capacité : *can / could / be able to*

- *Can/could* expriment une capacité générale (au présent ou au passé).

Usain Bolt **can** run very fast today and he **could** run very fast too when he was a child.

Inversement, *can't* et *couldn't* servent à signifier une incapacité :

I **can't** run as fast as him.

- Pour exprimer la capacité au futur, on utilise *be able to*.

I hope you **will be able** to catch your train.

2 La permission

- *Can/could* permettent également de demander la permission. *Could* est plus poli.

Can you lend me your pen? (Peux-tu... ?)

Could you lend me your pen? (Pourrais-tu... ?)

- L'interdiction s'exprime avec *can't* :

You **can't** chew gum in class.

III Must, have to

- Au présent, *must* exprime une obligation personnelle et *have to* une obligation extérieure (au passé et au futur, il a les deux sens).

  I **must** go now or I'll be late. (décision du locuteur)

  I **have to** go home before eleven or my parents will be mad.

  In the 1960s Black voters ~~must~~ **had to** pass a test to vote in Louisiana.

- *Don't have to* exprime l'absence d'obligation et *mustn't* l'interdiction.

  You **don't have to** wear a uniform.

  Tu n'es pas obligé de porter un uniforme.

IV Should, ought to, shall

- *Should* permet d'exprimer un conseil, un reproche ou un regret :

  You **should** drive more slowly. Tu devrais conduire plus lentement.

  You **shouldn't** smoke. Tu ne devrais pas fumer.

  I **should** have told you. J'aurais dû te le dire.

Should permet également de faire une prédiction :

  He should be here in ten minutes. Il devrait être ici dans dix minutes.

- *Ought* to a le même sens que should mais ajoute une notion de devoir moral.

  You **ought to** respect the Highway Code.

- *Shall* sert à faire une offre ou une suggestion (avec *I* et *we*).

  Shall I open the window? (= Voulez-vous que je l'ouvre ?)

  Let's go, shall we?

NOTEZ BIEN

La probabilité

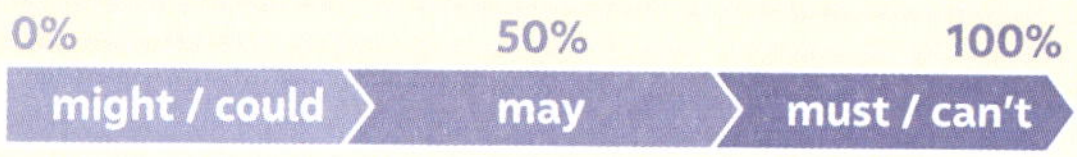

- **It might** rain tomorrow. (= Il se pourrait que...)
- **It could** be true but I have no evidence.
- **It may** rain tomorrow. (= Il se peut que...)
- Your English is perfect. You **must be** a native speaker.
- You **can't** be French. (quasi-certitude par déduction)

Le passif

27

☐ OK

Le passif (voix passive) est une structure plus courante en anglais qu'en français qui permet à celui qui parle de mettre en valeur l'élément qui subit l'action en le plaçant en position sujet de la phrase. L'élément qui fait l'action devient complément d'agent, mais il n'est pas toujours mentionné.

I Comment se construit le passif ?

1 Rappel

- Formation : *be* conjugué + participe passé du verbe

Au passif, le groupe verbal est constitué de l'auxiliaire *be* conjugué + le participe passé du verbe :

forme affirmative	The referendum on Brexit **was held** in 2016.
forme interrogative	When **was** the referendum on Brexit **held**?
forme négative	It **wasn't held** in 2015.

- Le complément d'agent est introduit par *by*. Comme en français, il peut être omis si on ignore qui a réalisé l'action ou que ce n'est pas important.

In 2013 Alan Turing was granted a posthumous pardon by the Queen.

In the 1950s he had been convicted of gross indecency.

2 Formes aux différents temps

Temps	Exemples
Présent simple	Breakfast **is served** from 6 to 9 am.
Présent en *-ing*	Buildings **are being built** across the street.
Prétérit simple	The terrorists **were killed** last night.
Prétérit en *-ing*	A bomb **was being prepared**.
Present *perfect*	They **have been arrested**.
Past perfect	She **had been accused** of strangling him.
Futur simple	The game **will be broadcast** on TV.
Conditionnel	You **would be surprised** if you knew.

3 Cas particuliers

- Les **verbes à particule** (= verbes + préposition) : au passif, la particule se place juste après le participe passé.

  They laughed **at** her. → She was laughed **at**.

  The Queen slept **in** this bed. → This bed was slept **in** by the Queen.

- Les **verbes à double complément** (*buy, bring, give, offer, pay, tell…*)

Deux constructions sont possibles :

Someone gave [me] [a free ticket.]
→ [I] was given [a free ticket.]
→ [A free ticket] was given [to me.]

II À quoi sert le passif ?

- La voix passive permet de **mettre en valeur l'objet** (celui qui subit l'action) en en faisant le sujet de la phrase.

  I have washed the car. (on insiste sur le fait que c'est moi qui l'ai lavée)

  → The car has been washed. (on insiste sur le fait que la voiture est propre)

- Le passif permet également de **formuler une tournure impersonnelle** (*On* + voix active en français).

  My phone has been stolen!
  On m'a volé mon téléphone.

  I was advised to tell the truth.
  On m'a conseillé de dire la vérité.

  The castle is said to be haunted.
  On dit que le château est hanté.

À noter

Le **passif impersonnel** (sujet = *it*) est fréquemment employé dans les médias, pour rapporter une information non vérifiée ou une croyance.

NOTEZ BIEN

on

« on » = n'importe qui
→ *you, one* (plus formel)
You/One never know(s).

« on » = quelqu'un
→ *someone, somebody*
Someone/Somebody is ringing at the door.

« on » = un groupe de personnes
→ *we* ou *they / people*
In France, **we** love bread.
In England, **they/people** drink tea.

« on » = sujet sans importance
→ passif
English **is spoken**.

Verbe + verbe

28

☐ OK

Lorsque deux verbes se suivent, le deuxième verbe est soit à l'infinitif (*to* + base verbale), soit à l'infinitif sans *to* (BV seule), soit au gérondif = V-*ing*. L'infinitif s'emploie pour parler d'une action à venir alors que le gérondif permet de parler d'une action en cours ou déjà réalisée.

I Verbe + infinitif (V + *to* + BV)

- À quoi sert l'infinitif ? Quand l'utiliser ?

Il permet d'exprimer qu'une action est envisagée comme un but à atteindre. On l'emploie donc après les verbes qui invitent à l'action, qui expriment une volonté ou un désir.

She wants to buy a new car.
Elle veut acheter une nouvelle voiture.

À noter

On utilise *to* + BV pour traduire **pour + infinitif** : *The Queen visited Normandy to commemorate* (= pour commémorer) *D-Day*.

- Quand le deuxième verbe se rapporte à une personne différente, il faut faire précéder *to* d'un nom ou d'un pronom complément :

I expect **you** to pass your exam.
Elle passe son temps à lire des romans policiers.

À la forme négative, *not* se place devant l'infinitif :

They asked him **not to come**.
Ils lui ont demandé de ne pas venir.

II Verbe + gérondif (V + V-*ing*)

- Le gérondif désigne une action en cours ou accomplie. On l'emploie donc après des verbes :
  - décrivant l'activité du sujet ;

    She spends her time reading detective stories.
  - impliquant que l'action a déjà eu lieu.

    I regret voting for him.
    Je regrette d'avoir voté pour lui.
- Sont toujours suivies du gérondif.
  - les prépositions (*at*, *in*, *for*, *of*, *without*…) ;

• les expressions négatives telles que *I can't help...* (je ne peux pas m'empêcher de...), *I can't stand...* (je ne supporte pas...), *I don't mind...* (ça m'est égal de...).

• Quand le verbe est le sujet de la phrase, il est au gérondif.

Smoking is forbidden. (mais : *It is forbidden to smoke.*)

Attention
Quand le verbe est le sujet de la phrase, il est au gérondif : *Smoking is forbidden.*

III Verbe + base verbale (V + BV)

Certains verbes sont suivis de la base verbale. Il s'agit des modaux, des verbes de perception et des verbes causatifs. ▶ FICHE 26

1 Les verbes de perception : *feel, hear, see, smell...*

• Quand l'action est envisagée dans sa globalité, le verbe de perception est suivi de la base verbale.

I saw him cross the street.

• Remarque : si l'on veut indiquer que l'on a assisté au déroulement de l'action, on emploie le gérondif.

I saw him crossing the street. (= en train de traverser)

2 Les verbes causatifs : *have, help, let, make.*

• Un verbe causatif exprime une contrainte exercée par le sujet sur quelqu'un d'autre.

• *to let someone do something* = permettre à quelqu'un de faire quelque chose

My parents let me go out on Friday nights.

• *to make someone do something* = faire faire quelque chose à quelqu'un (le forcer)

Our teacher made us write ten pages.

• *to have someone do something* = faire faire quelque chose à quelqu'un (lui donner la responsabilité)

I have my students work on their own.

• *to help someone do something* = aider quelqu'un à faire quelque chose

She helped me do my homework.

On peut également dire *to help someone* to *do something* :
He helped me to finish my essay.

Les subordonnées relatives

29

☐ OK

La proposition relative est une proposition subordonnée introduite par un pronom relatif. Elle permet d'apporter une précision sur un antécédent.

I Les pronoms relatifs simples

1 *Who(m), which, that*

- Quand l'antécédent est un GN, le choix du pronom relatif dépend de la nature de l'antécédent et de la fonction du pronom relatif.

	Antécédent humain	Antécédent non humain
Pronom relatif sujet	who / that	which / that
Pronom relatif complément	who(m) / that / ø	which / that / ø

Emma Gonzalez is a student **who / that** fights for stricter gun laws.
Emma Gonzalez est une élève **qui** se bat pour un encadrement plus strict du port d'armes.

She is the famous student **who(m) / that / ø** I told you about.
C'est l'élève devenue célèbre **dont** je t'ai parlé.

Her speech **which / that** denounces gun violence was powerful.
Son discours **qui** dénonce la violence des armes était très fort.

I listened to the speech **which / that / ø** she delivered in DC.
J'ai écouté le discours **qu'**elle a prononcé à Washington.

- Quand l'antécédent est une proposition entière, on utilise toujours le pronom relatif *which*. Il ne faut pas oublier de le faire précéder d'une virgule.

He is often late, **which** drives me crazy.
antécédent (= **ce qui**)

Attention
« Ce qui » en tête de phrase se traduira par *what* :
***What** drives me crazy is that he is often late.*

2 *When, where, why, whose*

- Quand l'antécédent désigne :
  - un moment → *when* : I will always remember the day when we first met. (= le jour où)
  - un lieu → *where* : New York is the city where I would love to live.
  - une cause → *why* : That is the reason why I want to move to the USA.

FRANÇAIS · HISTOIRE-GÉOGRAPHIE · ENSEIGNEMENT SCIENTIFIQUE · ANGLAIS

- Quand il existe un **rapport d'appartenance** entre l'antécédent et le sujet de la relative, on emploie *whose* (= « dont ») :

  <u>The students</u> (antécédent), **whose** <u>fight</u> (sujet de la relative) isn't over, were arrested. (= le combat des étudiants)

II Les pronoms relatifs en *-ever*

Quand l'antécédent est indéterminé, on ajoute le suffixe *-ever* au pronom relatif :

- ***whoever*** = qui que ce soit

  You can come with **whoever** you want.
- ***whichever / whatever*** = quoi que ce soit

  Take **whichever** you like. (choix restreint aux options proposées)

  You can watch **whatever** movie you like. (choix ouvert)
- ***whenever*** = quelque soit le moment où / chaque fois que

  I take an umbrella **whenever** I go out.
- ***wherever*** = où que ce soit / n'importe où

  We can go **wherever** you want.

NOTEZ BIEN

Comment traduire *dont* en anglais ?

Pour traduire *dont*, il faut se demander s'il y a un rapport d'appartenance entre l'antécédent et le sujet de la proposition relative.

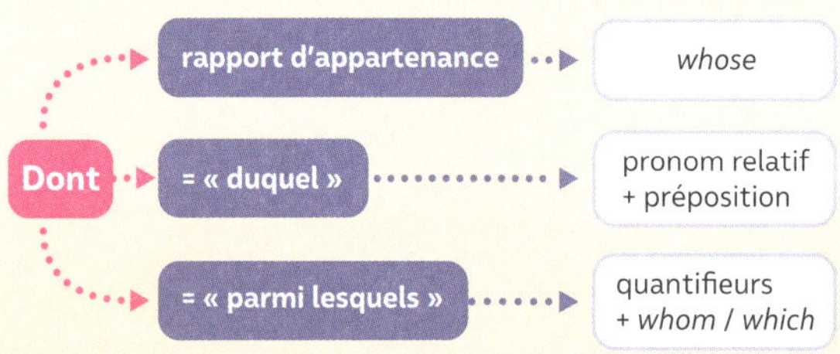

- I met a student **whose** brother was killed in a mass shooting.
  J'ai rencontré un étudiant **dont** le frère a été tué dans un massacre de masse.
- The students **(that)** I told you **about** were arrested.
  Les étudiants **dont** (= desquels) je t'ai parlé ont été arrêtés.
- Many people were arrested, **most of whom** were students.
  Beaucoup de gens ont été arrêtés, **dont** (= parmi lesquels) une majorité d'étudiants.

Les subordonnées conditionnelles

30

☐ OK

La proposition subordonnée conditionnelle est généralement introduite par *if* et se place avant ou après la proposition principale. Elle indique que l'action de la principale ne peut être réalisée que sous certaines conditions.

I L'irréel du futur

- Quand il s'agit de faire une hypothèse sur l'avenir et d'exprimer une condition réalisable dans le futur, *if* (= si) est suivi du présent simple.

If + *will* + BV

If you go to London, you **will** probably **see** the famous Royal Guards.

- Pour indiquer un degré de probabilité moins fort, on peut utiliser *could*, *may* ou *might*.

If you go to London, you **might** see the Royal Family.
Si tu vas à Londres, tu pourras peut-être voir la famille royale.

- On peut également utiliser le présent simple lorsque la condition est immanquablement suivie de la conséquence.

If you go to London, you **cross** the Channel.

II L'irréel du présent

- Quand la condition est présentée comme irréalisable dans le présent, *if* est suivi du prétérit simple.

If + *would* + BV

If I had more time, I **would learn** how to play the violin.
Si j'avais plus de temps, j'apprendrais à jouer du violon.

- Pour exprimer la possibilité, would est remplacé par *could* ou *might* :

If I had more time, I **could travel** more often.
Si j'avais plus de temps, je pourrais voyager plus souvent.

If I had more time, I **might visit** the world. (= je pourrais)
Si j'avais plus de temps, je pourrais peut-êre partir voir le monde.

Attention

Would se contracte en *'d* comme *had* :
I'd learn (*I would learn* = j'apprendrais)
≠ ***I'd learnt*** (*I had learnt* = j'avais appris)

- Cas particulier : après *if*, on utilise *were* (prétérit de *be*) à toutes les personnes, y compris après *I* et *he/she/it*.

  If she **were** still alive, I would invite her.

  If I **were** rich, I would buy a new house.

Toutefois, dans la langue parlée, *was* a tendance à remplacer *were* après les 1e et 3e personnes du singulier (*if she was still alive…, if I was rich…*).

III L'irréel du passé

- Quand la condition est présentée comme irréalisable dans le passé, *if* est suivi du *past perfect* (*had* + participe passé du verbe).

If + *would have* + part. passé

  If I had had more time, I **would have learnt** how to play the violin.
  Si j'avais eu plus de temps, j'aurais appris à jouer du violon.

- Comme au présent, on peut remplacer *would* par *could* ou *might*.

  If I had had more time, I **could have travelled** more often.
  Si j'avais eu plus de temps, j'aurais pu voyager plus souvent.

  If I had had more time, I **might have visited** the world.
  Si j'avais eu plus de temps, j'aurais peut-être pu partir voir le monde.

À noter

Dans un style de langue plus formel, la condition peut être exprimée en inversant *had* et le sujet : *If I had known* devient *Had I known…* (= si j'avais su)

NOTEZ BIEN

Comment traduire *si* ?

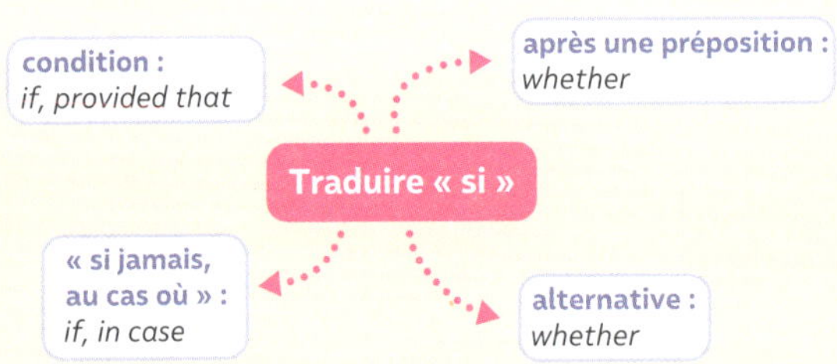

- You can borrow my jumper, **if / provided that** you bring it back to me.
- Tell me **if / in case** you change your mind.
- Tell me **whether** you like it **or** not.
- I have to make a decision **on** whether I should leave France.

Les phrases négatives et interrogatives

31

☐ OK

Pour construire des phrases négatives et interrogatives en anglais, il est important de respecter l'ordre des mots, qui n'est pas le même qu'en français. De plus l'anglais utilise un auxiliaire pour former les questions et les négations.

I Comment construire une phrase négative ?

1 Les phrases négatives avec *not*

- Construction : *not*, l'équivalent de « ne … pas » en français, se place juste après l'auxiliaire. L'auxiliaire porte la marque du temps et de la personne. Et même s'il ne se traduit pas, il ne faut pas l'oublier !

sujet + **auxiliaire** + ***not*** + verbe + compléments

She **is** **not** listening to music

- Quel auxiliaire employer ? Cela dépend du temps utilisé :

• pour les temps simples (qui ne comportent pas d'auxiliaires à la forme affirmative), on utilise *do* (ou *did*).

She **does not** live in London.

• *Be* et les modaux sont des auxiliaires, ils s'emploient donc seuls. ▶ FICHE 26

I'm **not** crazy.

You **mustn't** chat in class.

- L'impératif négatif permet de formuler une interdiction : *do not* / *don't* + BV.

Do not eat in class!
Ne mangez pas en classe !

"I'm going to tell him the truth."
"Don't!" (= Non / Ne le fais pas)

À noter

La **contraction** en ***n't*** (*aren't, isn't, don't, doesn't*…) est courante à l'oral. L'emploi de *not* détaché accentue l'idée de négation : *"Is she sleeping?" "No, she is NOT."*

2 Les phrases négatives sans *not*

- On peut remplacer *not* par un adverbe à sens négatif.

He has **never** been to Berlin.
Il n'est jamais allé à Berlin.

He has **no** friends.
Il n'a aucun ami.

He **neither** reads **nor** speaks German.
Il ne sait ni lire ni parler allemand.

FRANÇAIS

HISTOIRE-GÉOGRAPHIE

ENSEIGNEMENT SCIENTIFIQUE

ANGLAIS

- On peut également remplacer *not* par un composé de *no-*.

I have **nowhere** to go.
Je n'ai nulle part où aller.

I have **none**.
Je n'en ai aucun.

Nobody's perfect.
Personne n'est parfait.

Nothing's missing
Il ne manque rien.

II Comment construire une phrase interrogative ?

1 Les deux types de questions

question fermée : *Yes-No* question	question ouverte : *Wh*-question
Commence par un auxiliaire. Are you listenning to me? Will you be here tomorrow?	Commence par un mot interrogatif. **Who** was there? **Where** have you been?

Rappel : les principaux mots interrogatifs sont *who* (qui), *what* (quoi), *when* (quand), *where* (où), *how* (comment), *why* (pourquoi), *whose* (à qui), *which* (lequel), *how* et ses composés (*how old, how much, how long, how often*, etc.).

2 Les *question tags*

Ce sont des structures idiomatiques très fréquentes en anglais. Elles se composent d'un auxiliaire (au temps de la phrase) et d'un pronom personnel reprenant le sujet de la phrase.

- Demander confirmation de son propos = « n'est-ce pas ? »

phrase affirmative → *question tag* négatif

You **saw** her, **didn't you**?

phrase négative → *question tag* affirmatif

You **didn't see** her, **did you**?

À noter

I am dans un ***question tag*** est repris par *aren't I* : *I'm on time, aren't I?*

- Marquer l'étonnement face à un interlocuteur = « vraiment ? »

phrase affirmative → *question tag* affirmatif

"I **saw** her before."

"**Did** you?"

phrase négative → *question tag* négatif

"I **didn't** see her before."

"**Didn't you**?"

Discours direct et discours indirect

32

☐ OK

Pour rapporter les propos de quelqu'un, on peut soit les répéter entre guillemets, tels qu'ils ont été prononcés (discours direct), soit les rapporter à l'aide d'une subordonnée introduite par un verbe de parole (discours indirect).

I Transposer une phrase déclarative au style indirect

Comme en français, la phrase rapportée est introduite par un verbe de parole (= *say*, *tell*, *ask*, *answer*, *wonder*, *explain*...).

Les pronoms et le temps des verbes, ainsi que les marqueurs spatio-temporels peuvent être modifiés.

À noter

Tell s'emploie toujours avec un complément (on précise à qui on parle) : *He told his mother he had prepared dinner.* (ou *He said* ***to*** *his mother*...).

- Si le verbe de parole est au présent, il n'y a pas de modification de temps dans le propos rapporté.

"It's snowing." → He says (that) it is snowing.
« Il neige. » → Il dit qu'il neige.

"I saw him yesterday." → She says (that) she saw him yesterday.
« Je l'ai vu hier. » → Elle dit qu'elle l'a vu hier.

- Si le verbe de parole est au passé, les temps des verbes sont modifiés pour respecter la concordance des temps.

"I'm fine", he says. → He says **(that)** he is fine.

discours direct	discours indirect
présent "I **cycle** to school." "I **can** ski very well." "I **must** go."	prétérit He said he **cycled** to school. She told me she **could** ski very well. He said he **must/had** to go.
prétérit simple "We **visited** Glendalough when we **were** in Dublin."	*past perfect* / prétérit They told us they **had visited** Glendalough when they **were** in Dublin.
will + V "I **will** email you."	*would* + V She promised she **would** email me.

II Transposer une question au style indirect

- L'**ordre des mots** redevient celui d'une **phrase déclarative** : sujet + verbe + compléments. On utilise des verbes de parole tels que : *ask*, *enquire* (se renseigner), *want to know*, *wonder*...

  "How old are you?" → I want to know how old **you are**.

- Si la question est **fermée**, la subordonnée est introduite par *if* (ou *whether*).

  "Did they talk to her?"
  → He asked **if/whether** they had talked to her.

- Si la question est ouverte, le mot interrogatif est conservé.

  "**Where** will you celebrate Christmas?"
  → She wanted to know **where** we would celebrate Christmas.

III Transposer une injonction au style indirect

- On utilise des verbes de parole tels que *advise* (conseiller), *forbid* (interdire), *invite* (inviter), *order* (ordonner), *warn* (avertir).
- La structure de la subordonnée est celle d'une **proposition infinitive** :

  sujet + verbe de parole + GN/pronom + *(not) to* + base verbale

  "Mind the step!" → He **advised me to** mind the step.

  "Don't talk!" → He **warned the pupils not to** talk.

NOTEZ BIEN

Modification des repères spatio-temporels

Comme en français, le passage du style direct au style indirect entraîne en anglais une modification des marqueurs de lieu et des marqueurs temporels.

Discours direct	Discours indirect
• this, these	• that, those
• yesterday, last week	• the day / the week before
• tomorrow, next week	• the following day / week
• here, now	• there, now
"I will buy these shoes."	He said he would buy those shoes.
"I met them last week."	He said he had met them the week before.

Les adverbes

33

☐ OK

Un adverbe est un mot invariable qui permet de modifier un élément de la phrase ou la phrase entière. La place de l'adverbe dans la phrase varie selon son type .

I Quels sont les différents types d'adverbes ?

1 Adverbes dérivés d'un adjectif

- Le plus souvent, l'adverbe en anglais est formé à partir d'un adjectif auquel on rajoute la terminaison *-ly*.

slow (lent) → slowly (lentement)
(le -*e* de l'adjectif est conservé : *closely, definitely*...)

- Certaines modifications orthographiques s'appliquent.

term. de l'adjectif	modification	exemple
-le ou *-ue*	on supprime le *-e*	terrible, true → terribly, truly
-y	on change le *-y* en *-i* (exception : *shy* → *shyly*)	easy → easily
-ic	on rajoute *-ally*	ironic → ironically

- Certains adverbes dérivés d'un adjectif ne se terminent pas.
  - Certains mots peuvent être à la fois adjectifs et adverbes : *fast, hard, late, early, daily, weekly, monthly, yearly*...

My car is fast.
Ma voiture est rapide.

You drive fast.
Tu conduis vite.

  - À l'adjectif ***good*** correspond l'adverbe ***well***.

Your English is good.
Ton anglais est bon.

You speak English well.
Tu parles bien anglais.

2 Adverbes non dérivés d'un adjectif

- Plusieurs types d'adverbes ne sont pas formés à partir d'un adjectif :
  - des adverbes de lieu et de temps : *here, there, now, then, soon, yet*...
  - des adverbes de fréquence : *never, often, sometimes*...
  - des adverbes de degré : *enough* (assez), *quite/rather* (plutôt)...
  - adverbes de phrase : *therefore* (en conséquence), *perhaps* (peut-être), *nevertheless* (néanmoins), *however* (cependant), *thus* (ainsi)...

- *Enough* se place devant le nom (*I don't have* **enough** *time*) et après l'adjectif (*Is your coffee strong* **enough**?).

II Où placer l'adverbe dans une phrase ?

- En règle générale, la place de l'adverbe dans la phrase dépend du type d'adverbe employé.

	place dans la phrase	exemple
adverbes de lieu ou de manière	après le complément	I saw the girl **there**. I watched her **carefully**.
	après le verbe (s'il n'y a pas de compl. ou qu'il est long)	Do you live **there**? I listened **carefully** to what you said.
adverbes de temps	en fin de phrase ou en début de phrase (moins courant)	I'm visiting my aunt **today.** **Today**, I'm visiting my aunt.
adverbes de fréquence	– avant le verbe – après l'auxiliaire	They **often** take the train. It is **never** on time.

- On ne met jamais un adverbe entre le verbe et le complément.

I often drink tea (~~I drink often tea~~).

NOTEZ BIEN

Also, too, as well

Il existe plusieurs manières de traduire « aussi » : le sens est le même mais le niveau de langue et la place dans la phrase diffèrent.

« aussi »

also
- avant le verbe ou après l'auxiliaire
- plus formel que *too*

too / as well
- en fin de phrase
- après un GN (verbe sous-entendu)

- I like hip-hop and I **also** like pop *ou* and I like pop **too / as well.**
- I am **also** a huge fan of pop music *ou* I am a huge fan of pop music, **too / as well.**
- I often go to concerts, and my friends **too / as well / also.** (= and so do my friends.)

The United Kingdom: historical landmarks and figures

34

☐ OK

Britain reached the zenith of its economic and political power at the end of the 19th century. Since World War II the United Kingdom's greatest export has been the English language now spoken in every corner of the world.

I A few historical landmarks

1 From the origins to the Battle of Hastings (1066)

- Continuous human habitation in Britain dates to around 12,000 years ago, at the end of the last glacial period.
- The Roman invasions of the 1st century BC (Before Christ) brought Britain into contact with the continent.
- The end of Roman rule in Britain enabled the Anglo-Saxons (peoples of Germanic origins) to settle in Britain. Raids by the Vikings were frequent (about 800 AD) and the Norsemen took control of large parts of what is now England.

> **À noter**
>
> **Hadrian's Wall** was a fortification in the Roman empire during the reign of Hadrian. Its ruins are close to the border between England and Scotland.

2 Anglo-Norman / Tudor / Stuart Britain

- In 1066, William, Duke of Normandy, invaded England, defeating the Saxon King, Harold II, at the Battle of Hastings.
- During the reign of Henry VIII (1509-1547) the Church of England became independent from the Roman Catholic Church.
- Queen Elizabeth I (1558-1603) made England into a great maritime power. She had her cousin Mary Stuart executed in 1587.
- A Civil War broke out in 1642. The Cavaliers (the King's supporters) were defeated by the Roundheads under the command of Cromwell. King Charles I was executed in 1649. Cromwell's Republic lasted until 1660, when Charles II was restored.

3 Georgian-Victorian Britain

- In 1707, England and Scotland were joined by the Act of Union. In the 18th century the British Empire extended all over the world. The Industrial Revolution started in the second part of the 18th century. It made Britain the most powerful industrial country in the world.

- Queen Victoria's reign (1837-1901) was marked by the prosperity and the expansion of the Empire. It also saw the growth of a democratic system of government.

4 Modern Britain

- Britain entered World War I when Germany invaded Belgium in 1914. Thanks to the British fleet *(la flotte britannique)* the vital communications of the allies were maintained.
- Britain entered World War II in 1939. Winston Churchill led Britain through most of the war.
- George VI was succeeded by Elizabeth II in 1952.
- Margaret Thatcher was Prime Minister from 1979 to 1990. She was a controversial figurehead of conservative ideology during her time in office.
- The UK ratified the Maastricht treaty in 1993 but chose to remain outside the Economic and Monetary Union *(la zone euro)*.
- Mrs Theresa May, who has been the Leader of the Conservative Party became the Prime Minister on the 13th July 2016 following the resignation of David Cameron.

II Leading figures

- Queen Elizabeth I (1533-1603) : Her reign was long and popular. The defeat of the Spanish armada (1588) brought her much support. She re-established the Protestant church in England. During her reign, England became the most powerful country in the world.
- Sir Isaac Newton (1642-1727) : A physicist and mathematician, he is most famous for his law of gravitation. His book on physics, *Principia*, contains information on nearly all of the essential concepts of physics.
- Charles Dickens (1812-1870) : He was a prolific and highly influential 19th century author. His literary success began with the 1836 serial publication of *The Pickwick Papers*. He also wrote such acclaimed works as *Oliver Twist, David Copperfield, Hard Times and Great Expectations*. He lectured and performed extensively, and campaigned vigorously for children's rights, education, and other social reforms.
- Winston Churchill (1874-1965) : He is best known for standing up to the Germans in World War II. His speeches proved an important rallying cry for a country which stood alone through the difficult years of 1940 and 1941. He served as Conservative Prime Minister twice. Churchill was awarded the Nobel Prize in Literature in 1953.

Ireland

35

☐ OK

Ireland is one island but two countries. Political and religious factors led to partition between the Republic of Ireland and Northern Ireland (UK) in 1921.

I Structure of Ireland

- **Northern Ireland** (sometimes referred to as **Ulster**) is part of the United Kingdom. Its capital is Belfast.
50% of the population is Protestant, about 40% Catholic.

- **The Republic of Ireland** (sometimes referred to as **Eire**) is a parliamentary democracy. Its capital is Dublin.
92% of the population is Roman Catholic.
  - The **head of state** is Michael D. Higgins.
  - The **Prime Minister** is Leo Eric Varadkar.
  - The **Parliament** consists of two houses (the Houses of the Oireachtas).

II Historical landmarks

1 From unity...

- By the **Act of Union** (1801), England and Ireland became the "United Kingdom of Great Britain and Ireland".

- A steady decline (*un déclin régulier*) in the Irish economy followed in the next decades. Between 1845 and 1849 the **Great Potato Famine** caused the death of 700,000 people and about a million people emigrated, mainly to the USA.

- In **1916**, the Irish nationalists unsuccessfully attempted to overthrow (*abolir*) British rule. **Guerrilla** warfare against British forces followed the proclamation of a republic by the rebels in 1919.

> **À noter**
>
> 
>
> **Irish diaspora:** during the Potato Famine in the 1800's, over 2 million people fled Ireland to try and make a new life in the United States and Canada. Today, an estimated 80 million people worldwide claim some Irish descent.

2 ... to partition

- The **creation of Northern Ireland** dates from **1921** when the mainly Protestant counties of Ulster were separated from the newly established Irish Free State.
- The **Anglo-Irish Agreement** of 1985 gave the Dublin government an official consultative role in Northern Ireland's affairs for the first time.
- **Negotiations** between all political parties and Britain were resumed under the governments of John Major and Tony Blair with the support of President Clinton of the USA. An agreement was reached in April 1998 which was ratified by the people of Northern and Southern Ireland in May 1998.

À noter

The **IRA** stands for the Irish Republican Army. The Provisionals: *la branche activiste de l'*IRA. The **Sinn Féin** (Irish for "we ourselves") is a movement dedicated to the political unification of Ireland.

NOTEZ BIEN

- **opposed to :** hostile à
- **to split into :** diviser en
- **to trigger off :** déclencher
- **a terrorist movement :** une organisation terroriste
- **a bomb scare :** une alerte à la bombe
- **to plant a bomb :** poser une bombe
- **a civilian target :** une cible civile
- **to tighten security :** renforcer la sécurité
- **to come to a deadlock :** aboutir à une impasse
- **to come to an agreement :** parvenir à un accord

III Culture

- The rock group **U2** may be Ireland's loudest cultural export, but of all the arts *(parmi tous les arts)*, the Irish have had the greatest impact on **literature**. Jonathan Swift, Oscar Wilde, George Bernard Shaw, William Butler Yeats, Samuel Beckett and James Joyce are just some of the most famous names. Joyce is regarded as one of the most significant writers in the 20th century.
- Since Independence in 1921, the Republic of Ireland has declared itself to be **bilingual**, and many documents and road signs are printed in both Irish and English.

The USA: historical landmarks and figures

36

☐ OK

I The Declaration of Independence

The Declaration of Independence was signed on July 4th 1776. It was drawn up by Thomas Jefferson, Benjamin Franklin, John Adams, Roger Sherman and Robert Livingstone declaring the USA to be independent from the British Crown.

> "We hold these truths to be self-evident, that all men are created equal, that they are endowed by their Creator with certain unalienable Rights, that among these are Life, Liberty and the Pursuit of Happiness..."

À noter

Independence Day or **the Fourth of July** is the National Day of the USA, celebrated with ceremonies, parades, fireworks, family reunions, etc.

II The Constitution of the USA

The Constitution of the United States of America went into effect in March 1789. It defines the principal organs of government and their jurisdictions and the basic rights of citizens.

- Twenty-seven amendments have been added to the Constitution since 1789.
- The first ten amendments are known as the Bill of Rights. They were ratified in 1791.

The 2nd amendment establishes the right of people to bear arms.

> "A well regulated militia being necessary to the security of a free state, the right of the people to keep and bear arms shall not be infringed."

- The 13th amendment (1865) abolished slavery.
- The 15th amendment (1870) guaranteed the right to vote regardless of race.

III The Civil War

- The Emancipation Proclamation was issued by President Lincoln on January 1st 1863. It freed the slaves of the Confederate states in rebellion against the Union.

FRANÇAIS

HISTOIRE-GÉOGRAPHIE

ENSEIGNEMENT SCIENTIFIQUE

ANGLAIS

- The **Gettysburg Address** was delivered by President Lincoln when the field of the battle of Gettysburg was dedicated as a national cemetery on November 19th 1863. The battle was the Civil War's turning point. Lee's Confederate army was defeated by Meade's Union forces.

> "... we here highly resolve that these dead shall not have died in vain, that this nation under God shall have a new birth of freedom, and that government of the people, by the people, for the people shall not perish from the earth."

IV Leading figures

- **John Fitzgerald Kennedy** was inaugurated in 1960. This is a quotation from his Inaugural Address.

> "And so, my fellow Americans: ask not what your country can do for you – ask what you can do for your country. My fellow citizens of the world: ask not what America will do for you, but what together we can do for the freedom of man."

- In August 1963, **Martin Luther King, Jr.** delivered his speech "I have a dream" at the March on Washington for Jobs and Freedom. He called for an end to racism in America.

> "...I have a dream that my four little children will one day live in a nation where they will not be judged by the color of their skin but by the content of their character. I have a dream today..."

- In November 2008 the Democrat **Barack Obama** became the first African-American to win the White House. He was re-elected in 2012. This is an extract from his Victory Speech (Chicago, November 2008).

N.B. "she" refers to Ann Cooper, 106 years old at the time of the speech.

> "When there was despair in the Dust Bowl and depression across the land, she saw a nation conquer fear itself with a New Deal, new jobs and a new sense of common purpose. Yes, we can.
>
> When the bombs fell on our harbour and tyranny threatened the world, she was there to witness a generation rise to greatness and a democracy was saved. Yes, we can."

- **Donald Trump** was elected president in 2017 in a surprise victory over Democratic nominee Hilary Clinton. His election and policies have sparked (*déclenché*) numerous protests.

The Commonwealth of Nations

37

☐ OK

The Commonwealth of Nations comprises nearly a quarter of the world's surface and population.
It is a community of 53 independent nations with a population of about 2.2 billion.

I Canada

- The land area of Canada is about 10 million sq. km. It is divided into ten provinces and three territories.
The capital of Canada is Ottawa, Province of Ontario.

- There are more than 37 million inhabitants in 2013. Canadian Indians and Inuits represent less than 2% of the population.

> **À noter**
>
> *Common* means "belonging to all," and *wealth* means "happiness or riches". Nowadays, **a commonwealth** has come to mean a loose formation of nations with a shared loyalty.

- English and French are the official languages, yet the province of New Brunswick is the only official bilingual area in the country.
English is spoken by 63% of the population.
Montreal is the second largest French-speaking city in the world.

- Canada is a parliamentary monarchy with a federal constitution.

II Australia and New Zealand

1 Australia

- Australia consists of six states: Queensland, New South Wales, Victoria, Tasmania, South Australia, Western Australia, and two major territories: the Australian Capital territory and the Northern Territory.
The land area is 7,700,000 sq. km (17 times as large as France).

- It is a parliamentary monarchy with a federal constitution.
Many Australians would like their country to become a republic.

- The population is 25 million in 2014 (including 1% Aborigines and 7% Asians). Life expectancy *(l'espérance de vie)* is 80 years.

- Sport is the Australian religion.
Popular sports are cricket, rugby, yachting and Aussie Rules *(sport exclusivement australien, comparable au football)*.

2 New Zealand

New Zealand is situated about 2,000 km southeast of Australia. It consists of two main islands *(deux îles principales)*. The **land area** is 268,000 sq. km. Europeans constitute 67% of the population (4.7 million in 2018). The economy is mainly pastoral.

III India

- India is one third the area of the United States. It comprises 28 states and seven union territories. It has **1.360** billion inhabitants in 2018. The literacy rate *(niveau d'alphabétisation)* is about 74%.
- It is a **federal republic** whose president is elected every five years. The Parliament consists of the Council of States and the House of the People.
- India became independent from Great Britain in **1947**. **Mahatma Gandhi** played an important role in the opposition to British rule, advocating *(prônant)* passive resistance and non violence.
- The conflicts between **Hindus** and **Muslims** led to the partition of the country into two states: **Pakistan** and the **Republic of India** (1947).

IV South Africa

- The Republic of South Africa has an area of more than 1,200,000 sq. km and a population of more than **57 million** in 2018.
- The major industries are mining (gold, diamonds, gems), machinery, textiles and leather.
- 79% of the population classify themselves as African, 9.6% as White, 8.9% as Coloured, 2.5% as Indian / Asian. 60% of the Whites are of Afrikaner descent, most of the rest of British descent. The **Afrikaners** are the descendents of the first Dutch settlers *(les colons hollandais)* who founded the Dutch East India Company in 1652. They speak a Dutch dialect known as Afrikaans.
- From 1948 to 1991 South Africa was the country of **apartheid**. From 1989 onward Frederik Willem de Klerk accelerated the pace of reform. He released *(libéra)* **Nelson Mandela**, the deputy president of the African National Congress (**ANC**) who had been imprisoned for more than 27 years.

Comprendre un texte globalement

38

☐ OK

L'évaluation de la compréhension écrite au bac porte sur un ou deux textes, dont vous devez rendre compte en répondant à des questions.

I Découvrir le sujet

1 Lire le paratexte

- Les textes peuvent être des extraits d'œuvre de fiction, d'article de presse ou de page de site Internet. Dans tous les cas, il est nécessaire de prendre connaissance du titre ainsi que des références figurant sous le texte (auteur, source, date de publication…).
- Pour un extrait de fiction, la date de parution doit être interprétée avec prudence : un roman publié en 2008 peut raconter une histoire qui se passe en 1940, ou même au Moyen Âge !
- Pour un article de presse, la source vous renseigne sur le type de périodique (journal ou magazine) et son origine géographique.
- Pour une page Internet, le nom du site donne souvent des indications sur le thème général du texte.

2 Premières étapes

- Lisez le texte intégralement et concentrez-vous sur ce que vous comprenez. Si certains éléments vous échappent : aidez-vous des mots transparents et déduisez le sens des mots en respectant le contexte.
- Prenez connaissance des questions : elles orienteront votre lecture.
- Relisez le texte. Vous pouvez surligner les points essentiels.

II Les quatre questions en *wh-*

Quel que soit le type de texte, vous devez être capable de répondre aux questions de compréhension générale : *who? where? when? what (happens)?* Dans le cas d'un article de presse, les réponses à ces questions sont souvent fournies de manière explicite (auteur, pays et date de publication, sujet traité). Dans le cas d'un texte de fiction en revanche, c'est à vous de les déduire.

1 *Who?*

> **À noter**
> Un même personnage peut être désigné de plusieurs façons : avec des pronoms, mais aussi des prénoms, des diminutifs, des surnoms.

- Dans le cas d'un texte de fiction, identifiez **les personnages** et **le narrateur**. Pour un article, déterminez qui sont les personnes mentionnées et dans quelle mesure l'auteur s'implique dans son texte.
- Identifiez le sexe des personnages. Aidez vous des pronoms personnels et des déterminants possessifs. Si cela est possible, repérez leur âge et les liens qui les unissent : se connaissent-ils ? S'agit-il de parents, d'amis, de collègues ?

2 *Where and when?*

- Repérez **le lieu** où se passe la scène. Les faits relatés peuvent se dérouler en plusieurs endroits, réels ou fictifs. Relevez tous les noms communs et les noms propres qui peuvent renvoyer à un lieu : *city, park, Aberdeen, Scotland*, etc.
- Identifiez **l'époque** et **le moment** de l'action.
- **Combien de temps** les événements durent-ils ? Dans quel ordre sont-ils racontés ? Soyez attentif aux temps et aux formes des verbes et aux indications de temps, de chronologie, de durée et de fréquence

3 *What (happens)?*

- Repérez **les principaux événements** : que se passe-t-il ? S'agit-il de faits réels ou d'une histoire fictive ? Quelles hypothèses peut-on formuler sur la suite ?
- Si vous avez le sentiment qu'il ne se passe pas grand-chose, demandez-vous, par exemple, ce que l'extrait vous apprend sur le(s) personnage(s), sur un événement qui a déjà eu lieu, ou qui va se produire, etc.

NOTEZ BIEN

Comprendre les consignes

Pick out information about...	Relevez des informations sur...
In your own words, **explain**...	En utilisant vos propres mots, expliquez...
Copy the text and **fill in** the blanks.	Recopiez le texte et remplissez les trous.
Justify with a quote from the text.	Justifiez en citant le texte.

Comprendre un texte de manière approfondie

39

☐ OK

Après le repérage factuel, les questions finales portent souvent sur l'implicite du texte, sur l'intention ou le message de l'auteur : elles servent notamment à préciser les caractéristiques des personnages ou les causes et conséquences des événements.

I Analyser les réactions des personnages

Cela concerne surtout les extraits de fiction. Voici quelques consignes correspondant à cette tâche :

> **Conseil**
>
> Utilisez un code couleur pour repérer dans le texte les éléments permettant de répondre à chaque question.

Choose the adjective that best corresponds to his personality.
Choisissez l'adjectif qui correspond le mieux à sa personnalité.

Comment on the narrator's state of mind.
Commentez l'état d'esprit du narrateur.

Compare the women's opinions.
Comparez les opinions des femmes.

1 Commenter ou décrire un personnage, un comportement

- Vous pouvez vous demander si l'on entrevoit les **qualités** ou les **défauts** des personnages, leurs **sentiments**, leurs **intentions**.
- Les **actions** et **réactions** des personnages peuvent être suggérées par des adjectifs, des adverbes ou des structures du type :

He shot him dead. Il le tua d'un coup de feu.

She kicked the door shut. Elle ferma la porte d'un coup de pied.

- Relevez les auxiliaires de modalité pour comprendre **le point de vue du locuteur** sur une situation.

> But what human language **can** adequately portray that astonishment, that horror which possessed me?
>
> *William Wilson*, E. A. Poe.

L'emploi du modal *can* traduit un questionnement sur la capacité du langage à traduire les sentiments du narrateur. Il renforce l'impuissance de ce dernier alors qu'il est pris d'une hallucination.

FRANÇAIS

HISTOIRE-GÉOGRAPHIE

ENSEIGNEMENT SCIENTIFIQUE

ANGLAIS

2 Comparer deux personnages, deux situations

Les dernières questions de compréhension portent souvent sur des comparaisons. Repérez dans le texte les mots exprimant le **contraste** et l'**opposition** :

whereas, while tandis que
either... or... soit... soit...
unlike contrairement à
neither... nor... ni... ni...

II Déchiffrer l'intention de l'auteur

- Voici quelques consignes correspondant à cet objectif :

What is the author's aim/goal/purpose?
Quel est le but de l'auteur ?

How is the message conveyed?
Comment le message est-il exprimé ?

Is the author critical of...?
L'auteur critique-t-il... ?

- Dans un article de presse, le message de l'auteur est généralement formulé de manière **explicite**. Dans un texte de fiction, il faut plutôt se concentrer sur l'**implicite** pour rendre compte de l'intention de l'écrivain.

Conseil

Veillez à ne jamais donner votre opinion ni porter un jugement : les réponses sont dans le texte et doivent être reformulées.

> LADY H.: I am afraid in England we have too many artificial social barriers. We don't see as much as we should of the middle and lower classes.
> HESTER: In America we have no lower classes.
> LADY H.: Really? What a very strange arrangement!
>
> *A Woman of No Importance*, Oscar Wilde, 1893.

L'auteur se moque de l'aristocratie anglaise et de ses préjugés sociaux.

- Appuyez-vous sur les mots de liaison pour comprendre **la logique du propos** :

as comme
since puisque
considering that étant donné que
because of, owing to, due to à cause de
thanks to grâce à
as a result par conséquent
therefore donc
so that si bien que

Traiter un sujet d'invention

40

☐ OK

Un sujet d'invention peut être de différentes natures : écrire la suite d'un récit, un dialogue, un discours, une lettre ou un courriel. Il est en lien avec la thématique de l'évaluation de compréhension écrite ou orale.

I Méthode générale

- Une lecture attentive du sujet est essentielle : identifiez le type de travail attendu et repérez les mots clés qui donnent des précisions sur le thème, le cadre spatio-temporel, les personnages…
- Votre production doit être cohérente avec le texte de départ.
  - Respectez les traits psychologiques et physiques des personnages.
  - Attention aux anachronismes : n'introduisez pas un téléphone portable dans le monde des années 1920 par exemple.
- Élaborez un plan pour ne pas vous éparpiller : quelle que soit sa nature (dialogue, suite de texte, lettre…), votre écrit doit suivre une progression et aboutir à une conclusion en harmonie avec le texte support.
- Gardez toujours assez temps pour vous relire afin de corriger les fautes de langue.

Conseil

Comptez régulièrement le nombre de mots et n'oubliez pas de l'indiquer entre parenthèses à la fin de votre travail.

II Les types de texte

1 La suite d'un récit (*sequel*)

- Poursuivez-le récit en respectant ses caractéristiques : type de narration, point de vue du narrateur, niveau de langue. Si un mot ou plusieurs mots reviennent souvent dans le texte-support, réutilisez-les à votre tour.
- Faites preuve d'imagination et d'originalité sans tomber dans l'incohérence. Évitez les clichés.
- La progression de la narration doit être visible. Utilisez des marqueurs temporels et faites des paragraphes bien distincts. Vous pouvez insérer ponctuellement un court dialogue entre les personnages.

2 Le dialogue

- Respectez les **caractères** et le **niveau de langue** propres à chaque personnage. **Ponctuez « à l'anglaise »** : guillemets différents et aucun tiret.

  "This is my favorite dress!" said Sally.

  "It looks nice on you," said Mark.

- Utilisez des **verbes** introducteurs variés et des adverbes précisant le ton ou l'intention des personnages (voir NOTEZ BIEN).
- Privilégiez les **formes réduites des auxiliaires** (*don't, isn't, wouldn't*, etc.). N'utilisez *not* que si vous souhaitez créer un effet d'insistance.
- Utilisez des **réponses brèves** et des ***question tags***, mais avec modération, sinon le résultat risque d'être très artificiel. ▶ FICHE 31

3 La lettre ou le courriel

- Mettez-vous **dans la peau du personnage** qui rédige la lettre (vous ne devez jamais signer en votre nom propre).
- Une lettre **privée** est destinée à des amis, des parents ou même parfois à son journal intime (*diary*). Une lettre **formelle** peut être une lettre de motivation (*cover letter*), une lettre à une administration, une demande de renseignements…
- Indiquez **l'adresse de l'expéditeur**, puis **la date**, en haut à droite. Dans le cas d'une lettre formelle, ajoutez les coordonnées du destinataire à gauche.
- Les **formules d'introduction** et de **conclusion** dépendent du destinataire.

NOTEZ BIEN

Verbes introducteurs

Indiquer l'enchaînement des répliques
- *add* : ajouter
- *ask* : demander
- *answer* : répondre

Décrire le ton de voix
- *mutter* : marmonner
- *scream* : crier, hurler (cri perçant)
- *shout* : crier (voix forte)
- *whisper* : chuchoter

Traduire l'intention du locuteur
- *admit* : admettre, avouer
- *inquire* : se renseigner
- *suggest* : suggérer, proposer

Exprimer l'incertitude ou la timidité
- *hesitate* : hésiter
- *falter* : bredouiller
- *venture* : se hasarder à dire

Traiter un sujet d'argumentation

41

☐ OK

Le sujet d'argumentation vous invite le plus souvent à donner votre opinion personnelle, que vous devez présenter de manière nuancée et organisée avec des exemples.

I Comprendre le sujet

1 Les types de sujets

- Le sujet peut porter sur le thème principal du ou des **document(s) de départ**, ou sur un élément plus ciblé de ceux-ci. Il peut aussi prendre appui sur un document iconographique.
- Il peut vous être demandé de rédiger un essai mais aussi un discours, une lettre d'opinion adressée au site d'un journal, ou une prise de position sur un blog, etc. Vous devez donc maîtriser **les codes propres à chaque type d'écrit**.

2 Quelques exemples

Pour éviter le hors-sujet, **lisez** attentivement l'énoncé et **soulignez les mots clés**. Voici quelques décodages de sujets :

> "Have a little ambition, Buddy. You'll never get anywhere in this world unless you've got ambition." To what extent do you agree with Buddy's mother?
>
> *To what extent* signifie « dans quelle mesure », « jusqu'à quel point ». Vous devrez par conséquent traiter deux points :
>
> **1.** En quoi la mère de Buddy a raison : sans ambition on ne va pas très loin, l'ambition est un « moteur » dans la vie…
>
> **2.** Les limites de ce point de vue : l'importance d'autres facteurs tels que la situation économique, la chance, les relations, la personnalité…

II Bâtir le plan de votre texte

1 L'introduction

- Rédigez l'introduction au brouillon après avoir élaboré votre **plan**. Elle doit être courte. Vous pouvez **utiliser le texte** : une courte citation ou une reformulation bien choisie peuvent vous aider à « démarrer ».

> **À noter**
>
> Contrairement à la dissertation française, l'essai anglais admet l'emploi de la première personne du singulier tout au long de votre argumentation.

FRANÇAIS | HISTOIRE-GÉOGRAPHIE | ENSEIGNEMENT SCIENTIFIQUE | ANGLAIS

- En revanche, gardez-vous de donner votre réponse finale dès l'introduction : réservez-la pour la conclusion.

2 Le développement

- Organisez votre développement en **deux parties** : consacrez la première partie à la défense d'un point de vue (**thèse**) et la deuxième à l'**antithèse**.

> **À noter**
> Vous devez avant tout être cohérent(e) : nuancez votre propos mais ne vous contredisez pas.

- Appuyez-vous toujours sur des **exemples précis** puisés dans le texte et dans votre culture générale. Une bonne connaissance du monde anglophone peut être précieuse.

- Mettez en valeur **chaque étape de votre raisonnement** en allant à la ligne et en utilisant des conjonctions et des mots de liaison appropriés (pas trop nombreux et aussi naturels que possible).

- Enfin, **variez le lexique** et efforcez-vous de bannir les mots passe-partout (*good*, *bad*, *important*, *big*, *do*, *get*, *a problem*, etc.).

The weather was good. → It was warm and sunny.

an important decision → a crucial decision

a big problem → a major issue

3 La conclusion

La conclusion doit être plus qu'un simple **résumé** de l'argumentation. **Répondez à la question posée**, puis **ouvrez** sur une question ou un sujet plus vaste.

NOTEZ BIEN

Quelques connecteurs logiques

Adverbes

- however : cependant
- Still / Yet (en début de phrase) : pourtant
- nevertheless : néanmoins
- conversely : en revanche
- consequently : par conséquent
- therefore : donc
- thus : ainsi
- first : premièrement
- besides : en outre
- similarly : de même
- finally : enfin

Conjonctions de subordination

- even though : même si
- although : bien que
- as : comme
- considering that : étant donné que
- since : puisque
- so that : pour que
- once : une fois que
- as soon as : dès que
- as though : comme si
- unless : à moins que
- whether (or not) : si (ou non)

S'entraîner à la compréhension orale

42

☐ OK

Vous vous exercez régulièrement en cours de langue à la compréhension de documents audio ou vidéo authentiques. Progressivement, vous apprendrez à identifier les accents et à mieux comprendre la phonologie de la langue anglaise.

I Aborder l'écoute d'un document audio

1 Comprendre le sens général

- La compréhension orale repose sur deux phases clés : le recueil d'indices et leur traitement. Aidez-vous des éléments identifiés pour comprendre les idées principales et pour tenter de reconstruire le message.
- Ne paniquez pas si un mot vous a échappé : vous pourrez sans doute reconstruire le sens du message à partir de ce que vous avez compris.

2 S'aider de l'accent tonique et de l'intonation

- L'anglais est une langue accentuelle : les mots qui portent le message sont fortement accentués (noms, adjectifs, adverbes, verbes).
- L'accentuation peut varier selon le terme que le locuteur cherche à mettre en avant et le sens qu'il cherche à donner à sa phrase.

Jane! How **could** you do this to me?
Jane ! Mais comment as-tu bien pu me faire ça ?

Jane! How could **you** do this to me?
Jane ! Comment toi, tu as pu me faire ça ?

Jane! How could you do **this** to me?
Jane ! Comment as-tu pu me faire une chose pareille ?

3 Repérer les différents accents

- La source du document peut donner des indications sur l'accent qu'on va entendre. S'il s'agit d'un reportage, la voix off correspond à la nationalité du média. Mais les personnes interrogées peuvent avoir différents accents.
- L'accent le plus courant est bien sûr l'américain. Les différences principales entre anglais britannique et américain sont à connaître :
  - le /ɑː/ britannique devient /æ/ en américain : can't → [kɑːnt] / [kænt]
  - le /juː/ devient /uː/ : new → [njuː] / [nu]
  - le /r/ en fin de syllabe n'est généralement pas prononcé en anglais britannique : paper → [ˈpeɪpə] / [ˈpeɪpər]

II Exercer son oreille

L'oreille peut et doit être entraînée à l'écoute de l'anglais ; pour cela, il y a bien entendu vos cours. Mais saisissez aussi toutes les occasions d'améliorer votre compréhension de l'oral.

- Regardez des films en **V.O. sous-titrée en anglais** : cet exercice vous permet d'associer prononciation et orthographe.
- Allez sur des **sites d'information anglophones**. Certains vous permettent d'écouter de courts sujets d'actualité que vous pouvez télécharger avec leur script (voir NOTEZ BIEN).
- Habituez-vous à utiliser la **transcription phonétique**. Elle vous aide à mieux reconnaître ce que vous entendez. Utilisez les dictionnaires en ligne pour écouter la prononciation des mots que vous apprenez.

Conseil

Notez dans un carnet de vocabulaire les mots nouveaux que vous apprenez par vous-même.

NOTEZ BIEN

Quelques ressources en lignes

Ressources britanniques

→ bbc.com : site généraliste qui propose de nombreuses vidéos sur des sujets variés.
L'application *BBC News* propose en plus une section intitulée « Videos of the Day » : des reportages de quelques minutes sous-titrés en anglais.

→ bbc.co.uk/sounds : site qui permet d'écouter les radios de la BBC en direct ou en podcast. Écoutez notamment Radio 4, de grande qualité.

→ bbc.co.uk/learningenglish : site extrêmement riche pour s'entraîner à la compréhension orale avec des activités interactives.
À noter : la rubrique « 6-minute English ».

Ressources américaines

→ learningenglish.voanews.com : pour écouter des documents audio sur des sujets variés, lus à un rythme assez lent et assortis de transcriptions.

→ npr.org : radio publique de qualité qui s'écoute en direct ou en podcasts.

Maîtriser la méthodologie de l'écoute

43

☐ OK

En 1re comme en Terminale, l'évaluation de la compréhension orale peut porter sur un document audio ou vidéo. Il n'est pas nécessaire de comprendre chaque mot : vous devez être capable d'en restituer le sens global, de manière aussi détaillée que possible.

I Première écoute

La première écoute vous permet de comprendre le sens général du document. Vous pouvez prendre quelques notes, mais ne perdez pas le fil du propos.

1 Comprendre la situation d'énonciation

- Identifiez en premier lieu la nature du document : discours, entretien, reportage, débat, conversation quotidienne... Aidez-vous des bruits de fond, de la musique ou des images s'il y en a : ils peuvent parfois vous fournir des indices.

À noter

S'il s'agit d'un **document vidéo**, les images constituent une aide mais le compte rendu doit porter sur ce que vous avez entendu.

- Intéressez-vous également au(x) locuteur(s) :
  - Combien sont-ils ?
  - Que pouvez-vous déduire de leur voix (âge, sexe, nationalité...) ?
  - Qu'apprenez-vous sur eux (profession, caractère...) ?
  - Quelles sont leurs relations (parents, amis, voisins, collègues...) ?
- Déterminez le thème de l'enregistrement : le titre du document, qui vous est donné avant l'écoute, vous permet déjà de formuler des hypothèses.
- Identifiez les temps grammaticaux utilisés : les locuteurs font-ils référence au présent, au passé ou à l'avenir ? Les repères temporels et les indications de lieux sont de précieux indices pour comprendre le contexte de l'échange et la chronologie de ce qui est raconté.

2 Identifier les mots clés

- Relevez les mots accentués et les mots récurrents. Vous pouvez éventuellement les classer dans un tableau où chaque colonne rassemblera les paroles d'un locuteur.

- Au terme de cette écoute, **mettez en relation** les éléments notés.
  Vous entendez les mots : *pub, London, national heritage, homely atmosphere, wood in the decor, open fire, 14th century...*
  → Vous pouvez en déduire que l'on vous parle des pubs à Londres, de leur histoire, de leur aspect et de l'ambiance qui y règne.

II Deuxième écoute

Il s'agit maintenant d'affiner les informations relevées.

- Ajoutez autant de **détails** que possible. Prêtez une attention particulière aux informations précises : noms propres, dates, chiffres…
- Déterminez si les locuteurs expriment leur point de vue ou s'ils racontent une expérience. **Hiérarchisez les informations** et essayez de reconstituer la chronologie des événements ou la logique de l'argumentation.
- Soyez attentif au **ton du locuteur** : les changements de débit et d'intonation vous permettront d'affiner votre compréhension, et notamment de percevoir l'implicite du propos. Il faut parvenir à déterminer l'**état d'esprit** du locuteur, voire son évolution dans le document (joie, tristesse, soulagement, indifférence, préoccupation…).

> **Conseil**
> Les changements de débit et d'intonation vous permettront d'affiner votre compréhension, et notamment de percevoir l'implicite du propos.

III Troisième écoute

- La troisième écoute est l'occasion de **vérifier vos hypothèses** : relisez vos notes en même temps afin de confirmer ou corriger ce que vous avez écrit.
- Ajoutez éventuellement des **précisions** qui vous avaient échappé.

NOTEZ BIEN

Rédiger un compte-rendu en français

Rédiger un compte rendu

1. Indiquer la **nature** du document.
2. Préciser le **thème** général.
3. Résumer le **propos**, de préférence en suivant l'ordre dans lequel les idées sont formulées.

S'exprimer dans un anglais fluide et correct

44

☐ OK

L'évaluation commune de l'expression orale en Terminale se prépare dès la 1re. Saisissez chaque occasion de prendre la parole pour améliorer votre prononciation et être à l'aise le jour de l'examen.

I Exercer sa prononciation

1 L'accent de mot

- En anglais, la place de l'accent tonique influe sur la prononciation du mot : les voyelles non accentuées ne sont presque pas prononcées.
- Il est placé par défaut sur la première syllabe du mot, mais la présence d'un préfixe ou d'un suffixe peut changer sa place. Retenez notamment :
  - suffixes forts (*-ial*, *-ion*, *-ious*, *-ic(s)*, *-ity*...) : accent sur la syllabe qui précède ;
  - suffixes faibles (*-al*, *-ous*, *-ly*, *-ist*, *-ing*, *-hood*...) : pas d'influence sur l'accent ;
  - suffixes *-ee*, *-eer*, *-ese*, *-ette* : accent sur le suffixe.
- La connaissance de l'alphabet phonétique est utile pour prononcer un mot que l'on cherche dans le dictionnaire. Vous pouvez également écouter la prononciation sur Internet

À noter

De nombreux sites permettent d'écouter la prononciation d'un mot : macmillandictionary.com, merriam-webster.com.

2 L'accent de phrase et l'intonation

- Les mots lexicaux sont d'autant plus accentués qu'ils apportent une information importante. Les mots grammaticaux sont accentués en fin de phrase ou pour exprimer une emphase ou un contraste.
- Une intonation correcte est essentielle pour se faire comprendre. Elle est montante dans les *Yes/No questions* et descendante dans les questions en *wh-*.

3 Les sons difficiles

- Certains sons anglais sont difficiles à reproduire pour un francophone et doivent faire l'objet d'un entraînement régulier.

Voyelles	Consonnes
• /ə/ (schwa), le son inaccentué **actor, particular, stronger, famous, tomorrow, support** • /ɪ/, proche du « é » français **big, build, image, private** • /ʌ/, proche du « a » français **luck, sun, dull, much**	• /ʧ/, correspond à la graphie *ch* mais se prononce « tch ». **impeach, rich, speech** • /ð/ et /θ/ correspondent à la graphie *th*. Ils ne se prononcent ni /s/ ni /z/ : votre langue doit se placer entre vos dents. **thin, there, sympathy**

- Le *h* initial est toujours aspiré en début de mot sauf dans ***hour, honest*** (et ses dérivés), ***honour*** (et ses dérivés) et ***heir(ess)***. Attention à ne pas en rajouter un lorsqu'il n'y en a pas !

II S'entraîner pendant l'année

1 À la maison

Joignez l'utile à l'agréable ! Lorsque vous regardez **une série** ou **un film**, faites-le en **version originale** et de **manière active**. Essayez de repérer les expressions idiomatiques caractéristiques du dialogue (donner son opinion, son accord, son désaccord, hésiter, insister, répéter les paroles de l'interlocuteur...).

2 En classe

- Efforcez-vous de **participer de manière active** en classe et de réagir à la parole des autres, élèves comme professeur. Cela vous permettra d'acquérir de l'authenticité et de **prendre confiance en vous**.

- Soyez très attentif à tout ce qui se dit pendant le cours et prenez l'habitude de **noter les expressions nouvelles** dans votre carnet personnel. Essayez ensuite de les réutiliser lors d'une prise de parole ultérieure.

Conseil

N'oubliez pas que *Practice makes perfect*. Il est essentiel d'oser prendre la parole même si l'accent et la formulation ne sont pas parfaits : c'est en essayant que l'on apprend !

Réussir l'évaluation commune de l'expression orale

45

☐ OK

L'évaluation commune de l'expression orale, organisée en Terminale, dure 10 minutes, sans temps de préparation. Il faut donc arriver devant l'examinateur avec une bonne connaissance du déroulé de l'épreuve.

I Les modalités de l'évaluation

1 La présentation individuelle (5 min)

- L'examinateur vous demande d'abord **choisir un des trois axes** (*topics*) culturels du programme qu'il vous propose.
- Selon l'axe choisi, il vous présente **deux documents** : deux documents iconographiques (*visual documents*) ou deux citations (*quotes*) ou encore un document iconographique et une citation.
- Vous devez alors expliquer **quel document vous semble illustrer le mieux l'axe choisi**. Cette présentation s'effectue sans préparation : une bonne connaissance de chaque axe vous sera donc précieuse.

2 L'entretien (5 min)

- L'examinateur vous pose ensuite **quelques questions** pour prolonger votre présentation ou pour que vous puissiez rendre compte de votre travail sur cet axe au cours de l'année.
- Même si votre prise de parole est guidée dans cette partie, il faut néanmoins savoir **développer vos réponses** et ne pas vous limiter aux réponses courtes. N'hésitez pas à affirmer votre **point de vue**.

II Quelques conseils pour réussir

1 La langue

- Vous devez bien sûr vous exprimer dans un anglais de qualité : employez un **lexique varié** et des **structures grammaticales correctes**. Par exemple, quand vous comparez deux documents, utilisez le comparatif et non le superlatif :

Conseil

Il est normal de faire de petites erreurs lorsqu'on s'exprime dans une langue étrangère : n'hésitez pas à vous corriger si vous vous rendez compte que vous avez fait une faute.

Document A is **the more striking** of the two.

- Même si votre expression doit être spontanée, soyez conscient du **registre de langue** utilisé (comme à l'écrit). Par exemple, préférez *rather* à *kind of* :

It's ~~kind of~~ **rather** shocking to show an athlete injecting himself.

- Évitez de répondre uniquement par *yes* ou *no* lorsqu'on vous pose une question. ▶ FICHE 31

Do you think English should be the official language in the USA?
– Yes, **I think so.** / Yes, **I do.** / **Indeed!**

Do you believe robots will take over one day?
– **I suppose not.** / **I hope not.** / **I don't think so.**

- Reformulez différemment votre propos si vous n'êtes pas sûr d'avoir été bien compris·e. Si ce n'est pas le cas, l'examinateur pourra vous demander des éclaircissements pendant l'entretien.

2 L'attitude

- Soyez **naturel** et **dynamique**. Vous pouvez utiliser le « langage du corps » et appuyer votre propos par des gestes (attention toutefois aux gestes « parasites », liés au stress, qui brouillent votre discours). Parlez distinctement en ayant soin de regarder votre interlocuteur.

- En cas d'**hésitation**, mieux vaut prendre le temps de réfléchir et de formuler une réponse correcte plutôt que de se précipiter. Employez aussi des *gap fillers*, ces petits mots ou expressions qui vous donnent le temps de réfléchir.

- En cas d'**incompréhension**, vous pouvez demander à l'examinateur de répéter ou de reformuler sa question, à condition de le faire en anglais.

Pardon • Could you repeat/rephrase the question, please?

Vocabulaire

Quelques gap fillers :
well..., actually..., but um..., what I'm trying to say is..., I mean...

NOTEZ BIEN

Justifier un choix

I find this document **effective.**	Je trouve que ce document est efficace.
What **strikes** me is that...	Ce qui me frappe, c'est que...
It **conveys** a strong/powerful message.	Il transmet un message fort/ puissant.
It **highlights** a paradox.	Il met en valeur un paradoxe.